SCIENCE FICTION

Herausgegeben
von Wolfgang Jeschke

Vom **BATTLETECH™-Zyklus** erschienen in der Reihe
SCIENCE FICTION & FANTASY:

Die Gray Death-Trilogie:

William H. Keith jr.: Entscheidung am Thunder Rift · 06/4628
William H. Keith jr.: Der Söldnerstern · 06/4629
William H. Keith jr.: Der Preis des Ruhms · 06/4630

Ardath Mayhar: Das Schwert und der Dolch · 06/4686

Die Warrior-Trilogie:

Michael A. Stackpole: En Garde · 06/468
Michael A. Stackpole: Riposte · 06/4688
Michael A. Stackpole: Coupé · 06/4689

Robert N. Charrette: Wölfe an der Grenze · 06/4794
Robert N. Charrette: Ein Erbe für den Drachen · 06/4829

Das Blut der Kerensky – Trilogie:

Michael A. Stackpole: Tödliches Erbe · 06/4870
Michael A. Stackpole: Blutiges Vermächtnis · 06/4871
Michael A. Stackpole: Dunkles Schicksal · 06/4872

Die Legende vom Jadephönix – Trilogie:

Robert Thurstone: Clankrieger · 06/4931
Robert Thurstone: Blutrecht · 06/4932
Robert Thurstone: Falkenwacht · 06/4933

Robert N. Charrette: Wolfsrudel · 06/5058
Michael A. Stackpole: Natürliche Auslese · 06/5078
Chris Kubasik: Das Antlitz des Krieges · 06/5097
James D. Long: Stahlgladiatoren · 06/5116
J. Andrew Keith: Die Stunde der Helden · 06/5128
Michael A. Stackpole: Kalkuliertes Risiko · 06/5148
Peter Rice: Fernes Land · 06/5168
Michael A. Stackpole: Die Kriegerkaste · 06/5195 (in Vorb.)
Victor Milan: Auge um Auge · 06/5272 (in Vorb.)
James D. Long: Black Thorn Blues · 06/5290
Robert Thurston: Ich bin Jadefalke · 06/5314 (in Vorb.)
Blaine Pardoe: Highlander Gambit · 06/5335 (in Vorb.)
Don Philips: Ritter ohne Furcht und Tadel · 06/5358 (in Vorb.)

Peter Rice

Fernes Land

Ein BATTLETECH™-Roman

Zweiundzwanzigster Roman
im BATTLETECH™-Zyklus

Deutsche Erstausgabe

WILHELM HEYNE VERLAG
MÜNCHEN

HEYNE SCIENCE FICTION & FANTASY
Band 06/5168

Titel der Originalausgabe
FAR COUNTRY
Übersetzung aus dem Amerikanischen von
Reinhold H. Mai
Das Umschlagbild malte Boris Vallejo
Die Innenillustrationen sind von Rick Harris,
die Konstruktionszeichnungen von
Duane Loose

2. Auflage

Redaktion: Rainer Michael Rahn

Printed in Germany 1995
Umschlaggestaltung: Atelier Ingrid Schütz, München
Technische Betreuung: Manfred Spinola
Satz: Schaber Satz- und Datentechnik, Wels
Druck und Bindung: Elsnerdruck, Berlin

ISBN 3-453-07783-0

PROLOG

9. November 2510
Salford, Draconis-Kombinat

RICK
HARRIS
93

1

Der Wind heulte über das offene Landefeld von Salford Station und trieb dichte Wolken feinsten Sandes vor sich her, der Männern, Landungsschiffen und Fahrzeugen zu schaffen machte. Der Sand drang unter die Manschetten und Uniformkragen und mischte sich mit dem Schweiß zu einer feinen Paste, die bei jeder Bewegung auf der Haut scheuerte. Die einzige Methode, den Sandwind zu vermeiden, bestand darin, sich abzuwenden; wollte man der konstanten Scheuerwirkung des bereits unter die Uniform eingedrungenen Sandes entkommen, mußte man auf jede Bewegung verzichten. Da es unter der Würde eines Bataillonskommandeurs der Vereinigten Soldaten des Draconis-Kombinats war, vor Sandwolken in Deckung zu gehen, entschied sich Chu-sa Tokashio Hamata für die zweite Möglichkeit.

Für die übrigen Mitglieder des Bataillonsstabes galt dies jedoch nicht. Hamata sah, wie sie sich mit eng über den Kopf gezogenen Kapuzen an die Abschirmung duckten, und war sich sicher, daß sie ihn im Auge behielten. Sie hielten Ausschau nach dem kleinsten Eingeständnis von Schwäche. Ein Samurai blieb angesichts schwerbewaffneter Feinde unbeeindruckt, und erst recht bei einem Sandsturm. Ebenso wie ein Bataillonskommandeur. Oder ein Absolvent der Mech-Kriegerakademie Sun Zhang. Und auf Tokashio Hamata trafen alle drei Bedingungen zu. Er stellte sich der heranbrausenden Naturgewalt und gestattete sich nicht mehr als ein kaum merkliches Zusammenkneifen der Augen.

Die Sandwolke trieb über das Hafenfeld, auf dem die Landeschiffe darauf warteten, die Mitglieder des 2452. Bataillons, 5. Galedon-Regiment, aufzunehmen. Das 2452. schiffte sich zusammen mit seinem Schwesterbataillon zum Flug nach Brailsford ein, einer nur einen Sprung entfernten Welt. Der sogenannten McAllister-Rebellion wegen hatte der Militärkommandeur des Kombinats vorsorglich Truppen aus den abgelegenen Grenzbezirken des Kurita-Raums abgezogen. Hamata wußte seit einem halben Jahr davon, seit er im Juni zum erstenmal etwas von den Befehlen läuten gehört hatte. Die beiden Gefechtsbataillone wurden von einem Schweren Pionierbataillon, dem 262., und einem Sanitätsbataillon begleitet.

Die Situation behagte Tokashio Hamata ganz und gar nicht. Die Landungsschiffe seines Bataillons, allesamt Schiffe der *Geier*-Klasse, waren alles andere als ideal für die Aufgabe. Sie waren zu groß für eine einzelne Kompanie und zu klein für zwei. Dadurch war er gezwungen, mehrere Kompanien auf verschiedene Landungsschiffe zu verteilen. Nach dem Andocken an die *Raiden*, das für ihren Transport eingeteilte Sprungschiff der *Leviathan*-Klasse, würden sie alle unter seinem Befehl stehen, aber auf den Flügen zwischen Planet und Sprungschiff, das tief im Raum auf sie wartete, würden sie getrennt sein. Und bei der Landung auf Brailsford war mit entsprechender Verwirrung zu rechnen. Hamata haßte unnötige Manöver. Sie führten zu Schludrigkeiten.

Man hatte ihm erklärt, daß Brailsford eine sichere Welt sei, aber es blieb ein nagender Zweifel. Hamata hatte das 2452. persönlich ausgehoben und trainiert, und er wollte die Landezone in Gefechtsbereitschaft erreichen. Diese Truppen waren für ihn wie seine Kinder. Er wollte nicht, daß ihnen etwas zustieß.

Eine weitere Sandwolke fegte über den Platz, und Hamata kniff die Augen zusammen. Die Laderampe bebte unter seinen Füßen, als ein gepanzerter *Chi-Ha*-Truppentransporter sich langsam die Steigung hocharbeitete. Die Rampen waren noch älterer Bauart und etwas zu schmal für die neueren Maschinen. Der Fahrer bemühte sich, das zwanzig Tonnen schwere Fahrzeug genau in der Mitte der Rampe zu halten, wobei er sich am gelben Leitstreifen orientieren konnte. Als Hamata eine Frau am Steuer des Truppentransporters erkannte, kniff er unwillkürlich den Mund zusammen. Sicher, die Frauen des Kombinats waren aus keiner Berufsgruppe ausgeschlossen. Das Kombinat konnte es sich nicht leisten, irgendwelche menschlichen Ressourcen brachliegen zu lassen. Aber die Tatsache blieb bestehen, daß er es vorzog, nur Männer in seiner Einheit zu haben.

Durch sorgfältige Manipulation der Personallisten hatte er es geschafft, seine Kampfeinheiten fast völlig sauber zu halten. Zugegeben, in den Nachschub- und Verwaltungseinheiten diente eine Handvoll Frauen, aber das war nicht zu ändern. Es gab sogar weibliche Offiziere im Hauptquartier. Aber als Samurai mit einer viele Generationen zurückreichenden Tradition fühlte sich Hamata einfach unbehaglich, wenn er eine Frau die Dai-sho tragen sah. Es war eine mehr als tausend Jahre alte Haltung, die zu tief in seinem Wesen wurzelte, als daß er sie jemals würde überwinden können. Aber das reichte jetzt. Der Ladevorgang beanspruchte seine volle Aufmerksamkeit. Während er seinen Geist von unerwünschten Gedanken freimachte, rumpelte ein weiterer *Chi-Ha*-Truppentransporter vorbei.

Hamata sah an den in einer Linie aufragenden *Geiern* entlang und beobachtete, wie die letzten seiner Fahrzeuge durch die klaffenden Ladeluken in den Schiffen verschwanden. Es handelte sich beileibe nicht um die größten verfügbaren Landungsschiffe, aber selbst sie ließen die Panzerfahrzeuge seines Bataillons winzig erscheinen. Hamata verzog das Gesicht. Er hatte Befehl erhalten, den größten Teil seiner Gefechtsausrüstung zurückzulassen. Mit demselben Befehl hatte man ihn informiert, daß sie bei der Ankunft auf Brailsford dort vorhandene Ausrüstung übernehmen würden. Er war nur zur Einschiffung von zehn Prozent seiner Fahrzeuge autorisiert; den Rest mußte er für die Ablösung auf Salford zurücklassen, ein Bataillon unerprobter Dienstpflichtiger, die als neue Garnison eingeteilt waren. Hamata hatte die neuesten Fahrzeuge requiriert, ohne sich um deren taktischen Wert zu kümmern. Er dachte nicht daran, seine beste Ausrüstung Grünschnäbeln zu überlassen.

Im Kombinatsmilitär machten Gerüchte und Berichte über die neuen Waffen die Runde, die gerade von den Bändern liefen. Er hatte Bilder dieser humanoiden Monstermaschinen gesehen. Ein motorisiertes Infanteriebataillon würde wohl kaum gegen sie bestehen können. Schon ein einziger dieser Kolosse hatte eine größere Lang- und Kurzstreckenfeuerkraft als seine ganze Einheit. Ohne Zweifel würden diese Maschinenmonster das Kriegshandwerk grundlegend umkrempeln, und Hamata fragte sich, ob er noch jung genug war, diese Veränderung mitzumachen.

Als die Frachtluken der Landungsschiffe sich schlossen, traten die Lademeister auf die Rampen und zeigten dem Kontrollturm mit Lichtsignalen den Abschluß der Arbeiten an. Über den Mannschaftsluken leuchteten grüne Signallampen auf: Es wurde Zeit, den Rest der Truppen einzuschiffen. Hamata drehte sich zu den Stabsoffizieren um und lachte in sich hinein, als sie plötzlich auseinanderstieben wie Hühner, die vom plötzlichen Auftauchen eines Fuchses in Panik versetzt worden waren. Er wußte genau, daß seine Offiziere sich die gesamte letzte Stunde hinter den Schutzwall geduckt und versucht hatten, möglichst wenig Aufsehen zu erregen, aber jetzt benahmen sie sich plötzlich so, als hätte jeder einzelne von ihnen eine Unmenge bedeutender Aufgaben, die seine Zeit beanspruchten. Das war natürlich nur Bluff. Im Augenblick waren die Offiziere des Bataillons gänzlich überflüssig. Der Ladevorgang unterstand der Aufsicht durch die zivilen

Landungsschiffsbesatzungen. Truppen und Ausrüstung wurden verstaut, wo die Schiffscrew es wollte, was auch immer irgendein Stabsoffizier erklärte. Die Situation ließ bei Kommandeur und Stab ein Gefühl der Hilflosigkeit aufkommen, aber daran war nichts zu ändern. Wenn das Draconis-Kombinat etwas festlegte, war es eben so. Es gab keine Einspruchsmöglichkeit.

Hamata trieb seinen Stab zusammen und drängte ihn an Bord der *Hideyoshi Toyotomi*. Die *Toyotomi* beherbergte den Großteil des Hauptquartiers und der HQ-Kompanie des 2452. Bataillons. Als er zum Schluß selbst durch die Luke stieg, staunte Hamata über die Ausmaße des Schiffsinneren. Die Schiffe der *Geier*-Klasse waren nicht viel mehr als riesige Metallhöhlen mit Befestigungspunkten für die schwere Ausrüstung. Zwischen den Befestigungspunkten befanden sich ganze Batterien an die Innenwand montierter Stahlrohrkojen.

Das Schiff war ganz offensichtlich dafür entworfen, soviel Menschen und Material wie möglich von einem Punkt zum anderen zu transportieren. Die Unterbringung war spartanisch, aber der Adjutant hatte dafür gesorgt, daß der Stab das Beste zugeteilt bekam, was verfügbar war. Hamata hatte das Glück, eine Einzelkabine zu ergattern; alle anderen mußten ihre Unterkunft mit mindestens einem anderen Bataillonsmitglied teilen.

Im Augenblick drang ein konstanter Schwall von Befehlen und Informationen aus den Lautsprechern im riesigen Laderaum, aber die Worte waren im Widerhall nicht zu verstehen. Wer auch immer die Rundrufanlage entworfen hatte, die Akustik dieser Halle hatte er ganz eindeutig nicht berücksichtigt. Aber Hamata machte sich darüber keine Sorgen. Er kannte das alles schon und wußte, daß es sich um die Startwarnung handeln mußte. Er bedeutete den Offizieren in seiner

Umgebung, sich einen Sitzplatz zu suchen und sich anzuschnallen. Bei dem zu erwartenden plötzlichen Start würde jeder, der nicht angeschnallt war, entweder gegen eine Schottwand geschleudert oder sogar von irgendeinem spitzen Gegenstand durchbohrt werden. Sein Stab hastete in Position.

Hamata kletterte einen weiten Schacht zu den oberen Decks hoch und begab sich in seine Kabine. Noch während die Schiebetür hinter ihm zuglitt, ging er zu seiner Koje und legte sich hin. Er befestigte die Haltegurte über Brust und Oberschenkeln und wartete auf den Triebwerksstoß, der das Landungsschiff von der Planetenoberfläche ins All schießen würde, wo das Sprungschiff vierzehn Flugtage entfernt auf sie wartete.

Der Start verlief exakt so, wie ihn Hamata erwartet hatte. Die *Hideyoshi Toyotomi* stieg mit voller Triebwerksleistung in den Himmel; der Andruck preßte die Passagiere auf die Liegen und schälte ihre Lippen von den Zähnen. Es war eine beeindruckende Erfahrung.

Weniger als eine Stunde später hatte sich der Andruck auf konstante Null Komma neun g reduziert, und es war möglich, sich durch das Schiff zu bewegen. Anschließend folgte eine zwanzigminütige Periode der Schwerelosigkeit, während der die Landungsschiffsbesatzung die letzten Anflugvektoren zum Sprungschiff *Raiden* errechnete.

Hamata löste die Haltegurte erst, als die grüne Gravanzeige zum zweiten Mal aufleuchtete. Er kannte das Gefühl der Schwerelosigkeit und fühlte keinerlei Verlangen danach, diese Erfahrung zu wiederholen. Ein Teil seines Stabes hingegen, insbesondere die jüngeren Offiziere, hatten sich begeistert abgeschnallt und durch den Laderaum treiben lassen, mit den üblichen Unfällen, wenn ein unerfahrener Schwebender in unfreiwilligen Kontakt mit den Verstrebungen kam. Die einzige Person, deren Rat Hamata brauchte, war der Bataillonspriester. Er fragte ihn nach den Omen für die

Reise. Als er die Antwort ›keine Besonderheiten‹ erhielt, wußte er, daß es für ihn vorerst nichts mehr zu tun gab.

Das Landungsschiff hatte wieder beschleunigt und eine künstliche Schwerkraft von Null Komma sieben g erreicht. Hamata setzte sich vorsichtig auf, um Körper und Geist Gelegenheit zu geben, sich an die niedrigeren Schwerkraftbedingungen und die veränderte Orientierung zu gewöhnen.

Wie die Omen vorhergesagt hatten, verlief der Flug ruhig. Die ersten sieben Tage verstrichen friedlich, und in der Mitte der Reiseroute kam es zu einer weiteren Übergangsperiode, als die *Toyotomi* sich um die eigene Achse drehte, so daß sie sich der *Raiden* mit dem Heck voraus näherte. Während der zweiten Hälfte des Fluges bremste das Schiff mit dergleichen Triebwerksleistung von Null Komma sieben g ab. Wenn es das wartende Sprungschiff zusammen mit den übrigen Landungsschiffen erreichte, würde seine Fluggeschwindigkeit nur noch drei Kilometer in der Stunde betragen. Durch diese Annäherungsgeschwindigkeit, die noch unter der eines Fußgängers lag, würden die Landungsschiffe für die Greifarme, die wie groteske Auswüchse an Bug und Heck der *Raiden* hingen, leicht zu fassen und an die Dockkragen zu führen sein.

Auch die zweiten sieben Tage verliefen ohne Zwischenfall und brachten die Landungsschiffe zu dem wartenden Sprungschiff der *Leviathan*-Klasse. Wie Ferkel, die nach einer freien Zitze suchten, drängten sie sich auf der Suche nach Sicherheit um das Mutterschiff. Nacheinander kamen alle Landungsschiffe längsseits und dockten an den Rumpf der *Raiden* an. Festgeschnallt in seinem Sessel, spürte Hamata die leichte Erschütterung, als die *Hideyoshi Toyotomi* an den Dockkragen ankoppelte. Die Landungsschiffspiloten besaßen Erfahrung. Hamata hatte schon weit rauhere Andockmanöver mitgemacht.

Zwischen dem Andockmanöver und dem Sprung nach Brailsford blieb Hamata sehr wenig Zeit, gerade genug für eine schnelle Inspektion der angedockten Transporter und möglicherweise noch ein kurzes Gespräch mit dem Sprungschiffkommandeur. Er hatte Wilson Hartwell, den Kommandeur der *Raiden*, noch nie gesehen, aber wie jeder andere kommandierende Offizier des Draconis-Kombinats war auch er sicherlich ein Profi auf seinem Gebiet.

Ungefähr sechs Milliarden Jahre bevor Chu-sa Tokashio Hamata sein Bataillon auf Landungsschiffe verlud und sich auf den Weg nach Brailsford begab, war in einer gigantischen Explosion das Universum entstanden. Seit jenem Augenblick hatte es sich mit enormer Geschwindigkeit ausgedehnt. Der Mensch, der in diesen Maßstäben erst seit einer kaum meßbar winzigen Zeitspanne existierte, hatte Studien und Hypothesen darüber fabriziert, wie all dies sich zugetragen haben könnte und welche Bedeutung es hatte. Die Menschen hatten Gesetze und Regeln aufgestellt, die das Ereignis zu erklären versuchten, und eine gänzlich unberechtigte Gewißheit entwickelt, daß diese korrekt waren. Man ging einfach davon aus, daß diese Theorien, einmal aufgestellt und niedergelegt, der Wahrheit entsprachen. Natürlich wurde eine Reihe wohlgehegter Theorien über Geschwindigkeit und deren vorhandene oder nicht vorhandene Grenzen widerlegt, als in der zweiten Hälfte des 19. Jahrhunderts die Lichtgeschwindigkeit entdeckt wurde, aber nach einer neuen Ausformulierung wurden auch aus diesen Theorien wieder Gesetze. Es gab niemanden, ganz sicher niemanden in der wissenschaftlichen Gemeinschaft des Draconis-Kombinats, der bereit war, sie in Frage zu stellen.

Eines dieser Gesetze befaßte sich mit der Theorie der Sprungpunkte. Nachdem die Zenit- und Nadirsprungpunkte kartographiert und für sicher erklärt worden waren, hatte sich die wissenschaftliche Gemeinschaft der Theorie angeschlossen und anderen Fragen zugewandt. Eine etwas kurzsichtige, aber ganz und gar menschliche Vorgehensweise.

Aber den immensen Gewalten, die das Ursprungspartikel des Kosmos zerrissen hatten, waren die Gesetze und Beschränkungen, die von den Menschen etabliert worden waren, ganz und gar fremd. Zeit, Raum und Masse veränderten sich und wuchsen. Alle drei Parameter waren in konstanter und rapider Bewegung. Verglichen mit der menschlichen Existenz jedoch waren diese Veränderungen unvorstellbar langsam. Die einhunderttausend Jahre, seit Homo sapiens zum erstenmal aus dem Nebel aufgetaucht war, waren verglichen mit den sechs Milliarden Jahren seit Entstehung dieses Universums nichts. Tatsächlich war das Universum zerrissen, und die Risse und Spalten zwischen den ständig in Bewegung befindlichen Elementen trieben durch das, was die Menschen als ›Leerraum‹ bezeichneten. Einer dieser kosmischen Risse bewegte sich gerade durch den Sprungpunkt des Salford-Systems. Was immer mit diesem Riß in Berührung kam, würde wie durch eine sechste Dimension über kosmische Distanzen hinweg geschleudert werden. Mit viel Glück würden Lebewesen im Innern dieses Objekts überleben und sich an einem gänzlich unbekannten Ort wiederfinden. Oder möglicherweise auch, wenn sie ganz besonderes *Pech* hatten. Denn einmal dort angekommen, würde es für die Reisenden kein Zurück geben.

Auf der Brücke der *Raiden* behielt Kommandeur Wilson Hartwell die Konsole beim Anflug auf den Transitionspunkt genau im Auge. Einmal im Sprung, gab es keine Navigationsaufgaben mehr. Die gesamten Berechnungen waren ausgeführt worden, während das

Schiff nahe beim Sprungpunkt im Salford-System gewartet hatte. Es war wie das Öffnen einer Tür und das Hindurchtreten. Man trat von einem Zimmer ins andere, auch wenn diese dreißig Lichtjahre auseinander lagen. So einfach war es. Der Computer führte alle Navigationsberechnungen aus, lange bevor es zum Sprung kam. Solange der Sprungpunkt korrekt berechnet war, blieb der Besatzung nur das Warten. Der Countdown für den Absprung lief. Dann erreichte die Anzeige Null, und das draconische Kombinatssprungschiff *Raiden* erzitterte leicht, als es sich auflöste und ins Niemandsland des Hyperraums eintrat.

2

Der Sprung durch den Hyperraum war leicht, wie der Schritt über eine Türschwelle. So einfach war das Ganze, auch wenn einen dieser Schritt dreißig Lichtjahre weit trug. Die Transition selbst erfolgt nahezu ohne Zeitverlust, aber der menschliche Geist ist kaum in der Lage, den Vorgang zu verstehen oder die benötigte Zeit wahrzunehmen. Hartwell war schon so oft durch diese Tür getreten, daß er auf das Geschehen gelassener reagierte als Reisende, die ihr Brot auf andere Weise verdienten. Er hielt sich an seinem Pilotensessel fest und fixierte die Konsole des Navigationscomputers. Der Schirm zeigte ihre Position anhand eines digitalen, dreidimensional-polaren Koordinatensystems. Das System benutzte das terranische Zentralgestirn Sol als Mittelpunkt. Die Ekliptik des Solarsystems diente ihm als Ebene, wobei der terranische Norden als ›oben‹ und der terranische Süden als ›unten‹ gesehen wurde. Auf dieser Grundlage genügten ein Vektor und ein positiver oder negativer Zahlenwert, um einen Punkt im Raum festzulegen.

Mit Hilfe der NAVSTAR-Koordinaten und -Karten war es möglich, eine bis auf einen Meter exakte Position zu ermitteln. Nicht, daß ein Sprungschiff eine derartige Genauigkeit benötigte. Sobald der Sprung genehmigt war, wurden die Koordinaten des Zielpunktes in den Computer gespeist. Die letzten Stellen dieser Koordinaten legten den exakten Rematerialisierungspunkt des Schiffes fest.

Zur Ausführung des Sprungs startete das Schiff an einem bestimmten Punkt der Schwerkraftsenke des Ausgangssystems, einem Punkt, an dem die Gravitationseinwirkung der Planeten und des Zentralgestirns auf Null reduziert waren. Da die Koordinaten des Zielpunktes bereits festlagen, drehte sich das Schiff nun, bis die entsprechende Ausrichtung erreicht war. Aus dem Speicher des Bordcomputers wurde der Autorisationscode der Transition abgerufen. Das Kearny-Fuchida-Triebwerk des Sprungschiffs leitete einen Plasmaenergiestoß aus dem Titan-Germanium-Kern im Innern des Flüssigheliumtanks in den Feldinitiator. Diese Energie erzeugte das Hyperraumfeld, das, einmal aufgebaut, vom K-F-Antrieb weiter verstärkt wurde. Es war wie das Öffnen einer Tür und das Hindurchtreten in ein anderes Zimmer.

Hartwell behielt die digitale Positionsanzeige im Auge. Die Tür öffnete sich, und das Schiff trat hindurch. Beim Überqueren der Schwelle kam es zu einem plötzlichen Ruck. Das war nicht vorgesehen, aber gelegentlich kam es vor, daß die Tür von irgend etwas blockiert wurde. Dann kam es meist zu einem Unfall. Unglücklicherweise besaßen Sprungschiffe nur schwache Meteorschilde zum Schutz gegen solche Zwischenfälle.

Die Erschütterung wurde stärker. Hartwell mußte sich an den Sessellehnen festhalten, um nicht durch die Brücke geschleudert zu werden. Der Navigator hatte weniger Glück. Er hatte sich herumgeräkelt und ein Bein über die Armlehne seines Sessels geworfen. Die erste Erschütterung hatte er mit der Gelassenheit eines Veteranen ignoriert; bei der zweiten ging das nicht mehr. Da auf der Brücke Schwerelosigkeit herrschte, konnte er sich nicht in den Sessel fallen lassen, um sich zu sichern.

Der Stoß kam zu schnell und zu stark. Hartwell sah das ängstlich verzerrte Gesicht des Navigators, als dieser vorbeigeschleudert wurde. Der Mann öffnete den Mund zu einem Schrei, aber ob er seine Angst herausbrüllen oder um Hilfe rufen wollte, sollte niemand mehr herausfinden. Noch bevor er einen Ton herausbrachte, schlug er auf die Kontrollkonsole des Lebenserhaltungssystems. Der Aufprall führte zum Tod.

Lebenserhaltungsspezialistin und 4. Offizier Maria Savoyard war gerade durch die Brückenluke gestiegen, als die *Raiden* zum zweitenmal erbebte. Sie war keine ausgebuffte Veteranin und hatte die erste Erschütterung als Warnung aufgefaßt. Sie war zwar nicht wirklich auf den zweiten Schlag vorbereitet, aber doch in einer weit besseren Lage als der erfahrenere Navigator. Indem sie beide Arme um das für Notfälle vorgesehene manuelle Öffnungsrad der Luke schlang, verhinderte sie, daß sie ebenfalls quer durch die Brücke des Raumschiffs geschleudert wurde. Dieses Manöver war auch in anderer Hinsicht ihre Rettung.

Indem sie durch die Bewegung des Rades das Notsystem auslöste, blockierte sie die Luke in geöffneter Position. Hätte sie das nicht getan, wäre die luftdichte Luke zugefallen, wie alle anderen Türen und Schotts auf der *Raiden* auch. Und dem tonnenschweren Druck der hydraulischen Luke hätte nichts standgehalten – sicher kein menschlicher Körper. Sie klammerte sich an das Rad und schnappte nach Atem.

Hartwell hatte keine Zeit, den Tod seines Navigators zu betrauern oder sich um das Schicksal Savoyards Sorgen zu machen. Während sein Körper gegen das wilde Aufbäumen des Schiffes ankämpfte, versuchte sein Geist sich darüber klarzuwerden, was vorging. Die Masterkonsole an seinem Platz spielte verrückt. Die Anzeigelämpchen, die sämtliche Hauptfunktionen des Energiesystems überwachten, blinkten geschlossen rot. Die Navigations- und Koordinatenanzeigen waren außer Kontrolle. Vektorzahlen zuckten über den Schirm: 2753 ... 9829 ... 0080 ... 1513. Sie erschienen so schnell hintereinander und wichen so weit voneinander ab, daß er nichts mehr verstand. Der Entfernungsmesser blinkte: 0000000,0000000. Dann drehte er durch und kletterte innerhalb von Augenblicken auf 9999999,9999999. Die Vektoranzeige zeigte dieselbe Zahl: 9999999,9999999.

Hartwell drehte sich der Magen um. Seine Kehle wurde staubtrocken. Die *Raiden* war an keinem realen Ort mehr.

Dann war ebenso plötzlich, wie das Chaos hereingebrochen war, Ruhe. Bis auf das laute Keuchen Savoyards, die noch immer am Notrad hing, herrschte Stille auf der Brücke. Der vordere Sichtschirm wurde langsam klar und zeigte Myriaden Sterne vor der schwarzen Leere des Alls. Die Kameras schwenkten über die Leere und suchten ihrer Programmierung gemäß nach dem nächstgelegenen Sonnensystem.

Hartwell rief einen Lagebericht des Maschinenraums ab und bekam eine geballte Ladung schlechter Nachrichten. Der Heliumspeichertank des K-F-Antriebs zeigte breite Risse: flüssiges Helium leckte in die Wartungsschächte. Die Meldungen vom Fusionsreaktorkern waren noch schlimmer. Das Eindämmungsfeld des Reaktors hatte Schaden genommen. Das Sprungschiff *Raiden* war in erbarmungswürdigem Zustand.

Der Rest der Brückenbesatzung kam durch die Zugangsluken. Die Männer und Frauen stießen sich von den Wänden ab und trieben auf ihre Stationen. Hartwell nahm derweil Verbindung mit den hysterischen Landungsschiffskapitänen auf, um sie zu beruhigen.

Ein Raummatrose fing den durch die Brücke treibenden Leichnam des Navigators ein und entfernte ihn. Savoyard gab zögernd das Lukenrad frei und bewegte sich an ihren Platz. Hartwell deutete stumm auf die Navigatorenstation; ihr eigentlicher Arbeitsplatz an der Lebenserhaltung war durch den Unfall blutverschmiert.

Die *Raiden* würde nie wieder springen, soviel war Hartwell klar. K-F-Antrieb und Fusionskern waren beschädigt und leckgeschlagen. Hinzu kam, daß der Energiestoß, der die Erschütterung begleitet hatte, durch die das Schiff vom Kurs abgebracht worden war, die meisten Kontrollsysteme zerschmolzen hatte. Und der Stromimpuls richtete noch immer weiteres Unheil an Bord des Schiffes an. Die automatischen Diagnose- und Reparatursysteme beförderten ihn durch alle Systeme. Wann immer die Besatzung ein System überprüfte oder zu reparieren versuchte, leistete der Energiestoß seine zerstörerische Arbeit. Der Verlust der internen Kreiselstabilisatoren war der Todesstoß.

Kurz nach der Rematerialisierung entschied sich Hartwell, die *Raiden* aufzugeben. Die einzige Frage war, wie lange ein Aufenthalt auf dem Schiff noch möglich war, und das hing von der strukturellen Integrität ab. Hartwell hätte das Leben der *Raiden* verlängern können, indem er die Landungsschiffe abstieß, aber das war unvertretbar. Es gab keinen Ort, an den die Landungsschiffe ausweichen konnten, zumindest keinen sicheren Ort. Zumindest für eine Weile hatte das Sprungschiff noch die Sensorenleistung, die erforderlich war, innerhalb des erreichten Systems einen Planeten zu lokalisieren, einen Planeten, wo die Menschen, die sich jetzt mehr oder weniger panisch an Bord drängten, Zuflucht finden konnten.

Der Hyperraumsprung hatte auch die Elektronik an Bord der meisten Landungsschiffe in Mitleidenschaft gezogen. Viele von ihnen waren nicht mehr in der Lage, die interplanetaren Entfernungen bis zu einer Zufluchtswelt aus eigener Kraft zurückzulegen. Es würde notwendig werden, sie mit dem Sprungschiff bis dicht an die Welt zu transportieren, bevor sie abgekoppelt werden konnten.

Das wurde Hartwells neue Mission. Eine Welt finden, die *Raiden* so dicht wie möglich heranbringen, mit seiner Crew auf eines der angedockten Schiffe oder das kleine Rettungsboot der *Raiden* umsteigen und ihre neue Heimat anfliegen.

Am dritten Tag nach der Rematerialisierung hatte

die Ortung zwei mögliche Ziele identifiziert. Bei einem handelte es sich um einen großen Planeten, bei dem anderen um einen riesigen Mond. Hartwell entschied sich für den Planeten, hielt den Mond als Ausweichziel jedoch ebenfalls im Navigationssystem. Hartwells Zielpunkt lag sechs Tage Flug entfernt. Wenn die *Raiden* so lange durchhielt, hatten die Landungsschiffe eine gute Chance, den Rest der Distanz zu überbrücken. Aber die Umstände verschworen sich gegen die *Raiden,* ihre Besatzung und die Passagiere.

Gegen Ende des fünften Flugtages überhitzte der Fusionskern, und sie mußten den Reaktor abstoßen. Es war ein einfacher Vorgang, bei dem der gesamte Fusionskern ins All geschleudert wurde. Dadurch blieben für die Energieversorgung an Bord nur noch die Reservebatterien des Notsystems. Sie reichten unter normalen Bedingungen aus, Lebenserhaltung und Steuersysteme für vierzehn Tage aufrechtzuerhalten. Bei dem Fehlsprung jedoch waren viele von ihnen beschädigt worden. Crewmitglieder, die durch die Wartungsschächte krochen, entdeckten zahlreiche strukturelle Schwachstellen. Zu zwei Techs brach die Verbindung ab, nachdem sie die Wartungsnische 23B/886 betraten. Eine Sensorabfrage ergab weder Puls- noch Atemgeräusche im betreffenden Schachtabschnitt und meldete lebensfeindliche Umweltbedingungen. Die Nische wurde von beiden Seiten permanent versiegelt.

Ein Strukturschaden wurde in der Spindelsektion des Schiffes entdeckt, wo er sich durch den Außenrumpf bewegte und den Verbindungsgang zwischen den Dockkragen beschädigte. Dadurch war außer im Raumanzug keine Bewegung zwischen den Landungsschiffen mehr möglich.

Plötzlich leuchteten die gesamten Brückenkonsolen für Lebenserhaltung, Strukturüberwachung und

Antrieb rot auf. Das Licht der zahllosen roten Warnlämpchen tauchte die Brücke in ein beinahe heimeliges rötliches Flackerlicht, als habe jemand ein Lagerfeuer entzündet. Die Besatzung allerdings konnte dabei weder etwas Anheimelndes noch irgendwelche Gemütlichkeit empfinden. Im Gegenteil, die Männer und Frauen der Sprungschiffbesatzung beeilten sich, die Schutzanzüge überzustreifen. Die *Raiden* wurde von einer plötzlichen Erschütterung durchgeschüttelt, die an Bord der Landungsschiffe Menschen und Material umwarf. Immer mehr Warnlichter flammten auf. Der Strukturriß raste den Schiffsrumpf entlang. Hartwell gab das Signal zur Notevakuierung.

Die Alarmsirene gellte den langen, leeren Korridor entlang. Alle noch nicht gesicherten Türen glitten zischend zu. Der Bordcomputer aktivierte die automatischen Abdocksequenzen. Die Landungsschiffe wurden reihum abgestoßen, ohne daß ihre Besatzungen etwas dagegen hätten unternehmen können. Innerhalb von Minuten war die Brücke leer. Hartwell verließ den Raum als letzter und schwang sich in den Gang zum Rettungsboothangar. Als er in das Boot kletterte, zählte er hastig die Anwesenden durch. Sie standen dichtgedrängt, die Visiere ihrer Raumhelme heruntergeklappt und gesichert. Die Luke schwang zu, die Kabine wurde mit einem hellen Zischen unter Druck gesetzt, dann öffnete sich der Dockkragen. Die Schubdüsen lösten das Boot von seinem unkontrolliert taumelnden Mutterschiff.

Hartwell blickte aus dem Seitenfenster des Bootes und beobachtete, wie sich auch die *Geier* von der *Raiden* absetzten. Die meisten von ihnen waren in Sicherheit, aber ein Schiff hatte sich im verformten Dockkragen verfangen. Das Landungsschiff setzte in einem verzweifelten Befreiungsversuch seine Haupttriebwerke ein, aber ohne Erfolg. Die Schubleistung der

Maschinen trieb das Schiff nur immer tiefer in den Kragen und hämmerten ihn erst recht außer Form. Das Landungsschiff würde nie mehr freikommen. Hartwell beobachtete sein verzweifeltes Zucken und fühlte sich an ein wildes Tier erinnert, das sich in einer Schlinge wand. Die gegeneinander ankämpfenden Gewalten waren zuviel für das Schiff. Hartwell sah den ersten Riß im Rumpf. Erst war er noch winzig, dann trennte er plötzlich den Tragflächenansatz auf der entfernten Seite des Schiffes bis zur Frachtluke ab. Eine Wolke von kondensierter Feuchtigkeit schlug aus dem Loch und gefror augenblicklich zu Eis. Er sah Menschen ins All stürzen.

Die Landungsschiffe entfernten sich und nahmen Kurs auf die Planetenoberfläche. Die Bordcomputer waren mit den Koordinaten gefüttert worden und hätten auch ohne menschliche Kontrolle diesen Kurs eingeschlagen. Sie würden vielleicht nicht die beste Landezone auswählen, aber sie würden die Schiffe auf den Boden bringen. Vier der Schiffe flogen in Formation. Sie würden dicht genug beieinander landen, um sich am Boden gegenseitig zu unterstützen. Die übrigen Schiffe verteilten sich. Einer der fliehenden *Geier* streifte mit der Tragflächenspitze eines seiner Schwesterschiffe. Außer Kontrolle taumelten beide Schiffe auf den Planeten zu. Hartwell sah ihnen nach und hoffte, daß ihre Besatzungen tot waren. Ein zwei Tage langer Sturz ohne Hoffnung auf ein Überleben war zu grausam.

Die Umgebung der *Raiden* leerte sich. In seinem Rettungsboot hielt der Tai-sa die Position, bis er keine weitere Bewegung mehr ausmachen konnte. Schockiert sah er, wie sich plötzlich das Solarsegel entfaltete, mit dessen Hilfe die Energie für den K-F-Antrieb des Sprungschiffs gesammelt wurde. Irgendein durch den fast komplett ausgefallenen Bordcomputer fahrender Impuls mußte das entsprechende Unterprogramm ausgelöst haben. Das riesige Segel würde die Schiffsposition in alle Ewigkeit markieren. Die verbliebene Energie des zerstörerischen Stromstoßes hatte die gesamte Absorptionsschicht abgebrannt, und das Tuch leuchtete grellweiß.

Hartwell wendete das Rettungsboot und folgte den Landungsschiffen in Richtung der wartenden blauen Weltkugel.

TEIL I

7. November 3056
Salford, Draconis-Kombinat

3

Das Sprungschiff der *Scout*-Klasse *Telendine* hielt seine angewiesene Position am Rand des Kontrollbereichs. Die abseits des Sprungpunkts im Raum hängende Kontrollstation hatte das Schiff unmittelbar nach seiner Materialisation dorthin beordert. Seitdem kochte der Kommandeur des Schiffes, Reston Bannin, innerlich. Vierzehn Tage hatte die *Telendine* jetzt schon hier herumgehangen und den Antrieb aufgeladen; er war bereit zum Abflug, aber er hatte weder eine Freigabe noch eine Ladung.

Oder zumindest keine Ladung an Bord. Auf der Oberfläche Salfords wartete ein von Schottwand zu Schottwand und oben bis unten mit kostbarem Cholobarawein von Shibukawa beladenes Landungsschiff. Cholobara war ein empfindliches und nur kurze Zeit haltbares Getränk von erstaunlicher Stärke. Sein Alkoholgehalt lag doppelt so hoch wie der normalen Weins, und hinzu kamen beachtliche aphrodisierende Eigenschaften. Beides sorgte dafür, daß die Nachfrage nach diesem Wein astronomische Ausmaße erreichte. Aber der Wein behielt seine lustfördernden Eigenschaften nicht einmal zwei Monate lang. Das machte einen schnellen Weitertransport zur absoluten Notwendigkeit, wollte man mit den mit Datumsstempel gekennzeichneten Amphoren einen Gewinn erzielen. Planmäßig hätte Bannin die Fracht übernehmen sollen, sobald der K-F-Antrieb wieder aufgeladen war, aber statt dessen hielt man ihn hier fest.

Ein *Scout* wie die *Telendine* eignete sich nicht für Massenfracht. Die wenigen Schiffe dieses Typs, die noch Dienst für das Kombinatsmilitär taten, beförderten einzelne Landungsschiffe von hoher Bedeutung. Im Zivilleben wurden *Scouts* für kostbare Frachten verwendet, die an Bord eines einzelnen Landungsschiffes paßten, Frachten wie Bannins Ladung Cholobara. Bannin hatte die *Telendine* speziell für hochprofitable Flüge wie diesen ersteigert. Und jetzt hing er hier ohne Sprunggenehmigung fest, während am Boden seine Fracht langsam verdarb.

»Anruf von der Station«, meldete Erster Maat Elizabeth Hoond, und sah von der Komkonsole auf. »Sie wollen noch eine Meldung über unseren Einsatzstatus.«

»Sie sollen sich meine Meldung von vor drei Stunden raussuchen«, bellte Bannin. »Erklären Sie ihnen, daß ich seit vier Tagen voll aufgeladen hier warte, und daß sie das ganz genau wissen. Und daß ich mich über Ihre Pflichtvergessenheit bei der Planetenkontrolle beschweren werde, wenn ich nicht endlich die Genehmigung erhalte, Fracht aufzunehmen und abzuspringen.« Bannin hievte sich aus seinem Sessel und schleuderte dabei Brotkrümel, die sich hinter ihm zu einer Null-g-Wolke versammelten. Seit der K-F-Antrieb voll aufgeladen war, hatte er die Zentrale kaum verlassen. Er hatte eine eigene Kabine, aber wie die meisten Schiffskapitäne zog er es vor, auf der Brücke zu leben, solange das Schiff betriebsbereit war. Und wenn Reston Bannin irgendwo lebte, dann richtig. Er nahm seine Mahlzeiten dort ein, er schlief dort, er bewegte sich nur von seinem Platz fort, wenn es sich absolut nicht vermeiden ließ. Die Überreste seiner letzten drei Mahlzeiten waren über seinen beträchtlichen Leibesumfang verstreut.

Hoond betrachtete ihren Kapitän und wartete auf das Ende des Wutausbruches. Sie diente schon seit Jahren unter Bannin und wußte, was sie zu erwarten hatte. Bannin würde ein paar Sekunden schäumen vor Wut und sich dann wieder in sein Schicksal fügen. Sie sah ihn aus dem Sessel steigen und sich fast augenblicklich wieder zurückbewegen. Auf seinem Gesicht machte die Wutröte bleicher Angst Platz. Hätte Hoond die Nachricht wie verlangt abgeschickt, hätten sie mit einer nicht minder groben Antwort von der Station rechnen können. Und eingebracht hätte es ihnen wahrscheinlich noch vierzehn Tage Wartezeit.

»Antworten Sie nur, daß wir bereit sind«, seufzte er.

»Abgeschickt, Herr«, stellte Hoond fest und drehte sich wieder zur Konsole um. Sie hatte gewußt, wie die Antwort lauten würde und sie eingegeben, noch bevor Bannin es ihr gesagt hatte. Das Funksignal überbrückte die siebzig Kilometer bis zur Station im Bruchteil einer Sekunde. »Sie antworten uns.« Erster Maat Hoond las die über ihren Schirm laufende Botschaft laut mit. »Fracht von Salford unterwegs. Sprungkoordinaten und Absprunggenehmigung übermittelt. Priorität Eins.«

»Priorität Eins? Wieso Priorität Eins? Wir hängen tagelang hier herum, und jetzt bekommen wir einen Einser-Priorität-Sprungbefehl? Bekommen die denn gar nichts auf die Reihe?« Bannin gab etwas in die Hauptkontrollen an der Armlehne seines Sessels ein und rief die Nachricht auf seinen Schirm. Er überflog den Text, der zum größten Teil aus verwaltungstechnischem Müll über Kontonummern und ähnliches Zeug bestand.

Seine Bordcomputer würden das Material schon verdauen, bevor es an die entsprechenden Büros des Draconis-Kombinats und ComStars ging. Auf diese Weise verfolgten die Großen Häuser alle in der Inneren Sphäre operierenden Schiffe. Es ermöglichte ihnen, nicht autorisierte Expeditionen festzustellen, und wenn es etwas gab, für das die Herrscher des Draconis-Kombinats nichts übrig hatten, dann unangemeldete Besucher in ihren Systemen. So etwas konnte nur Piraten- oder Schwarzmarktaktivitäten bedeuten – wenn nicht noch Schlimmeres. Als Bannin die *Telendine* gekauft hatte, hatte er ernsthaft zwischen legitimen Geschäften oder dem Eintritt in die Halbwelt der Piratensprungpunkte und Schwarzmarktgeschäfte geschwankt. Die durch illegalen Handel zu erzielenden Profite waren enorm, aber die Risiken waren es nicht minder. Bannin gefiel der Gedanke an Unmassen von Credits auf geheimen Konten, aber die Vorstellung, was das Kombinat mit ihm machen würde, wenn er erwischt wurde, war ihm alles andere als angenehm. Die Geschichten über andere, die bei Verbrechen dieser Art geschnappt worden waren, konnten einem das Blut gefrieren lassen, und Reston Bannin war kein mutiger Mann.

Als er das Ende der Nachricht erreichte, lief er vor Wut blauviolett an. »Was!« brüllte er los. »Was ist das für ein Schwachsinn? Militärfracht? Ich bekomme Militärfracht?« Bannin schlug frustriert auf die Sessellehne. Verflucht sollen sie sein, alle, wie sie da sind! dachte er und bereute den Tag, an dem er einen Vertrag mit der draconischen Regierung unterschrieben hatte. Er wußte, daß sie das Recht hatte, sein Schiff zu requirieren, aber deswegen brauchte es ihm nicht zu gefallen.

»Wir empfangen ein Wartesignal bezüglich der Priorität Eins«, stellte Hoond gleichmütig fest. »Und neue Sprungkoordinaten.« Sie konnte auf Gefühlsausbrüche verzichten. Erstens waren sie eh nutzlos, und zweitens würde Bannin sich für zwei aufregen. »Sie scheinen uns ins Nirgendwo zu schicken«, stellte sie mehr bei sich fest, dann erfuhr sie von den versiegelten Befehlen für weitere Sprünge, die sie nach der ersten Transition erhalten würden.

Reston Bannin grub sich förmlich in seinen Kapitänssessel und kniff den Mund zusammen. Er würde sich nicht rühren, bis das Wartesignal aufgehoben wurde. Drei Stunden später, als der Dockkragen des Sprungschiffs ein Landungsschiff der *Leopard*-Klasse aufnahm, hatte er seine Haltung noch nicht verändert. Er saß auch noch genausc da, als der Skipper des Landungsschiffs sich auf der Brücke der *Telendine* meldete.

Reston Bannin war auf den armen Mann vorbereitet. Er hatte reichlich Zeit gehabt, seine Standpauke für den jüngeren Kapitän vorzubereiten und ihm seine ganze Verachtung für die Ineffizienz des Draconis-Kombinats und die Aufgeblasenheit der Besatzung der Kontrollstation ins Gesicht zu brüllen. Dieser Ausbruch würde ein Kunstwerk werden. Er würde abrupt beginnen, mit sanfter und einschmeichelnder Stimme fortfahren und zum Schluß in schrilles Geschrei übergehen. Es würde ein herrliches Stück angewandter Rhetorik werden, das seinem unglückseligen Gegenüber nicht die geringste Chance zu einer Unterbrechung oder Antwort ließ.

Leider hatte er keine Gelegenheit, seine Rede zu halten. Als Parker Davud, der Landungsschiffskapitän, auf die Brücke der *Telendine* schwebte, tat er das mit einer Nonchalance, die darauf ausgerichtet war, Bannin zur Weißglut zu treiben. Dicht hinter ihm kam ein draconischer Sho-sa in voller Gefechtsuniform. Bannins großartige Rede löste sich in Wohlgefallen auf. Er war mehr als fähig, einen Piloten abzukanzeln, aber er hatte nicht das Rückgrat, sich auch mit einem draconischen Militär anzulegen. Trotzdem brachte ihn das Erscheinen des dritten Neuankömmlings auf der Brücke beinahe dazu. Der Mann war offenkundig sowohl ein Mechpilot als auch ein Söldner. Bannin zitterte vor Wut. MechKrieger mit ihrer unerträglichen Arroganz waren schon schlimm genug, aber Söldner verursachten Bannin eine Gänsehaut. Er biß sich auf die Unterlippe. »Willkommen an Bord der *Telendine*«, sagte er. »Die Sprungpunkte sind berechnet und eingegeben. Wir können auf der Stelle eintauchen.«

»Wenn Sie's sagen, Boss«, erwiderte der Pilot. »Von mir aus kann's jederzeit losgehen.« Es war ein lässiger Kommentar, ganz und gar nicht in der Haltung, die ein Sprungschiffkommandeur von einem Landungsschiffspiloten erwartete. Er deutete mit dem Daumen auf den Sho-sa. »Das ist der Mann mit dem Befehl. Ich mache, was er sagt.«

»Ich habe Ihr Schiff gesehen, Meister Bannin«, stellte der Sho-sa fest. »Ich bin Yubari Takuda vom Draconis Elite-Sturmtrupp 6654. Ich habe den Befehl über diese Mission und Vosts Lanze, bis wir an deren Ziel eintreffen. Bitte stellen Sie einen angemessenen Offizier ab, der mich bei einer Inspektion Ihres Schiffes begleitet. Pilot Parker Davud und Mister Garber Vost werden im Landungsschiff auf meine Rückkehr warten.«

Bannin rutschte tiefer in die Schale seines Kapitänssessels. Eigentlich hätte er Takuda selbst begleiten müssen, aber der Sprungschiffkapitän dachte gar nicht daran, dem ungebetenen Gast eine solche Ehre zu erweisen. Er hätte Elizabeth Hoond einteilen können, aber sie wurde auf der Brücke dringender gebraucht als Bannin. Also fiel die Aufgabe seinem zweiten Maat zu, auch wenn der mehr ein Tech als ein echter Schiffsoffizier war. Bannin betätigte die Sprechanlage. »Jacobs-san auf die Brücke.« Er blickte zu Takuda. »Mein Schiffsingenieur wird Sie begleiten, während ich mit dem ersten Offizier den Absprung vorbereite.«

Wenn Takuda sich der Beleidigung bewußt war, ließ er sich nichts anmerken. »Ich bin geehrt, die Hilfe Ihres Bordingenieurs in Anspruch nehmen zu dürfen«, antwortete er mit seidiger Stimme.

Jacobs traf nur Sekunden später ein. Er hatte noch den Werkzeuggürtel umgeschnallt und wischte sich an einem alten Lappen die Hände ab. Die Versammlung um Bannins Platz überraschte ihn sichtlich. »Die Maschinen sind klar, Reston«, stellte er fest. »Was gibt's?«

»Begleiten Sie Sho-sa Takuda durch die *Telendine*. Zeigen Sie ihm alles. Nehmen Sie sich so viel Zeit, wie er benötigt. Der Sho-sa ist ein DEST-Offizier. Es gibt nichts, was ihm fremd wäre.« Die letzte Bemerkung garnierte Bannin mit einem Anflug von Spott.

»Sie ehren mich mit Ihren Kenntnissen«, begrüßte Takuda Jacobs. »Ich bin sicher, unsere Inspektion des Schiffes wird äußerst gründlich werden.« Er drehte sich wieder zu Bannin um. »Vielen Dank für Ihre Gastfreundschaft, Kapitän.« Takuda verbeugte sich leicht aus der Hüfte.

Vier Stunden später meldete Jacobs aus dem Maschinenraum den Abschluß der Inspektion. Beinahe im selben Augenblick gab die Raumstation das Schiff zum Absprung frei. Reston Bannin hatte sich während der gesamten Zeit nicht aus dem Sessel gerührt, und er gab den Befehl, das Schiff in Bewegung zu setzen, noch bevor Hoond die Nachricht komplett wiederholt hatte. Warnsirenen heulten durch den schmalen Rumpf der *Telendine*, als die Manöverdüsen das Schiff auf den vorberechneten Punkt im Raum zubewegten, von dem aus es seinen interstellaren Sprung durch den Hyperraum antreten würde. Das Schiff stoppte für einen Moment, während es in die korrekte Richtung einschwenkte. Dann verließ es das Raum-Zeit-Gefüge.

Die Reaktion kam auf der Stelle. Zuerst ging ein leichtes Beben durch den Rumpf, als die *Telendine* in Transition ging. Dann ging ein sehr viel härterer Schlag durch das Schiff. Aus den Sensorkonsolen auf der Brücke prasselten Funkenschauer. Hoond, die über das Navigationspult gebeugt saß, hatte gerade noch Zeit, die Hände vors Gesicht zu schlagen, um ihre Augen zu schützen. Bannin und sie waren zur Absicherung gegen einen möglichen Unfall angeschnallt, aber die Erschütterung warf sie in die Gurte.

Als der Rauch von den Ventilatoren des Lebenserhaltungssystems abgesaugt wurde und die Sicht aufklarte, wurden an allen Stationen blinkende Warnlichter erkennbar. Die automatischen Aufprallsirenen heulten. Die Leuchtplatten an der Decke erloschen, als die Energie zu den Stabilisierungsdüsen abgezogen wurde. An ihre Stelle trat der Dämmerschein der Kampfbeleuchtung.

Hoond nahm die Hände vom Gesicht und betrachtete die Navigationsanzeigen: »Momentane Geschwindigkeit siebenhunderttausend Stundenkilometer.«

»Was? So schnell können wir unmöglich sein!«

»Ja, Herr. Das weiß ich. Aber das wird angezeigt.«

»Wo sind wir?«

»Keine Ahnung. Ich gebe Ihnen die Anzeigen auf Ihre Station.« Hoond betätigte einen Druckknopf an der Armlehne ihres Sessels.

Die Daten wurden augenblicklich auf den Auslegerbildschirm neben Bannin transferiert. Er sah die Zahlen auf dem Schirm leuchten. Er sah sie, aber er verstand sie nicht, konnte die Information nicht verstehen, die sie darstellten. Die Geschwindigkeit der *Telendine* entsprach den Angaben der Navigatorin: Das Schiff taumelte mit mehr als siebenhunderttausend Kilometern in der Stunde durch den Leerraum. Die Anzeigen des polaren Koordinatennetzes bestanden nur aus Neunen. Bannin starrte wie betäubt auf die Zahlen. Ein Raumschiffkommandeur brauchte nicht alles zu wissen, es genügte, wenn er wußte, wo er in den Datenbanken des Bordcomputers nachsehen mußte, um die Antworten auf alle Fragen zu finden. Aber im Moment hatte Bannin nicht einmal genug Informationen, um eine intelligente Frage zu formulieren. Im Gegenteil, er hatte Angst davor, auch nur die kleinste Frage zu stellen. Möglicherweise hätte ihn die Antwort nur noch mehr verwirrt.

»Die Sensoren melden einen bewohnbaren Planeten«, bemerkte Hoond. »Und es befindet sich etwas in der Umlaufbahn. Etwas Metallisches. Ich bin mir nicht sicher, aber die Angaben entsprechen denen für ein ausgebreitetes Solarsegel. Es ist größer als die *Telendine*.« Sie tastete den rapide näher kommenden Stern und sein Satellitensystem ab. Das grüne Leuchten des Monitors verlieh ihrem Gesicht eine gespenstische Blässe. »Wir sind zu schnell. Eine sichere Annäherung ist nicht möglich. Das Fenster für einen Einsatz der Manövertriebwerke ist vorbei. Uns bleibt nichts anderes übrig, als das Schiff aufzugeben und zu versuchen, den Planeten mit dem Beiboot anzufliegen.« Sie wandte sich zu Bannin um, als sie keine Antwort erhielt. Ihr Kapitän starrte noch immer auf den Monitor. Sein Gesicht war eine Maske aus Angst und Zweifel.

Hoond sah wieder auf die eigene Konsole. Die Zahlen liefen mit erschreckender Geschwindigkeit weiter. Bald würden sie auch im Beiboot keine Chance mehr haben, die rettende Welt zu erreichen. »Wir müssen aussteigen, Herr.« Noch immer keine Antwort aus dem Kapitänssessel. Sie drehte sich um und packte nach dem roten Notfallhebel zwischen ihren Beinen. Sie stemmte die Füße aufs Deck und zerrte ihn mit ganzer Kraft nach oben. Die Gefechtslichter auf der Brücke erloschen und flammten wieder auf. Die Schotts, die sich beim Zusammenstoß mit der kosmischen Anomalie geschlossen hatten, glitten wieder auf. Mit einem lauten Rauschen wirbelte die Luft durch die Brücke, als das Lebenserhaltungssystem der *Telendine* die Druckunterschiede ausglich. Die Lautsprecher an den Decken aller Kabinen und Abteilungen plärrten ihre vorformulierte Warnung:

»Achtung! Achtung! Alle Mann von Bord. Alle Mann von Bord. Dies ist keine Übung. Dies ist keine Übung. Alle Mann von Bord. Alle Mann von Bord.«

Hoond sah wieder hoch. Auf der Armlehne ihres Sessels war eine Reihe roter Leuchtknöpfe aufgeflammt. Sie drückte sie nacheinander ein, wartete dabei jedesmal, bis ein Knopf die Farbe nach grün verändert hatte, bevor sie den nächsten drückte. Die Knöpfe entsprachen der Fluchtsequenz, über die dem Beiboot und dem angedockten Landungsschiff die momentanen Koordinaten der *Telendine* (als ob das einen Wert gehabt hätte) sowie Azimuth und Entfernung des nächsten bewohnbaren Planeten überspielt wurden. Die Sequenz gab die beiden kleineren Raumfahrzeuge auch in den Weltraum frei. Sobald die gesamte Reihe grün leuchtete, schnallte sich Hoond ab und schwebte hinüber zum erstarrten Kommandeur des Schiffes. Vorsichtig löste sie die Gurte und hob ihn aus dem Sessel. Bannin wehrte sich nicht; er schien fast zu schlafwandeln.

Der Korridor zum Rettungsboothangar war vom roten Licht der Notbeleuchtung erfüllt. Sie brauchten nicht lange bis zur winzigen Rettungsfähre, in der Jacobs bereits den Pilotensessel eingenommen hatte. Das entsprach dem Standardverfahren: Das erste Besatzungsmitglied, das die Fähre erreichte, übernahm die Steuerung. In einer Notsituation gab es keine Rangordnung. Hoond schnallte den noch immer benommenen Bannin in einen freien Sitz und nahm ihren Platz neben Jacobs ein. Zusammen gingen sie die Notstart-Checkliste durch. Das Schott glitt zu. Jacobs preßte den Startknopf nieder, und die *Telendine II* löste sich langsam von ihrem zum Untergang verurteilten Mutterschiff.

Als sie um die Biegung des Rumpfes kamen, konnten sie das Landungsschiff sehen, das sich bemühte, aus dem Dockkragen freizukommen, der von dem

Aufprall und den darauf folgenden Erschütterungen beschädigt worden war. Das Landungsschiff versuchte sich mit voller Triebwerksleistung freizureißen. Dann plötzlich hatte es Erfolg und taumelte in den Raum hinaus.

Jacobs wartete einen Augenblick, bis sich das Landungsschiff in einem lautlosen Feuerwerk der Korrekturdüsen stabilisiert und auf einen Parallelkurs ausgerichtet hatte. Dann gab er vollen Schub auf die Triebwerke, und die *Telendine II* begann die Reise zu jenem unbekannten blauen Planeten, der die einzige Zuflucht für ihre winzige Besatzung und alle anderen darstellte, die im Innern des Landungsschiffs überlebt hatten.

4

Parker Davud packte die Kontrollen seines Landungsschiffs mit einer Gewalt, die seine Knöchel blaß hervortreten ließ, während die blaue Weltkugel vor dem nachtschwarzen Hintergrund der Unendlichkeit mit alarmierender Geschwindigkeit größer wurde. An den Anzeigen seiner Station konnte er sehen, daß sie für einen sicheren Eintritt in die Atmosphäre viel zu schnell waren. Das würde eine Bruchlandung werden – wenn es überhaupt zur Landung kam. Wenn er sich auch nur den kleinsten Fehler erlaubte, würde das Landungsschiff auf die Atmosphäre treffen und wie ein Stein, der über die Wasseroberfläche eines Teichs hüpft, zurück in den Weltraum geschleudert werden. Jedenfalls, wenn Davud zu vorsichtig war. Falls er zu unvorsichtig war und das Schiff in zu steilem Winkel hereinbrachte, würde es in der Atmosphäre verglühen. Der Anflugwinkel mußte einhundertprozentig korrekt sein. Eine zweite Chance würden sie nicht bekommen.

Dazu waren ihre Anfluggeschwindigkeit und die strukturellen Schäden des Schiffes zu groß. Der mühsame Befreiungskampf aus dem Dockkragen des sich aufbäumenden Sprungschiffs hatte Kiel und First des Landungsschiffes verbogen. Durch die dabei entstandenen Hüllenrisse verlor das Schiff pro Sekunde kilogrammweise Sauerstoff. Das stellte keine unmittelbare Gefahr da, denn sie hatten Hunderte Kilogramm in Reserve, aber es bedeutete, daß sie keine Zeit für einen zweiten Anflugsversuch hatten. Natürlich hätte Davud die Brücke versiegeln können. Dann hätte nur der Frachtraum die Atmosphäre verloren, und er hätte überlebt. Aber das hätten die Truppen an Bord wohl kaum hingenommen.

Wie auch immer, die Sorgen um die Lebenserhaltung waren ein zukünftiges Problem, in der Gefahr des Augenblicks waren sie ohne Bedeutung. Davud senkte den Bug des Schiffes etwas, um den Rand der größer werdenden Planetenscheibe im unteren Bildschirmbereich zu halten, aber der wiederholte Einsatz der vorderen Schubdüsen, um die Geschwindigkeit zu verrringern, führte zu gelegentlichen Ausfällen des Bildschirms. Davud lenkte Brennstoff aus den Tragflächentanks in den Bugraum um, und das Landungsschiff erbebte unter einem erneuten Brennstoß. Warnlichter meldeten die restliche Brennstoffmenge, und die graphische Verbrauchsanzeige machte unzweifelhaft deutlich, daß für den letzten Schub nichts mehr übrig sein würde. Er lenkte Brennstoff von den Korrekturdüsen ins Heck des Schiffes um, um den erhöhten Verbrauch vorne auszugleichen.

Davud bemerkte das Rettungsboot, das an Steuerbord von der *Telendine* ausgestoßen wurde, aber dessen Existenz hatte für ihn kaum Bedeutung. Das Schicksal des Bootes und seiner Insassen war ihm gleichgültig, solange sie seinen Anflugsvektor nicht kreuzten. Das Rettungsboot war klein genug, um von dem Landungsschiff vom Himmel gefegt zu werden, ohne auch nur eine erwähnenswerte Erschütterung zu verursachen, aber wenn es an der falschen Stelle aufschlug und seine Trümmer möglicherweise hängenblieben, konnte es eine Landung unmöglich machen. Davud beugte sich über die Kontrollen und beobachtete die Anzeigen vor sich.

Was auch immer im Hyperraum mit der *Telendine* kollidiert war, es hatte die Schiffsinstrumente in Mitleidenschaft gezogen. Die Anzeigen spielten verrückt, aber er war darauf trainiert, eher den Instrumenten zu vertrauen als seinen eigenen Sinnen. Da es im Weltraum kein ›oben‹ oder ›unten‹ gab, waren die Instrumente der einzige konstante Bezugspunkt, den ein Landungsschiffspilot hatte. Davud zuckte zusammen, als ein Komschirm rechts von ihm in einem Funkenschauer explodierte. Der beißende Geruch von Ozon und verschmorter Isolation breitete sich auf dem Brückendeck aus. Die Lebenserhaltungsfunktionen im Frachtraum waren inzwischen auf einen bedenklichen, wenn auch noch nicht kritischen Stand gefallen. Davud konzentrierte sich auf den intakten Mikronavigationsschirm.

Im Laderaum hatten Vost und seine Leute die vier BattleMechs und den *Feuerfalken*-FLUM endlich unter Kontrolle. Sie hatten die beiden *Heuschreck*-Mechs an der hinteren Schottwand befestigt, wo sie die Erschütterungen unmittelbar nach dem Fehlsprung relativ sicher überstanden hatten. Die beiden anderen Kampfkolosse, eine *Speerschleuder* und ein *Panther*, hatten sich teilweise aus den Halterungen an der Seitenwand gerissen. Der rechte Arm des *Panther* hatte die letzte Halteklammer, mit der er an der Außenwand befestigt gewesen war, zerbrochen, und wild um sich geschlagen. Vost war gezwungen gewesen, an den Gerüsten, die den größten Teil des Frachtraums in Beschlag nahmen, zum Cockpit des Mechs zu klettern und den *Panther* zu aktivieren, um ihn wieder in den Griff zu bekommen – eine Aufgabe, die keine großen Probleme mit sich gebracht hätte, wären da nicht die ständigen Erschütterungen gewesen, die Leute quer durch den Frachtraum schleuderten.

DEST-Kommandeur Yubari Takuda hatte sich am hinteren Ende des Laderaums, knapp außerhalb der Luke zu seiner Kabine, angeschnallt. Von dort aus konnte er die Mitglieder seiner vier DEST-Sektionen beobachten und dirigieren, während sie mit den hin und her fliegenden Objekten kämpften. Es war ein interessantes Problem.

In der Schwerelosigkeit war ein Objekt leicht zu bewegen und zu dirigieren, aber das änderte nichts an seiner Masse. Es wurde keineswegs zu einem Ballon.

Selbst schwerelos hatte eine 500-kg-Waffenkiste noch eine Masse von fünfhundert Kilogramm. Da das Landungsschiff ständig weiter abbremste, ›fielen‹ alle nicht befestigten Objekte im Laderaum in Richtung Bug. Sie fielen nicht sonderlich schnell, aber sie hatten trotzdem genug Schwung, um einen unvorsichtigen Menschen zu zerquetschen. Takuda hing in der Lukenöffnung und bellte Befehle und Warnungen in sein KomSet. Die DEST-Mitglieder waren so gut trainiert, daß sie augenblicklich auf seine knappen Kommandos reagierten.

Die Söldner-Mechpiloten und ihr kleines Techkontingent konzentrierten sich ganz auf ihre Mechs und kümmerten sich nur um andere Objekte, wenn sie ihnen zu nahe kamen. Den Rest der durch die Luft taumelnden Fracht überließen sie den DEST-Mitgliedern. Dadurch mußten sich Takudas Leute nicht nur um ihr eigenes Material kümmern, sondern auch um die Ersatzteilcontainer, die auf das vordere Schott zustürzten. Natürlich hätten sie die Behälter auch ignorieren können, aber die Rumpfhülle des Landungsschiffes war beschädigt. Takuda konnte das Zischen der entweichenden Luft hören. Der Gedanke, was passieren könnte, wenn eine Stahlkiste die Schottwand traf, war nicht gerade angetan, ihn zu beruhigen.

Das Landungsschiff schüttelte sich mit ungeahnter Heftigkeit und drohte alle gerade frisch verstauten Ausrüstungsteile wieder loszureißen. Takuda fühlte, wie er gegen die Haltegurte an Brust und Oberschenkeln gepreßt wurde, aber dann ließ der Druck nach, auch wenn die Erschütterungen weitergingen. Gleichzeitig fühlte er eine steigende Hitze. Er warf einen Blick auf den kleinen Sichtschirm neben der Personenschleuse. Die Außenhülle des Landungsschiffes glühte durch die Reibungshitze des Atmosphäreneintritts kirschrot. Takuda war kein betont religiöser Mann, aber in dieser Situation sprach er doch ein kurzes Stoßgebet für sich und seine Leute. In den Diensten des Draconis-Kombinats zu sterben war ein ehrenvoller Tod, aber er hatte dem Reich mehr zu bieten als ein Ende in irgendeiner namenlosen, vergessenen Ecke der Milchstraße, unidentifizierbar verkohlt.

Währenddessen glühte die Außenhülle des Schiffes immer heller, und im Innern des Laderaums wurde es von Sekunde zu Sekunde heißer. Takudas Kashira George Bustoe zuckte von der Außenwand zurück, als die Hitze durch seinen isolierten Kampfanzug drang. Auf Takudas Stirn und Rücken perlte der Schweiß. Die heiße Luft trocknete seine Kehle aus. Er zwang sich, sooft wie möglich durch die Nase zu atmen. Das Landungsschiff schüttelte und bäumte sich auf wie ein Rodeostier, und ohne die Haltegurte wäre er hilflos durch den Raum geschleudert worden.

Auf der Brücke des zum Untergang verdammten Landungsschiffes rang Parker Davud mit den Kontrollen. Ein System nach dem andern wurde überlastet, überhitzte und fiel aus. Ringsum explodierten die Instrumente in grellen Funkenfontänen. Davud flog nur noch nach Gefühl, und jeder Muskel in seinem Körper war in dem Versuch angespannt, die unkontrolliert auf die Planetenoberfläche zutaumelnde Tonnage einigermaßen im Griff zu halten. Durch die gelegentlichen Fenster im grellen Feuerschein, der den Frontschirm ausfüllte, konnte er die heranrasende Planetenoberfläche sehen. Er hatte keine Möglichkeit, sich einen geeigneten Landeplatz auszusuchen; an irgendwelche kontrollierten Manöver war überhaupt nicht zu denken. Unmittelbar über dem Bildschirmrand erkannte er eine Öffnung in der dichten Vegetation. Sie war nicht annähernd groß genug für ein Schiff der *Leopard*-Klasse, aber etwas Besseres war nicht in Sicht. Davud riß den Steuerhebel heran und warf das Schiff gleichzeitig von einer Seite zur anderen, um die Bremswirkung der Atmosphäre zu verstärken.

Jede Faser in Davuds Körper war darauf konzentriert, das Schiff so unversehrt wie möglich auf den Boden zu bringen. Er hörte auf zu atmen. Er hatte einfach keine Energie mehr dafür zur Verfügung. Möglicherweise blieb sogar sein Herz stehen. Aber sein Gehirn, seine Arme, seine Beine und seine Hände arbeiteten weiter. Als das Landungsschiff über die Baumwipfel heulte und die obersten Zweige über die Rumpfunterseite peitschten, fuhr der Kapitän die Bremsklappen aus und zog den Schiffsbug hoch. Ein letztes Mal senkte sich die Nase des Schiffes, und Kapitän Parker Davud sah die Bäume am Ende der Lichtung heranrasen. Dann schlug das Schiff auf und pflügte durch den weichen Boden. Einen Augenblick bohrte sich der Bug in den Grund und drohte, das ganze, riesige Landungsschiff auf den Rücken zu werfen. Dann setzte sich die Hubwirkung der Tragflächen durch, und der Bug kam wieder hoch. Er bohrte eine Schneise in die Lichtung und den Wald dahinter. Das Schiff stand.

Davud sah sich in der Dampfküche um, die er sein Cockpit nannte. Dicker Rauch hing in der Luft, und ab und zu zuckte irgendwo ein Funkenregen auf, als protestierten die sterbenden Instrumente gegen die brutale Landung. Er sah zur Checkliste hoch, die an der Decke über seinem Platz angebracht war, und ging systematisch die Lande- und Deaktivierungssequenz durch. Er las jeden Befehl laut ab und führte ihn anschließend durch. Das ganze war völlig sinnlos, aber es war ihm in den Jahren seiner Fluglaufbahn so in Fleisch und Blut übergegangen, daß es undenkbar gewesen wäre, darauf zu verzichten. Erst als die Checkliste komplett abgehakt war, schlug Davud auf das Schloß der Sicherheitsgurte und stand auf. Jetzt erkannte er, wie groß die Anspannung gewesen war, unter der er gestanden hatte. Seine Knie gaben nach, und er stürzte gegen die Hauptkonsole.

Im Heck des vor Gluthitze dampfenden Landungsschiffes hatten sich als Folge von Davuds Landungscheck die Personenschleusen geöffnet. Die DEST-Mitglieder strömten hinaus ins Freie, die Waffen im Anschlag, geladen und entsichert. Sie waren auf einer fremden Welt, möglicherweise auf einer sehr fremden, und sie waren auf alles vorbereitet.

Nach Verlassen des Schiffes verteilten sich die Kommandosoldaten und nahmen in Abständen von zwanzig Metern Kampfhaltung ein. Stille. Kein Vogel, kein Tier, kein Mensch, nicht einmal ein Insekt war zu hören. Nichts. Absolute Stille. Dann ein furchtbarer, tosender, donnernder Wirbelsturm. Die DEST-Soldaten warfen sich zu Boden und drehten sich in Richtung des unerwarteten und unbekannten Angreifers. In einem Mantel aus Licht krachte etwas durch die Baumwipfel, die ihr Schiff kurz zuvor überflogen hatte, und bohrte sich auf Parallelkurs in den Boden. Das Objekt schleuderte riesige Mengen Erde auf, während es immer näher an das Landungsschiff herankam. Knappe hundert Meter vor dem Schiff stoppte es, ein rauchender Berg aus Erde, Wurzeln und kleinen Bäumen.

Takuda schlug das Herz bis zum Hals. Dann brach er abrupt in lautes Gelächter aus. Das Monster, daß sie von hinten angegriffen hatte, war das Rettungsboot der *Telendine*. Er ging auf den dampfenden Schmutzhügel zu und verspürte eine gewisse Überraschung, als ihm jemand durch die Dampfschwaden entgegenkam. Er erkannte Mark Jacobs, den Bordingenieur des Landungsschiffes. Hinter ihm kam die Navigatorin, Elizabeth Hoond, die den Kommandanten der *Telendine* stützte. Das Trio sah schwer mitgenommen aus, und Takuda fand, sie machten einen schlimmeren Eindruck als er selbst. Zumindest hoffte er das.

RICK
HARRIS
93

Takuda übernahm das Kommando. Im Raum hatte er Davud oder Bannin den Vortritt überlassen, aber hier, wo sie festen Boden unter den Füßen hatten, war er der Boss. Als erstes mußten die Söldner und anderen Überlebenden in Bergungstrupps und zur Versorgung der Verletzten eingeteilt werden. Dann mußten sie ihr Lager sichern. Seine eigenen Truppen reagierten sofort auf seine Befehle, aber Vosts Söldner akzeptierten seine Autorität nicht. Sie unterstanden seinem Befehl nur, bis er sie bei ihrem neuen Kommandeur ablieferte. Jetzt wollten sie von ihm wissen, mit welchem Recht er ihnen Anweisungen gab. Und sie wollten wissen, ob sie überhaupt noch im Sold von Haus Kurita standen. Die grimmigen Mienen der bewaffneten Kommandotruppen sorgten dafür, daß diese Proteste schnell verstummten, aber der DEST-Kommandeur wußte, daß sie bald wieder lauter werden würden.

Wer für was die Zeche bezahlte, war eine interessante Frage, über die er eine Weile würde nachdenken müssen. Aber erst mußte er mit Bannin reden.

Takuda ging hinüber zur Sprungschiffbesatzung, die bei Parker Davud unter dem Rumpf des Landungsschiffes kauerte. Nur Jacobs stand bei seiner Ankunft ehrerbietig auf. Davud saß schlapp gegen den Schiffsrumpf gelehnt, und Hoond kümmerte sich noch um Bannin, der keinerlei Regung zeigte. Takuda blieb vor ihm stehen. »Wo sind wir?« fragte er, schärfer als er eigentlich vorgehabt hatte. Andererseits sah er keinen Grund, um den heißen Brei herumzureden. Bannin hob den Kopf und sah durch den DEST-Kommandeur hindurch. »Wo sind wir?« wiederholte Takuda seine Frage.

»Wo? Wo?« murmelte Bannin. »Wir können überall sein. Meine Instrumente spielten völlig verrückt, bevor sie den Geist ganz aufgaben. Sie haben mir nichts gesagt.« Er zuckte die Schultern und winkte hilflos in Richtung des schweigenden Waldes. »Jedenfalls sind wir hier irgendwo ganz anders, soviel ist sicher. Was weiß ich, vielleicht sind wir in einem dieser Paralleluniversen, die Futuristen regelmäßig aus ihren wirren Phantasien formen.«

»Für meine Instrumente gilt dasselbe«, bemerkte Davud. Er hob die Hand und klopfte auf das verformte Metall des abkühlenden Landungsschiffes. »Ich weiß auch nicht, wo wir sind. Aber wo auch immer es ist, eines ist sicher – wir werden hier bleiben müssen.«

5

Die Nacht schlich sich an den seltsamen Haufen Gestrandeter an. Einzelne Lagerfeuer tauchten wie verschwommene, einäugige Monster in der Dunkelheit auf. Takuda saß allein an seinem eigenen Feuer und kaute eine Notration. Als er hinauf zu den fremden Sternen blickte, wurde ihm klar, daß es erst wenige Stunden her war, seit er über Salford die Inspektion der *Telendine* abgeschlossen hatte, sicher in dem Gefühl, an einen vertrauten Ort in einem vertrauten Universum zu reisen. Jetzt war er irgendwo ganz anders, und er hatte nicht den Schimmer einer Idee, wo. Sein Universum, sein vertrautes, greifbares, reales Universum, war mit einem Schlag verschwunden. Er war ein Mann ohne Vergangenheit, nur mit einer Gegenwart und einer unbekannten Zukunft. Wenn er noch eine Zukunft hatte.

Der Morgen brach an. Sho-sa Yubari Takuda schüttelte sich und streckte die Beine. Geschlafen hatte er kaum. Statt dessen hatte er sich mit der Überlegung herumgequält, ob es noch irgendeinen Sinn hatte weiterzumachen. Aber sein ganzes Wesen rebellierte gegen diese Frage. Natürlich mußten sie weitermachen – natürlich mußte er weitermachen. Seppuku war ein ehrenvolles Ende für einen Krieger, aber nicht akzeptabel als Flucht vor der Verantwortung. Und Takuda trug jetzt die Verantwortung für die Leben der zwölf Mitglieder seines Draconis-Elitesturmtrupps, ebenso für die der elf Söldner und die vier Besatzungsmitglieder von Sprung- und Landungsschiff. Alles in allem würden siebenundzwanzig Menschen lernen müssen, harmonisch zusammenzuleben.

Takuda ging seine Gruppe in Gedanken durch. Zum Führungsteam gehörten er selbst, sein Adjutant, Sho-ko Saitan Yura, und Kashira George Bustoe. Sie dienten schon seit Jahren unter ihm, und würden seinen Befehlen bis in den Tod folgen. Unter normalen Umständen würde das für den gesamten Trupp gelten, aber ihre derzeitige Lage ließ sich kaum als normal bezeichnen.

Die drei Einsatzsektionen des Trupps unterstanden jeweils einem Gun-sho von beträchtlicher Erfahrung. Shawn Arsenault, Anführer der ersten Sektion, verbrachte etwas zuviel Zeit mit der Pflege seiner äußeren Erscheinung, aber er war unerschütterlich und immer guter Laune. Emmerdean Knyte, der zweite Sektionsführer, war intelligent und introvertiert. Er war Offiziersmaterial, ein Mann, der ohne großes Aufheben durch sein Vorbild führte. Auch er würde die Dinge nehmen, wie sie kamen. Ariake Sanae führte die Schwere-Waffen-Sektion an. Kein Kommandeur konnte sich eine aufrechtere Untergebene wünschen, aber sie hatte eine Tendenz zum Dogmatismus in religiösen Fragen. Sie besaß keinerlei Gefühl für Humor und konnte mit Knyte außer in militärischer Hinsicht nichts anfangen.

Die Söldner kannte Takuda weniger gut. Er hatte nur mit Garber Vost, ihrem Anführer, direkten Kontakt gehabt, und der war ein Beispiel für alles, was Takuda verachtete. Vost war ein Angeber, der die übrigen Mechpiloten mit kaum verhüllter Herablassung behandelte. Holly Goodall, die einzige MechKriegerin, war für ihn ein Objekt offener Verachtung. Warum sie sich dieser Einheit angeschlossen hatte, war Takuda ein Rätsel, aber MechKrieger waren eine ganz eigene Spezies, und Söldner ganz besonders. Von den Techs der Söldnereinheit wußte er nur, daß es sich um sechs Personen handelte, je drei Männer und Frauen. Alle sechs schienen sich vor allem um den Söldnerführer und dessen Bedürfnisse zu kümmern.

Die Schiffsbesatzungen waren ein weiterer unbekannter Faktor. Parker Davud, der Landungsschiffspilot, war ohne Zweifel ein Profi höchsten Ranges. Allein wie er es geschafft hatte, sein Schiff praktisch steuerlos zu landen, ohne daß es beim Aufprall auseinanderbrach, war dafür Beweis genug. Daß er keinen ausgeprägten Sinn für Rangordnung hatte, war verzeihbar: Landungsschiffspiloten waren nun einmal so. Bannin, der Kommandeur des Sprungschiffs, erhielt von Takuda eine weit schlechtere Benotung. Der Mann war in der Krise zusammengebrochen, und jetzt war kaum etwas von ihm zu erwarten. Die Navigatorin und der Ingenieur des Sprungschiffs waren besser, aber inwiefern sie etwas zu ihrer Zukunft hier beitragen konnten, stand in den Sternen.

Diese bunt zusammengewürfelte Gruppe würde zusammenarbeiten müssen, um zu überleben. Sie war alles andere als Takudas Wunschteam für einen Notfall wie diesen, aber das Schicksal hatte die Karten so ausgeteilt, und er mußte damit klarkommen. Er stand auf und sah sich um. Die verschiedenen Lager legten Zeugnis von der Haltung ihrer Besitzer ab. Die DEST-Lager waren zwischen dem Gras und Gestüpp der Lichtung kaum auszumachen. Ohne Zweifel waren die Waffen aller Sektionen jederzeit einsatzbereit. Das Söldnerlager dagegen erinnerte in seiner Geschäftigkeit an einen Ameisenhaufen. Alles, was dort vorging, fand völlig offen statt, ungeschützt vor den Augen eines möglichen Fremdwesens unter den Bäumen. Die Gruppe der Piloten war noch immer unter der verformten Tragfläche des Landungsschiffes.

Als Vost das Söldnerlager verließ und auf Takuda zukam, fühlte der Sho-sa, wie Yura und Bustoe hinter ihm näher kamen. Er wußte, sie würden in respektvoller Distanz bleiben, außer Hörweite normaler Konversation, aber bereit, ihn bei Bedarf wortlos und gut bewaffnet zu unterstützen. »Tja, Major«, stellte Vost fest, und verzichtete auf die korrekte japanische Rangbezeichnung Takudas, »wir scheinen in seltsame Umstände geraten zu sein.«

Takuda betrachtete sein Gegenüber stumm. Seiner Erfahrung nach war Schweigen häufig die beste Antwort. Außerdem war er sich sicher, daß Vost seine vorbereitete Rede abspulen würde, egal, was er antwortete. Er hatte recht.

»Seit gestern, oder wann immer es war, hat sich die Lage geändert. Meine Männer und ich wurden vom Draconis-Kombinat als komplette Lanze verpflichtet. Wir sollten an einer Aktion teilnehmen, für deren Durchführung Ihre Leute sich nicht qualifiziert fühlten. Mein Vertrag legt fest, daß wir die Hälfte der vereinbarten Summe bei Unterzeichnung und die andere Hälfte nach Abschluß der Mission erhalten. Sie und Ihre Leute waren verantwortlich für unseren sicheren Einsatz und Abtransport. Soweit ich es sehe, haben Sie Ihren Teil des Vertrages nicht erfüllt. Was meinen Sie dazu?«

»Ich kenne Ihren Vertrag nicht«, erwiderte Takuda mit nüchternem Ton. »Ich habe meine eigenen Befehle, was Ihre Lanze betrifft.« Das stimmte natürlich nicht ganz. Er war nicht nur beauftragt worden, die Söldner am Einsatzort abzuliefern, sondern sollte auch dafür sorgen, daß sie ihren Auftrag erfüllten. Das Landungsschiff enthielt die Dokumente und das Geld für die Bezahlung Vosts, sobald dessen Lanze ihre Arbeit getan hatte. Aber davon sollte Vost nichts erfahren, und soweit es Takuda anging, galten seine Befehle noch. Außerdem hätte es sich nachteilig auf die Harmonie ausgewirkt, hätte er sein Wissen preisgegeben.

»Nun, ich habe meine Kopie des Vertrages dabei«, stellte Vost fest und griff in die Jacke. Takuda fühlte, wie seine Leute sich anspannten, und auch, wie sich die Anspannung löste, als der Söldner keine Waffe, sondern eine Schriftrolle ans Licht holte.

»Ich brauche Ihre Kopie nicht, Pilot Vost. Ich gehe

davon aus, daß Sie die Wahrheit sagen. Aber ich wüßte nicht, was sich an unserer Lage so dramatisch verändert haben soll.«

»Ich finde jedenfalls, daß unser Vertrag jetzt ungültig ist, und der Rest meiner Männer stimmt mir zu.«

»Sie stimmen über solche Fragen ab?« Takuda machte ein erstauntes Gesicht.

»Nein. Aber ich höre zu, wenn meine Männer etwas sagen.«

Takuda lächelte. In Wahrheit meinte Vost, daß er seinen Leuten erklärte, was er von ihnen hören wollte, und dann sagten sie es. Eine interessante Form der Menschenführung. »Nun gut, und was sagen Ihre Leute?«

»Erst einmal ist der Vertrag ungültig, und wir sind nicht durch ihn gebunden. Da Sie uns nicht an unserem Bestimmungsort ablieferten, haben wir keinerlei Bedarf für Sie oder Ihr DEST-Team. Das macht auch Ihre Autorität hier illusorisch. Wir sind durchaus in der Lage, uns selbst zu helfen. Ihre Leute können die Einheit auflösen und sich meinen Techs anschließen.«

»Die Einheit auflösen?«

»Sie ist nutzlos, oder etwa nicht? Das hier ist keine Gefechtssituation. Was wir hier brauchen, sind Leute, die zu arbeiten verstehen. Meine Techs sind dafür genau richtig. Wir können Ihren Leuten beibringen, wie man überlebt.«

»Vost-san, meine Einheit besteht nicht nur aus Elite-Sturmtruppen; ihre Mitglieder sind sämtlich qualifizierte Mechpiloten. Außerdem sind sie alle dafür ausgebildet, allein in jeder Art von Umgebung zu überleben. Das veranlaßt mich zu dem Schluß, daß unser Überleben hier eine Beibehaltung der bestehenden Strukturen notwendig macht.«

»Mit Ihnen als Anführer, meinen Sie.«

Also das ist das Problem, dachte Takuda. Vost ärgerte sich darüber, nicht den alleinigen Befehl zu haben. Jetzt fühlte Takuda sich schon besser. Zumindest wußte er, was los war.

»Und wenn Sie den Befehl haben«, sprach Vost weiter, »was planen Sie bezüglich der Frauen?«

»Ich war mir nicht bewußt, bezüglich der Frauen irgend etwas planen zu müssen.«

»Genau da liegt Ihr Problem, Major.« Auf Vosts Gesicht lag ein höhnischer Ausdruck, wie ihn Takuda schon früher gesehen hatte, wenn ein Zivilist versuchte, Militärs herunterzuputzen. »Wir sitzen hier fest.« Vost stemmte die Fäuste in die Seiten und schob die Brust vor. »Das müssen Sie sich klarmachen. Wenn wir hier überleben wollen, müssen wir die Frauen an die besten Männer verteilen. Und zwar sofort.«

»Ich habe Probleme mit dem ›wir‹ in Ihrer Behauptung.«

»Wir. Die Anführer. Sie und ich. Vielleicht noch Bannin, obwohl ich den für nutzlos halte. Sie und ich.«

»Was ist mit den Frauen?«

»Was soll mit ihnen sein? Die Frauen werden tun, was ihnen gesagt wird, was denn sonst?«

»Wirklich? Im Draconis-Kombinat behandeln wir Frauen nicht als Ware.«

»Wir sind nicht mehr im Draconis-Kombinat, Major. Wir sind irgendwo weit außerhalb, und unser langfristiges Überleben steht auf dem Spiel.« Vost schüttelte den Kopf. »Erinnern Sie sich, was Bannin gestern abend gesagt hat? Wir sind nirgendwo. Das ist Neuland. Eine neue Welt, Major. Wachen Sie auf.«

Takuda hatte keine Antwort parat. In einem Punkt hatte Vost recht. Dies war eine neue Welt und eine neue Situation. Alles, was der Sho-sa je gelernt hatte, war plötzlich keinen Pfifferling mehr wert. Es gab kein Kombinat, vor dem er sich verantworten mußte oder verantworten konnte. Es gab niemanden über ihm, wie bis jetzt immer. Sein gesamtes Leben war in eine Hierarchie eingebettet gewesen, in der jeder einer übergeordneten Autorität verpflichtet und für seine Untergebenen verantwortlich gewesen war. Jetzt blieb nur die Hierarchie nach unten, die nach oben war verschwunden.

Aber eines war sicher. Diese Söldner waren unfähig, sich über puren Egoismus zu erheben. Der einzige Grund für ihre Verpflichtung zu dieser Mission war ihr FlugMech gewesen, eine Maschine, die für die Erkundungsaspekte des Auftrags von ungeheurem Wert gewesen wäre. FLUM waren ebenso selten wie wertvoll, denn niemand in der Inneren Sphäre stellte sie noch her. Und die Söldner waren ausgewählt worden, weil ihr Tod bei einem Fehlschlag der Mission keinen Verlust dargestellt hätte.

»Ich werde darüber nachdenken.« Mehr konnte Takuda nicht sagen. »Wir werden sehen.«

»Und ob wir das werden«, erwiderte Vost. »Und zwar bald.«

Später am selben Tag veränderte sich die Situation etwas. Takuda hatte Patrouillen ausgesandt, die erkunden sollten, was der Wald anzubieten hatte, und die Kundschafter meldeten möglicherweise eßbare Früchte im Überfluß. Sie hatten es nicht gewagt, das Obst zu probieren, aber sie hatten eine beträchtliche Menge der verschiedensten Sorten mitgebracht. Die letzte Streife, die von Knytes Sektion gestellt worden war, hatte noch interessantere Neuigkeiten zu berichten. Horg und Holland, die beiden Mitglieder der Sektion, die in den Wald vorgestoßen waren, hatten Kontakt mit einem größeren Tier gehabt. Holland hatte darauf geschossen, es aber verfehlt. Das Tier war im Wald verschwunden und hatte kaum Spuren hinterlassen. Aber als es die Flucht ergriff, hatte es geschrien. Und der Schrei hatte beinahe menschlich geklungen.

6

Die nächsten drei Tage vergingen in zielgerichteter Geschäftigkeit. Die Gestrandeten hatten in der üppigen Vegetation eine mögliche Nahrungsquelle gefunden; und vielleicht gab es auch eine vernunftbegabte Lebensform auf dieser Welt. Der menschlich klingende Aufschrei des am ersten Nachmittag entdeckten Tieres blieb jedoch ein Rätsel. Keiner der Überlebenden hatte das Tier seither noch einmal gesehen, auch wenn mehrere Streifen Spuren entdeckt hatten. Die Fährten schienen von einem Riesenvogel zu stammen, was die Möglichket zweier verschiedener Spezies aufwarf: einer Art, die ähnlich wie Menschen klang, und einer Art, deren Körperbau an Vögel erinnerte.

Das Nahrungsproblem wurde durch eine gründliche Untersuchung des Waldes und vorsichtige Versuche teilweise gelöst. Die Untersuchung ergab, daß ein Teil der Früchte angefressen war. Von der Theorie ausgehend, daß auch ein Mensch in der Lage sein sollte, Nahrung zu sich zu nehmen, die andere Wesen ohne Schaden verspeisen konnten, entschloß sich Takuda, das Obst zu probieren. Er hoffte, anderen damit Mut zu machen. Er wählte eine große gelbe Frucht mit glatter Haut und verspeiste sie bis auf die öliggrauen Samen. Die anderen beobachteten ihn, und als er am folgenden Morgen noch lebte, aßen sie auch von den gelben Früchten.

Doch unter der Oberfläche all dieser Aktivität und des Gefühls erfolgreicher Anstrengungen blieb die Spannung erhalten. Die Söldner und DEST-Mitglieder entwickelten ein immer ausgeprägteres Mißtrauen gegeneinander, aber auch an anderen Stellen zeigten sich erste Risse.

Garber Vost beobachtete die Mitglieder seiner Söldnerlanze, während sie sich ausruhten. Es amüsierte ihn, wie ihre jeweilige Haltung dem Leben gegenüber sich auch in der Art äußerte, in der sie mit ihrer Ausrüstung umgingen. Wie zu erwarten war, hatte Brian Seagroves, der FLUM-Pilot, den am reichhaltigsten ausgestatteten Platz im Lager. Brian mochte hübsche Dinge, besonders diejenigen, die man für Geld kaufen konnte. Als Vost die Lanze gegründet hatte, war Seagroves der härteste Verhandlungspartner gewesen. Er hatte keine Probleme damit gehabt, auf stur zu schalten, um zu beweisen, wie viel wertvoller als irgendein anderes Lanzenmitglied er war. Und er hatte darauf bestanden, den größten Teil seines Solds im voraus zu erhalten, in C-Noten, für die er sich seine Spielzeuge kaufen konnte. Sein Schlafsack trug den Aufnäher eines berühmten Modehauses auf New Samarkand, ein Name, den man in der gesamten Inneren Sphäre kannte. Dasselbe galt für seine Stiefel, die Gefechtsweste und das Kochgeschirr. Niemand, der ihn sah, konnte noch Zweifel daran hegen, daß dies ein Mann war, der Geld besaß und es auszugeben wußte. Er hatte es sogar fertiggebracht, Kendall Pesht ein zweites Moskitonetz mit Halterahmen abzukaufen. Das verlieh seinem Lagerplatz eine opulente Safari-Atmosphäre.

Pesht andererseits lag im Freien. Nachdem er sein Moskitonetz verkauft hatte, war sein Lagerplatz der einzige, der ungeschützt den Schwärmen ausgehungerter Insekten ausgeliefert war, die sich jede Nacht auf die Söldner stürzten. Dadurch war er gezwungen, sich die ganze Zeit in seinem dünnen Schlafsack zu verkriechen, aber an seinem Gesicht ließ sich ablesen, daß er nicht allzuviel Erfolg damit hatte. Pesht, der *Speerschleuder*-Pilot, wollte jedermanns Freund sein. Er erinnerte an einen kleinen Hund, der laut bellend um die Beine derer scharwenzelte, die wirklich etwas zu sagen hatten. Vost gegenüber war diese Haltung besonders ausgeprägt, und der Söldnerführer benutzte ihn, wenn nötig, als sein Werkzeug. Wahrscheinlich hatte der Mann Seagroves sein Moskitonetz verkauft, um ihm einen Gefallen zu tun, aber Brian würde das ganz sicher nicht so sehen. Also hatte Pesht sein Moskitonetz verloren, ohne irgend etwas dadurch zu gewinnen.

Collis Brank, einer der *Heuschreck*-Piloten, war ein Intrigant. Der Mann war ständig mit irgendeinem, meistens üblen, Plan beschäftigt, aber Vost konnte sich blind darauf verlassen, daß Brank jeden anderen verriet, wenn er sich dadurch einen Vorteil sichern konnte. Das machte ihn zu einer ausgezeichneten Informationsquelle für alles, was in der Lanze vorging, und Vost achtete darauf, ihn für diese Informationen auf jeden Fall zu belohnen.

Holly Goodall war die Pilotin des zweiten *Heuschreck*. Sie war das gefährlichste Mitglied der Lanze, auch wenn ihr Mech eine leichte Maschine war, die Vosts Kontrolle über die Einheit nicht gefährlich werden konnte. Sie war ein unangenehm direktes Weib. Sie hielt ihren Mech in perfektem Zustand und war ständig mit dem Versuch beschäftigt, seine verschiedenen Systeme zu verbessern. An einem Mann wäre das ein guter Zug gewesen, aber für eine Frau war es seltsam. Vost hatte MechKriegerinnen gegenüber Vorbehalte, und Goodall verstärkte diese Abneigung noch. Er hatte sie nur in die Lanze aufgenommen, um die im Vertrag vorgeschriebene Einheitsstärke zu erreichen. Sie war zu hart. Die meiste Zeit trug sie nur Kühlweste und Shorts, eine reichlich luftige Bekleidung, die in Vosts Innerem für erheblichen Tumult sorgte. Zum Glück hatte er Michelle Guardine unter den Techs. Er brauchte eine Möglichkeit, die Spannung abzubauen.

Alles in allem hatte Sagiri Johnson einen kompetenten Techstab aufgestellt. Johnson arbeitete seit zwei Jahren für Vost. Er war der einzige andere Überlebende seiner ersten Lanze. Underos Yaputi und Iliomoso Panda neigten zwar dazu, sich zu beschweren, würden aber tun, was man ihnen sagte. Die anderen Techs, Tami Wilson und Fiona Sabine, waren zu intelligent, um gute Handlanger abzugeben. Schlimmer noch, sie zeigten Neigung, Goodall zuzuhören. Vost spannte unter der Gefechtsweste die Schultermuskulatur und strich sich durch das dichte, sandblonde Haar. Mit den beiden würde er auch fertigwerden, wenn es an der Zeit war. Er war noch mit jedem fertiggeworden.

Vost winkte Collis Brank beiläufig zu. Der sprang auf und glitt herüber. Der *Heuschreck*-Pilot glitt überallhin, und er drängte sich dicht genug an einen heran, um sich im Flüsterton zu unterhalten, selbst wenn es gar nicht notwendig war. »Was gibt's?« fragte er mit kehligem Flüstern.

Vost trat einen Schritt zurück, um eine gewisse Distanz zur gebeugten Gestalt Branks zu gewinnen. »Ich wollte mich nur unterhalten. Ich frage mich, wie es dir geht. Du weißt im allgemeinen, was los ist, bevor ich es mitbekomme.«

»Die Haltung dieser DEST-Kerle gefällt mir nicht. Sie wollen alles bestimmen.«

»Natürlich. Kombinatstruppen bilden sich immer ein, sie müßten das Kommando haben. Aber ich würde mich etwas vorsehen, die DEST schlecht zu machen. Sie haben einen beachtlichen Ruf, und selbst wenn der überzogen ist, so weit von der Wahrheit ist er auch nicht.«

»Sie sind auch keine Übermenschen«, winselte der kleine Mechpilot.

»Übermenschen vielleicht nicht, aber trotzdem verdammt gut. Sieh dich vor, was du sagst. In ihrer Nähe solltest du dich vorsehen.«

Ein paar Sekunden herrschte Stille zwischen den beiden Männern. Vost gab Brank Zeit nachzudenken und von selbst die gewünschte Antwort zu finden.

»Im Moment haben sie alle Waffen«, meinte der schließlich. »Wir haben unsere Pistolen, aber die schweren Geschütze gehören ihnen. Zu schade.«

»Zu schade, daß wir die Mechs nicht hier draußen haben«, stellte Vost nach einer kaum merklichen Pause fest. »Das würde die Sachlage verändern. Dann wären wir am Drücker, und sie müßten nach unserer Pfeife tanzen.«

»Wir sollten sowieso am Drücker sein«, warf Brank ein. »Sie haben doch gar nichts zu tun. Es gibt niemanden hier, gegen den sie kämpfen könnten.«

»Sie behaupten etwas anderes. Wer weiß, ob die Geschichten über menschenähnliche Fremdwesen und riesige Vögel draußen im Wald nicht nur dazu dienen sollen, uns angst zu machen und sie wichtig erscheinen zu lassen. Was haben sie schon zu tun, außer sich darum Sorgen zu machen? Takuda sitzt da wie ein Diktator und erzählt uns, wir müßten uns auf die Verteidigung vorbereiten. Gegen was denn? Was wirklich nottut, ist, daß wir unser Leben hier organisieren. Wir müssen herausfinden, wie wir überleben können. Und du weißt, was ich damit meine.«

Brank hatte keinen Schimmer, was Vost mit Überleben meinte, abgesehen vielleicht von mehr Nahrung und einem Dach über dem Kopf. Aber er wußte, daß Vost eine Antwort erwartete und daß diese Antwort tiefgründig sein mußte. Nur fiel ihm nichts ein. Er konnte nur zustimmend brummen und hoffen, daß ihm Vost einen Hinweis gab. Zum Glück für seine festgefahrenen Gedankengänge wanderte in diesem Moment Holly Goodall durch sein Blickfeld. Das löste eine Reaktion aus. »Die Frauen.« Es war beinahe eine Frage.

»Genau.« Vost nahm das Stichwort sofort auf. »Wir müssen die Frauen verteilen. Wenn wir hier überleben wollen, muß jemand da sein, der unser Erbe fortführt. Wir müssen die Frauen unter uns aufteilen.«

»Aber es sind nur vier.« Branks Stimme klang weinerlich. Er ging in Gedanken durch, ob eine für ihn übrigbleiben würde, und wenn ja, welche.

»Du vergißt die beiden beim DEST.«

»Das würde dem Major nicht gefallen. Er würde Einwände machen.«

»Nicht, wenn die Mechs ausgeladen wären. Kann sein, daß wir die Frauen nur über seine Leiche bekämen, aber das ließe sich dann arrangieren.« Vost warf Brank einen wissenden Blick zu, der mit einem verschmitzten Lächeln quittiert wurde. »Die beiden da drüben sind in bester körperlicher Verfassung. Zugegeben, wahrscheinlich würden sie jedem Mann das Genick brechen, der sie schief ansieht, aber wäre es kein Spaß, sie zu zähmen? Ich wette, mit einer von ihnen könntest du dich großartig amüsieren, was meinst du?«

Sho-sa Yubari Takuda beobachtete die beiden Mechpiloten bei ihrer Unterhaltung. Er konnte nicht hören, was sie redeten, aber das war auch gar nicht nötig. Die ganze Situation war ihm unangenehm. Die Rolle eines Alleinherrschers war Takuda ganz und gar fremd. Er wollte diese Funktion nicht, aber er sah keine Alternative. Vost wollte sich zwar ganz eindeutig zum Leithund aufschwingen, aber er war absolut unfähig, im Interesse der gesamten Gruppe zu handeln. Und was Reston Bannin betraf – der Mann war ein Versager. Seit sie das Sprungschiff verlassen hatten, hatte er keinen Finger gerührt. Damit blieb nur noch Parker Davud, aber wahrscheinlich würde sich der Landungsschiffspilot jedem Versuch widersetzen, ihn zum Anführer der Schiffbrüchigen zu machen.

Also blieb die Aufgabe an Takuda hängen. Solange die DEST-Mitglieder zusammenhielten, konnte er sich behaupten. Aber diese Situation war für sie ebenso neu wie für die anderen, daher konnte er sich nicht sicher sein, was sie tun würden. DEST-Mitglieder wurden nach Intelligenz ausgewählt, nicht nach blindem Gehorsam. Früher oder später würde sich jeder von ihnen seine eigene Meinung zu ihrer Situation bilden. Takuda hatte nicht die Absicht, sich zum Diktator aufzuschwingen. Er betrachtete eine wohlwollende Autokratie als die beste Regierungsform. Aus welchem anderen Grund sollte das Draconis-Kombinat eine Regierung dieser Art besitzen?

Johan Miranda, das jüngste Mitglied der Waffensektion, erhob sich aus dem Gras in der Nähe und kam auf Takuda zu. Er blieb in respektvollem Abstand stehen und wartete, bis der Kommandeur seine Anwesenheit zur Kenntnis nahm. Takuda fragte sich, wie lange dieser Respekt noch halten würde. Er nickte dem Jotohei zu.

»Höchst ehrbarer Sho-sa«, begann Miranda, und verneigte sich unmerklich aus der Hüfte. Der Gunsho hielt sein Scharfschützengewehr in der Hand. Die Waffe war mit einem Nachtsicht-Zielfernrohr und Geräuschsensoren ausgerüstet. Es hieß, man könne mit ihr auf hundert Meter eine Kribbelmücke erkennen. Miranda war ein ausgezeichneter Schütze mit diesem Gewehr, sonst hätte er es nicht bis in einen DEST geschafft. Und Miranda war selbst für DEST-Standards gut.

»Sprich, Jotohei Miranda.«

»Vielleicht könnte ich von Nutzen sein.« Der junge Feldwebel blickte hinüber zu den beiden Mechpiloten, die noch immer in der Nähe ihres Lagers standen.

Einen Moment befürchtete Takuda, der Gun-sho wollte Zielübungen vorschlagen. Das hätte vielleicht einen Teil ihrer Probleme zeitweilig lösen können, aber wenn sie erst anfingen, Schwierigkeiten durch Mord zu lösen, würde bald niemand mehr seines Lebens sicher sein. »Sprich.«

»Ich habe das Lager nach verdächtigen Geräuschen

abgesucht und dabei Bemerkenswertes erfahren.« Miranda stockte, um sich zu vergewissern, daß er weiterreden durfte. Als Takuda nichts sagte, fuhr er fort. »Jemand hat erwähnt, daß die Mechs aus dem Landungsschiff geholt werden könnten.«

Takuda bemerkte, daß der Jotohei weder sagte, wer das erwähnt hatte, noch, wo er diese Information gehört hatte. Er nickte. »Danke für die Information, Jotohei. Ich werde sie bedenken. Du kannst gehen.« Der Gunsho verbeugte sich noch einmal leicht und kehrte in seine Stellung im Gras zurück.

»Sho-ko«, sagte Takuda. Es war kein Ruf, aber Takuda hatte seine Stimme darauf trainiert, wenn nötig weit zu tragen. Der junge Unteroffizier erhob sich aus seiner Position etwa fünfzig Meter entfernt und eilte an die Seite seines Kommandeurs.

»Sho-ko, das Landungsschiff könnte in Gefahr sein. Sorgen Sie dafür, daß es bewacht wird.«

Der Sho-ko salutierte, drehte auf den Stiefelabsätzen um und machte sich auf den Weg zu den Mitgliedern der nächstgelegenen DEST-Sektion.

7

Die üppige, triefnasse, aromatische Vegetation hing in der windstillen Luft stumm und bedrohlich herab. Bei jedem Schritt sanken die Mitglieder der Streife tief in den Boden ein. Die Fußstapfen, die sie hinterließen, füllten sich langsam mit dunklem Wasser. Man hatte das Gefühl, sich durch einen schallisolierten Raum zu bewegen. Von jenseits ihres begrenzten Sichtfelds drang ein leises Platschen an ihre Ohren, wie von fetten, graugrünen Schnecken, die auf einen weichen Schwamm fielen. Jotohei Andi Holland, die als Vorhut der Patrouille diente, blieb stehen und überlegte, was diese Geräusche verursachen könnte, um darauf vorbereitet zu sein, wenn es in Sicht kam. Hinter sich fühlte sie die übrigen Mitglieder der Streife mehr, als daß sie ihre Kameraden sah.

Direkt hinter ihr kam Gun-sho Emmerdean Knyte, der Sektions- und Patrouillenführer. Ihm folgte Go-cho Swalen Horg. Holland war die rangniedrigste Soldatin in dieser Streife, aber das war nicht der Grund für ihre Rolle als Vorhut. Sie wechselten sich alle drei in dieser Position ab, und keiner von ihnen übernahm die Vorhut länger als zwanzig Minuten. Der Soldat an der Spitze der Streife hatte eine anstrengende Aufgabe, und die Belastung forderte ihren Preis. Mit zunehmender Müdigkeit begann Holland, Dinge zu sehen und zu hören, die nicht wirklich da waren. Und schlimmer noch, sie begann Dinge, die da waren, *nicht* zu sehen und zu hören.

Die drei waren schon auf vielen Streifen gewesen, aber diese war anders. Bei den meisten Streifen wußte man, wo der Feind stand, und konnte sich darauf einstellen. Und selbst wenn sie nicht wußten, wo ihr Gegner sich aufhielt, wußten sie doch, was sie eventuell zu erwarten hatten. Diesmal hatten sie keine Ahnung, was da draußen auf sie wartete. Sie waren für diese Mission auf den möglichen Kontakt mit fremden Lebensformen vorbereitet worden, aber der Gedanke, einem Fremdlebewesen leibhaftig zu begegnen, ließ die Spannung so enorm ansteigen, daß niemand die Vorhutposition lange durchhielt. Holland hatte sie schon fast die volle Zeit inne; sie wurde müde. Sie hob die Hand und stoppte die Patrouille, während sie sich auf die Knie niederließ. Mit dem Lauf des Nakajima-Lasergewehrs teilte sie in Augenhöhe das Gestrüpp.

Die Draconierin fragte sich, warum sie eine Waffe trug, die eine Reichweite von dreihundert Metern besaß, obwohl die effektive Sichtweite in diesem Urwald höchstens zwei Meter betrug. Unter diesen Umständen hätte sie ein Gyrogewehr oder sogar eine der Pistolen bevorzugt, wie sie die Mitglieder der Söldnerpatrouille trugen.

Daß sich überhaupt eine Söldnerpatrouille hier im Wald aufhielt, war einerseits überraschend, andererseits aber klar. Überraschend war es, weil Holland die Diskussion zwischen Sho-sa Takuda und Garber Vost über Sinn und Zweck einer Söldnerstreife mitangehört hatte. Als der Sho-sa vorgeschlagen hatte, daß die Söldner Streifengänge durchführten, hatte Vost ihn ignoriert. Als der DEST-Kommandeur daraufhin den Söldnern befohlen hatte, auf Patrouille zu gehen, hatte Vost ihm augenblicklich heftig widersprochen. Soweit Holland es mitbekommen hatte, war es dabei weniger darum gegangen, daß Vost seine Leute nicht losschicken wollte, als daß er sich seine Aktionen nicht vorschreiben lassen wollte. Das erschien Holland ausgesprochen kindisch. Ordnung und Respekt waren notwendig. Man tat, was einem gesagt wurde, besonders bei einem Anführer vom Rang und Ansehen des Sho-sa.

Der Versuch, aus einer Gruppe von Mechpiloten und Techs eine Kundschafterstreife zu bilden, war wieder etwas ganz anderes. Sie erfüllten zwar jetzt ihre Aufgabe und schlossen damit eine Lücke im Patrouillenschema, aber nach Hollands Einschätzung war ihre Chance, irgend etwas zu finden, gleich Null. Sie konnten den Mund nicht halten und brüllten einander ständig irgendwas zu, während sie wie eine Herde Elefanten durch das Gestüpp trampelten. Vor zwei Tagen hatte Takuda Knytes Sektion zurück in den Wald schicken müssen, um drei Söldnertechs aus einer Grube zu retten, in die sie gefallen waren. Die drei hatten unten in der Gruppe gekreischt und mit ihren Pistolen wie besessen in die Luft geballert, um auf sich aufmerksam zu machen. Daß sie mit höchstens halb soviel Energieaufwand aus eigener Kraft aus der Grube hätten klettern können, lohnte sich nicht festzustellen. Zumindest lieferten die Söldner den DESTlern einen schier endlosen Vorrat an Gesprächsstoff und Erheiterung.

Holland konnte sie auch jetzt hören, wie sie vor Schmerzen oder Überraschung oder vielleicht auch nur aus Langeweile heulten. Sie schüttelte den Kopf, und der Lauf ihres Gewehrs teilte den Blättervorhang.

Zwei rotglühende Kreise starrten sie aus dem undurchdringlichen Grün an. Sie erstarrte. Die unbeweglichen roten Kreise starrten sie an. Sie waren volle zwanzig Zentimeter voneinander entfernt, und das Gesicht, zu dem sie gehörten, mußte riesig sein. Holland hatte jede Menge Phantasie, möglicherweise mehr, als gut für sie war, und der Gedanke an das Wesen dort in der Dunkelheit erfüllte sie mit Neugierde und Furcht. Vor allem mit Neugierde.

Die roten Augen bewegten sich, schienen näherzukommen. Die Neugierde war verschwunden. Holland zog den Auslöser durch. Die Energiekapsel über der Kammer vibrierte leicht, als der Strom durch die Kristalle floß. Ein greller Lichtblitz zuckte auf, und Dampf stieg empor, als der unsichtbare Laserstrahl auf etwas

Festes und Nasses traf. Die roten Augen zuckten wie Raketen panisch in verschiedene Richtungen davon. Holland zuckte zurück und setzte sich schwer auf den nassen Boden. Sekundenbruchteile später war sie wieder oben und stieß den Gewehrlauf erneut durchs Gestrüpp.

Im Innern der dunklen Höhlung konnte sie den verfliegenden Dampf und den sanften Widerschein brennender Blätter sehen. Sonst nichts. Was auch immer dagewesen war, jetzt war es fort. Holland kam sich etwas dämlich vor. Sie war frustriert. Sie hatte nicht wirklich auf das Tier feuern wollen, es war eine Reflexhandlung gewesen. Sie kauerte sich hin.

Da vor ihr, beinahe unter ihrem Fuß, war ein Abdruck, der Fußabdruck eines Riesenvogels. Er ähnelte so vielen anderen, die sie schon gesehen hatte, genau wie die übrigen Mitglieder ihrer Patrouille und all der anderen, daß sie ihm kaum mehr als einen beiläufigen Blick gönnte. Aber dann sah sie noch einmal hin. Der Abdruck war frisch. An seinem Boden war kaum ein Tropfen Wasser zu sehen, und die Ränder waren sauber und scharf. Was auch immer diesen Abdruck hinterlassen hatte, es war erst vor wenigen Augenblicken hier gewesen. Holland winkte Knyte heran und deutete stumm auf die Fährte. Knyte schlich vorsichtig näher. Horg, der ihre Nachhut bildete, blieb in der Hocke und sicherte nach hinten.

Holland bewegte sich mit der kaum erkennbaren Geschwindigkeit eines Gletschers, jeder Muskel angespannt, die Augen zusammengekniffen, um die grüne Dunkelheit durchdringen zu können, die Ohren gespitzt. Alles um sie herum schien fremd und gefährlich. Wenn man nicht wußte, was einen erwartete, zahlte sich höchste Vorsicht sicher aus. Noch ein Abdruck, wieder einer, und der nächste, alle so frisch wie der erste, wenn nicht noch frischer. Sie stand auf, um weiterzugehen, suchte mit den Augen den Wald vor sich ab, aber sie kam nicht weiter.

Knytes Hand legte sich fest auf ihre Schulter. Sie erstarrte. Vorsichtig ging sie in ihren eigenen Fußstapfen zurück. Knyte hatte statt des Gestrüpps den Boden im Auge behalten. Jetzt beugte er sich vor und deutete mit dem Lauf seines Gewehrs. Dort, im Dämmerlicht des Waldes kaum zu erkennen, war eine dünne Linie, an der sich die Farbe des Waldbodens veränderte. Er klopfte knapp hinter der Linie auf den Boden, und der brach in einer Wolke aus Holzsplittern, morschen Wurzeln und Blättern zusammen. Ein tiefes Loch gähnte sie an.

Andi Holland wartete, bis ihr Pulsschlag sich normalisiert hatte, bevor sie inspizierte, was beinahe ihr neues Heim geworden wäre. Die Grube maß einen Meter im Quadrat und war über zwei Meter tief; tief genug, um jemanden zu verletzen, der hineinfiel. Vielleicht nicht ernsthaft, aber immerhin.

Knyte winkte Horg heran. Während Holland die Grube untersuchte und einen Weg um sie herum auskundschaftete, hatte Emmerdean etwas anderes bemerkt. Er deutete auf das Gestrüpp zu seiner Linken und gab Horg mit ein paar Handbewegungen zu verstehen, was er von ihm erwartete. Der Mann nickte und tauchte lautlos wie ein Schatten in der Dunkelheit unter. Knyte tippte Holland auf den Rücken und hielt sie zurück. Ohne auf die Stelle zu deuten, machte er ihr klar, in welche Richtung sie Ausschau halten sollte. Holland kauerte sich auf die Fersen und suchte die grüne Blätterwand ab.

Swalen Horg trat durch den Pflanzenvorhang. Der gedrungene DEST-Mann wartete, bis die Bewegung des Gestrüpps, die er beim Verlassen der Gruppe verursacht hatte, aufgehört hatte. Erst als er nichts mehr hören konnte, ging er weiter. Knyte hatte ein Ziel etwa zehn Meter voraus angedeutet. Horg sollte die Position umgehen und sich von der Rückseite anschleichen. Es war ein Manöver, das er schon mindestens hundertmal ausgeführt hatte. Er schlich sich weiter vom Pfad der Patrouille fort, bis er die nötige Entfernung zurückgelegt hatte, dann schlug er einen Parallelkurs zu ihrem Marschweg ein. Nach zwanzig Metern drehte er wieder um. Unbewußt zählte er seine Schritte, bis er wieder auf dem Patrouillenweg war. Nach einem letzten Schwenk kroch er langsam und lautlos auf das unsichtbare Ziel seiner Aktion zu.

Bei jedem Schritt hob er den Fuß hoch in die Luft und balancierte auf dem Standbein. Die Zehen voraus senkte er den Fuß langsam wieder, bis er Kontakt mit dem weichen Boden hatte. Mit äußerster Vorsicht senkte er die Sohle langsam auf den Boden und achtete auf jeden Zweig, jedes Blatt, jedes Loch, das ein Geräusch verursachen und ihn verraten könnte. Erst wenn er sicher war, daß er einen festen Stand gefunden hatte, verlagerte er allmählich das Gewicht und wiederholte den Vorgang mit dem andern Fuß. Er kam nur unglaublich langsam vorwärts, aber dafür bewegte er sich absolut lautlos.

Vor sich bemerkte Horg einen Schatten im Unterholz. Er erstarrte, wagte kaum zu atmen. Es war eine riesige gefiederte Gestalt. Mit derselben ungeheuren Vorsicht, mit der er sich angeschlichen hatte, hob er das Lasergewehr. Horg wollte das Wesen nicht in den Rücken schießen; das hätte dem gesamten Training für diese Mission widersprochen. Er klopfte mit einem Finger auf den Gewehrlauf – gerade laut genug, um die Aufmerksamkeit der Gestalt zu erregen. Die Reaktion war spektakulär.

Vor Horgs Augen erhob sich die Gestalt zur vollen Körpergröße von anderthalb Metern. Sie besaß einen kugelförmigen Körper auf zwei langen, dürren Beinen. Als sie sich umdrehte, erkannte er einen langen, eiförmigen Kopf mit zwei riesigen Augen über einem kurzen Schnabel. Das Tier stieß einen beinahe menschlichen Schrei aus. Es sprang beinahe ebenso überrascht wie Horg nach hinten. Auch der Draconier stolperte nach hinten, erholte sich aber schnell von seinem Schreck und hob das Lasergewehr an die Schulter. Das Fremdwesen drückte sich nach hinten in das plötzlich unnachgiebige Unterholz. Sein Kreischen hielt an. Horg drückte mit dem Finger auf den Auslöser, bis er Widerstand spürte. Wenn sich das Ding bewegte, würde er ein Loch durch seinen haarigen Körper brennen. Das stand fest.

Das Fremdwesen stieß einen erneuten Schrei aus, aber dieser klang anders als sein Schreckensruf Sekunden zuvor. Das jetzt war ein glucksendes Heulen, das von Rasseln und Klicken durchzogen war. Horg nahm den Finger nicht vom Abzug. Der Schrei wiederholte sich, gedämpfter jetzt und verständlicher. »Bitte schießen nicht«, meinte er zu hören. »Bitte schießen nicht.« Horg löste den Abzugsfinger ein wenig. Nicht ganz, aber doch weit genug, daß die Waffe nicht aus Versehen ausgelöst werden konnte. Er lauschte angestrengt.

»Bitte nicht schießen tun. Ich dein Freund will sein.« Das Wesen wimmerte leise und hob die Hände vor die Augen.

8

Horg senkte das Lasergewehr auf Taillenhöhe und starrte die Gestalt vor sich an. Er wußte nicht, ob das Wesen vor ihm ein Vogel war oder etwas ganz anderes. Die Füße wirkten eindeutig vogelähnlich, aber der Körper …

Der weniger kugel- als eiförmige Körper hing zwischen extrem langen Beinen, wobei seine Querachse die längere war. Das Faszinierendste an dem Fremdwesen waren seine Augen. Es hatte längliche Augenschlitze, die sich von der Schädelseite bis zur Vorderseite des Kopfes zogen, wo sie sich über dem kurzen Schnabel fast berührten. In ihnen lagen zwei Pupillen, eine, die seitlich vom Körper wegblickte, und eine zweite, die nach vorn ausgerichtet war. Die Ohren, oder das, was Horg dafür hielt, waren nur kleine Öffnungen an der Schädeloberseite, schräg hinter den Augen.

Horg stellte fest, daß die nach hinten abgeknickten Beine ideal an die Fortbewegung durch den Sumpf angepaßt waren und dem Fremden vorsichtige Schritte durch das unebene und unsichere Gelände gestatteten. Die langen Unterschenkel waren mit breiten Schwimmhautkrempen versehen, die im Augenblick wie ein äußeres Merkmal der Überraschung weit abstanden. Ähnliche kleinere Schwimmhäute waren zwischen den unteren Krallen zu sehen. Eine interessante Kreatur.

Horg war nicht gerade der sprachgewandteste seiner Sektion oder des DEST insgesamt, aber möglicherweise machte ihn gerade das zum besten Kandidaten für einen Erstkontakt. Er war keineswegs beschränkt, er dachte nur genau darüber nach, was er sagte und wie. In der rechten Hand hielt er das Lasergewehr, mit dem linken Daumen deutete er auf sich selbst. »Swalen Horg«, sagte er mit fester, befehlender Stimme.

Und er sagte es im sicheren Wissen, verstanden zu werden. Jeder wußte, daß man bei Kontakt mit jemandem, der eine andere Sprache benutzte, langsam und deutlich artikulieren und die Worte mit Gesten unterstreichen sollte. Niemand war so dumm, das nicht verstehen zu können. »Swalen Horg«, wiederholte er etwas lauter und mit einer heftigeren Geste.

Das Fremdwesen drückte sich noch immer ins Gestrüpp, schien sich aber etwas zu entspannen. »Dakodo ich bin.« Der Fremde wiederholte Horgs Geste.

Swalen Horg war nicht darauf vorbereitet gewesen, auf ein Fremdwesen zu treffen, mit dem er sich in seiner Muttersprache verständigen konnte. Jetzt, wo er sich einem solchen Fremdweltler gegenübersah, hatte Horg keine Ahnung, was er als nächstes sagen sollte. Es gab so viele Möglichkeiten, daß er keine Wahl treffen konnte. Er konnte stundenlang erzählen, wer er war, woher er kam, was er hier machte ... Er stand nur stumm da, den Mund geöffnet. Der Lauf seines Gewehrs sank langsam zu Boden.

»Name mein Dakodo ist. Ich Tetaetae bin.« Die Stimme war hoch und tschilpend. Die harten Konsonanten waren extrem deutlich, während die Zischlaute kaum erkennbar waren. Dakodo beobachtete das ausdruckslose Gesicht des Menschen mit dem Gewehr. Er konzentrierte sich darauf, was er sagen wollte. »Mein Name ist Dakodo«, erklärte er langsam. »Ich bin ein Tetaetae.« Dakodo mußte angestrengt über jeden Satz nachdenken. Seine Satzstruktur war gut für Unterhaltungen mit anderen seiner Art, aber eine direkte Übersetzung Wort für Wort führte bei Menschen zu Verständigungsproblemen.

Dakodo starrte Horg an, und die Haut zwischen seinen Doppelaugen wurde faltig vor Anstrengung. »Ihr seid wie die anderen vom Himmel gefallen«, stellte er halb fragend fest.

»Wir sind von Salford gekommen«, antwortete Horg, der noch immer verwirrt war. »Ich glaube, wir hatten einen Unfall. Sho-sa Takuda meint, wir sitzen hier für immer fest.« Es war das einzige, was Horg einfiel. »Ich will nach Hause.« Er setzte es hinzu, ohne sich dessen bewußt zu sein. Als er diesen Satz sich aussprechen hörte, war Horg selbst überrascht. Eine Woge des Heimwehs schlug über ihm zusammen. Für einen Augenblick verschleierten sich seine Augen.

Seit er für die Kommandotruppen rekrutiert worden war, hatte Horg den DEST als sein Zuhause angesehen, als seine Familie. Jetzt drängte sich in seine Gedanken, was er verloren hatte – die Menschen und Orte, die er kannte. Plötzlich wurde ihm klar, daß er keinen von ihnen je wiedersehen würde. Natürlich würden sie gelegentlich noch an ihn denken, aber mit der Zeit würde die Erinnerung verblassen, und er würde aufhören zu existieren.

Es gab eine alte Legende, derzufolge ein Mensch existiert, solange sich noch jemand an seinen Namen erinnert. Das war die Unsterblichkeit. Das war der Grund für Grabsteine mit dem Namen des Verblichenen. Aber für Horg und all die anderen an Bord des Sprungschiffs würde es keine Grabsteine geben. Sie waren in der Weite des Raums verschollen. Sie würden auf irgendeiner Liste als ›vermißt‹ geführt werden, in irgendeinem Computerspeicher verschwinden und vergessen werden. Der Gedanke, daß der Computerspeicher seine Unsterblichkeit garantieren könnte, kam Horg nicht.

»Horg. Hier Knyte. Bericht.« Der winzige Lautsprecher seines Gefechtshelms, der am linken Schläfenbein anlag, riß Horg zurück in die Wirklichkeit. Sein Blick klärte sich.

»Horg hier. Ich habe Kontakt mit der … dem … der Person, nach der wir gesucht haben.« Horg wußte nicht, wie er es sonst ausdrücken sollte. »Er kann reden«, war der einzige sonstige Kommentar, der ihm einfiel.

»Wir sind unterwegs.«

Dakodo hatte die ganze Zeit weitergeplappert, aber Horg hatte ihm nicht zugehört. Jetzt wurde er sich der seltsamen Tschilplaute des Tetaetae bewußt. Es war schwer zu verstehen, was er sagte, und Horg konzentrierte sich auf den Lärm. Langsam drangen die Worte durch. Der Tetaetae erzählte irgend etwas darüber, wo er lebte und was er tat. Wenn Knyte und Holland ankamen, würde er es alles wiederholen müssen.

Als die beiden anderen DESTler eingetroffen waren, hockten sich die vier im Kreis auf den Boden. Alle Mitglieder der Streife befragten den Tetaetae auf ihre Weise. Horg verstummte mehr und mehr, verarbeitete schweigend und methodisch die Informationen, die sie erhielten. Knyte verhörte Dakodo systematisch, überdachte jede Antwort und benutzte sie als Ausgangspunkt für die nächste Frage. Holland stellte ihre Fragen, wie sie ihr gerade in den Sinn kamen. Sie war so voller Wißbegierde, daß die Worte nur so aus ihr heraussprudelten. Knyte ließ ihr ab und zu freie Bahn, dann kehrte er wieder zu seiner Befragungsmethode zurück.

Während sie den Fremden verhörten, wurden sie sich anderer Bewegungen im Dunkel des Waldes bewußt. Es war offensichtlich, daß dort draußen andere waren, die ihre Bewegungen und Aktionen beobachteten. Dakodo ließ erkennen, daß er es ebenfalls wußte. Zunächst blieben die Menschen wachsam, aber mit fortschreitender Dauer der Unterhaltung fühlten sie sich sicherer. Sie waren sich der unsichtbaren Präsenz weiter bewußt, aber sie schien weniger feindselig als neugierig. Und gelegentlich vernahmen sie ein leises Tschilpen.

Noch bevor Dakodo begonnen hatte, seine Geschichte zu erzählen, hatte Knyte bereits beschlossen, den Fremden mit ins Lager zu nehmen, aber er war sich nicht sicher, auf welche Weise. Hier, vor ihnen, saß eine Brücke zu der Welt jenseits des kleinen Umkreises, den sie erkundet hatten. Diese seltsame vogelähnliche Kreatur konnte der Schlüssel für ihre Zukunft werden. Knyte fragte sich beiläufig, ob ihre beiden Arten wohl in der Lage waren, miteinander Nachkommen zu zeugen. Biologisch unmöglich, entschied er, und verdrängte den Gedanken. Der Fremde beantwortete alle ihre Fragen. Es war eine unvollständige, aber höchst interessante Geschichte.

Dakodo war einer der Ältesten eines kleinen Tetaetaestammes, der diesen Teil des Waldes bewohnte. Es gab andere Stämme in der Gegend, aber sie lebten in einiger Entfernung. Knyte versuchte herauszubekommen, wie weit entfernt, und befragte Dakodo entsprechend, aber der Tetaetae konnte seine Fragen nicht beantworten. Wie für viele Menschen waren Entfernungen für Knyte etwas Lineares. Dakodo betrachtete sie als den zeitlichen Abstand, der notwendig war, um sie zurückzulegen. Die Stämme waren vier bis sechs Tage voneinander entfernt, aber wie weit das war, spielte keine Rolle. Für Dakodo war wichtig, daß er für vier Tage Nahrung mitnehmen oder unterwegs suchen mußte, wenn er ins Gebiet eines anderen Stammes reisen wollte. Was hatte die lineare Distanz für einen Wert?

Aber das eigentliche Rätsel war, wo Dakodo Japanisch gelernt hatte. Als Knyte ihm zuhörte, erkannte er archaische Vokabeln und Sprachmuster. Der Fremde erklärte auf seine Fragen, er habe die Sprache von den anderen gelernt, die vom Himmel gefallen seien.

»Den anderen? Welchen anderen?« Die drei Patrouillenmitglieder lehnten sich beinahe drohend nach vorne. Knyte war versucht, dem Tetaetae das Lasergewehr an die Schläfe zu drücken, um ihn zu den richtigen Antworten zu zwingen. Es war ihm gleichgültig, daß sich im Wald noch andere versteckt hielten. Alle seine Gedanken waren auf diese eine Frage konzentriert. Welche anderen?

»Vor langer Zeit«, sagte Dakodo langsam, und konzentrierte sich auf die Worte, damit die Menschen ihn verstanden, »fielen sie vom Himmel wie ihr. Das war, lange bevor die andere des anderen der anderen meines anderen zum Stamm stieß. Sie fielen ins Tal, und es kam lauter Donner. Sie kamen, sagten sie, von dem Heim im neuen Stern, der damals am Himmel auftauchte. Sie waren schlecht für die Tetaetae, und viele starben. Deshalb hatten wir Angst. Viele im Stamm sagten, wir sollten euch nicht treffen, aber es gab andere, die sagten, vielleicht könnt ihr besser für uns sein.«

Dakodo sah in die drei menschlichen Gesichter, die ihn anstarrten, und suchte nach einem Hinweis darauf, was die Zukunft bringen mochte. Er wußte, es gab noch andere Menschen an dem Ort, wo der Stern herabgefallen war. Man würde auch mit ihnen reden müssen. »Die herabfielen, waren zuerst sehr schwach, und die Tetaetae, die in den flachen Landen ohne große Bäume leben, versuchten ihnen beizustehen. Die herabfielen nahmen ihre Hilfe an, und dann verletzten sie die Tetaetae. Die herabfielen hatten Gewehre, große Stöcke, die von ferne töten konnten. Die Tetaetae flohen vor ihnen. Später konnten wir mit ihnen handeln. Vor allem Nahrung und das Wissen, was sie vom Land, aus dem Fluß und aus dem Wald essen konnten. Wir gaben ihnen die Gürtel, die wir webten, und sie waren zufrieden. Aber jetzt knechten sie einige aus den Landen ohne die großen Bäume, für sie zu arbeiten und zu tun, was sie sagen. Es herrscht große Betrübnis unter den Tetaetae. Aber was können wir tun? Sie sind so stark, und die Tetaetae sind so schwach. Bald werden sie uns in die Berge treiben, und wir werden nie mehr hier leben. Sie sind zu stark. Sie sind das Volk des Drachen.«

Holland setzte sich überrascht zurück. »Wie das hier?« fragte sie, zog ihr Hemd unter der Weste hervor und deutete auf das Emblem des Draconis-Kombinats.

Dakodo betastete das Emblem mit schlanken Fingern. Er studierte es eingehend von allen Seiten. »Ja«, stellte er schließlich fest. »Genau so.«

9

Tôã téotêo«, sagte Dakodo in den Wald hinein. Kein Laut antwortete ihm. Die vier in der Mitte der winzigen Lichtung waren erstarrt, als stünde die Zeit für sie still. Knyte, der Anführer der Streife, der Mann, der die Entscheidungen hätte fällen und die Aktionen der anderen hätte dirigieren sollen, war völlig geschockt und unansprechbar wie ein in einer Programmschleife gefangener Computer. Er starrte auf das Drachenemblem des Draconis-Kombinats in der Hand des Tetaetae. Sein Blickfeld verengte sich, verschwamm an den Rändern. Er sah nichts mehr außer dem sanft leuchtenden rotgoldenen Emblem zwischen den Fingern des Fremdwesens. Es schlug ihn in seinen Bann, hypnotisierte ihn. Er fühlte sich berauscht, in seinem Kopf drehte sich alles. Er hatte das Gefühl zu schweben.

Langsam kämpfte sich sein Verstand durch den Nebel. Aus den Tiefen eines unterbewußten Universums stieg er zurück an die Oberfläche, ins Licht des Waldes. Sein Blickfeld weitete sich, und er erkannte die drei anderen Gestalten um sich. Er blickte in die Augen der übrigen Mitglieder seiner Gruppe. Hollands Pupillen zitterten wie nach einem schweren neurologischen Schock. Den hatten sie alle drei erlitten. Horg saß in sich zusammengefallen und mit offenem Mund zu seiner Linken. Knyte streckte die Hände aus und schüttelte sie wach. Er sah Dakodo an. »Du mußt mit uns zurückkommen.« Seine Stimme war heiser und gespannt. »Sho-sa Takuda muß mit dir reden. Du wirst uns begleiten.«

Dakodo nickte zustimmend. Er erhob sich zur vollen Größe und drehte sich zum Wald um. »Tôã téotêo dâdã dêdê«, erklärte er in Richtung der grünen Wand. Aus dem Wald drang ein Antwortchor. »Dâdã, dâdã, dâdã.«

Horg stand auf und trat drohend auf den Tetaetae zu. »Was hast du gesagt?« fragte er, und stieß das Lasergewehr in Richtung des Vogelwesens. Da er nicht sicher war, wo es die größte Drohwirkung hatte, zielte er zwischen dessen Augen. »Was hast du gesagt?«

»Ich sagte ihnen, ich mit euch gehe. Ich sagte, ich gehe mit Leuten vom Himmel. Sie nur wiederholen das Wort, wir benutzen für, was geschieht jetzt. Das ist alles, was ich getan habe. Es ist in Ordnung.«

»Du paßt besser auf.« Horg wirkte schon im Normalfall bedrohlich genug. Wenn er es darauf anlegte, konnte er einem Gegenüber Todesangst einflößen. Dakodo sah ihn an. Seine vier Pupillen richteten sich auf die Gewehrmündung, bis sich alle vier im vorderen Winkel seiner Augen drängten. Horg wußte nicht, ob der Fremde verstanden hatte, was er ausdrücken wollte, aber der Anblick der doppelt schielenden Augen war absolut lächerlich. Er konnte ein Lachen nicht unterdrücken. Die Pupillen kehrten in ihre normale Position zurück.

Knyte legte die Hand auf Horgs Schulter. »Schon gut, Horg. Ich bin sicher, Dakodo wird keine Dummheiten machen. Er hat sich bis jetzt ganz gut gehalten. Er wird nicht abhauen. Es ist alles in Ordnung.« Dann lachte er ebenfalls, und Holland stimmte mit ein.

Dakodo starrte die drei lachenden Menschen an. »Dieses Geräusch«, meinte er. »Ich habe Menschen dieses Geräusch noch nie machen hören. Ist es ein böses Geräusch?«

»Nein, Dakodo«, lächelte Holland. »Das ist das Geräusch, das wir machen, wenn wir uns amüsieren. Wenn wir etwas hören oder sehen, das uns lustig erscheint.« Sie sah Dakodo an, aber er schien sie nicht zu begreifen. »Weißt du nicht, was ›lustig‹ heißt?« Der Fremde starrte sie an. »Ich sehe, du mußt noch viel über uns lernen. Es überrascht mich, daß du die anderen nie lachen gehört hast. Sie müssen ein furchtbar mürrischer Haufen sein. Wir lachen ständig.«

»Ich beobachte euch, um zu sehen, was es ist.« Dakodo nickte, und sein ganzer Körper wippte zwischen den langen Beinen vor und zurück. Er drehte sich in Richtung des Lagers der Gestrandeten.

Knyte kannte den Weg, den sie vom Lager aus bis zum Punkt der Kontaktaufnahme genommen hatten. Die Patrouille war weitläufig geplant gewesen, mit dem Ziel, so weit wie möglich in den Wald vorzustoßen und trotzdem zum Lagerplatz zurückkehren zu können, bevor die Dunkelheit über ihre kleine Welt hereinbrach, eine kleine Welt, die plötzlich sehr viel größer geworden war. Er kannte auch den kürzesten Weg zurück. Dakodo nahm keinen von beiden.

Der Tetaetae führte die Gruppe an. Seine langen Beinen falteten sich unter seinen Körper und streckten sich weit aus, um das Gestrüpp beiseite zu schieben, bevor er seine sechszehigen Füße auf den Boden senkte. Den beiden vorderen Zehenpaare entsprach an der Rückseite des Fußes jeweils ein einzelnes Paar. Beide Gruppen schienen unabhängig beweglich und in der Lage, als Greiforgane zu dienen. Die langen Hände an den dünnen Armen waren auf die gleiche Weise konstruiert. Durch diese Anordnung mußten die Tetaetae außergewöhnlich geschickt in der Handhabung von Objekten sein.

Dakodo führte sie in mehr oder weniger gerader Linie einen nahezu unsichtbaren Weg entlang, wich aber den tiefen Sumpfgebieten und steilen, bewaldeten Schluchten aus, die er den Menschen jeweils zeigte, als sie daran vorbeikamen.

Sie redeten nicht miteinander, während sie marschierten. Sie erwiesen dem Wald ihren Respekt. Als gute Waldläufer verzichteten sie zwischen den Bäumen auf unnötige Konversation. Sie konzentrierten sich aufs Fortkommen und hatten weder Zeit dafür noch sonderliches Interesse daran. Die Tatsache, daß sie sich im Gänsemarsch bewegten, tat ein übriges.

Dakodo blieb am Rand eines der häufigen Sumpfbecken stehen und deutete auf die mehrfarbigen Kugeln, die von den Bäumen hingen. »Die essen ihr könnt«, sagte er. Er zeigte auf eine Traube wachsiger violetter Früchte. »Die ihr nicht essen. Machen Menschen krank. Menschen sagen, sie riechen schlecht.« Er schüttelte seinen Körper in einer Geste, die, wie sie bei der Befragung festgestellt hatten, einem Schulterzucken gleichkam.

Knyte reagierte auf seinen Hinweis. »Wir können eine Menge essen. Gibt es hier irgend etwas, das ihr nicht vertragt?«

Dakodo sah ihn mißtrauisch an. Dann entschied er, daß der Mensch die Frage aus reiner Neugierde gestellt hatte, und nicht, weil er nach einer Möglichkeit suchte, den Tetaetae zu schaden. Dieser Mensch und seine Begleiter waren anders als die wenigen, denen er vorher begegnet war; ganz anders als die Menschen der Legenden und Erzählungen, mit denen die Tetaetae ihre Kinder erschreckten. Er war froh, daß er dafür argumentiert hatte, mit diesen Lebewesen Kontakt aufzunehmen. Andere Mitglieder des Stammes hatten davor gewarnt, hatten erklärt, aus einer solchen Begegnung könne nichts Gutes erwachsen, aber Dakodo hatte sich durchgesetzt. »Wir versuchen, nichts zu essen, was vierzackige Blätter hat. Das für uns ist ein böses Zeichen. Das gilt, so lange ich mich erinnern kann. Ich weiß nicht, ob alles mit vier Zacken schlecht ist, aber ich halte mich fern.«

Dakodo pflückte einige der Früchte, darunter auch zwei violette. Wie er erläuterte, waren sie bei den Tetaetae sehr beliebt, auch wenn die Menschen sie nicht zu vertragen schienen. Es dauerte nicht lange, bis sie alle schwer mit Obst beladen waren.

Die Streifenmitglieder ließen sich die Informationen

durch den Kopf gehen. Ringsum summte und zwitscherte der Wald. Die glatte Oberfläche des Sumpfes wurde von gelegentlichen Wellen durchbrochen, als etwas aus den Tiefen unter der glasigen Oberfläche nach oben kam, um ein unvorsichtiges Insekt zu verschlingen. Knyte hoffte, daß der unbekannte Insektenfresser eine Vorliebe für Mücken hatte, die menschliches Blut saugten. Ringsum konnte er das ungewohnte Zwitschern und Tschilpen anderer Tetaetae hören, die Dakodo und der Streife folgten. Ein lauter Schrei ertönte aus einiger Entfernung, gefolgt von Gelächter.

»Das ist eine Söldnerstreife«, meinte Horg. »Ich wette, einer von ihnen ist in die Grube gefallen. Vielleicht sollten wir ihnen helfen.«

»Nein«, erwiderte Holland. »Laß sie. Ich habe für alle Zeiten genug von dieser Bande und ihrem Anführer. Ich will sie nicht mal sehen müssen. Ich finde, wir sollten hier warten und sie vorbeilassen.«

»Ganz meine Meinung«, stimmte Knyte zu. »Vost möchte sich zum König aufschwingen.« Er richtete sich auf, stemmte die Fäuste in die Hüften und schob die Brust vor. »Ich möchte, daß ihr in mir euren Gott seht«, verkündete er. Seine Pose und Intonation ähnelten der Vosts so, daß die anderen lachen mußten. »Ich bin der am meisten Qualifizierte, euch in mein gelobtes Land zu führen.« Holland und Horg grinsten breit.

Die Geräusche der anderen Streife wurden lauter und schallender, als sie durch das Gestrüpp heranstampften. Die Söldner machten einen solchen Krach, daß sie auf keinen Fall irgend etwas davon mitbekommen konnten, was um sie herum vorging. Auch das Schnattern der versteckten Tetaetae wurde lauter. Dakodo neigte den Kopf und lauschte.

»Ka dêdê!« herrschte er ihre unsichtbaren Begleiter an. »Ka dêdê!« Er trat an den Laubvorhang hinter der Streife und zog einen Teil der Zweige mit beiden Händen auseinander. »Ka, ka, ka!« Er kam zurück und

RICK
HARRIS
93

schüttelte den Kopf. »Ein paar der anderen sind gegangen, um eure Freunde zu treffen. Ich halte das für keine gute Idee. Ich habe es ihnen gesagt. ›Nein, nein, nein‹, aber sie waren schon fort.«

»Verdammt«, meinte Knyte mit tonloser Stimme. »Du hast recht. Der Söldnerpatrouille sollten sie besser nicht begegnen. Kannst du sie zurückholen?«

»Ich glaube nicht.«

»Hoffen wir das Beste. Vielleicht bewahren die Söldner ja Ruhe. Ich werde versuchen, sie auf den Besuch vorzubereiten«, meinte Horg und hob das Bügelmikro seines Helms an die Lippen.

Seine Hoffnung wurde von lautem Waffenfeuer zerschlagen. Knyte erkannte das Knallen der Söldnerpistolen. Schreie ertönten, und Äste brachen mit lautem Krachen. Dann ertönten weitere Schüsse. Eine Kugel pfiff über ihre Köpfe hinweg und riß auf ihrem Weg in die Dunkelheit mehrere Zweige ab. Aus dem Unterholz erscholl ein Chor von Tetaetae-Stimmen. Dakodo horchte. »Dêdêdê! Dêdêdê! Dêdêdê!« schnatterte er. Dann wandte er sich wieder an die Draconier. »Eure Freunde haben einen meiner anderen getötet. Sie haben große Angst. Sie wissen nicht, was sie tun sollen. Das ist sehr schlecht. Ich habe ihnen gesagt, sie sollen weglaufen. Ich hoffe, sie tun es.« Der Tetaetae rang die Hände. »Das ist sehr schlecht. Das ist ka ka da.«

»Können wir den Leichnam bergen?« fragte Holland. Sie sah den verkniffenen Ausdruck im Gesicht des Tetaetae, fühlte den Schmerz in seinen Augen beinahe körperlich. »Es ist wichtig, nicht wahr?« fragte sie, und legte die Hand auf Dakodos Arm.

»Sie wollen es versuchen. Aber ich nicht denke, daß es funktioniert.«

Eine weitere Pistolensalve hallte durch den Wald. Die Streife duckte sich instinktiv. Das leise Klicken, mit dem sie ihre Waffen entsicherten, war das einzige Geräusch, das sie machten. Erneute Schüsse. Knyte streckte den Arm aus, um den Fremden herunter in Sicherheit zu ziehen. Er packte ihn an der fliehenden Schulter und griff in warme Nässe. Dakodo brach vor ihm zusammen.

Knyte zerrte das Fremdwesen hinter den Baum, den er als Deckung ausgesucht hatte. Dakodo war bei Bewußtsein und versuchte mitzuhelfen, indem er in die Richtung kroch, in die ihn der Gun-sho zog. Holland schob nach, und setzte sich dazu selbst den vereinzelten Pistolenschüssen aus, die noch immer um sie herum durch den Wald zwitscherten. Die langen, dünnen Beine, die sich so wunderbar dafür eigneten, den Wald zu durchqueren, waren ganz und gar nicht zum Kriechen geeignet. Offensichtlich waren diese Wesen auf eine solche Art der Fortbewegung nicht eingestellt. Holland fluchte leise. Aber schließlich schafften sie es mit vereinten Anstrengungen doch noch, Dakodo in die Deckung des Baumstamms zu schaffen.

Vor Anstrengung keuchend, kauerten die beiden Menschen und der verletzte Tetaetae beisammen. Das einzige Geräusch, das aus dem Wald drang, war das leise Platschen. Die Stimmen der anderen Tetaetae waren verschwunden. Selbst das leise Surren der Insekten und das Blubbern des Sumpfes war verstummt. Holland blickte zurück zu [illegible]org, den sie mit dem Lasergewehr im Anschlag zurückgelassen hatte. Er war so gut getarnt, daß sie mehrere Sekunden brauchte, um seine reglose Gestalt zu erkennen. Dann durchbrach lauter Jubel die Stille. Die Söldner waren mit ihrer Trophäe auf dem Weg zurück ins Lager. Holland hoffte, daß es nur eine Trophäe war. »Machen wir uns auf den Weg«, flüsterte er. »Wir müssen ihn so schnell wie möglich ins Lager schaffen.«

Knyte sah dem Tetaetae in die Augen. »Kannst du gehen?« fragte er.

10

Wieder krachten Schüsse durch den Wald. »Jetzt reicht's«, knurrte Knyte. Er riß das Bügelmikro vor den Mund. »Hört auf zu feuern, ihr Idioten«, schrie er ins Funkgerät. »Ihr schießt auf uns. Die einzige Gefahr in diesem Wald seid ihr. Feuer einstellen!«

»Dreck«, kam die Antwort aus dem Lautsprecher, gekoppelt mit anhaltendem Pistolenfeuer der Söldner. »Hier stecken überall irgendwelche Bastarde. Wir haben einen erwischt, und die anderen haben versucht, uns anzugreifen. Tückische kleine Teufel sind das. Aber wir haben sie verjagen können. Ich hab zwei von ihnen getroffen, glaube ich.«

»Sie sind ungefährlich«, mischte sich Holland über ihr Funkgerät ein. »Sie sind freundlich. Jetzt habt ihr sie vertrieben. Sie wollten nur nett sein.«

»Behauptest du. Sie wollten uns angreifen. Was ist los mit euch? Werdet ihr weich? Was wird euer Boss sagen, wenn er so ein Gefasel hört?« Sie alle erkannten die Stimme von Collis Brank. Er war einer der Mechpiloten. Er würde sich die Gelegenheit nicht entgehen lassen, allen zu erzählen, daß die DEST-Mitglieder verweichlicht waren. Holland lief bei dem Gedanken rot an. Ihre Finger verkrampften sich um den Handgriff des Lasergewehrs.

»Wir können auch härter«, sagte Knyte ins Mikro. »Wenn ihr euch davon überzeugen wollt, können wir ja mal Jagd auf euch machen. Wollt ihr herausfinden, wie gut wir sind? Ihr braucht nur weiter zu ballern. Wir werden dem Theater schon ein Ende machen.«

Es wurde still, während die Drohung ihre Wirkung tat. Selbst die Söldner hatten ein Minimum an Verstand. Sie wußten, daß sie hier im Wald gegen die draconischen Elitekommandos keine Chance hatten.

»Spielt euch bloß nicht auf. Wir versprechen auch, euch keine Angst mehr zu machen.« Aus dem Gestüpp drang leises Gelächter, dann war Stille. Etwas später hörten sie die Söldner durch das Unterholz abziehen.

Knyte und Holland versorgten den verwundeten Einheimischen so gut es ging. Alle DEST-Mitglieder trugen ständig eine Verbandstasche mit Schmerzmittel, Bandagen, einem Gerinnungsmittel und Heftpflaster bei sich. Sie verbanden den Streifschuß auf Dakodos Rücken, verzichteten aber auf den Einsatz der Medikamente. Das Blut des Tetaetae war hellgelb, und sie befürchteten eine negative Reaktion.

Während die beiden Draconier sich um ihn kümmerten, schloß der Fremde die Augen und regte sich nicht. Holland benützte die Gelegenheit dazu, ihn näher zu untersuchen. Das daunenweiche Haar, das den größten Teil seines Körpers bedeckte, war dicht und leicht schillernd. Die Farben veränderten sich vor ihren Augen. Grün- und Violettöne flossen unter den Daunen entlang, als ob weniger die Haare selbst als die Haarwurzeln die Farbe veränderten. Die Färbung schien weder vom Lichteinfall noch von ihrem Blickwinkel abzuhängen. Vielmehr reagierte sie auf die Bewegung ihrer Hände und Knytes Arbeit an den Verbänden. Sie achtete darauf, nicht zu fest zu drücken, und als Dakodo einmal bei ihrer Berührung zu zucken schien, zog sie hastig die Hand zurück.

Während der Behandlung bemerkte Holland, daß Horg näher schlich. Er war still und wachsam, das Infrarotsuchgerät auf den Wald gerichtet. »Ich finde, wir sollten sie erledigen«, meinte er, als er nahe genug war, daß die anderen sein Flüstern verstehen konnten.

»Das wäre möglicherweise eine Überreaktion«, antwortete Knyte, ohne von seinem Patienten aufzusehen. »Die Todesstrafe für Dummheit ist doch etwas hart.«

»Dakodo ist mein Freund«, stellte Horg in einem so

beiläufigen Tonfall fest, daß kein Zweifel an der Bedeutung möglich war.

Knyte sah eine Vendetta drohen und versuchte sie abzuwenden. »Es sind nur Söldner. Sie hätten nicht schießen dürfen, aber sie wissen es nicht besser. Sie haben nur getan, was in ihrer Natur liegt. Du kannst ihnen ihre Handlungsweise nicht wirklich vorwerfen. Hier im Wald denken sie nicht rational. Wenn sie in ihren Maschinen säßen, wären sie vernünftiger. Es ist in Ordnung, Horg.« Das war das Beste, was ihm im Augenblick einfiel.

»Er ist mein Freund.« Seit Horg eine eigene Sicht des Lebens besaß, war Loyalität sein Leitprinzip gewesen, und die Ausbildung des Draconis Elite-Sturmtrupps hatte dieses Gefühl noch weiter verstärkt. Das DEST-Training betonte die Loyalität zur Einsatzsektion, zum Trupp und weiterführend zum Draconis-Kombinat. Es gab keine größere Tugend als die Loyalität seinen Kameraden gegenüber. Sie erlaubte es allen, sich gegenseitig aufeinander zu verlassen. Wenn man in Schwierigkeiten geriet, schlugen einen die DEST-Kameraden wieder heraus. Sie waren bereit, für dich ihr Leben zu opfern, und das gleiche konnten sie von dir erwarten. So funktionierte das. Dakodo hatte sich der Sektion angeschlossen, weil Horg mit ihm geredet hatte. Jetzt war Dakodo verletzt, und Horg fühlte sich dafür verantwortlich. Es gab eine Schuld, die bezahlt werden mußte. Knyte erkannte, was das hieß.

Dakodo kam stolpernd auf die Füße. Er schwankte etwas, und sein eiförmiger Körper hing tiefer zwischen den Hüftgelenken als normal. Er hielt sich mit einer Hand an Hollands Schulter fest. Sie fühlte seine Körperwärme durch ihre Gefechtsweste. Knyte sah in die fremden Augen. »Wir machen uns besser auf den Weg. Es wird Nacht, und ich möchte zurück sein, bevor es so dunkel wird, daß jemand einen Fehler begeht. Wer weiß, was die anderen erzählt haben –

womöglich, wie gefährlich die Tetaetae sind. Ich möchte nicht in der Dämmerung mit einem gefährlichen Fremdweltenmonster verwechselt werden.«

Sie kamen langsamer voran als zuvor. Im Wald wurde es viel früher dunkel als auf der Ebene. Und jetzt, wo Dakodo verwundet war, konnte er sich nur noch langsam bewegen. Knyte führte sie mit vorsichtigen Bewegungen an. Die Sonne stand gerade noch über den Baumwipfeln auf der anderen Seite der Lichtung, als die Patrouille den Waldrand erreichte. In der ganzen Zeit hatte Dakodo kein Wort gesagt und sich offensichtlich ganz darauf konzentriert, auf den Beinen und in Bewegung zu bleiben. Er stolperte schon gehörig, als sie auf das Gras der Lichtung hinaustraten.

Das Lager war in Aufruhr, als sie eintrafen. Die Söldner und Schiffsbesatzung drängten sich um die offene Personenschleuse des Landungsschiffes, und Knyte konnte laute Stimmen und Gelächter hören. Die DEST-Mitglieder waren in versteckter Gefechtsposition, und er wußte, daß sie gesehen worden waren. Er hörte das leise Warnklicken im Helmlautsprecher. Und er hörte die Entwarnung, als man sie erkannte. Niemand stand aus den Gefechtsstellungen auf, um sie zu begrüßen, und sie gingen geradewegs auf den neuerrichteten Befehlsstand zu. Sho-sa Takuda kam ihnen entgegen.

Takuda sah den Verband auf dem Rücken des Fremdwesens, als die Gruppe sich näherte. Er gab einen scharfen Befehl, der Saitan Yura mit dem Medokit des Trupps heraneilen ließ. Der Tetaetae seinerseits war zwischen den beiden Menschengrüppchen zusammengebrochen. Yura ging in die Knie und riß Knytes Bandagen ab, um sich die Wunde anzusehen. »Projektilwaffe«, stellte er für keinen speziellen Adressaten fest. »Keine von unseren.« Er warf einen Blick auf den Haufen gröhlender Söldner.

»Ungezielter Schuß«, erläuterte Knyte. Er sah Horg direkt an. »Es war keine Absicht.« Dann erstattete er Bericht.

Takuda hörte ihm aufmerksam zu und wandte sich schließlich an Horg. »Du hast nicht geschossen.« Es war eine Feststellung und Frage zugleich. Der Sho-sa sah den Soldaten an und wartete auf Antwort.

»Es schien nicht richtig«, erwiderte Horg. Der Gocho sah seinem Kommandeur in die Augen. »Er machte weder Anstalten mich anzugreifen noch zu fliehen. Es wäre falsch gewesen.«

»Gut gemacht, Go-cho Swalen Horg. Gut gemacht. Ihr hattet den Auftrag, Kontakt mit den Fremdwesen aufzunehmen, sofern dies möglich war, und einen von ihnen zu erschießen, hätte uns außer einem Untersuchungsobjekt wenig eingebracht. Jetzt haben wir ein lebendes Exemplar. Gut gemacht.«

»Ich weiß nicht, was ich machen soll«, unterbrach Yura. »Ich habe das Gerinnungsmittel an einer kleinen Stelle der Wunde ausprobiert, aber es zeigt keine Wirkung. Ich fürchte, wir verlieren ihn.«

Im ersterbenden Tageslicht sah Holland, daß das Farbenspiel unter dem Daunenpelz verschwunden war. Auch die braune Hautfarbe hatte ihren Glanz verloren und wirkte jetzt aschen. Als sie auf die seltsam geschrumpfte Gestalt hinunter sah, fühlte sie, wie sich ihr Hals zuschnürte. Ein Gefühl der Wut stieg in ihr auf. So ähnlich mußte es Horg gehen. Vielleicht hatte er recht; die Söldner brauchten eine Lektion. Vost und Brank waren gute Kandidaten dafür. Sie sah hinüber zu den feiernden Söldnern.

»Gib ihm einen Schuß hiervon«, sagte Takuda. Er öffnete die Medikamententasche am linken Oberschenkel seiner Uniform und holte die zwölf Spritzen mit Aufputschmittel heraus. »Wenn nötig, haben wir noch mehr. Gib ihm eine, und wenn er nicht reagiert, noch eine. Mach weiter, bis er tot oder wach ist.«

»Das können Sie nicht tun, Herr«, protestierte Bustoe. »Die Verwendung von Notfallmedikamenten bei nicht-draconischem Personal ist verboten.«

Die fünf anderen DEST-Mitglieder, die um den am Boden liegenden Tetaetae versammelt waren, sahen Bustoe an. Was er gesagt hatte, war völlig korrekt, aber seine Worte hatten ihnen abrupt die Wahrheit ihrer Situation vor Augen geführt. Sie würden sich nie wieder mit jemand im VSDK-Hauptquartier auseinandersetzen müssen. »Ich werde mich zu entsprechender Zeit darum kümmern«, stellte Takuda fest. »Aber Sie haben völlig recht, diese Frage aufzuwerfen, Kashira Bustoe. Völlig recht.« Takuda nickte Yura zu. »Weitermachen.«

Bustoe gab sich noch nicht geschlagen. »Die Medizin ist nur für den menschlichen Organismus gedacht. Wenn wir sie diesem ... Ding ... verabreichen, bleibt nichts für uns. Das ist eine furchtbare Verschwendung.«

Yura brach die Packung mit Spritzen auf und stieß eine davon direkt in die Wunde. Die reglose Gestalt zeigte keinerlei Reaktion. Er setzte eine zweite Spritze an, wieder ohne Wirkung. Er versuchte es ein drittes und ein viertes Mal. Erst nach der siebten Dosis begann der Fremde leicht zu zittern. Eine schillernde Farbwelle glitt über seinen Körper auf die Wunde zu. Nach der achten Spritze öffnete Dakodo die Augen. »Têodê«, murmelte er.

Holland beugte sich dicht an seinen Schnabel, um zu verstehen, was er sagte. »Sag uns, was wir tun müssen«, bettelte sie. »Was sollen wir tun?« Dakodo murmelte etwas. »Die Violetten«, meinte Holland und sah zu den anderen hoch. »Es hat etwas mit den Violetten zu tun.«

Horg suchte in seinem Tornister, bis er eine der übelriechenden Früchte gefunden hatte, die ihnen der Tetaetae im Sumpf gegeben hatte. »Was mach ich damit?« fragte er.

»Brich sie auf, Horg«, meinte Holland. »Brich sie auf und reib sie über die Wunde.«

Horg tat, wie geheißen. Der Gestank, der aus der Frucht drang, raubte ihm fast den Atem, und die anderen wichen angewidert zurück, aber er machte weiter. Ein häßlicher grauer Saft tropfte aus dem fauligen Fruchtfleisch in die Wunde. Die Reaktion erfolgte beinahe sofort. Die Flüssigkeit floß die von der Pistolenkugel aufgerissene Verletzung entlang, und das aufgerissene Fleisch wurde weich und halb flüssig. »Da«, sagte Dakodo. »Dada.«

Das Gefühl der Erleichterung war mit Händen zu greifen. Besonders Horg war froh; der Fremde würde überleben, und zum erstenmal seit dem Unfall im Wald konnte er sich wieder freuen. Er lächelte sogar, als Kendall Pesht sich der Befehlssektion näherte. Der Söldnerpilot blickte auf den am Boden liegenden Tetaetae hinab. »Sie haben also auch einen erwischt. Sie schmecken gar nicht schlecht. Probieren sie's ruhig auch. So ähnlich wie Hähnchen.« Er drehte sich um und kehrte zurück zu seinen Kameraden.

Später in dieser Nacht saß Horg unter dem fremden Sternenhimmel und dachte nach. Gun-sho Ariake Sanae saß neben ihm. Horg kam häufig zu ihr, wenn ihn etwas belastete, und jetzt offenbarte er ihr seine Gefühle den Söldnern gegenüber. Die beiden saßen eine Weile schweigend da. Schließlich drehte sich Sanae zu ihrem Freund um und legte sanft die Hand auf seine Schulter. »Du könntest recht haben, Swalen Horg. Du hast Grund genug für eine Vendetta. Du hast Grund genug, aber sieh dich vor. Der Zeitpunkt ist noch nicht gekommen.«

11

In den Enden der breiten Cephatusblätter, mit denen die Dächer der Tetaetaehäuser gedeckt waren, spiegelte sich weich das durch die Baumwipfel gefilterte Sternenlicht. Auf dem festgetretenen Boden zwischen den Blockbauten regte sich kein Leben, denn der gesamte Stamm hatte sich im langen Nisthaus versammelt, wie immer, wenn es galt, eine schwerwiegende Entscheidung zu treffen. Außerhalb der Geburtszeit war das Haus bis auf Versammlungen dieser Art verlassen.

Der Große Rat saß im Kreis um Häuptling Totito und Dokaepi, den Schamanen und geistigen Führer des Stammes. Es waren nur elf Ratsleute anwesend; ein Platz war frei für das fehlende Mitglied. Der lange Innenraum des Hauses war von leisem Raunen erfüllt, als der Stamm sich auf eine lange Sitzung vorbereitete.

Wenn ein Tetaetae-Stamm vor einer wichtigen Entscheidung stand, versammelten sich alle Stammesmitglieder, um der Diskussion zu lauschen. Das Thema wurde vom Häuptling des Stammes verkündet, und alle Mitglieder des Rates erhielten reihum Gelegenheit, sich zu äußern. Die Reihenfolge der Sprecher wurde durch eine Tradition festgelegt, die weiter zurückreichte, als sich irgendein lebendes Ratsmitglied erinnern konnte. Das neueste Ratsmitglied, das gleichzeitig auch das jüngste war, ergriff zuerst das Wort. Die zwölf Tetaetae waren die Ältesten ihres Stammes, ohne Rücksicht auf ihr Geschlecht, und wenn eine Lücke entstand, rückte automatisch das älteste nicht dem Rat angehörende Stammesmitglied nach. Diese Situation war jetzt gegeben, und der Stamm wartete darauf, daß der Häuptling die Lücke bekanntgab.

Lücken im Rat entstanden nur durch den Tod eines Mitglieds. Unter normalen Umständen hätte der ganze

Stamm diesen Tod miterlebt. Wenn ein Tetaetae die eisigen Finger des Todes fühlte, gab er dies dem Stamm bekannt. Er wurde ins Nisthaus getragen und von seinem Stamm umhegt. Der Sterbende nahm Wasser zu sich, das ihm gereicht wurde, aber keine Nahrung, bis er friedlich entschlief. Dann wurden seine Überreste an einen geweihten Ort gebracht, wo er zwischen Blumen, Kräutern und einzelnen Gegenständen, die er selbst angefertigt hatte, bestattet wurde. Da die Tetaetae kaum Privatbesitz kannten, enthielten die Gräber nicht allzuviel. In ihnen ruhten die Toten bis in alle Ewigkeit.

Das Religionssystem der Tetaetae war von lockerer Art. Sie waren sich der Existenz einer Macht bewußt, die größer war als sie selbst, und sie waren sich gewiß, daß sie ihnen ähnelte. Aber sie waren sich nicht sicher, was deren Macht betraf und wie sie nach dem Tod mit den Tetaetae umsprang. Sie glaubten an ein Leben nach dem Tod, schienen aber für dessen Einzelheiten kaum Interesse zu entwickeln. Das Leben war eine Fortsetzung des gegenwärtigen Zustands, das war gut genug. Und sie besaßen ein Konzept, das gute Taten in diesem Leben zu einer Voraussetzung für ein gutes Leben im Jenseits machte, so daß es für einen Tetaetae wichtig war, sich dem Stamm in irgendeiner Weise als nützlich zu erweisen. Im Rat zu sitzen wurde als gute Tat angesehen, besonders dann, wenn ein Mitglied die Würde zeigte, die dem hohen Amt angemessen war.

Jetzt hatte sich der Stamm im Nisthaus, dem wichtigsten Gebäude des Dorfes, versammelt, um zu hören, was die Ratgeber zu sagen hatten. Durch das Fehlen eines der Ratsmitglieder wurde diese Versammlung besonders wichtig. Die Tatsache, daß der Älteste ohne die traditionelle Benachrichtigung von ihnen gegangen war, war außergewöhnlich; nur die ältesten Ratsmitglieder konnten sich an ein ähnliches Ereignis erinnern. Und bei einer durchschnittlichen Lebenserwartung der Tetaetae von zweihundert Jahren wollte das schon etwas heißen. Und selbst die Allerältesten konnten sich nicht erinnern, daß jemals ein Ratsmitglied ohne ordnungsgemäße Beisetzung verstorben war.

Als sich auch der letzte an seinem Platz eingefunden hatte, erhob sich Totito von seinem Platz in der Mitte des Ratskreises und setzte zu sprechen an. Er schaute sich im Kreis der Ältesten um, und sein Blick glitt über den leeren Platz. »Ratsherr Dakodo«, sagte er mit gefaßter Stimme, »bitte antworte dem Ruf des Rates.« Er wartete einen Augenblick, dann wiederholte er den Ruf. Wie es Tradition in ihrem Stamm war, wiederholte er die Aufforderung noch elfmal. Die Zwölf war eine wichtige Zahl im Leben der Tetaetae. Sie war in ihrer Religion, dem Geburtsvorgang, der Regierung und ihrem Körperbau verwurzelt.

Der fehlende Ratsherr antwortete nicht, und niemand im Innern des Saales hatte etwas anderes erwartet. Alle wußten, daß Dakodo in den Stamm der Menschen verschwunden war. Es war auch bekannt, daß die Menschen einen jungen Tetaetae mitgenommen hatten, der nie zurückkehren würde. Es war eine Zeit großer Verwirrung.

Zwölfmal suchten Totitos Blicke den Kreis der Ältesten ab. Zwölfmal forderte er Dakodo auf, seinen Platz im Kreis einzunehmen. Dann gab er die Erklärung ab. »Das fehlende Stammesmitglied antwortet nicht, und so müssen wir Dakodo der Vergangenheit überantworten. Möge sich die Gegenwart fortsetzen.«

»Ich werde den Platz meines verlorenen Bruders einnehmen«, erklang eine Stimme aus den Reihen der Versammlung. »Möge ich ebenso gute Dienste leisten wie Dakodo, wie er diente an Stelle von Têkã, wie sie diente an Stelle von Tatádî, wie er diente …« Die Tradition eines Platzes im Rat wurde definiert von denen, die ihn innegehabt hatten, und das neueste Mitglied des Rates wiederholte die Namen aller seiner Vorgänger. Die Liste war über zwanzig Namen lang, und die anderen Ratsleute warteten, bis die Litanei beendet war.

Dann hießen sie der Reihe nach das neue Mitglied willkommen, das dabei außerhalb des Kreises stehen blieb. Jeder von ihnen sprach die rituelle Begrüßung: »Willkommen, Põpae, die dienen wird an Stelle von Dakodo, der diente an Stelle von Têkã, die diente an Stelle an Stelle von Tatádî, der diente...«. Auch diese Aufzählung war vollständig, und jedes Mitglied des Rates trug sie vor.

Auf diese Weise wurden die Traditionen der Tetaetae am Leben gehalten. Sie besaßen keine Schriftsprache. Ihr Wissen und ihre Kultur wurden mündlich weitergegeben. Diese Übermittlung, die bei den frischgeborenen Kindern begann und erst mit dem Tod endete, war ein zeitraubender Vorgang, aber die Tetaetae konnten sich den Luxus des Vergessens nicht leisten. Wenn eine Gesellschaft die Möglichkeit hat, ihre Geschichte aufzuschreiben, können ihre Mitglieder die eigene Geschichte vergessen. Einmal aufgeschrieben, wird sie als sicher betrachtet. Und wenn sie gesichert ist, wozu bräuchte sie dann noch jedes Mitglied der Gemeinschaft im Gedächtnis zu tragen?

Nachdem Põpae in den Kreis der Ältesten aufgenommen war, konnte der Rat sich der Diskussion ihrer Lage widmen. Totito verkündete die Frage vor der Versammlung, wie es seine Aufgabe war. Die Position des Häuptlings wich von der Stellung der Ratsmitglieder ab. Der Häuptling war der Verwalter des Stammes und agierte mehr als Gesprächsleiter denn als Ratgeber. Seine Aufgabe war es, das anstehende Problem und zum Abschluß der Diskussion die Antwort zu formulieren, aber an der Entscheidung selbst hatte er keinen Anteil. Wenn der Häuptlingsposten frei wurde, wurde er durch das am besten für alltägliche Verwaltungsaufgaben geeignete Stammesmitglied ersetzt. Dieser Nachfolger mußte vom gesamten Stamm akzeptiert werden, und er wurde festgelegt, lange bevor die Nachfolge akut wurde. In manchen Fällen war die Position erblich, aber das konnte sich bei Bedarf schnell ändern. Totito war beim Tod seines Großvaters neuer Häuptling geworden, vor seinem Vater, der nicht einmal Ratsmitglied war.

Diesmal war die Fragestellung weit komplexer als bei Ratsdiskussionen üblich. Eine traditionelle Versammlung hatte häufig mit Problemen wie der Reise eines Botschafters zu einem anderen Stamm, der Erschließung eines neuen Felds oder einem erforderlichen Umzug des Stammes zu tun, gelegentlich auch mit der Notwendigkeit, den Stamm zu teilen.

Natürlich war die Teilung des Stammes eine ernste Sache. Die Tetaetae bauten nur wenige Nutzpflanzen an und hielten keinerlei Vieh. Sie lebten vor allem vom Überfluß der Natur. Aber wenn der Stamm zu groß wurde, um ausreichend Nahrung zu finden, wurde es Zeit, die Gruppe in zwei Teile zu spalten. Durch den langsamen Bevölkerungszuwachs des Stammes entstand eine solche Situation jedoch nur etwa alle dreihundert Jahre. Es war ein Ereignis von äußerster Wichtigkeit, das eine höchst ernsthafte Diskussion erforderte. Die Frage, der sich der Stamm jetzt gegenüber sah, war mindestens ebenso bedeutend wie eine Teilung, wenn nicht noch ernster. Für viele, die im Nisthaus versammelt waren, ging es um das Überleben des Stammes.

Wie, hatte Totito gefragt, sollte der Stamm auf die Anwesenheit der jüngst eingetroffenen Menschen reagieren, inbesondere, da sie so lange nach den anderen gekommen waren, die schon in der Zeit der Legenden vom Himmel gefallen waren? Nachdem er die Frage formuliert hatte, nahm er wieder Platz und wartete auf die Reaktion des Rates. Die übrigen Tetaetae machten es sich bequem und warteten. Das würde eine lange Diskussion werden.

Põpae, die jüngste und neueste Ratsfrau, ergriff als erste das Wort. Sie begann mit einer langen Geschichte der Tetaetae seit der Zeit vor der Ankunft der anderen Menschen und erklärte im Detail, wie die Flachlandbewohner sich zu zwei verschiedenen Stämmen entwickelt hatten. Sie beschäftigte sich mit dem Wachstum beider Gruppen. Sie berichtete, wie die Flachländler mehrmals im Jahr weitergezogen waren und überlebt hatten, ohne sich weiterzuentwickeln. Sie erklärte, daß sie die Opfer der Natur gewesen waren, aber gleichzeitig der Glaube der Tetaetae in ihren Reihen gewachsen war. Dann befaßte sie sich mit den langen Traditionen der Waldbewohner; wie sie es geschafft hatten, eine andere Lebensweise zu entwickeln, wie die Blockhäuser entstanden waren, wie sich ihr Leben verbessert hatte.

Langsam kam sie zur langen Saga der Menschen und ihrer Beziehungen mit den Tetaetae. Obwohl es über die Menschen wenig Gutes zu vermelden gab, betonte sie, daß sich ihre Kontakte auf Beziehungen mit den Flachlandbewohnern beschränkt hatten. Viele Tetaetae waren von den Menschen getötet worden, aber im Laufe der Zeit hatten sie doch bemerkt, daß die Tetaetae sprachbegabt waren. Die Flachländler hatten die Sprache der Menschen gelernt und ihnen verständlich gemacht, daß sie keine feindseligen Absichten hegten. Die Haltung der Menschen hatte sich verändert. Sie hatten ihre Versuche, die Tetaetae auszurotten, eingestellt, nachdem sie erkannt hatten, daß diese über Vernunft und eine Sprache verfügten. Jetzt beuteten sie die Ureinwohner für ihre Zwecke aus. Die Beziehungen zu den Menschen hatten den Tetaetae nichts Gutes gebracht.

Als Põpae fertig war, setzte sie sich. Das nächstältere Ratsmitglied, Kâeto, erhob sich und begann. Er wiederholte die gleiche Vorgeschichte wie seine Vorrednerin, beinahe bis in die einzelnen Formulierungen. So war es Tradition bei Ratsversammlungen. Aber dieser Redner ging mehr ins Detail. Er nannte die Menschen eine Bedrohung für die Tetaetae, gegen die man auf der Stelle etwas unternehmen sollte. Er vertrat in gemäßigter Form den Standpunkt, daß die Tetaetae die Möglichkeit gewaltsamer Aktionen ins Auge fassen sollten. Tenor und Thema seiner Ausführungen waren weit entfernt vom Wesen des Stammesrates, und in der Dunkelheit außerhalb des Kreises wurden unruhige Reaktionen hörbar. Kâeto sprach weiter und wurde zunehmend fordernder. Diese Zurschaustellung von Gefühlen war ausgesprochen selten bei den Tetaetae, und die Zuhörer begannen unangenehm berührt auf ihren Plätzen hin und her zu rutschen. Kâeto beendete seine Rede mit einer für die Verhältnisse seines Volkes offenen Aufforderung zur Gewalt: »Es gibt eine Zeit, dem Feind auszuweichen. Es gibt eine Zeit, vor dem Feind die Flucht zu ergreifen. Jetzt ist es Zeit ...« Er setzte sich.

Es herrschte lange Zeit Stille, bis der nächste Redner sich erhob. Kâeto war noch jung, zumindest verglichen mit den anderen Ratsmitgliedern. Er repräsentierte eine neue Haltung im Stamm, und sie war weitverbreitet. Er stand für Aktion statt Duldung. Und seine Position gewann an Boden.

Die anderen Redner waren zurückhaltender. Sie waren ganz und gar nicht bereit, gegen die Menschen zu kämpfen, schon gar nicht angesichts des Beispiels, was in einem solchen Fall geschehen konnte. Sie besaßen weder Waffen noch eine für solche Aktionen geeignete Organisation. Die Sprecher erinnerten die Versammlung daran, wie die Stämme auf andere Gefahrensituationen reagiert hatten. In sämtlichen Fällen hatten sie sich entschieden, Eindringlingen entweder auszuweichen oder mit dem Stamm fortzuziehen. Und der Stamm hatte immer überlebt. Das war die korrekte Reaktion.

Als die Sonne hoch am Firmament stand, schloß das letzte Ratsmitglied seine Rede ab. Die Dringlichkeit der Lage hatte einen großen Teil der Gesprächsbeiträge deutlich kürzer ausfallen lassen. Während die Diskussion über die Entsendung von Botschaftern ins Gebiet eines Nachbarstammes ohne weiteres eine Woche in Anspruch nehmen konnte, war diese bereits nach knapp achtzehn Stunden beendet. Totito stand auf. »Die Ältesten haben gesprochen. Der Stamm wird den Eindringlingen ausweichen und sich auf den Umzug vorbereiten. Wir werden sie sorgfältig im Auge behalten, aber keinen Kontakt mehr mit ihnen aufnehmen. Wir werden nichts mehr mit ihnen zu schaffen haben.«

12

Auch im Lager der Menschen brach der Tag an. Die DEST-Mitglieder hatten die Nacht im Kreis um den am Boden liegenden Dakodo zugebracht. Sie fürchteten um seine Gesundheit und wollten ihn nicht der zweifelhaften Gnade der Söldner ausliefern. Takuda hatte keinen Befehl geben müssen, eine Wache aufzustellen. Seine Leute meldeten sich freiwillig, Zeit bei dem Fremden zu verbringen, allen voran die Mitglieder von Knytes Sektion. Der Kommandeur ließ den Tetaetae allein, behielt ihn aber aus der Entfernung im Auge. Als die ersten Sonnenstrahlen den Horizont färbten, war das schillernde Farbenspiel unter dem Flaumkleid des Vogelwesens zurückgekehrt.

Swalen Horg saß neben Dakodos regloser Gestalt. Sein Kopf hing auf der Brust, aber sein Gesicht war dem Söldnerlager zugewandt, und war sich seiner Umgebung voll bewußt. Wie alle DEST-Soldaten konnte auch Horg selbst im Schlaf noch auf bestimmte Geräusche bewußt reagieren. Es war fast, als besäßen die Elitekommandos ein antrainiertes Ortungssystem, das alle ungefährlichen Geräusche und Aktivitäten ausfilterte. Gespräche, die Geschäftigkeit des Lagerlebens und die normale Bewegung der andern bei der Zubereitung ihrer Mahlzeiten hatte keinerlei Effekt. Aber sobald sich ihm ein Fremder genähert oder er ein mechanisches Geräusch wahrgenommen hätte, etwa das Klicken eines Sicherungshebels, wäre Horg augenblicklich hellwach gewesen. Es war dieser sechste Sinn für Gefahren, der es DESTs ermöglichte, noch weiterzukämpfen, wenn sie vor Erschöpfung eigentlich hätten zusammenbrechen müssen. Ganz egal, wie gut er ausgebildet war, kein Soldat konnte über eine gesamte einjährige Dienstzeit wach bleiben. Der Körper forderte Schlaf, aber das Überleben in feindlicher Umgebung stellte andere Anforderungen. Und so schlief Horg, während er bei seinem Freund Wache hielt.

Die Sonnenstrahlen drangen unter seine Lider, und langsam regte er sich. Er öffnete die Augen, ohne seine Körperhaltung zu verändern. Der Fremde lag noch in derselben Haltung zu seinen Füßen, in der er am Abend zuvor nach der Wundbehandlung mit der violetten Frucht eingeschlafen war. Jetzt bewegte sich auch Dakodo. Er öffnete die Augen und sah zu Horg auf. »Mein Freund. Du hättest nicht zu warten brauchen.«

»Ich weiß. Aber es schien das richtige.«

Der Wortwechsel lockte andere DESTler an. Sie boten Dakodo etwas von ihren Rationen an, aber er wehrte ab. Einen Teil der Früchte und des Gemüses dagegen, die sie am Nachmittag des vorhergehenden Tages gesammelt hatten, verschlang er mit sichtlichem Genuß. Takuda wartete, bis Dakodo gesättigt schien, dann kauerte er sich neben ihn.

»Es gibt viel, was du uns erzählen mußt. Wir würden dir gerne zuhören, wenn du dich kräftig genug fühlst.« Takuda sah sich zu seinen Leuten um, die in respektvollem Abstand warteten, und stellte fest, daß die Posten ihre Stellungen nicht verlassen hatten. Er wandte sich wieder dem Tetaetae zu und wartete.

Dakodo suchte sich eine bequemere Position, sah in die Augen der umstehenden Menschen und begann.

In typischer Tetaetae-Manier begann er seine Geschichte in grauer Vorzeit. Möglicherweise hatte seine Spezies eine Art angeborene Unfähigkeit entwickelt, zur Sache zu kommen. Jedenfalls griff er bis in die entfernteste Vorgeschichte seines Volkes zurück.

Die Tetaetae, erzählte er, lebten seit Anbeginn der Zeit hier auf Kaetetôã. In der Sprache seines Volkes bedeutete das Wort Kaetetôã, wörtlich übersetzt, Erde unter dem Himmel. Es hatte nie eine Zeit gegeben, in der die Tetaetae nicht existiert hatten. Und wenn doch, gab es keine Erinnerung daran, so daß sie nicht Teil der Geschichte sein konnte. Ursprünglich lebten die Tetaetae auf den Ebenen, die sich entlang des großen Flusses im Westen erstreckten. Sie waren Nomaden, lebten in Sippenverbänden und ernährten sich von dem, was das Land ihnen bot. Das Leben war gut: téo da.

Die Stämme wuchsen und gediehen, und wenn es nötig wurde, teilten sie sich, um zu überleben. Nach vielen Generationen hatten sich einige von ihnen so weit vom Gebiet des Urstammes entfernt, daß sie die tiefen Wälder erreichten. Voller Angst drangen diese Stämme in die die tiefe Düsternis ein. Zu ihrer Überraschung stellten sie jedoch fest, daß sie in den Wäldern nicht nur leben konnten, nein, in vielerlei Hinsicht war das Leben dort sogar einfacher. Sie brauchten nicht länger auf Wanderschaft zu ziehen, um das Land nicht auszulaugen; der Wald lieferte genug Nahrung für alle Stämme. Es wurde auch weiter notwendig, einen Stamm gelegentlich zu teilen, aber nicht mehr annähernd so häufig. Die Lebenserwartung der Kinder stieg. Das Leben war gut.

Dann, in menschlichen Begriffen vor langer Zeit, fiel ein brennender Regen vom Himmel. Aus dem Feuerregen kamen die ersten Menschen. Nach einer Reise durch den dunklen Himmel waren sie hier gelandet, und was sie fanden, gefiel ihnen. Zunächst hielten die Tetaetae die Besucher von den Sternen für ein Omen. Sie glaubten, diese neuen Wesen mit ihrer großen Macht würden die Tetaetae ins Land der Träume führen, wo es Nahrung im Überfluß gab und zwischen allem, was lebte, Harmonie herrschte. Aber es sollte anders kommen.

Kaum hatten die Menschen die friedliche Oberfläche der Welt erreicht, da begannen sie zu kämpfen. Wenn die Besucher sich nicht gegenseitig umbrachten, töteten sie die Tetaetae. Auf allen Seiten gab es viele Tote, viel Feuer und große Verwüstungen. Die Tetaetae glaubten, die Eindringlinge würden schon bald alle bei ihren Vorfahren sein, aber dann hörten sie auf, einander umzubringen. Und so war es bis heute geblieben, abgesehen von gelegentlichen Gewaltausbrüchen.

Die Menschen waren äußerst seltsam, erzählte Dakodo. Sie hatten den Boden der weiten Steppe aufgeteilt und nannten ihn ihr Eigentum. Wie und warum sie diese Grenzen festgelegt hatten, verstanden nur die Menschen, die Drachenträger, aber sie schienen dem Ganzen große Bedeutung beizumessen. Auch schienen sie in ihren Besitz bringen zu wollen, was andere hatten, und bereit, darum zu kämpfen. Wozu das gut war, blieb den Tetaetae ein ewiges Rätsel. Es gab mehr als genug für alle, also schien es sinnlos, darum zu kämpfen. Aber was die Menschen taten, ergab ohnehin kaum einen Sinn.

Für die Tetaetae, die in Gebieten lebten, auf die Menschen Anspruch erhoben, hatte dies verheerende Auswirkungen. Selbst als sie entdeckt hatten, daß die Tetaetae sich mit ihnen verständigen konnten, töteten die Menschen die Ureinwohner weiter in riesiger Zahl und vertrieben sie von ihrem Land. Die Tetaetae, die nicht bereit waren, sich ganz vertreiben zu lassen, fristeten ihr Dasein an den Rändern der menschlichen Siedlungen. Dort erkannten die Menschen, daß die Vogelwesen abgerichtet und für niedere Arbeiten eingesetzt werden konnten. Auf diese Art lebten viele Tetaetae weiter in den Menschensiedlungen.

Sie wurden von den Menschen so schlecht behandelt, daß diese Tetaetae-Sklaven regelmäßig revoltierten. Nach der brutalen Niederschlagung dieser Revolten bestraften die Menschen alle Tetaetae, indem sie ein allgemeines Blutbad anrichteten. Anschließend normalisierte sich die Lage wieder, und die überlebenden Tetaetae wurden zurückgeholt, um weiter für ihre Herren zu schuften.

In jüngster Zeit war es unter den Menschen wieder zu verstärkten Spannungen gekommen, allerdings mußte Dakodo zugeben, daß er davon nicht aus eigener Erfahrung, sondern nur durch Erzählungen anderer wußte. Es hatte Gewaltausbrüche zwischen den verschiedenen Gruppen gegeben und eine wachsende Anzahl Toter, seit sich die Menschen auch in Richtung der Waldgebiete ausdehnten. Die Menschen schienen das Brutverhalten kleiner Nager zu besitzen, und die einzige Möglichkeit, die sie zur Bevölkerungskontrolle hatten, bestand darin, einander umzubringen. Sie hatten noch nicht wie die Tetaetae gelernt, wenige Kinder in langen Abständen zu bekommen. Aber das war ein rein menschliches Problem ohne Bedeutung für die Tetaetae, solange es keine direkten Auswirkungen auf die Stämme hatte. Deswegen waren die Mitglieder seines Stammes so zurückhaltend gewesen, Kontakt mit den Menschen aufzunehmen, als sie diesmal vom Himmel fielen. Viele von ihnen waren der Meinung gewesen, es sei besser, die Menschen einander umbringen zu lassen, als sich einzumischen.

Während Dakodo seine Geschichte erzählte, was den größten Teil des Tages in Anspruch nahm, traten immer wieder DEST-Mitglieder und Söldner in den Kreis der Zuhörer oder verließen ihn, wie es ihnen ihre Pflichten erlaubten. Nur Horg und Takuda blieben die ganze Zeit über da. Der Sho-sa und der Go-cho saßen schweigend nebeneinander, nickten nur gelegentlich, ohne Dakodo einmal zu unterbrechen. Dakodo beendete seinen Vortrag mit den Sätzen: »Wie ihr auf manche Weise sind sie, aber auch nicht. Tragen sie den Ring des Drachen wie ihr und erweisen ihm Ehre. Wie ihr sie sind. Dessen sicher ich bin.«

»Vor wie langer Zeit sind sie gekommen?« fragte Takuda.

»Dakodo weiß es nicht. Als Kátêo Häuptling des Stammes war. Nach ihm kam Díkáká, und nach ihm

Totito, der Häuptling jetzt ist. Nicht weiß, wie lange, aber glaube, ihr sagt fünfhundert Jahre.«

»Fünfhundert Jahre?« unterbrach Kendall Pesht, einer der Söldner, der gegen Ende der Erzählung in den Kreis getreten war. »Das ist unmöglich! Sie wären längst alle tot!«

»Im Biologieunterricht geschlafen, was?« schnaufte Andi Holland, die ebenfalls den größten Teil der Geschichte mitgehört hatte. »Sie können überlebt haben, wenn Frauen dabei waren.« Sie sah Pesht vielsagend an. »Sie können überlebt haben, wenn sie die Frauen gut behandelt haben. Das ist etwas, das ihr noch lernen müßt.«

»Wir behandeln unsere Frauen so, wie sie es verdienen«, erwiderte Pesht. »MechKrieger haben freie Auswahl, und die anderen nehmen, was übrigbleibt. So war es schon immer, so wird es bleiben, und so gehört es sich.«

Takuda sagte nichts zu diesem Wortwechsel. Er nahm ihn nicht einmal wahr. Die Geschichte von anderen Menschen konnte stimmen, dachte er. Es gab genug Geschichten von Schiffen, die durch einen Fehler im Hyperraumfeld während des Sprungs verlorengegangen waren, und »Die vom Himmel gefallen waren« konnten Überlebende eines solche Unfalls gewesen sein, so wie seine Leute auch. Alles deutete darauf hin. Dakodo hatte gesagt, daß die Mitglieder der anderen Gruppe das Drachensymbol des Draconis-Kombinats getragen hatten. Und auf dem Sturzflug in die Atmosphäre hatten sie ein Sprungschiffwrack passiert. Reston Bannin und Davud Parker hatten es beide erwähnt. Aber Takuda verstand nicht, warum die früheren Überlebenden sich untereinander bekämpft hatten. Der von Haus Kurita etablierte Verhaltenskodex des Kombinats beruhte auf Harmonie.

Andererseits würden sicherlich alle Menschen mit Gewalt auf eine Existenzbedrohung reagieren. Seiner kleinen Gruppe konnte das gleiche passieren, wenn Garber Vost sich durchsetzte, eine Möglichkeit, die Takuda auf jeden Fall verhindern würde. Seine Überlebenden hatten Kontakt mit freundlichen Einheimischen geknüpft. Es bestand sogar die Chance, die anderen Menschen zu finden.

Die Verbindung mit den Tetaetae konnte von Vorteil sein, überlegte er. Die Tatsache, daß andere Mitglieder des Stammes unter den anderen Menschen lebten, gab ihnen die Möglichkeit, mehr über sie in Erfahrung zu bringen. Es war nicht schwer, sich vorzustellen, wie sorglos die menschlichen Herren in Gegenwart ihrer einheimischen Dienstboten sein würden. Wahrscheinlich würden sie ihre Anwesenheit häufig genug gar nicht bewußt wahrnehmen. Er hatte in verschiedenen Militärhauptquartieren ein ähnliches Verhalten beobachtet. Einerseits unternahm das Militär enorme Anstrengungen, um seine Geheimnisse vor dem Feind zu schützen, aber andererseits dachte sich niemand etwas dabei, Dokumente der höchsten Geheimhaltungsstufe achtlos herumliegen zu lassen, während die Putzkolonne ihrer Arbeit nachging. Die Dienstboten wurden zum Teil des Inventars. Wahrscheinlich waren die Tetaetae für die anderen Menschen in ihren Enklaven genauso unsichtbar.

13

Während Takuda Dakodo weiter befragte, verließ Kendall Pesht den Kreis der Zuhörer und ging zu den anderen Söldnern hinüber. Er hatte genug gehört, um die enormen Möglichkeiten zu erkennen, die sich ihm eröffneten, ihnen allen, und er mußte mit Vost darüber reden. Aber als er seinen Kommandeur erreichte, mußte er feststellen, daß ihm jemand zuvorgekommen war. Abgesehen von einer einzigen Kleinigkeit hatte Michelle Guardine Vost bereits die ganze Geschichte erzählt. Trotzdem, der Punkt, den sie übersehen hatte, war wahrscheinlich der wichtigste an der ganzen Sache.

»Stellen Sie sich das einmal vor, Garber«, sagte Pesht. »Stellen Sie es sich nur mal vor. All das ist vor fünfhundert Jahren geschehen. Seitdem sitzen sie hier fest. Überlegen Sie einmal, welche Waffen sie haben müssen. Und welche sie nicht haben!«

»Wir müssen mehr darüber herausfinden«, stellte Vost fest. Er stand auf und stemmte die Fäuste in die Hüften. Die Pose gab ihm etwas Majestätisches. Dessen war er sich überaus bewußt. Er sah auf die übrigen Mitglieder der Söldnereinheit hinab und ließ seine beeindruckende Erscheinung auf sie wirken. Nur Holly Goodall schien ungerührt; bei ihr mußte er vorsichtig sein. »Wir werden sehen, ob wir nicht ein paar Informationen aus dem Pelzvieh pressen können. Und vielleicht können wir Takuda endlich eine Entscheidung abringen. Ich weiß, wir bekommen unsere Informationen, selbst wenn wir den kleinen Scheißer für eine kleine Privatunterhaltung hierher in unser Lager einladen müssen; aber Takuda dazu zu bringen, daß er etwas tut, wird eine härtere Nuß.«

Die Söldner stellten sich um die Draconier auf, die mit Dakodo redeten. Shawn Arsenault, der Anführer der ersten DEST-Sektion, sah zur anderen Seite hinüber und fing einen Blick von Johan Miranda auf. Er zwinkerte langsam, und Miranda nickte. Eigentlich war es weniger ein Nicken als ein leichtes Senken des Kopfes. Beide Männer standen auf und traten durch den Kreis der Söldner. Vost und Seagroves traten nach vorne und nahmen ihre Plätze ein.

Jetzt ging das Verhör des Tetaetae mit vollem Ernst los. Leider besaß Dakodo kaum weitere spezifische Informationen über die menschlichen Enklaven. Er hatte sie besucht, aber das war in seiner Kindheit gewesen. Er hatte Díkáká bei einer Mission zu den Menschen begleitet, nachdem die ersten Menschen in den Wald gekommen waren. Es hatte keine Lösung des Problems gegeben, und wenig später war der Stamm tiefer in den Wald gezogen. Dakodos sonstige Informationen stammten aus zweiter oder dritter Hand von anderen Tetaetae und vereinzelten Menschen, die zu weit in den Wald eingedrungen waren. Bei diesen Kontakten hatte er die Sprache der Menschen gelernt. Sie schickten Händler auf der Suche nach verschiedenen Delikatessen in den Wald, und die Tetaetae hatten sie gerne für die Menschen gesammelt. Indem sie ihnen die Nahrungsmittel lieferten, sorgten sie dafür, daß die Menschen ruhig blieben, und ein ruhiger Mensch war weit weniger gefährlich als ein wütender.

Soweit Dakodo wußte, gab es drei bewohnte Menschengebiete. Zu Beginn waren es mehr gewesen, aber die Konflikte zwischen den Menschen hatten ihre Zahl durch Vernichtung und Vereinnahmung reduziert. Die exakte Organisation kannte der Tetaetae weder, noch konnte er sie verstehen. Er konnte nur mit Sicherheit sagen, daß es drei an der Zahl waren.

Vost drängte auf mehr Informationen über die Siedlungen oder Enklaven, wie die Tetaetae sie bezeichneten. Anscheinend waren sie alle von einem komplizierten System aus Mauern und Gräben in unterschiedlicher Anordnung umgeben. Jede Siedlung wurde durch große Tore geschützt, die nachts in der Regel verriegelt waren. Während man tagsüber frei in den Enklaven ein und aus gehen konnte, war ein Zutritt in der Dunkelheit nur mit einem besonderen Passierschein möglich. Dakodo wußte nicht, wie man an so einen Passierschein kam.

Der Zustand der Mauern interessierte Vost besonders, aber er achtete darauf, dies für den Fremden nicht allzu deutlich werden zu lassen. Er wollte sichergehen, daß er möglichst wahrheitsgetreue Antworten erhielt, und nicht nur hörte, was er hören wollte. Ein Verhör – und genau darum handelte es sich – läuft normalerweise so ab, daß der Befragte dem Fragensteller zunächst einmal nach dem Munde redet. Durch seine vorsichtige Fragenstellung entlockte Vost Dakodo das Bild einer ausgeklügelten Verteidigungsanlage zum Schutz gegen Bodentruppen. Aber die Bodentruppen, gegen die eine solche Anlage schützen konnte, mußten selbst vor fünfhundert Jahren als primitiv gegolten haben. Es war offensichtlich, daß diese Menschen über keinerlei schwere Fahrzeuge verfügten, auch wenn Dakodos begrenztes Wissen keine Erklärung für diese Tatsache lieferte. Währenddessen bemühte sich Vost, seine Erregung im Zaum zu halten. In seinem Hinterkopf formte sich ein Plan, aber er wollte ihn nicht vorschnell ausplaudern.

Brian Seagroves' Fragen waren weit weniger subtil. Seagroves war der Pilot des *Feuerfalken*-FLUM, und ziemlich frustriert, weil er nicht zum Fliegen kam. FlugMechs waren zumindest in den Augen ihrer Piloten die ultimativen Kampfkolosse, und Seagroves war ein typischer FLUM-Pilot.

Es gab zwei Dinge, die Seagroves mochte, die seinem Leben einen Sinn gaben, und eines davon war Fliegen. Das Gefühl der Macht, das in ihm aufkam, wenn er den FLUM in die Luft zog, konnte er nicht mit

Worten fassen oder auch nur eingestehen. Im Cockpit zu sitzen, die Hände auf den Schubkontrollen, die Energie durch die Pilotenliege strömen zu fühlen und den Boden mit 900 Stundenkilometern unter den abgeschrägten Tragflächen vorbeischießen zu sehen, war ein Erlebnis beinahe sexueller Natur. Fliegen und Reichtum. Seagroves wollte reich werden, so reich, daß er nie wieder einen Gedanken an Geld zu verschwenden brauchte. Das war es, was den FLUM-Piloten antrieb.

»Aber sie fliegen nicht einmal.« Es war zu gleichen Teilen Frage und Feststellung. »Die Menschen fliegen nicht. Wie kann das sein? Jedermann weiß, wie es geht. Wie kann man existieren, ohne zu fliegen?«

Dakodo sah Seagroves überrascht an. »Natürlich sie nicht. Vogel fliegt; Mensch auf Boden geht.« Der Kaetetôäner schüttelte den Kopf. »Nur Vogel fliegt. Kein Bedarf andere zu fliegen.«

Seagroves sprang auf. »Holt den FLUM raus«, rief er. »Wir können die Welt beherrschen!«

»Das reicht, Seagroves«, herrschte ihn Vost an. »Schalt die Nachbrenner aus. Wir müssen uns das gut überlegen.« Wenn Blicke hätten töten können, wäre Seagroves' Leben in diesem Augenblick zu Ende gewesen. Vost hatte sich angestrengt, nichts von seinen Plänen durchschimmern zu lassen, und jetzt posaunte dieser Narr alles hinaus.

»Aber sehen Sie denn nicht, was das heißt? Sehen Sie das denn nicht? Sie können nicht fliegen!« Seagroves hüpfte fast vor Aufregung. »Wir haben Sie in der Tasche!«

»Seagroves! Setz dich hin und sei still oder verschwinde!« Vost stand auf und starrte auf die andere Seite des Kreises, beide Fäuste in die Hüften gestemmt. »Dies ist weder die Zeit noch der Ort für so eine Diskussion.«

Seagroves sah ihn völlig belämmert an. Vost hatte

ihn abgeschossen. Seine Schultern fielen herab, der Unterkiefer klappte nach unten, seine Arme baumelten kraftlos an den Seiten. Er war ein Monument der Verzweiflung. Wie er so in der Dämmerung stand, schien das Gewicht der ganzen Welt auf seinen Schultern zu lasten. Er drehte sich um und schlurfte davon.

Vost eilte ihm nach. Als er ihn erreicht hatte, packte er ihn am Ellbogen. »Du hast recht, was den FLUM angeht. Du weißt das, und ich weiß das, aber wir wollen die anderen nicht auf dumme Gedanken bringen. Du bist FLUM-qualifiziert, aber vergiß nicht, daß das auch für mich gilt. Wir beide verstehen die Macht, die uns diese Maschine geben kann. Stell es dir vor, eine ganze Gesellschaft, die nur darauf wartet, erobert zu werden. Erinnerst du dich, was der Kleine über die Mauern gesagt hat? Die Mauern sind dazu gedacht, Bodenfahrzeuge aufzuhalten. Es gibt Orte, die man besuchen kann, um sich so etwas anzusehen. Ich habe Bilder davon gesehen. Wenn die Mechs einmal ausgeladen sind, gehört uns alles. Wir können die Herrscher dieser Welt werden. Es geht überhaupt nicht mehr um die Auseinandersetzung mit den DEST-Idioten. Die brauchen wir gar nicht. Aber wir müssen unsere Karten richtig ausspielen. Wenn sie mitbekommen, daß wir die Macht übernehmen wollen, könnten sie auf die Idee kommen, unsere Mechs zu zerstören. Das dürfen wir nicht riskieren. Also halte dich etwas zurück. Bleib ruhig.«

Yubari Takuda sah den beiden Mechpiloten hinterher, wie sie im Dunkel der Abenddämmerung verschwanden. Es war offenkundig, daß sie etwas planten, und er konnte sicher sein, daß ein Gelingen ihres Planes nicht in seinem Interesse oder dem seiner Leute lag. Noch hatten sie die Option, die Söldner zu eliminieren, eine Möglichkeit, die bestand, solange der DEST die größere Feuerkraft hatte. Bis jetzt hatte er diese Idee verworfen, weil sie die gemeinsame Anstrengung aller benötigt hatten, um zu überleben. Aber die Entdeckung der anderen Menschen auf Kaetetôã hatte diese Gleichung verändert. Jetzt waren die Söldner nicht mehr so überlebenswichtig, allerdings galt für die Sturmtruppen dasselbe.

Er war sich ebenso sicher, daß die Menschen, die bereits auf dieser Welt lebten, die Neuankömmlinge als äußerst wertvoll betrachten würden. Er hatte jedoch nicht vor, irgend etwas zu unternehmen, bevor er über mehr Informationen verfügte. Nach Dakodos Aussagen gab es drei Gruppen, möglicherweise auch mehr, die in einiger Entfernung am großen Fluß lebten, der nach Westen strömte. Der Tetaetae war sich nicht sicher, wie weit entfernt sie waren, da ihm der menschliche Sinn für Zeit oder Entfernung abzugehen schien. Das ganze Konzept schien für die Vogelwesen keine größere Bedeutung zu besitzen. Aber irgendwo im Westen lebten die Menschen. Takudas Leute würden Kontakt mit ihnen aufnehmen müssen, aber vorsichtig. Es war nicht notwendig, die allem Anschein nach recht instabile Situation zwischen den verschiedenen Gruppen zu stören.

Garber Vost hatte in der Zwischenzeit im Söldnerlager die übrigen Mechpiloten um sich versammelt. Sie hockten in einer engen Gruppe beisammen, in respektvollem Abstand umringt von den Techs. Sein Tonfall war verschwörerisch. »Es ist unglaublich«, flüsterte er. »Dieser ganze Planet fällt uns in den Schoß. So etwas hat es noch nie gegeben. Wir müssen Kontakt mit den Menschen aufnehmen. Mit unserer Feuerkraft können wir alles beherrschen. Nach dem, was das kleine Pelztier erzählt hat, besitzen die Enklaven nur primitive Verteidigungsanlagen. Wie vor tausend Jahren. Wir werden sie überrollen.«

»Dafür könnten es zu viele sein«, wandte Pesht ein. »Und sie könnten Waffen besitzen, von denen wir nichts wissen, selbst wenn sie über den Boden kriechen müssen, um sie einzusetzen. Es gibt ein paar archaische Waffen, die auch einem Mech gefährlich werden können.«

Vost wollte den vorlauten kleinen Piloten schon zerquetschen, aber dann überlegte er es sich noch einmal. Pesht hatte als Pilot der *Speerschleuder* einen gewissen Wert, und außerdem hatte er recht. Es machte keinen Sinn, blindlings in eine Situation zu stolpern, deren Gefahren ebenso groß sein konnten wie ihre Möglichkeiten. Aber es mußte einen Weg geben, Profit aus ihrer Lage zu schlagen – schließlich waren sie Söldner. Das war die Lösung. »Söldner«, sagte Vost. »Natürlich. So können wir es machen. Wir versteigern unsere Dienste gegen das höchste Gebot.« Er ließ sich zurücksinken und schnalzte mit der Zunge.

Das erforderte entschlossenes Handeln. Er stand auf und stemmte die Fäuste in die Hüften. Wieder einmal hoffte er, die anderen mit seiner befehlsgewohnten Ausstrahlung zu beeindrucken. »Wir nehmen Kontakt auf, zeigen, was wir können. Und bieten unsere Dienste an. Auf das beste Angebot gehen wir ein. Hinterher können wir unsere Meinung immer noch ändern.« Er riß triumphierend die Faust in die Höhe. »Wir können alles haben!« Er sah auf seine Gefolgsleute hinab. »Aber wir müssen uns vorsehen«, sprach er mit leiserer Stimme weiter. »Takuda und dem Rest des DEST-Trupps könnte unser kleiner Plan nicht gefallen. Er denkt zuviel, viel zuviel. Wir müssen ihn davon überzeugen, daß wir nach seinen Vorstellungen arbeiten. Daß das Ganze seine Idee ist. Wir müssen die Mechs aus dem Landungsschiff holen, und das können wir nicht, solange er eine Wache dort postiert hat.«

»Wir haben Pistolen«, warf Collis Brank ein und sah zu seinem Führer auf. »Wir könnten sie erledigen.«

»Keine gute Idee, Brank. Manchmal überspringt dein Mundwerk den Umweg übers Gehirn. Wie willst du nahe genug herankommen, um sie alle mit dem ersten Schuß zu erledigen? Hast du schon einmal gesehen, was ein Lasergewehr von einem ungeschützten Körper übrig läßt? Oder möchtest du als Anschauungsobjekt dienen?« Er wandte sich von dem am Boden sitzenden Piloten ab. »Nein, wir müssen es langsam angehen. Wir werden uns bedeckt halten, bis wir die Mechs aus dem Schiff bekommen, und dann wird sich schon zeigen, wer hier das Sagen hat.« Vost legte den Kopf in den Nacken und sah zu den ersten Sternen hoch, die sich am dunkler werdenden Himmel zeigten. »Bei den Augen des Drachen, das wird ein Abenteuer, von dem noch unsere Kinder und Kindeskinder erzählen werden.«

In der Stille des nächtlichen Lagers erhob sich Dakodo Stunden später aus seinem Nest. Über ihm funkelten die Sterne. Es war praktisch windstill. Mit einer Lautlosigkeit, die zum Teil instinktiv und zum Teil Übung war, schlich er sich aus dem Lager.

14

Sho-sa Yubari Takuda hatte sich mit den anderen Mitgliedern des DEST-Führungsteams zusammengesetzt. Er würde eine Patrouille aussenden müssen, die Kontakt zu den Menschen aufnahm, und für diese Mission waren nur die Besten gut genug. Knytes Sektion hatte den Erstkontakt mit den Tetaetae besorgt, also wären eigentlich Arsenaults Leute für diese Aufgabe an der Reihe gewesen. Es war eine Frage der gerechten Verteilung von Verantwortung und Gefahren. Aber ihm fehlte das rechte Vertrauen in Arsenaults Leute.

Roland Dupe, die Nummer Zwei der Sektion, hatte eine Tendenz zu meckern. An sich war das nicht so schlimm. Über den Dienst zu meckern, war bei Soldaten geheiligte Tradition. Aber Dupe hatte die unangenehme Angewohnheit, sich über alles und jedes zu beschweren, auch schon, bevor sie auf Kaetetôã gelandet waren. Arsenault tat Takuda leid, weil er sich das konstant anhören mußte.

Das dritte Mitglied der Sektion war Dana Lost. Eine der hervorstechendsten Eigenschaften Losts war sein übertriebenes Bedürfnis zu helfen – er bot sich ständig freiwillig für irgendwelche Aufgaben an. Es gab nicht eine Gefechtsstellung im DEST-Lager, an der Lost nicht mitgebaut hatte. Erst hatte er seine Stellung aufgebaut, dann war er durch das Lager gezogen und hatte Ausschau nach anderen Arbeiten gehalten, die noch nicht erledigt waren. Das Problem daran war, daß Dana Lost gleichzeitig eine Menge haltloser Vorurteile besaß, die er lautstark zu vertreten pflegte. Er und Dupe waren die besten Freunde, aber das ständige Gemeckere des einen und die Vorurteile des anderen führten dazu, daß sie sich konstant in den Haaren lagen. Arsenault stand ruhig und gelassen über diesem Chaos. Takuda entschied sich schließlich doch, ihnen den Auftrag zu geben, wenn auch nur, damit sie im Lager nichts anstellten.

Seit undenkbaren Zeiten haben militärische Organisationen mit der Notwendigkeit zu kämpfen, Rastlosigkeit unter den Truppen zu vermeiden. In der Regel tun sie das durch mit Messing überhäufte Uniformen und häufigen Drill, um die Truppen in den unzähligen, endlosen Perioden der Langeweile zwischen den Kämpfen beschäftigt zu halten.

Takuda besprach seinen Plan mit Sho-ko Saitan Yura. Er hätte einen zweiten Offizier, jemanden von gleichem Status, im Führungsteam vorgezogen, aber er mußte sich mit dem Unteroffizier Yura begnügen. Nach fast vierzig Jahren Dienstzeit für das Draconis-Kombinat hatte der Sho-ko Kommandeure, Grundsätze, Siege und Niederlagen kommen und gehen sehen. Mit zustimmendem Nicken hörte er seinem Vorgesetzten unbeteiligt zu, während der ihm die Mission und seine Wahl der Patrouille erklärte. Yubari Takuda hoffte, daß das Nicken Zustimmung zu dieser speziellen Entscheidung ausdrückte, und nicht nur die Akzeptanz jeder Entscheidung. Er stand auf, um den Kashira mit den Befehlen auf den Weg zu schicken, als plötzlich Garber Vost erschien.

»Hören Sie, Sho-sa«, erklärte der Söldner. »Ich habe über eine Kontaktaufnahme mit diesen Menschen im Westen nachgedacht. Ich finde, wir sollten das so schnell wie möglich erledigen.«

Takuda konnte kaum ein Lächeln zurückhalten. Zum erstenmal hatte der Söldnerkommandeur ihn mit seinem draconischen Rang eines Sho-sa angesprochen, und nicht als ›Major‹. Und zum erstenmal, seit sie an Bord des Landungsschiffes gegangen waren, begegnete Vost Takuda mit so etwas wie Respekt. Irgend etwas war faul an dieser Sache, aber Takuda war bereit mitzuspielen. »Haben Sie eine Idee, Pilot Vost?«

»Nun, wir wissen nicht, wie weit entfernt diese

Menschen leben. Wir könnten eine Fußstreife losschicken, aber sie könnte Tage für den Weg brauchen, und noch einmal genauso lange für den Rückweg. Wenn die Patrouille in Schwierigkeiten geriete, was mich nicht überraschen würde, nach dem, was der pelzige Bursche erzählt hat, wären wir nicht in der Lage, ihr zu helfen. Wir müßten alle zusammen losziehen. Und dann ist da noch das Problem, wieviel Zeit die Patrouille dort verbringen müßte. Wir haben keine Ahnung, wie weit diese Enklaven voneinander entfernt sind. Es könnte Tage dauern, sie alle zu erkunden.«

»Stimmt«, gab Takuda zu. »Der Zeitaufwand ist ein Problem.« Er war weitgehend zu dem gleichen Schluß gekommen. Die Mechs konnten die Strecke sehr viel schneller zurücklegen, und der FLUM, der im Jägerhangar des Landungsschiffes verstaut war, wäre noch schneller. Aber er wollte die Mechs nicht einsetzen, zumindest jetzt noch nicht.

»Der FLUM könnte die Reise hin und zurück in nicht einmal einem Tag erledigen.« Vost erkannte, daß Takuda die Mechs von sich aus niemals einsetzen würde; er mußte dazu gebracht werden. Das war die Schwierigkeit mit draconischen Soldaten, dachte er. Wenn sie einmal darauf trainiert waren, auf eine bestimmte Weise zu reagieren, war das wie in Stein gehauen. Kein Wunder, daß das Draconis-Kombinat so verzweifelt nach Söldnern suchte. Nur Söldner waren in der Lage, flexibel zu denken.

»Ja«, meinte Takuda. »Das stimmt wohl. Aber ich habe meine Zweifel, was den Einsatz einer Maschine von so gewaltiger Feuerkraft in der Umgebung dieser Menschen angeht, die noch nie eine gesehen haben und ganz sicher keine Flugmaschinen kennen. Das könnte ein ziemlicher Schock für sie sein.«

Und ob es das sein wird, dachte Vost. Genau das will ich erreichen. »Wir könnten Seagroves anweisen, in den oberen Luftschichten zu bleiben. Möglicherweise würden sie ihn gar nicht bemerken. Und selbst wenn sie ihn wahrnähmen, würden sie nicht wissen, was sie da sehen. Es könnte den Versuch wert sein.«

»Können wir den FLUM überhaupt aus dem Landungsschiff ausladen? Er ist beschädigt, und soweit ich Parker Davud verstanden habe, ist der Rumpf verformt. Wir müßten die Außenhülle aufschneiden, und dann können wir nie mehr von hier wegfliegen.«

Das können wir sowieso nicht, dachte Vost. Komm rüber in die Wirklichkeit, Alter. Wir sitzen hier auf diesem Planeten fest, genau wie die anderen, und wir sollten sehen, daß wir das Beste daraus machen. Und selbst wenn das Landungsschiff wegfliegen könnte, wo sollte es hin?

»Das Opfer des Landungsschiffes wäre wahrscheinlich zu vertreten«, meinte Takuda, »aber ich mache mir Sorgen wegen der Bewaffnung. Die Versuchung, sie einzusetzen, könnte zu groß sein. Das wäre mir gar nicht recht. Und ich halte Ihren Piloten Seagroves in dieser Hinsicht für anfällig. Vielleicht, wenn wir Pilotin Goodall verwendeten.« Takuda wußte, daß Vost für den FLUM qualifiziert war, aber nach Seagroves war Vost nun wirklich der letzte, den er über den Enklaven wissen wollte.

O nein, nicht mit mir, dachte Vost. Du wirst mir meinen Plan nicht versauen. »Nun ja, Goodall ist nicht FLUM-qualifiziert«, stellte er laut fest. »Und was die Waffen angeht, könnten wir für die Laser ja die Externschaltung aktivieren. Dann müßte der Pilot, um sie zu benutzen, erst landen und das System wieder einkoppeln, eine Arbeit, für die zwei Mann nötig sind. Der FLUM ist im Jägermodus an Bord verstaut, also kann er losfliegen, sobald wir ihn draußen haben. Wir schalten die Waffen einfach extern, während er in seinem Kokon hängt.«

Takuda traute Vosts Vorschlag nicht so recht, aber es schien tatsächlich die beste Lösung zu sein. Der FLUM konnte in wenigen Stunden erreichen, wozu eine Fußstreife eine Woche oder noch länger brauchen würde. Natürlich würden die Informationen nicht von der gleichen Qualität und Genauigkeit sein, aber ausreichend, um weitere Entscheidungen darauf zu stützen. »So machen wir es«, sagte er.

»Großartig! Ich werde meine Leute sofort darauf ansetzen.«

Parker Davud war ebenfalls davon überzeugt, daß ein Einsatz des FLUM die beste Lösung war, aber er wollte seinen *Leopard* nicht wie ein Stück Vieh im Schlachthof aufschlitzen lassen. Solange das Landungsschiff seine strukturelle Integrität behielt, bestand zumindest die Möglichkeit – so weit hergeholt sie im Augenblick auch erscheinen mochte –, wieder abzufliegen. Außerdem war das Schiff sein Privatbesitz. Er hatte es von seinem Verdienst gekauft und unterhalten, von Geld, für das er beträchtliche Risiken eingegangen war. Der Profit, den er mit dem Landungsschiff erwirtschaftet hatte, hatte ihm ein Leben ermöglicht, von dem andere nur träumen konnten. Die Vernichtung des Schiffes würde jede Hoffnung zerstören, dieses Leben wiederzuerlangen. Und doch wußte Davud, daß es keine Alternative gab.

Eine Untersuchung des Schiffes ergab ohne jeden Zweifel, daß es nie wieder fliegen würde, auch wenn es nicht aufgeschnitten wurde. Davud fürchtete sich davor, es einzugestehen, aber er konnte den Augenblick nicht allzu lange hinauszögern. Nachdem Mark Jacobs, der Sprungschiffingenieur, sich das Wrack eingehend angesehen hatte, gab er es zum Ausschlachten frei. »Ihre Zentralstrebe sieht aus wie ein Korkenzieher«, erklärt er. »Und das ist längst noch nicht alles. Die Querverstrebungen Siebzehn bis Neunzehn sind über den Rückkehrpunkt hinaus belastet worden. So brüchig, wie die sind, bin ich überrascht, daß sie die Kiste heil runtergebracht haben. Das Rettungsboot ist noch schlimmer dran. Das habe ich beim Spiraleintauchen in die Atmosphäre abgewrackt. Nicht eine aerodynamische Hubfläche am ganzen Teil. Es kann noch qualmen und Feuer spucken, aber fliegen wird es nie wieder. Und für Ihr Landungsschiff gilt das gleiche.« Er schlug auf den Rumpf des Schiffes. »Na ja, wie gewonnen, so zerronnen.«

Trotzdem erwies sich das Aufschneiden des Landungsschiffes als weit schwieriger als zunächst vermutet. Selbst mit den Schneidbrennern vom Wartungsdeck dauerte es eine ganze Weile, durch die obere Außenhülle zu gelangen. Die Brenner waren für kleinere Reparaturen entworfen, nicht für das Heraustrennen einer ganzen Rumpfsektion. Schließlich schlug Jacobs vor, ein Kabel auf den Rumpf zu legen und es mit Strom aus dem Fusionsreaktor des Schiffstriebwerks zu überhitzen. Das funktionierte, wenn auch in Verbindung mit einem lagerweiten Funkenregen. Endlich kam der Bug des FLUM frei.

Seagroves hatte mittlerweile im Cockpit die Systeme und Schaltkreise überprüft. Der Absturz hatte die Energiekopplungen so beschädigt, daß drei komplett ausgewechselt werden mußten. Bei den zwei kleineren war das einfach, weil Austauschkopplungen zur Standardausrüstung der Techs gehörten. Aber die dritte war eine versiegelte Primärkopplung, die für die gesamte Lebensdauer der Maschine ausgelegt und nicht für einen Austausch vorgesehen war. Für sie war kein Ersatz verfügbar. Als Seagroves eine rot blinkende Fehlermeldung für dieses System erhielt, war er geneigt, den FLUM abzuschreiben, aber der Bastler Jacobs fand eine Lösung. Mit Hilfe einer Umleitung des Neurofeldkontrollsystems durch die Zwischenkühler konnte er das beschädigte Bauteil umgehen. Er klopfte mit berechtigtem Stolz auf sein Werk. »So, das dürfte bis zum Ende der Tage des FLUM halten, oder bis zu Ihrem. Was immer zuerst kommt.«

RICK HARRIS
93

Takuda und Vost kletterten auf den Rücken des FLUM, so daß der DEST-Kommandeur die Externschaltung der Laser überprüfen konnte. Sie brachen die Wartungsluke auf und legten die Schalter um, mit denen die Energiezufuhr der Waffensysteme reguliert wurde. Als Vost ihm erklärte, daß die Maschinengewehre weiter funktionierten, entschied Takuda, daß es so wahrscheinlich besser war. Die Kurzstreckenbewaffnung konnte sich als nützlich erweisen, falls der FLUM in Schwierigkeiten kam.

Jetzt, wo das Landungsschiff bis zum Boden aufgeschnitten war, lag der gesamte Frachtraum frei. Die übrigen Mechs standen reglos an den Schottwänden, vergessene Riesenspielzeuge, die auf ihre Aktivierung warteten. Die anderen Piloten konnten es sich nicht verkneifen, in die Cockpits zu klettern, um Servos und Schaltkreise durchzuchecken. Noch gab es keinen Befehl zum Ausrücken, aber es sah danach aus, daß sie ihre Chance bekommen würden. Hoffnung machte sich breit. Selbst Jacobs, dessen Trainingszeit in einem Mech lange Jahre zurücklag, fühlte ein Drängen, die Maschinen aus ihrem Gefängnis zu befreien. Es war zehn Jahre her, seit er zuletzt im Mech seines Vaters gesessen hatte, aber der Instinkt war noch vorhanden.

Als der FLUM ausgeschifft war, meldete sich Seagroves bei Takuda und Vost. Der DEST-Kommandeur nahm den Piloten beiseite. »Sie werden sich in eine sehr unsichere Lage begeben, Seagroves-san. Es ist wichtig, daß Sie den Kontakt mit den Menschen auf das absolute Minimum beschränken. Wir kennen die Situation hier nicht, und wir wollen in keinen Konflikt stolpern, der uns über den Kopf wächst. Sehen Sie sich vor. Bleiben Sie so hoch wie noch möglich, um eine Vorstellung von der Lage in den Enklaven zu gewinnen. Aber sehen Sie sich vor.«

Seagroves nickte. Im Anschluß an die Vorbesprechung begleitete Vost ihn zum FLUM-Cockpit. »Geh runter«, wies Vost ihn an. »Tief genug, so daß sie dich sehen und du ihre Reaktion erkennen kannst. Was die Kontaktaufnahme angeht, hat Takuda recht. Wir wollen uns nicht festlegen, bevor wir mehr Informationen haben.« Auch zu diesen Befehlen nickte Seagroves.

Die Söldner und die DEST-Mitglieder traten zurück, als Seagroves den Flug-Mech hochfuhr. Der Auspuffqualm stieg in dichten Wolken aus dem zerteilten Landungsschiffsrumpf und hüllte den größten Teil des *Leopard* ein. Dann riß sich der FLUM mit einem gewaltigen Donnern von den letzten Halteklammern los und schoß über die Landezone. Als die am Boden Zurückgebliebenen sie zuletzt sahen, stieg die Maschine steil hoch. Seagroves war endlich in seinem Element.

15

Seagroves räkelte sich in dem ergonomisch konstruierten Pilotensitz des FLUM. Es war lange her, seit er die rohe Kraft der Maschine unter sich gespürt hatte, und er genoß die Vibrationen, die durch seinen Körper strömten, in vollen Zügen. Es war herrlich. Über ihm schien der blaue Himmel freudig mitzuvibrieren. Er dachte daran, den *Feuerfalke* abkippen zu lassen und im Sturzflug auf das Lager hinabzustürzen. Das würde dem langweiligen Leben der Bodenkriecher da unten ein bißchen Pep geben. Aber dann überlegte er es sich doch anders. Er mußte erst die Steuerung kontrollieren. Er mußte das Fliegen wieder erlernen. Er schob den Steuerbord-Schubhebel nach vorne und brachte den FLUM in die Waagerechte.

Das Cockpit war vollgestopft mit Hebeln, Schaltern, Lichtern und Anzeigen. Der *Feuerfalke* war darauf ausgelegt, wie ein Mensch gehen und wie ein Vogel fliegen zu können, und er besaß die erforderlichen Kontrollen für beide Bewegungsarten. Als Standardmech war er bereits ein komplexes Fahrzeug mit Steuerhebeln für beide Hände. Ein Steuerknüppel ragte zwischen den Beinen des Piloten hoch. Er diente zur Kontrolle der Bewegungsrichtung ebenso wie zur Zielerfassung der Bordwaffen. Normalerweise wurde er mit rechts bedient. Mit der linken Hand kontrollierte der Pilot Geschwindigkeit und grobe Gleichgewichtsfunktionen. Der speziell auf Kontakt mit dem Nervensystem des Mechpiloten ausgerichtete Neurohelm sorgte für Ausrichtung und Feinbalance. Auf den Armaturen vor dem Piloten waren das Feuerleitsystem der Bordwaffen, die Spektralanalyse, Ortung, Radarschirm, IR-Schirm und Funkanlage installiert.

Die Sensoren und Anzeigen für den Status der internen Mechsysteme waren ebenfalls übersichtlich gruppiert. Zifferblätter und Digitalskalen zeigten sowohl die Innentemperatur an, die durch die Gefahr eines Hitzestaus bei allen Mechs ein kritischer Punkt war, als auch den Status der Wärmetauscher, Munition, Reaktionsmasse des Fusionsreaktors, Kühlflüssigkeitstemperatur und Energieleistung. Entlang der Unterkante des Armaturenbretts, knapp über den Knien des Piloten, befand sich eine Bodenzustandsanzeige, die als Vektorgrafikanzeige ähnlich einem Radar- oder IR-Schirm angelegt war. An Stelle spezifischer Objekte zeigte sie jedoch die Bodenbeschaffenheit unter dem Mech und in dessen unmittelbarer Umgebung. Für einen Mechpiloten war es kaum möglich, den Boden direkt zu beobachten. Der Bodenstatussensor überprüfte die Bodenbeschaffenheit, noch bevor der Mech die Füße aufsetzte, und warnte den Piloten durch ein optisches und – wenn nötig – ein zusätzliches akustisches Warnsignal vor nicht ausreichend belastbaren Oberflächen. Die meisten Piloten lernten schnell, die Farbmuster zu interpretieren, die über die Anzeige tanzten. Wirklich gute MechKrieger hetzten ihre Kampfkolosse mit Höchstgeschwindigkeit übers Gelände, ohne den Bodensensor bewußt in Anspruch zu nehmen. Piloten, die dazu in der Lage waren, eigneten sich für die leichten *Heuschrecks*. Diese Maschinen erforderten ein gutes peripheres Sehvermögen und einen ausgezeichneten Gleichgewichtssinn.

Alle Kontrollen und Sensoren eines BattleMechs reichten leicht aus, die normale Pilotenkanzel auszufüllen. Der *Feuerfalken*-FLUM besaß sie alle, und obendrein noch die Kontrollen einer fliegenden Geschützplattform. Da der Mech beide Funktionen erfüllen mußte, blieben auch diese Steuereinheiten im Cockpit. Wenn das System im Flugmodus war, blockierte der mittlere Steuerknüppel in neutraler Position, und die Flugkontrollen waren aktiviert. Ganz ähnlich dem Bodenkontrollsystem benutzte auch das Flugsystem zwei

Steuerknüppel. Der Hauptsteuerknüppel ragte jedoch nicht zwischen den Beinen des Piloten empor, sondern rechts neben dem Pilotensitz. Der obere Teil dieses Hebels war abgeknickt und hing über dem rechten Oberschenkel des Piloten in einer Position, in der dessen rechte Hand wie von selbst auf den Griff fiel. Handballen und untere Fingerglieder hielten den Knüppel im Griff, während Fingerspitzen und Daumen auf fünf Feuerknöpfen lagen. Die linke Hand regelte über einen Knüppel entsprechender Bauart Fluggeschwindigkeit und Antriebsleistung.

Auf beiden Seiten der Armaturen drängten sich die Flugsystemanzeigen. Der Platz auf der Zentralkonsole war das Objekt heftiger Streitigkeiten zwischen den Konstrukteuren gewesen, und die Bodensysteme hatten schlußendlich gewonnen. Die Konstrukteure waren übereingekommen, daß der FlugMech den größten Teil der Zeit am Boden verbringen würde, so daß die dafür benötigten Systeme Priorität hatten. Seagroves war ganz anderer Meinung. Obwohl er tatsächlich die meiste Zeit am Boden verbrachte, lebte er erst richtig auf, wenn er flog. Das war Leben, das war Kraft, das war Wirklichkeit. Die Konstrukteure waren bodenverhaftete Schreibtischpiloten, die ihre Probleme mit Rechenmaschinen und Computergrafiken lösten. Mochte sein, daß das auf ihren Bildschirmen funktionierte, aber im wahren Leben sah alles anders aus.

Seagroves ließ den Blick über die Anzeigen gleiten. Alle fünfzehn Sekunden machten seine Augen diese Bewegung von oben links quer über die oberen Anzeigen, an der rechten Seite nach unten und an der Unterkante entlang nach links, und wieder hoch, zurück zum Ausgangspunkt. Es war kein bewußter Vorgang, und es war auch nicht nötig, daß er jede Anzeige, die er sah, bewußt wahrnahm und verstand. Die Systeme waren so angeordnet, daß alle Zeiger bei einwandfreier Funktion in dieselbe Richtung wiesen. Augen und Gehirn registrierten nur eine Masse kleiner, gleichmäßig ausgerichteter Zeiger. Es war ohne Bedeutung, ob eine Anzeige auf dem Kopf stand oder auf der Seite lag. Solange alle Zeiger in dieselbe Richtung wiesen, war alles in Ordnung. Seagroves war ein erfahrener Pilot, und seine Augen machten alle fünfzehn Sekunden unwillkürlich die Runde. Manche Piloten lernten diese Routine nie, aber die meisten von ihnen lagen bereits zwei Meter unter der Erde. Es gab erfahrene Piloten und übermütige Piloten, aber keine, auf die beides zutraf. Erfahrene Piloten wurden nicht übermütig, und übermütige wurden nicht alt genug, um Erfahrungen zu sammeln. Seagroves war bereit, Risiken einzugehen, wenn es sein mußte, aber im normalen Flugbetrieb konnte er es an Vorsicht mit jedem aufnehmen. Nur so lebte man lange genug, um ein erfahrener FLUM-Pilot zu werden. Seagroves war ein erfahrener Pilot, und er hatte die Absicht, es zu bleiben.

Er legte den FLUM nach links und rechts, fühlte die Reaktion und stellte fest, daß die Kontrollen bei der Bewegung nach links etwas träge reagierten. Er wußte nicht, ob das an der Maschine oder der Steifheit seiner Bewegungen lag, aber er merkte es sich für später. Nach der Landung würde er die Systeme überprüfen müssen. Auch Steigungs- und Scherungskontrollen wurden überprüft, und immer wieder huschte sein Blick über die Armaturen. Okay, okay, okay.

Seit er aus der Steigung gekommen war, hatte Seagroves den *Feuerfalke* mit gemächlichen 450 Stundenkilometern nach Westen gesteuert. Der Bug des FLUM war leicht angehoben, und er hatte auf dem Flug allmählich weiter an Höhe gewonnen. Nachdem er den Systemcheck abgeschlossen hatte, konnte er seine Aufmerksamkeit nun der Mission widmen. Er zog den FLUM auf 10 000 Meter – zehn Engel – Höhe und verdoppelte die Fluggeschwindigkeit. Über die Sensorenleiste an der Unterseite der Maschine rief er Bodenbeschaffenheit und Infrarotbilder der Planetenoberfläche auf den Schirm. Augenblicklich waren drei deutliche Ziele zu erkennen. Das mußten die Enklaven sein, nach denen er suchte. Er drehte die Maschine nach Norden und begann mit dem ersten Überflug.

Er erinnerte sich an die Instruktionen, die er von Takuda und Vost erhalten hatte. Der DEST-Kommandeur wollte nur Fernbeobachtung, während Vost von ihm verlangt hatte, runter in die Vollen zu gehen. Es machte keinen Sinn, den FLUM in einen Tiefflug zu bringen, bevor er einige Basisdaten gesammelt hatte. Seagroves streckte den Arm aus und drehte den Flugrecorder so, daß er alles aufzeichnete, was auf dem Schirm des FLUM zu sehen war.

Alle drei Enklaven wirkten so, wie sie das pelzige Fremdwesen beschrieben hatte. Von den Ufern des breiten Flusses erstreckten sich ausgedehnte Graben- und Mauersysteme rund um die zentralen Stadtgebiete. Die nördlichste Enklave war nach einem quadratischen Straßenplan mit großen Plätzen in regelmäßigen Abständen angelegt. Zwischen den breiten Straßen waren ebenfalls in regelmäßigen Abständen Grünflächen zu erkennen. In der Mitte der Enklave erhob sich ein riesiges Bauwerk, dessen Dach rot leuchtete. Die Sensoren zeichneten ein mehrstöckiges Gebäude im Pagodenstil, das an die im Draconis-Kombinat für Behörden bevorzugte Bauweise erinnerte. Die Burg war von einem ausgedehnten Park innerhalb einer dreifachen Schutzmauer umgeben. Sehr regelmäßig, sehr stark, sehr sicher. Seagroves drehte nach Süden ab und flog am Westufer des Flusses weiter.

Die nächste Siedlung besaß ein ähnliches Mauern- und Grabensystem, das seine östliche, landeinwärts gerichtete Flanke beschützte. Der genaue Grundriß war anders, aber die Ausdehnung des Schutzsystems stand der des vorherigen in nichts nach. Die Straßen innerhalb der Innenmauer waren diesmal nicht in einem Quadratrastersystem angelegt, sondern ähnelten einem riesigen, von Wasserlilien überwucherten Teich, deren Blüten von weiten Straßenschleifen umschlossen wurden, die den Eindruck von Blütenblättern vermittelten. Die ›Blüten‹ waren in konzentrischen Kreisen aufgebaut und bildeten ihrerseits ein entsprechendes System um ein riesiges Zentralgebäude. Die Ortung erkannte ein weiteres mehrstöckiges Bauwerk, aber dieses hier war niedriger, dafür aber weitläufiger als die Burg in der ersten Enklave. Das gesamte Gebäude war von Säulenpaaren umgeben, die hängende Kuppelbögen trugen. Im Innern des Zentralbereichs befanden sich weite offene Flächen, und viele der Gärten waren auf Dachsektionen des Bauwerks angelegt. In der Mitte des Komplexes erhob sich eine fensterlose Kuppel, die das geometrische Zentrum des Zentralgebäudes und der gesamten Enklave kennzeichnete.

Auch um die dritte Enklave wiederholten sich Mauern und Gräben, aber das gesamte System war ein Wirrwarr von Defensivanlagen. Ein Angreifer mußte sich in einem Abwehrsystem ohne erkennbaren Sinn und Verstand verlieren. Seagroves stellte fest, daß Teile der Gräben überwachsen schienen, so daß sich leuchtendgrünes Marschland entwickelt hatte. Andere Bereiche waren besser gewartet, und ein Teil der Mauern wurde von wuchtigen Türmen und Vorbauten geschützt. Auch innerhalb der Mauern blieb der chaotische Eindruck erhalten. Die Straßen waren scheinbar ohne klares System angelegt. Sie waren kurz und breit, und endeten ohne ersichtlichen Grund. Zwischen vielen Häusern gab es gar keine Straßen, nur schmale Gassen. Es gab kein Zentralgebäude, wie in den anderen Enklaven, sondern mehrere beherrschende Bauwerke. Jedes der größeren Gebäude besaß ein eigenes Verteidigungssystem aus Gräben und Mauern, ganz so wie das außerhalb der Enklave, und ebenso wie dieses waren auch die kleineren Verteidigungsanlagen unterschiedlich gut erhalten. Die Situation hier wirkte nicht gerade vielversprechend.

Seagroves flog zehn Minuten weiter nach Süden am Fluß entlang, dann wendete er den *Feuerfalken*-FLUM. Seine Mission gemäß Takudas Befehlen war abgeschlossen; jetzt wurde es Zeit, das zu tun, was Vost befohlen hatte. Er schaltete die Recorderkamera ab. Von jetzt an konnte er auf einen Sensorenmitschnitt verzichten. Er wollte keine offiziellen Aufzeichnungen seiner weiteren Aktionen. Er legte den gesamten Flugrecorder lahm und merkte sich für später die Positionsanzeige des Trägheitskompasses. Bevor er das System wieder einschaltete, würde er an diesen Punkt oder in seine unmittelbare Nähe zurückkehren. Solange der Unterschied nicht allzu groß war, konnte er sich mit einer Fehlfunktion herausreden. So etwas kam vor. Takuda würde nie erfahren, was tatsächlich geschehen war. Der DEST-Kommandeur war genau wie alle Mitglieder seines Trupps ein qualifizierter Mechpilot, aber er hatte keine FLUM-Erfahrung. Außerdem hatte der alte Knabe genug andere Sorgen.

Seagroves zog den *Feuerfalke* in eine Kehrtwende und stieß nach unten. Von jetzt an mußte er nach Gefühl fliegen. Um den Flugrecorder auszuschalten, hatte er alle Sensorensysteme abschalten müssen, die mit ihm gekoppelt waren. Dadurch waren die Cockpitwände weitgehend dunkel. Er sah auf den Sichtschirm und überprüfte Wetter- und Sichtbedingungen: alles klar. Dann los.

Der FLUM kam in 200 Meter Höhe aus dem Sturzflug und bremste auf 300 Stundenkilometer ab. Seagroves sah keinen Sinn darin, so schnell über das Gelände zu donnern, daß er nichts erkennen konnte. Selbst bei dieser Geschwindigkeit mußte er den Bug des FLUM deutlich nach oben ziehen, um die Herrschaft über die Maschine zu behalten. Das chaotische

Mauersystem der südlichen Enklave zuckte unter den Tragflächen vorbei, und er befand sich über der Stadt.

Die Menschen auf den Straßen reagierten genauso, wie es Seagroves erwartet hatte: Sie blieben stehen und starrten entgeistert zu ihm hoch, oder sie rannten in den Schutz der Gebäude. Seagroves raste über die Stadt und ließ erregte und erstaunte Menschen hinter sich zurück. Die Nordwand der Stadtmauer zuckte unter ihm vorüber. Bis jetzt hatte er nichts Unerwartetes bemerkt... außer... Irgend etwas in dem Gewirr der Straßen und Gebäude hatte seine Aufmerksamkeit erregt. Etwas, das eine nähere Betrachtung wert war, aber er war sich nicht im klaren, was es war. Er wendete den FLUM und überflog die Dächer der Stadt ein weiteres Mal. Und jetzt sah er es! Alles war voller Gold.

Seagroves' Puls raste. Das war Gold. Kein Zweifel möglich. Und die Stadt war voll davon. Er fühlte, wie seine Hände schweißnaß wurden. Er suchte nach einem Landeplatz. Knapp voraus war eine Lücke zwischen den Gebäuden. Eigentlich brauchte er mehr Platz, um den FLUM aufzusetzen, aber jeder Gedanke an Vorsicht war vergessen. Seagroves zerrte den Steuerhebel zurück, streckte die Hand aus und schaltete auf Flugmechmodus um. Mit einem Zittern senkten sich die Mechbeine. Die Kanzel wurde durchgeschüttelt, als die riesigen Metallfüße auf etwas Festes trafen.

16

Staubwolken stiegen rund um den FLUM auf, als er in aufrechter Position aufsetzte. Seagroves blinzelte durch die Kuppel des Kanzeldaches. Sein Herz raste. Er konnte es kaum erwarten, nach draußen zu kommen. Er hämmerte auf das Schloß der Sicherheitsgurte und bemerkte nicht einmal, daß sie sich schon beim ersten Schlag gelöst hatten. Um keine Zeit zu verlieren, schob er die Steuerhebel beiseite und öffnete die Notfallausstiegsluke im Kanzeldach, statt wie im Normalfall die rückwärtige Luke und die Kettenleiter zu benutzen. Das Koaxialkabel des Neurohelms schnürte ihm die Luft ab, als er aus dem Pilotensitz aufsprang. Er sank zurück in die Polster und löste die Halterung.

Das plötzliche Hindernis ließ ihn stocken. Er legte die Hand auf die Brust und fühlte sein Herz im Stakkato hämmern. Ich muß mich beherrschen, sagte er sich. Was, wenn die Leute da draußen bewaffnet sind? Was, wenn sie das Feuer eröffnen. Ich muß vorsichtiger sein. Er zwang sich, tief durchzuatmen. Ah, dachte er, das war besser. Er wartete, bis sich ein Teil des Staubs verzogen hatte und der Sichtschirm ein klareres Bild lieferte.

Da war die Stadt. Das Gebäude unmittelbar vor dem FLUM gehörte zu den größeren Häusern, die er bei den beiden ersten Vorbeiflügen gesehen hatte. Die Fassade war von den Triebwerksflammen des FLUM beschädigt, und Pflasterbrocken, die vom Aufprall der Mechfüße davongeschleudert worden waren, hatten einige Krater hinterlassen. Die Öffnungen in der Fassade waren höchstwahrscheinlich verglast gewesen, aber nach der gewaltsamen Landung von Seagroves' Maschine waren sie leergefegt. Leere Maueröffnungen starrten den FLUM-Piloten an. Vielleicht hätte Seagroves Bedauern über den Schaden verspüren sollen, den er angerichtet hatte, aber das Gefühl, das seinen Körper in diesem Moment durchströmte, war völlig anderer Natur. Selbst in den Trümmern konnte er das Glitzern von Gold erkennen.

Er beugte sich in seinem Sitz vor, um besser sehen zu können und kniff die Augen zusammen, um durch den langsam zu Boden sinkenden Staub die hellen Lichtpunkte in allen Fenstern zu erkennen. Die Fensterriegel waren aus Gold. Gold! GOLD! Seine Kehle trocknete aus. Das mußte das wichtigste Gebäude der gesamten Enklave sein. Seine Bewohner waren so reich, daß sie ihre Fenster mit goldenen Beschlägen ausstatten konnten. Er kicherte. Er sah wieder hinaus. Das überstieg seine Vorstellungskraft.

Die Fensterbeschläge waren aus *Gold*. Ebenso wie die Klinken der hohen Türen unmittelbar vor dem FLUM. Und die Türangeln. Und die Klopfer. Und die Lichtschalter an den Wänden. Sein Blick wanderte hinab auf die Straße. Die Straßenlaternen waren aus Gold. Ebenso wie die Gullideckel. Seine kühnsten Träume waren Wahrheit geworden. Er war so beschäftigt damit, die Reichtümer zusammenzuzählen, daß er gar nicht bemerkte, wie sich die Menschen in den Straßen versammelten.

Zuerst waren es nur vereinzelte Gesichter in den Fenstern gewesen, in denen, die durch die Druckwelle der Landung zerstört worden waren, ebenso wie in den noch heilgebliebenen. Dann waren Gestalten in den Türrahmen erschienen, und schließlich schlichen sich die Menschen aus den Gebäuden, immer mit dem Rücken zur Wand. Leere Gesichter starrten zu der riesigen Maschine auf, die plötzlich und ohne Vorwarnung über sie hereingebrochen war. Angst und Ehrfurcht spiegelten sich in ihren Augen. Niemand wagte es, sich dem FLUM zu nähern.

Schließlich konnte Seagroves die Spannung nicht länger ertragen. Er mußte zu diesem Gold. Nicht mehr durch den abgekoppelten Neurohelm behindert, kroch er durch die linksseitige Öffnung des Kanzeldaches. Erst jetzt wurde er sich der Menschen auf dem kleinen Platz bewußt, und das auch nur, weil sie zu schreien begannen.

Die Menschen wichen vor dem FLUM zurück, preßten sich an die Hauswände oder zurück in die Eingänge. Fenster wurden zugeschlagen. Und sie kreischten, schlugen die Hände vor die Augen und kreischten. Einige fielen auf der Straße in Ohnmacht. Seagroves beachtete das Chaos kaum, das er unter den Bewohnern dieser kleinen Enklave angerichtet hatte. Er stand auf den Schultern des Mechs, die Arme locker an den Seiten, und starrte auf das Gold.

Nach und nach wurde er sich eines Mannes bewußt, der direkt vor dem FLUM stand. Hinter ihm befanden sich noch andere, die am Boden kauerten und durch die vor das Gesicht geschlagenen Finger lugten, aber dieser Mann war offensichtlich gekommen, um mit ihm zu kommunizieren. Er begann zu sprechen. Zunächst murmelte er nur unverständliches Kauderwelsch, aber dann wurden seine Worte klarer. Oder vielleicht hörte Seagroves auch nur konzentrierter zu. Der Enklavenbewohner hatte einen starken Akzent, aber der Pilot erkannte die Worte als Japanisch. Er sah den Mann aufmerksam an.

»Wir heißen Euch willkommen in unserem Heim. Wir sehen, daß Ihr uns erwählt habt. Wir segnen Eure Anwesenheit.«

»Wie war das?« fragte Seagroves. »Was haben Sie gesagt, wo ich bin?«

Ein Aufschrei stieg aus der Menge auf, gefolgt von fernem Geplapper. Es war beinahe, als würde jemand einen Stein ins Wasser werfen, wenn Seagroves sprach. Die Wellen der Kommentare und Reaktionen breiteten sich bis in die Ferne aus. Irgend jemand rief dem Sprecher von hinten etwas zu, und er hob antwortend die

Hand. Genau wie das Gemurmel zuvor breitete sich jetzt Stille aus. »Dies ist Usugumo«, erklärte der Mann, den Namen deutlich artikulierend. Er verneigte sich tief, und sah zu Seagroves auf. »Und wir existieren, um Euch jeden Wunsch zu erfüllen.«

Zwei Stunden später stieg der FLUM wieder von den Straßen Usugumos in den Himmel auf. Seagroves verstand noch immer nicht so recht, was geschehen war. Es war wie im Traum. Aber es war keiner. Die Staufächer des Cockpits waren gefüllt mit Gold, das man ihm in Usugumo geradezu aufgedrängt hatte. Er mußte dreihundert Kilo an Bord genommen haben. Dreihundert Kilo. Es war ein Vermögen. Er würde sich alles kaufen können, was sein Herz begehrte. Noch ein paar Beutezüge dieser Art, und er konnte sich zur Ruhe setzen. In zwei Stunden hatte er so viel verdient wie eine extrem erfolgreiche Mechlanze in einem Jahr. Und er brauchte es mit niemandem zu teilen.

Das holte ihn zurück in die Wirklichkeit. Er würde sowohl Takuda als auch Vost Bericht erstatten müssen, und das hieß, er mußte eine Lücke von zwei Stunden in den Aufzeichnungen des Flugrecorders erklären. Ein Triebwerksschaden bot sich an. Nur um seine Geschichte glaubwürdiger zu machen, landete er den FLUM irgendwo im offenen Gelände und stampfte eine Weile umher. Das bewies, daß er den FLUM hatte landen müssen. Danach flog er zurück zur Absturzstelle.

Der Bericht für Takuda, den er zusammen mit den Aufzeichnungen des Flugrecorders ablieferte, war knapp und präzise. Es gab nicht viel, was Seagroves den Bild- und Sensordaten der Aufzeichnung hätte hinzufügen können. Unter anderem umfaßten sie einen Ausdruck der möglichen Wärmequellen und ihrer wahrscheinlichen Art. In allen drei Enklaven gab es eine Menge von fossilen Brennstoffmotoren. Takuda zog sich zurück, um die Aufzeichnungen zu studieren und die Lage zu überdenken.

Der Bericht an Vost war ganz anders. Seagroves hatte nur über eine Enklave etwas zu berichten. Der angebliche Triebwerksschaden diente ihm als Entschuldigung für die fehlenden Informationen über die beiden anderen. Er versuchte, sich zu beherrschen, aber das konnte er einfach nicht. »Die sind so etwas von reich«, stieß er aus. »Sie glauben es nicht, wie reich sie sind. Sie haben mir das hier einfach in die Hände gedrückt.« Er hielt Vost ein paar der Goldutensilien hin, die er mitgenommen hatte.

Vost starrte auf das Gold. Was Seagroves sagte, ergab einen Sinn. Die Usugumi waren offensichtlich reich, aber was war mit den anderen? Sie mußten ebenso reich sein. Es bestand kein Grund, die Lanze jetzt schon auf einen Auftraggeber festzulegen. »Hast du einen Handel abgeschlossen?« fragte er Seagroves.

Der FLUM-Pilot schluckte. Nein, dachte er, ich glaube nicht. Oder doch? Ich kann mich nicht erinnern. »Natürlich nicht«, stellte er betont fest. »So etwas würde ich nie tun.« Er war sich allerdings nicht annähernd so sicher, wie er klang.

»Lüg mich nicht an, Seagroves«, sagte Vost. Sein Mund war verkniffen, und seine Augen sprühten Feuer. »Wenn ich herausbekomme, daß das nicht wahr ist, ziehe ich dir bei lebendigem Leib die Haut ab.«

Dann sollte ich darauf achten, daß du es nicht herausbekommst, dachte Seagroves. Er sah dem Söldnerführer in die Augen. »Ich sage die Wahrheit«, erklärte er.

An der Besprechung zwischen Takuda und Vost in dieser Nacht nahmen alle Gestrandeten teil. Selbst die Wachtposten waren schweigend bis an den Rand des vom Lagerfeuer erleuchteten Kreises herangekommen. Die Nachricht von den Enklaven und dem Gold war zu bedeutend, um geheimgehalten zu werden. Die Gerüchte waren zuerst unter den Söldnern aufgetaucht, hatten sich aber wie ein Lauffeuer zu den DESTlern ausgebreitet. Die Raumschiffsbesatzungen sahen ohnehin keinen Grund, irgend etwas davon geheimzuhalten, und als die beiden Kommandeure sich trafen, war allgemein bekannt, daß Seagroves in mindestens einer Enklave gelandet war. Auch Takuda hatte den Bericht gehört, oder zumindest einen Teil davon, und als Vost nach einer höflich formulierten, aber entschiedenen Aufforderung zur Unterredung erschien, kochte der Draconier trotz seines gelassenen Äußeren.

Takuda verlor keine Zeit mit Erklärungen. Er konnte nicht wissen, daß Seagroves seine Anweisungen auf Befehl Vosts mißachtet hatte, ebensowenig ahnte er, daß Seagroves selbst die Grenzen dessen, was der Söldnerführer von ihm verlangt hatte, überschritten hatte. Beide Männer waren steif und angespannt.

»Wir müssen Kontakt mit allen Enklaven aufnehmen«, schloß Takuda, nachdem er die Situation umrissen hatte. »Den Bildern nach zu urteilen, die ich von den Verteidigungsanlagen gesehen habe, scheinen die drei Enklaven einander feindlich gesonnen. Das Ganze ist mir ein Rätsel. Sie stammen offensichtlich von einem alten draconischen Schiff – entweder von einer Militärexpedition oder einem Kolonistenschiff, das vor rund fünfhundert Jahren verlorenging. Wie konnten sie sich derart fehlentwickeln? Wie konnten sie einander fünfhundert Jahre bekämpfen? Sie hatten die Chance, eine perfekte Bushido-Gesellschaft aufzubauen.«

»Wen kümmert's, was sie getan haben?« entgegnete Vost, dem die philosophischen Anwandlungen des DEST-Kommandeurs auf die Nerven gingen. »Das ist unsere große Chance. Wir können einmarschieren und alles übernehmen.«

»Oder wir können ihnen helfen, Frieden zu schließen. Nach dem, was ich gesehen habe, sind diese Leute recht primitiv. Wir könnten sie dazu bringen, einander zu akzeptieren. Wir könnten ihre Lehrer werden.«

»Lehrer? Takuda, Ihnen ist nicht zu helfen. Ich habe kein Interesse daran, der Lehrer einer friedlichen Gesellschaft zu werden. Ich will befehlen! Ich sage, wir verpflichten uns dem Höchstbietenden und machen die anderen platt. Das ist die Arbeit von Soldaten!«

»Das ist die Arbeit von Söldnern«, bemerkte Takuda gleichmütig. »Nicht die von Soldaten. Soldaten dienen dem Koordinator und dem Draconis-Kombinat. Wir kämpfen, wenn es von uns erwartet wird, und wir sind bereit, für den Drachen zu sterben, aber der Kampf ist nicht Sinn und Zweck unseres Daseins. In unseren Händen ruht die Kampfkraft des Staates, und wir sollten diese Macht nicht mißbrauchen.«

»Nehmen wir jetzt Kontakt mit den Enklaven auf?« Vost war aufgestanden und hatte die Fäuste in die Hüften gestemmt. Er berührte Takuda fast.

Der DEST-Kommandeur regte keinen Muskel. »Natürlich werden wir das tun, Pilot Vost. Das war schon meine Absicht, seit Ihr FLUM-Pilot zurückgekehrt ist. Seinen Aufzeichnungen zufolge befinden sich die Enklaven keine hundert Kilometer von hier entfernt. Wir schicken Fußstreifen aus, die Kontakt aufnehmen und in weniger als einer Woche zurückkommen können.«

»Und was sollen wir machen, während das passiert? Auf dem Hintern sitzen? Däumchen drehen?« Vost erkannte, daß er Takuda nicht einschüchtern konnte und drehte ihm den Rücken zu. »Ich verlange eine Abstimmung. Ich sage, wir laden die Mechs aus und holen das höchste Gebot ein. Wer stimmt mir zu?«

Unter den um das Feuer Versammelten war eine deutliche Spannung spürbar. Dieser Konflikt konnte zur Spaltung ihrer kleinen Gemeinschaft führen. Aber selbst die Unsensibelsten unter ihnen hörten das zischende Summen der entsicherten Lasergewehre. Es kam von den zur Wache eingeteilten DEST-Mitgliedern, die außerhalb des Feuerscheins standen.

»Hrghm«, räusperte sich Jacobs und stand auf. »Vielleicht gibt es eine bessere Lösung für dieses Problem. Was Sho-sa Takuda über die Kontaktaufnahme gesagt hat, ist völlig korrekt. Wir müssen genau das tun. Andererseits hat vielleicht auch Pilot Vost recht, und wir sollten die Mechs ausladen.« Er nickte beiden Kommandeuren zu. »Aber es wird mindestens eine Woche dauern, die Kampfkolosse rauszuholen, und wenn es stimmt, was Sho-sa Takuda gesagt hat, sollten wir bis dahin die Informationen haben, die wir brauchen.«

»Na schön«, knurrte Vost. »So lange wir etwas zu tun haben, während Takuda und seine Truppen ihre Zeit verschwenden.«

»Wir werden unsere Zeit keineswegs verschwenden, Pilot Vost.« Der Tonfall seiner Antwort war das bisher deutlichste Indiz der Verärgerung Takudas. »Jacobssans Vorschlag hat einiges für sich. Ich werde für morgen eine Patrouille organisieren. Sie und Jacobs-san können einen Plan für das Ausladen der Mechs aufstellen.«

»Wir werden nicht nur einen Plan aufstellen, Takuda. Wir werden die Mechs einsatzbereit hier draußen haben, wenn Ihre kleine Patrouille zurückkommt.«

17

Takuda und Vost hatten sich beide verschätzt, als es um die für ihre jeweiligen Aufgaben benötigte Zeit ging. Die Kontaktpatrouille unter Gun-sho Arsenault war bereits nach sechs Tagen zurück, eine Tatsache, auf die Takuda und Vost gegensätzlicher nicht hätten reagieren können. Der DEST-Kommandeur freute sich, während der Söldner außer sich vor Wut war.

Vosts Ärger hatte allerdings mehr mit den Schwierigkeiten zu tun, die beim Entladen der Mechs auftraten. Als sie den FLUM freigeschnitten hatten, war ihre einzige Sorge gewesen, ihn möglichst schnell aus dem verformten Landungsschiffsrumpf zu befreien. Über die relative Position der übrigen BattleMechs zur Rumpföffnung hatten sie sich keine Gedanken gemacht. Der größte Teil der Schneidearbeiten war auf der Oberseite des Rumpfes entlang der Zentralstrebe erfolgt. Die dabei entstandene Schlacke und das anschließende Aufbiegen der Rumpfplatten hatte zwar eine ausreichend große Öffnung für den FLUM erzeugt, die anderen Mechs aber hinter den Schlackemassen eingeklemmt. In der Aufregung dieser ersten Aktion hatte sich niemand Gedanken um die Zukunft gemacht.

Das zweite Problem hatte sich aus der Methode ergeben, wie der FLUM das Schiff verlassen hatte. Da die Rumpfbresche nicht groß genug gewesen war, um den im Jägermodus geladenen FLUM aus dem Landungsschiff klettern zu lassen, war Seagroves gezwungen gewesen, ihn wie einen Jäger zu starten. Die Triebwerksflammen der Allied AVRTech 125-Düsen hatten in dem Rumpf des Schiffes enorme Verwüstungen angerichtet. Es wäre vernünftiger gewesen, Austrittsöffnungen in die gegenüberliegende Rumpfwand zu schneiden, aber dafür hatten sie keine Zeit gehabt.

Die anderen Mechpiloten hatten es mit unterschiedlich großem Erfolg geschafft, ihre Maschinen vor den Auswirkungen zu schützen, aber die übrige Bordausrüstung hatte erheblichen Schaden genommen.

Die superheißen Auspuffgase des Jägers waren in das Frachtdeck auf der gegenüberliegenden Rumpfseite geschlagen und hatten die Backbordladeluken mit dem Rumpf verschweißt. Auf der Seite des Landungsschiffes war an Schneidearbeiten nicht zu denken. Die Verwüstung hatte auch den Boden des Decks nicht verschont, der in weiten Bereichen ganz oder teilweise zerschmolzen war. Ein Teil der Gase war in die tiefergelegenen Frachträume gedrungen, der Rest hatte im Hauptladeraum gewütet. Die Druckwellen hatten alles, was nicht niet- und nagelfest war, und einiges, das diese Bezeichnung sehr wohl verdient hatte, an Rumpfwand und Streben der Steuerbordseite zertrümmert.

Es ging also nicht nur darum, die Mechs aus ihren Halterungen zu holen und durch die für den FLUM geschnittene Öffnung klettern zu lassen. Bevor die Söldner die Kampfmaschinen befreien konnten, mußten die Arbeitsteams erst die beim Start des *Feuerfalken*-FLUM entstandenen Schäden beheben und die enormen Schlackeklumpen entfernen, die über den gesamten Innenraum verteilt waren. Vosts *Panther* war davon am stärksten betroffen. Er hatte durch die Auspuffhitze einige Schäden davongetragen, und vor einer Aktivierung war eine Überprüfung und Reparatur aller Systeme notwendig. Trotzdem bestand Vost darauf, daß sein Mech als erster ausgeladen wurde.

Drei Tage verbrachte Vost auf der Pilotenliege des *Panther*. Die heißen Gase hatten wie ein Sandgebläse auf das Kanzeldach eingewirkt, und Michelle Guardine lag während der gesamten Zeit mit einem Schleifgerät auf der Kuppel, um sie zu glätten. Das Cockpitdach bestand aus einem speziellen Verbundmaterial von teils hoher, teils niedriger Oberflächenspannung das gleichzeitig äußerst stabil und äußerst empfindlich war. Die hohe Oberflächenspannung der Außenschicht machten es außer gegen einen Direkttreffer nahezu undurchdringlich, während die dickere Innenseite des Materials mit ihrer niedrigen Oberflächenspannung stoßdämpfend wirkte. Während die zerbrechliche Außenschicht den auftreffenden Schuß abblockte, verformte sich die weichere Innenschicht, und verteilte die Aufschlagswucht über die gesamte Oberfläche. Das Ganze funktionierte ausgezeichnet, aber die nur zwei Millimeter dicke Außenschicht durfte kein Loch bekommen, sonst brach die Kuppel zusammen. Guardine mußte äußerst vorsichtig arbeiten und nur die feinste Körnung verwenden, um die Kratzer abzuschleifen.

Die Entladearbeiten wären schneller vorangekommen, hätten die anderen Mechpiloten die Zeit nicht an ihren eigenen Maschinen verbracht. In einer Söldnereinheit wie der Vosts waren die MechKrieger die Besitzer ihrer jeweiligen Kampfmaschine, auch wenn die Einheit unter dem Oberbefehl des Anführers stand. Außerhalb einer akuten Gefechtssituation war es sehr schwer für Vost, alle seine Leute auf ein gemeinsames Ziel einzuschwören. Er versuchte, die anderen Piloten und ihre Techs zur Hilfe beim Ausladen des *Panther* zu überreden, und später, es ihnen zu befehlen, aber ohne Erfolg. Holly Goodall war die erste gewesen, die ihm gesagt hatte, wo er sich seine Befehle hinstecken konnte, und die anderen Piloten hatte auch nicht viel länger gewartet. Der einzige, der sich zur Mithilfe überreden ließ, war Pesht, der *Speerschleuder*-Pilot, und selbst ihm ging es dabei mehr darum, seine *Speerschleuder* schneller freizubekommen.

Am sechsten Tag war der *Panther* beinahe frei, und Vost schätzte, daß nur noch ein paar Stunden nötig sein würden, um auch die *Speerschleuder* einsatzbereit zu bekommen. Als sich die Arbeit ihrem Abschluß näherte, begann sich in Vosts Hinterkopf ein Plan herauszubilden. Bis jetzt hatte er nichts unternehmen können, um den Draconis Elite-Sturmtrupp loszuwerden, weil die Mechs unerreichbar gewesen waren. Er hatte Seagroves gegenüber schon einmal erwähnt, daß eine Salve aus den schweren Lasern des FLUM genügen würde, um den DEST-Kommandobunker, der inzwischen eine beachtliche Größe erreicht hatte, ins Jenseits zu blasen. Seagroves hatte mit der Begründung abgelehnt, daß ein Angriff auf das DEST-Hauptquartier nichts bringen würde. Die Schwere-Waffen-Sektion unter Ariake Sanae hätte reagiert und seinen Mech mit ein paar gutgezielten Schüssen in seine Einzelteile zerlegt. Vost hatte genickt und gelächelt. Wenn erst alle Mechs ausgeladen wären, würde die Sache anders aussehen, hatte er festgestellt. Damit war das Gespräch beendet gewesen, aber die Saat war gepflanzt.

Am späten Nachmittag des sechsten Tages kehrten Arsenault und seine Sektion ins Lager zurück, zur Überraschung aller Gestrandeten mit Ausnahme Takudas, der über einen abgeschirmten Kanal seines Komsets Verbindung mit ihnen gehalten hatte. Bevor die Patrouille losgezogen war, hatte er mit Arsenault Zeit und Frequenz der Sendungen abgesprochen. Die meisten Komsetverbindungen der Einheit wurden über Laserrichtstrahl abgewickelt. Funkfrequenzen dienten nur als Reservemöglichkeit. Takuda und Arsenault hatten die Verwendung des älteren Systems vereinbart, da die Komsets der Söldner primär auf Laserkommunikation ausgelegt waren. Die Verwendung der Reservefunkkapazitäten wäre ihnen kaum in den Sinn gekommen – und selbst wenn, dann war die Wahrscheinlichkeit, daß sie die korrekte Frequenz fanden, äußerst gering. Hinzu kam, daß alle Sprechverbindungen zerhackt waren, so daß selbst in dem unwahrscheinlichen Fall, daß jemand die Verbindung abhörte, ein Verstehen des Gesagten unmöglich war. Und wie erwartet hatte die Verbindung sich als sicher erwiesen.

Arsenault meldete sich sofort zum Bericht bei Takuda, aber er hatte kaum begonnen, als bereits die ersten Söldner den Kommandobunker betraten. Takuda hätte sie daran hindern können, aber er entschied sich dagegen. Die Informationen würden sie ohnehin bald erreichen, und er wollte eine offene Beziehung zu den Söldnern aufrechterhalten.

Der erste Teil des Berichts bestand aus einer Übersicht über die Patrouille, die benutzte Route und das durchquerte Gelände. Für Takuda, der die Reise nach Westen planen mußte, war das hochinteressant, aber den Söldnern erschien es sterbenslangweilig. Sie brauchten nur in ihre Mechs zu klettern, und kamen schnell wie der Wind voran. Die Söldnertechs hingegen hörten aufmerksam zu, denn sie würden ebenfalls zu Fuß gehen müssen.

Dann kam der Teil, auf den besonders Vost gewartet hatte: der Bericht über die Enklaven und mögliche Beziehungen zu ihnen. Er war kurz und klar. Arsenault meldete, daß er die Informationen durch Beobachtungen aus angemessener Entfernung und begrenzten Kontakt mit Menschen gesammelt hatte, die sich aus der unmittelbaren Umgebung der Städte entfernt hatten. Arsenault hatte die meisten Gespräche selbst geführt und dabei einige, wenn auch nicht sehr detaillierte Informationen gewonnen.

Es gab drei Enklaven. Die nördlichste hieß Osio und schien eine vollkommen zentralisierte Diktatur. Das Ganze wirkte wie ein ins Extrem gesteigertes Abbild des Draconis-Kombinats unter der Dynastie von Rohrs. Die Osioaner waren offensichtlich eine Gruppe mit all den Eigenschaften jener lange untergegangenen Diktatur. Sie hatten die Erfahrungen der McAllister-Jahre entweder gar nicht mitgemacht oder nicht verarbeitet. Jedenfalls hatten sie nichts gelernt.

Die zweite Enklave hieß Amatukaze und war eine religiöse Gemeinschaft, die sich auf eine reine shintoistisch/buddhistische Philosophie zurückgezogen hatte. Ihre Bewohner waren Fundamentalisten, in deren Augen die beiden anderen Enklaven von Ketzern bewohnt wurden. Während Osio seine Nachbarn beherrschen wollte, wollte Amatukaze sie ausrotten. Es herrschte ein ins Extrem gesteigerter religiöser Fanatismus.

Als dritte Stadt blieb noch Usugumo, eine von einer Händleroligarchie kontrollierte Enklave, in der alles dem Streben nach Profit untergeordnet war. Diese Enklave besaß das meiste Geld, wurde aber von Familien dominiert, die alles, was sie anrührten, ausbeuteten.

Arsenaults Zuhörer reagierten auf seine Ausführung mit unterschiedlichen Graden von Begeisterung. Vost war ekstatisch. Takuda war deprimiert. Der Söldnerführer hatte jetzt eine Basis für Verhandlungen. Die Militaristen von Osio würden mehr als bereit sein, ein Waffensystem zu kaufen, das ihrer Diktatur zum Sieg verhelfen würde. Die Tatsache, daß sie die personifizierten von Rohrs waren, störte Vost keine Sekunde. Der einzige Haken an der Sache war ihr möglicher Wunsch, die Söldner in ihre rigide Hierarchie einzugliedern. Eine alles andere als angenehme Vorstellung.

Der Haß der Amatukaze auf die beiden anderen Enklaven würde sie mehr als bereit machen, für die Vernichtung ihrer Gegner teuer zu bezahlen. Aber Vost hatte schon früher mit religiösen Fanatikern zu tun gehabt. Sie würden von den Söldnern erwarten, auch nach Beendigung der Mission ihre Sache zu vertreten. Das war ganz in Ordnung, was Vost betraf, solange diese Sache auch seinen Interessen diente, aber das erschien in diesem Fall als höchst unwahrscheinlich.

Die wirkliche Chance bot sich bei den Usugumi. Sie klangen amoralisch und bereit, für das, was sie wollten, bar zu bezahlen. Und Vost konnte die Angebote der anderen als Ausgangspunkt für seine Verhandlungen verwenden. Das würde lustig werden. Er rieb sich erwartungsfroh die Hände.

Takuda sah die Lage anders. Er hatte sich mit dem Problem beschäftigt, seit er durch Dakodo von den anderen Menschen erfahren hatte. Hier hatte ein Gruppe von Kriegern die perfekte Chance erhalten, weitab vom Tumult der Inneren Sphäre auf den Grundlagen des Bushido eine perfekte Gesellschaft aufzubauen. Sie hätte die traditionelle Samuraigesellschaft aus Kriegern und Arbeitern errichten und alle Traditionen zu deren natürlichem Endstadium fortentwickeln können. Aber das hatte sie nicht getan. Nein, ihre kleine Gemeinschaft war in verfeindete Grüppchen zerbrochen. Er und die anderen würden als spirituelle Vordenker der Erstankömmlinge fungieren und sie zurück auf den rechten Weg, den Weg der Harmonie, führen müssen.

Er sah zu dem Kreis von Gesichtern auf, der ihn im Kommandobunker umringte. »Wir müssen vorsichtig agieren«, erklärte er. »Wir können hier viel erreichen, aber wir müssen diese Menschen aus ihrer Verfeindung zurück auf den rechten Weg der Harmonie führen. Wir müssen zu den moralischen Vorbildern werden, die ihnen zu fehlen scheinen. Aber wir müssen langsam vorgehen. Wir werden eine Gesellschaft aufbauen, die das Draconis-Kombinat, sollte es uns jemals finden, mit Stolz als sein eigen erkennen würde.«

Seine Worte lösten schockiertes Schweigen aus. »Den Teufel werden wir tun«, bellte Vost, drehte sich auf dem Absatz um und stampfte hinaus.

18

Der Morgen brach grau und düster an, teils aufgrund tiefhängender Wolken und Nieselregens, teils wegen der im Lager vorherrschenden düsteren Stimmung. Nicht einmal die Lagerfeuer schienen die Kraft für ein aufmunternd helles Lodern zu haben. Alles war naß und trübsinnig und grau.

Das Wetter entsprach Takudas Stimmung. Er saß zwischen den Lehmwänden des Befehlsbunkers, in die hinterste Ecke gerückt. In die düsterste Ecke, wie es seiner Stimmung entsprach.

Die Ereignisse des vergangenen Abends hatten ihn überrascht, nicht nur Vosts Reaktion, die er hätte vorhersehen müssen. Selbst die Reaktion der anderen wäre vorhersehbar gewesen. Was Takuda am meisten überrascht hatte, war er selbst gewesen. Er hatte keine Ahnung, wieso er auf einmal verkündet hatte, sie hätten die Aufgabe, den Bewohnern dieser Welt als moralische Vorbilder zu dienen. Die Worte, die da aus seinem Mund gedrungen waren, hatten ihn selbst schockiert. Nie in seinem ganzen Leben hatte er sich so gesehen. Es widersprach seiner Herkunft und seiner Ausbildung. Er saß im Kommandobunker und fragte sich, was geschehen war.

Seine Gedanken wurden von Sho-ko Saitan Yura unterbrochen, der vor ihm stand und darauf wartete, daß sein Kommandeur ihn zur Kenntnis nahm. Aber Takuda fühlte keinen Drang, das zu tun. Er würde dem Unteroffizier Sprecherlaubnis erteilen, wenn es ihm paßte. Wäre der Sho-ko aus einem wichtigen Grund gekommen, hätte er sich schon gemeldet. Takuda sah auf und betrachtete den Berufssoldaten.

Saitan Yura hatte sein gesamtes Erwachsenenleben bei den Streitkräften des Draconis-Kombinats zugebracht. Sein Alter war unmöglich einzuschätzen, sein

Gesicht so glatt wie das eines Jünglings. Aber ein Teil seiner Orden stammte aus Feldzügen, die vierzig Jahre zurücklagen. Yura war schon Soldat gewesen, als Takuda geboren worden war. »Ja, Sho-ko. Sie wollten mich sprechen?«

»Pilot Vost bittet um ein Gespräch.«

»Er bittet? Pilot Vost hat sich noch nie um Formalitäten geschert. Das muß wichtig sein. Hat er gesagt, worum es dabei gehen soll?«

»Nein, Sho-sa«, meldete Yura. »Die Lichter an Bord des Landungsschiffes brannten gestern bis spät in die Nacht, aber es war kein Arbeitslärm zu hören.«

Es war typisch für den Sho-ko, Informationen anzubieten, ohne sie zu kommentieren. Die Söldner mußten beraten haben, aber der Sho-ko konnte das nicht mit Gewißheit sagen, und er verkniff sich jede Spekulation. Er teilte nur mit, was er wußte. »Wartet er?« fragte Takuda.

»Ja, Sho-sa. Er und die übrigen Söldner sind draußen.«

Takuda nickte. Als er aufstand, fühlte er, wie steif seine Glieder waren. Er wurde allmählich alt. In seiner Kultur wurde von Männern erwartet, stundenlang im Lotossitz verbringen zu können, ohne daß es ihnen unbequem wurde, aber dazu war Takuda nicht einmal in jüngeren Jahren fähig gewesen. Schon als junger Mann hatte er Stühle weit komfortabler gefunden als den Boden. Er wartete eine Weile, bis seine Gelenke nicht mehr schmerzten. Er wollte Vost nicht humpelnd gegenübertreten.

Der Söldnerkommandeur wartete auf Takuda, der sofort sah, daß diese von Vost formell beantragte Begegnung zu einer Konfrontation führen würde. Der Söldnerführer hatte all seine Leute mitgebracht, um seinen Argumenten Nachdruck zu verleihen. Der Shosa sah sich nach seinen Leuten um. Es wäre ein Eingeständnis von Schwäche gewesen, den Sturmtrupp zusammenzurufen, aber er hätte nichts gegen etwas Unterstützung einzuwenden gehabt, wenn es nötig werden sollte.

Yura war an seiner Seite geblieben. Er stand einen Schritt hinter ihm und zwei Schritte links, wo er bleiben würde, bis er entlassen wurde. Der Sho-ko hatte die Spannung in der Luft gespürt und würde seinem Kommandeur beistehen. Auf dem Dach des Bunkers hielten sich die drei Mitglieder der Schwere-Waffen-Sektion auf. Gun-sho Ariake Sanae war damit beschäftigt, die korrekte Vorgehensweise bei der Wartung einer Pleno-Hamata-Kurzstreckenlafette vorzuführen. Die Waffe hatte eine Reihe von Eigenheiten, die besondere Aufmerksamkeit erforderten, aber Takuda war sicher, daß alle Mitglieder der Schwere-Waffen-Sektion mit diesen Besonderheiten genau vertraut waren, ebenso wie alle anderen DEST-Mitglieder. Sanae hatte sich wohl aus Gründen, die über bloßes Training hinausgingen, dafür entschieden, diesen Kursus hier und jetzt abzuhalten.

Gun-sho Ariake Sanae war ihrem Kommandeur ein Rätsel. Von allen Mitgliedern seiner Einheit war sie diejenige, von der Takuda am wenigsten wußte. Es konnte kein Zweifel an ihrer Kompetenz bestehen; niemand, dessen Können irgendwie zweifelhaft war, hätte es bis in die Reihen eines DEST geschafft. Aber trotzdem blieb sie unergründlich. Die großgewachsene, gertenschlanke Frau mit dem Alabastergesicht schien in ihrer eigenen Welt zu leben. Soviel Takuda wußte, hatte sie keine Freunde in der Einheit, nicht einmal Andi Holland, die sonst mit jedem befreundet war. Sanae leitete ihre Sektion streng, fair und nach professionellen Standards. Sie vollzog alle religiösen Rituale mit peinlicher Genauigkeit. Und das war auch schon alles, was Takuda über sie wußte. Die beiden anderen Mitglieder ihrer Sektion hatten einen Teil dieser Eigenschaften übernommen.

Da die Besatzungen schwerer Waffen selten als Team auftraten, neigten sie zum Einzelgängertum. Für Gun-sho Ariake Sanae traf das mit Sicherheit zu. Gocho Oite Inaduma, der Panzerabwehrexperte, entsprach ebenfalls diesem Bild. Er besaß mehr Auszeichnungen für Tapferkeit als jedes andere Mitglied der Einheit, aber es waren in der Regel einzelgängerische Aktionen gewesen, die sie ihm eingebracht hatten, keine Opfer für Kameraden. Das führte dazu, daß Inaduma dreifacher Empfänger der Bushidoklinge und sogar für den Orden des Drachen vorgeschlagen war, aber noch nie auch nur in Anmerkung für eine Weiße Sonne gekommen war. Die Weiße Sonne wurde nur Soldaten verliehen, die durch ihren Heldenmut Kameraden oder Zivilisten das Leben gerettet hatten. Inaduma war mehr der Typ, der im Kampf auf eigene Faust Jagd auf feindliche Panzerfahrzeuge oder Mechs machte. Vielleicht war tollkühn eine passendere Beschreibung für ihn als tapfer.

Jotohei Johan Miranda war der Scharfschütze der Einheit, und er hatte die dazugehörige Mentalität. Einmal hatte er zwölf Stunden auf einem offenen Feld ausgeharrt, um einen Abschuß zu erzielen. Er hatte sich während der ganzen Zeit nicht bewegt, nicht einmal seine Blase geleert. Der Mann war nicht nur ein Beispiel an Selbstbeherrschung, er war auch der beste Scharfschütze, den Takuda je gesehen hatte. Seine Spezialität war der Schuß aus dem Hinterhalt, aber er konnte auch aus der Bewegung treffen. Takuda hatte ihn einmal aus der Hüfte Ratten abschießen sehen, die aus ihrem Nest liefen. Er hatte die kleinen Nager alle zwischen die Augen getroffen. Hinterher hatte er erklärt, daß er das getan hatte, um ihr Fleisch nicht zu verderben.

Mit Yura im Rücken und der Schwere-Waffen-Sektion auf dem Bunkerdach stellte sich Takuda Garber Vost.

»Ich habe darüber nachgedacht, was Sie gestern gesagt haben«, begann Vost in seinem höflichsten und unterwürfigsten Tonfall, »und Sie könnten eventuell recht haben.«

Takuda, der sich auf einen wilden Angriff vorbereitet hatte, war von diesem plötzlichen Umschwung völlig überrascht. Aber er erholte sich schnell von diesem Schock und blieb auf der Hut. Irgendwo mußte an der Sache ein Haken sein.

»Es gibt keinen Grund für uns, diesen Leuten nicht als Lehrer beiseite zu stehen«, fuhr Vost fort. »Wir besitzen nicht nur Waffen, die den ihren weit überlegen sind, sondern auch den Vorzug von fünfhundert Jahren Tradition, der diesen Menschen offensichtlich abgeht. Es war närrisch von ihnen, sich in verfeindete Enklaven zu zersplittern. Es würde ihnen viel besser gehen, hätten sie in Frieden und Harmonie zusammengearbeitet.«

Takuda nickte, sagte jedoch nichts. Er spürte, daß Vost seinen Gedankengang in eine völlig andere Richtung weiterführte. Irgendwo im Hintergrund lauerte ein anderes Motiv.

»Harmonie ist so wichtig«, stellte Vost fest, die Hände hinter dem Rücken verschränkt, statt wie sonst üblich in die Hüften gestemmt. »Wir alle sollten in unseren persönlichen Beziehungen ebenso wie in den höheren Beziehungen zwischen Städten und Staaten danach streben. Sie ist das edelste aller Lebensziele.«

»Ich stimme Ihnen zu, Pilot Vost. Harmonie ist wichtig, auch wenn das Leben von uns zusätzlich Pflichterfüllung, Ehre und Loyalität verlangt. Aber trotzdem, Harmonie ist ein hehres Ideal.«

»Wenn wir den Menschen von Osio, Amatukaze und Usugumo Harmonie vermitteln wollen, wäre es dann nicht angemessen, daß auch unter uns, die wir sie auf diesen Weg führen wollen, Harmonie herrscht?« Auf Vosts Miene stand ein sanftes, gewinnendes Lächeln, die pure Essenz seiner Worte.

»Ein höchst nobler Gedanke, Pilot Vost.«

»Bitte, nennen Sie mich Garber, Sho-sa Takuda.«

»Danke, Pilot Vost.« Takuda hatte kein Verlangen, allzugroße Vertraulichkeit zuzulassen. Vost war ihm schon vertraulich genug. »Es freut mich, daß Sie sich entschieden haben, die Wünsche des gesamten Trupps bei unseren Beziehungen mit den anderen Menschen zu respektieren. Und die der Einheimischen ebenso.« Takuda brachte die Tetaetae ins Spiel, um Vost klarzumachen, daß mehr auf dem Spiel stand als nur die Enklaven. Er sah Vost bei der Erwähnung der Tetaetae zusammenzucken. Gut, dachte Takuda. Vielleicht bringt ihn das etwas aus dem Gleichgewicht.

Vost schien ungerührt. »Und Sie werden mir sicher zustimmen, daß wir, um diese Harmonie zu erreichen, dem Wohl der Mehrheit Rechnung tragen müssen. Nicht wahr?» Vost nickte, während er es sagte. Es war ein alter rhetorischer Trick, und ob Vost sich dessen bewußt war oder nicht, er wendete ihn perfekt an. Der erste Teil des Tricks bestand darin, dem Zuhörer zu sagen, was er hören wollte. Dies wurde durch das zustimmende Nicken zu den eigenen Aussagen noch verstärkt.

»Das Wohl der Mehrheit ist wichtig.« Takuda kannte sich mit rhetorischen Tricks aus, selbst wenn Vost es nicht tat. Er ging zum Angriff über. »Worauf wollen Sie hinaus?«

»Wenn wir das Beste für die Mehrheit erreichen wollen, sollten wir sie vielleicht vorher fragen, was sie will. Ich schlage vor, das Programm, das Sie gestern abend vorgeschlagen haben, zusammen mit beliebigen anderen Vorschlägen zur Abstimmung zu stellen. Dann lassen wir die Betroffenen entscheiden.«

»Ich stimme zu«, erklärte Collis Brank und trat einen Schritt vor. »Wir sollten uns alle Vorschläge anhören und dann darüber abstimmen, was wir tun.«

»Gibt es vielleicht noch andere Punkte, über die

wir abstimmen sollten, Pilot Vost?« Takuda kniff die Augen zusammen. Allmählich erkannte er, worauf diese Unterredung hinauslief.

»Na ja, wenn Sie es schon ansprechen. Vielleicht sollten wir auch entscheiden – natürlich durch eine Abstimmung –, wer unsere Gruppe anführen soll.«

»Haben Sie da jemand bestimmten im Sinn?«

»Ich möchte Reston Bannin vorschlagen.«

»Und ich möchte Garber Vost vorschlagen«, unterbrach Brank.

»Und Sie natürlich ebenfalls, Sho-sa Takuda«, fügte Vost lächelnd hinzu.

»Und dann würden wir uns alle zur Wahl stellen«, meinte Takuda. »Ist das Ihr Plan? Und der neue Anführer würde uns sagen, was wir bezüglich der Menschen und der Einheimischen tun sollten. So haben Sie es sich doch vorgestellt?«

»Ich denke, Sie haben es verstanden«, erwiderte Vost. Er stützte die Hände in die Hüften.

Ein geschickter Plan, dachte Takuda. Es gab elf DEST-Mitglieder und nur zehn Söldner. Das schien Takudas Sieg bei einer Abstimmung zu garantieren. Aber die Söldner hatten sich bei Vost verpflichtet, weil sie glaubten, er könne ihre Interessen fördern, und es bestand kein Anlaß zu glauben, sie würden diese Entscheidung nicht wiederholen. Damit lag die Entscheidung bei den Schiffsbesatzungen. Mit Bannin als Kandidat bestand die Möglichkeit, daß sie für ihn stimmten, aber dessen konnte sich Takuda nicht sicher sein. Die Besatzungsmitglieder würden abstimmen, aber ihre Stimme kaum auf einen sicheren Verlierer verschwenden. Vost brauchte nur zwei Stimmen, um zum neuen Anführer der Gestrandeten zu werden. Offensichtlich hatte sich der Söldner im Laufe der Nacht auf Stimmenfang begeben und wußte genau, wieviel Unterstützung er besaß.

»Ich finde, wir sollten auf der Stelle abstimmen«,

sagte Collis Brank. »Bringen wir es hinter uns, damit wir uns anderen Problemen zuwenden können.«

Sauber abgeschlossen, dachte Takuda. Er würde keine Zeit bekommen, mit den Schiffsbesatzungen zu reden, selbst wenn er das vorhatte. Sie hatten das Harmonieargument dazu benutzt, ihn in die Falle zu locken. Sauber. Er sah keine Möglichkeit, aus der Situation herauszukommen, ohne sich zum Diktator aufzuschwingen. Das wollte er nicht, aber er war ebensowenig bereit, Vost die absolute Gewalt über die Gestrandeten zu überlassen. Yura würde sich nicht einmischen. Takuda saß in der Falle, und er wußte es.

»Wie alle guten Ideen«, ertönte die Stimme Johan Mirandas vom Dach des Befehlsbunkers, »hat auch Ihr Gedankengang viel für sich, Pilot Vost.« Takuda drehte sich zum Schwere-Waffen-Team um. Wollte Miranda abspringen? »Ich würde jedoch vorschlagen«, sprach der Scharfschütze weiter, »daß wir unsere Entscheidung erst alle noch einmal in Ruhe überdenken. Es besteht kein Grund, etwas übers Knie zu brechen. Finden Sie nicht auch?« Miranda saß mit gekreuzten Beinen auf dem Dach. Die Stellung war in sich nicht bedrohlich, aber eine solide Haltung für einen Schuß. Das schwere Zeus-Gewehr, das der Scharfschütze locker auf dem Schoß liegen hatte, ließ keinen Zweifel am Sinn seiner Worte.

Vost wirkte überrascht. Seine Hände fielen herab, und er wich einen Schritt zurück. Dabei prallte er gegen Brank, der hinter ihm in Deckung gegangen war. »Na schön, fürs erste«, knurrte er leise. »Aber früher oder später ist es soweit. Verlaßt euch drauf.«

19

Vost war wütend. Außer sich geradezu. Er stampfte zurück zum Landungsschiff. Nicht einmal das sanfte Gurren Michelle Guardines, seiner momentanen Gespielin, konnte seine Wut mildern. Er stieß sie beiseite, und sie schlich verletzt und betrübt davon. Vost knirschte mit den Zähnen und schmiedete neue Pläne. Die übrigen Söldner hielten Distanz und warteten auf die unvermeidliche Explosion. »Wir werden diesen Bastard wegpusten müssen«, verkündete Vost. »Wir holen die Mechs aus diesem verfluchten Schiff und blasen ihn mit seiner ganzen Truppe weg.«

Elizabeth Hoond, Erster Offizier des aufgegebenen Sprungschiffs *Telendine,* schob sich vorsichtig näher. »Ich habe mir das Innere des Landungsschiffes angesehen. Davon ausgehend, was wir schon erreicht haben und was noch zu tun bleibt, könnten wir die Mechs in etwa zwei Tagen frei haben.«

»Wir könnten uns den Weg freisprengen«, warf Kendall Pesht ein. Die Stimmung unter den Söldnern begann sich zu verändern. Sie sahen Möglichkeiten, wo sich vorher nur Probleme aufgetürmt hatten.

»Sie würden uns hören«, meinte Hoond. »Sie haben die ganze Nacht einen Posten aufgestellt, angeblich zum Schutz vor den Fremdwesen. Der Posten würde mit Sicherheit die anderen alarmieren. Mechs machen Krach.«

»Dann hören sie uns eben«, sagte Vost. »Na und? Wenn wir uns beeilen, können wir einen Teil der Mechs aus dem Laderaum holen, bevor dieser DEST-Abschaum reagieren kann, wenn nicht sogar alle. Die Mechs haben IR-Sensoren. Wir können im Dunkeln sehen.«

»Die auch«, stellte Collis Brank fest. »In den Händen normaler Truppen sind Infanteriewaffen gegen

Mechs ein Witz, aber wir haben es mit einem DEST zu tun. Diese Typen sind speziell für den Kampf gegen Mechs ausgebildet. Sie lieben ihn. Und sie haben Spezialwaffen dafür. Habt ihr schon mal gesehen, was kompetent eingesetzte Infanteriewaffen auf kurze Distanz aus einem Mech machen können?« Brank schauderte. »Die KSR-Lafette, an der sie heute gearbeitet haben, kann Infernos abschießen. Und sie haben welche. Ich habe sie gesehen. Ich will auf keinen Fall in einem Mech sitzen, der von Infernos getroffen wird.«

Die anderen Piloten nickten zustimmend. Feuer war die große Nemesis eines MechKriegers. Der Gedanke, im Mechcockpit festzusitzen, während die Maschine ausbrannte, war der Alptraum jedes Mechpiloten. Es gab zu viele Geschichten über verbrannte Piloten, zu viele Geschichten, die anfingen mit: »Ich hatte mal einen Freund, der...« und damit endeten, daß ein Pilot es nicht schaffte, die Flammen zu löschen und nicht aussteigen konnte, weil das Feuer den Rettungsmechanismus seiner Maschine zerstört hatte.

»Dann schalten wir die KSR aus«, meinte Vost. »Wir müssen als erstes die Schwere-Waffen-Crew erwischen. Und Takuda. Dem Gegner den Kopf abschlagen. Wenn er weg ist, wird der Rest sich nicht zu helfen wissen. Und bis dahin haben wir die Kontrolle. Wir werden sie allesamt wegpusten.« Vost verschränkte zufrieden die Arme. »Stellt es euch nur mal vor. Wir schalten die DEST-Idioten aus und haben freie Bahn. Wir können mit den Enklaven jedes Geschäft abschließen, das wir wollen. Wir werden das höchste Gebot annehmen. Nicht das des Stärksten, sondern das, bei dem am meisten für uns herausspringt. Wir können diese Welt regieren, solange wir wollen. Niemand wird uns aufhalten können. Erzähl es ihnen, Seagroves. Erzähl ihnen von den Enklaven.

Aus der Sicht eines MechKriegers. Was müssen wir über sie wissen?«

Alle Augen wandten sich Brian Seagroves zu. Er war der einzige Söldner, der die Enklaven gesehen hatte, der einzige, der die Autorität hatte, etwas über sie auszusagen. Der hoch aufgeschossene Mechpilot schlurfte nach vorne. Endlich stand er im Zentrum der Aufmerksamkeit, wie er es verdient hatte. »Sie sind schwach«, stellte er fest. »Sie haben komplizierte Verteidigungsanlagen, aber die sind wertlos. Nichts als Mauern und Gräben. Sie haben nicht einmal Barrikaden aus Baumstämmen. Das einzige, was die Anlagen aufhalten können, sind wirklich schwache Fußtruppen. Sie haben nichts, was einen Mech stoppen könnte. Wir würden einfach mitten hindurch marschieren. Und sie haben nichts, was fliegt, gar nichts. Es gibt irgend etwas in ihrer Kultur, ihren Legenden, das sie vom Fliegen abhält. Vielleicht hat es mal jemand versucht, aber sie erlauben es nicht mehr. Mit dem FLUM und der Sprungfähigkeit des *Panther* können wir sie in helle Panik versetzen. Wir werden jedes Gefecht gewinnen.«

»Solange niemand vom DEST sich einmischt«, setzte Vost hinzu.

»Dann kümmern wir uns eben um den DEST.« Seagroves war wütend über die Unterbrechung. Das hier war seine Show, und er konnte auf Vosts Einmischung verzichten. Seagroves hatte sich schon entschieden, welcher Enklave er sich anschließen würde: Usugumo. Sie hatten das Geld, das Gold. Für einen Haufen Militaristen ins Feld zu ziehen, lag ihm nicht. Takuda und seine Befehlsempfänger reichten ihm. Diese steifen Säcke waren zu schwer zu korrumpieren. Und die religiösen Fanatiker von Amatukaze waren genauso schlimm, nur auf andere Weise. Nein, egal, was die anderen entschieden, er würde nach Usugumo gehen. Und er hatte es nicht nötig, sich

Vosts Gelaber über Wahlen anzuhören. »Wir nehmen das beste Gebot an. Ich habe es satt, mit Leuten zu arbeiten, die den Wert des Geldes nicht zu schätzen wissen.« Er drehte sich zu Vost um und starrte ihm ins Gesicht. »Nach dem, was ich gesehen habe, haben die Händler uns am dringendsten nötig. Wir gehen zu ihnen und fertig.«

Vost war überrascht. Der normalerweise so friedliche Seagroves zeigte plötzlich eine Haltung, die noch zu Problemen führen konnte. Er würde in Zukunft vorsichtiger sein müssen, was den FLUM-Piloten betraf. Aber er wußte genau, wie er Seagroves beikommen konnte. Alles, was diesen Mann interessierte, war Geld, und diese Tatsache konnte Vost für seine Zwecke ausnützen. Er wartete ab, ob Seagroves fertig war. Als der FLUM-Pilot nicht weiterredete, ergriff der Söldnerführer wieder das Wort. »Pesht, Goodall, Brank. Überprüft eure Mechs. Seht zu, was nötig ist, sie freizubekommen. Nicht ganz frei. Nur so weit, daß sie sich den Weg nach draußen freisprengen können. Nehmt eure Techs mit. Guardine, du untersuchst meine Maschine. Sorg dafür, daß die Sprungdüsen klar sind. Ich kann den *Panther* durch die Rumpfbresche bringen. Seagroves, für dich habe ich eine besondere Aufgabe.« Er drehte sich zu dem Mann um. »Du bist der einzige, dessen Maschine schon frei ist«, meinte Vost im Verschwörerton. Er packte Seagroves mit einer Geste des Vertrauens und der Verbundenheit am Ellbogen. »Wenn das hier losgeht, brauchen wir dich als Speerspitze. Ohne dich können wir gar nichts erreichen.« Seagroves reckte sich sichtlich unter diesem Kompliment. Meine Güte, ist der simpel, dachte Vost. Ich kann ihn spielen wie eine Mundharmonika. »Wenn ich den Befehl gebe, greifst du ihren Befehlsbunker mit den Lasern und Maschinengewehren an. Blas ihn weg.«

»Ohne Warnung?« Das war Goodall. Sie schien mit dieser Vorstellung Schwierigkeiten zu haben.

»Ja, zum Teufel«, bellte Vost. »Es heißt: sie oder wir. Das ist nicht der Zeitpunkt, sich um Formalitäten zu scheren. Sie bekommen nur, was sie verdienen. Bildest du dir ein, dieses Schlitzauge Takuda würde uns eine Chance geben, wenn er dächte, er könnte damit durchkommen? Ich trau ihm keinen Meter weit.«

»Ehrlich gesagt«, meinte Goodall, und kam näher, »denke ich schon, daß er uns eine Chance geben würde. Er hat jede Menge Zeit gehabt, uns abzumurksen, und Grund genug, Sie zu erledigen, hatte er auch. Aber er hat es nicht getan. Ich halte ihn für einen Ehrenmann. Und ich traue ihm.« Sie fügte nicht hinzu »mehr als Ihnen«, aber das war auch nicht nötig.

»Glaub von mir aus, was du willst, Holly«, erwiderte Vost, ohne die Drohung in seiner Stimme zu verschleiern. »So lange du tust, was dir gesagt wird, und uns nicht in den Weg kommst. Wenn du zimperlich wirst, mach die Augen zu, bis es vorbei ist.«

Die einzelnen Gruppen verteilten sich, um ihre Aufträge zu erfüllen. Seagroves kletterte für die Wartungschecks auf den Rücken seines *Feuerfalke*. Underos Yaputi, sein Tech, stand am Boden und ging die Checkliste durch, während Seagroves die Inspektion durchführte. Das Ganze war ein Täuschungsmanöver. In Wirklichkeit koppelte Seagroves die Lasergeschütze wieder an, die vor seiner ersten Mission ausgeschaltet worden waren. Bis jetzt war das Waffensystem noch nicht wieder aktiviert worden. Es hatte keine Notwendigkeit bestanden. Aber jetzt hatten seine Laser eine Aufgabe, eine Aufgabe, wie Seagroves mit einem leisen Lachen feststellte, die Takuda sicher hochinteressant gefunden hätte. Yaputi rief die einzelnen Posten der Checkliste auf, und Seagroves antwortete. Als letztes überprüfte er die Munitionsgurte der schweren Maschinengewehre. Er war soweit. Jetzt brauchte er nur noch den Torso seiner Maschine etwas zu drehen und das Fadenkreuz der Infrarotortung auf den Befehlsbunker auszurichten. Das war leicht genug.

Im Innern des verfallenden Landungsschiffes arbeiteten die übrigen Techs und Mechpiloten. Guardine überprüfte den Sprungdüsentornister auf dem Rücken des *Panther*. Die Düse mußte voll aufgetankt und der Reaktionsbereich unter den Austrittsöffnungen möglichst frei sein. Wenn Vost den Mech durch das Dach des Laderaums hob, durfte es keinen FOS geben. Fremdobjektschaden gehörte zum Leben eines Mechpiloten, aber keiner von ihnen war dumm genug, einen solchen Unfall herbeizuwünschen. Ein in das Kniegelenk eines Mechs geschleuderter Stahlbolzen konnte dem Kampfkoloß zum ungünstigsten Zeitpunkt seine Bewegungsmöglichkeit rauben. Es war besser, den Startbereich so leer wie möglich zu halten.

Holly Goodall und Sagiri Johnson arbeiteten an ihrem *Heuschreck*. Nachdem die Trümmer rund um den leichten Mech beiseite geräumt waren, brauchten sie nur noch die Halteklammern zu lösen. Johnson und Goodall arbeiteten wortlos und tief in Gedanken. Neben ihnen am zweiten *Heuschreck* waren Brank und Panda ähnlich beschäftigt. Goodall und Johnson gingen auf die andere Seite des Mechs.

»Was halten Sie von dem Plan?« fragte Johnson, und konnte sich gerade noch das »Sir« verkneifen. Alte Gewohnheiten waren schwer abzulegen.

»Es ist ein Plan«, meinte Goodall mit einem Achselzucken.

»Diese komplette Exekution gefällt mir nicht.« Johnsons Aussage war absolut neutral. Ohne den Blick in seinen Augen zu sehen, hätte niemand aus seinen Worten etwas herauslesen können.

»Du meinst den Mord?«

»Das habe ich nicht gesagt.«

RICK HARRIS
93

»Ich weiß, daß du das nicht gesagt hast.« Goodalls Stimme war leise genug, von keinem anderen gehört zu werden. »Ich frage mich nur, was du gemeint hast.«

Sagiri Johnson arbeitete stumm an der Halteklammer und beschäftigte sich eingehend damit, einen mikroskopisch kleinen Schmutzfleck im Freigabemechanismus zu entfernen. Er brauchte ziemlich lange. Goodall wartete. »Die ›Schlitzaugen‹-Bemerkung hat mir nicht gerade gefallen«, stellte der Tech schließlich fest.

»Das war typisch Vost«, meinte Goodall trocken. »Er hält sich für etwas Besseres, weil er ein MechKrieger ist, ein Weißer und ein Mann. Typisch. Verzeihung, Sagiri. Anwesende ausgeschlossen.«

Der Tech grinste die Frau an, die sich als *Heuschreck*-Pilotin vor niemand zu verstecken brauchte. »Keine Bange. Ich weiß, was Sie meinen. Und ich stimme Ihnen zu, was Takuda angeht. Ich mag ihn, auch wenn er ein bißchen steif ist. Und das sage ich weder, weil ich ein Mann bin, noch weil meine Mutter Asiatin war. Ich mag ihn einfach.«

»Na ja. Wenn Vost bekommt, was er will, ist Takuda bei Sonnenaufgang tot.«

»Das gefällt mir auch nicht.« Johnsons Blick schweifte in die Tiefe des Frachtraums. »Er braucht nicht zu sterben, und sicher nicht auf diese Art.« Der Tech starrte ins Leere. »Ich bin mir nicht einmal sicher, ob es nicht besser wäre, wenn es Vost erwischt.«

Goodall spürte die Spannung. Sie redeten über Verrat. Verrat der schlimmsten Sorte. Sie hatten sich bei Vost verpflichtet, weil er ein Anführer war, der ihnen die besten Kontrakte verschaffen konnte. Jetzt redeten sie darüber, die Seiten zu wechseln. Für einen besseren Kontrakt? Oder weil sie das Gefühl hatten, ihre Ehre würde beschmutzt, wenn sie es nicht taten? Goodall sah ihrem Tech in die Augen. »Willst du Takuda warnen?«

»Meinen Sie ich allein, oder wir beide?«

»Ich schätze, ich meine uns beide.«

»Dann ist die Antwort ja. Wir sollten ihn warnen.«

»Wer macht es?«

»Sie müssen hier bei Ihrem Mech bleiben«, stellte Johnson nach einem Augenblick fest. »Ich kann hier verschwinden, ohne größeres Mißtrauen zu erregen. Ich übernehme das.«

20

Die dunkle Nässe verstärkte das Gefühl der Geheimnistuerei und Spionage. Kein Wind strich über die Lichtung, auf der die Gestrandeten ihr Lager aufgeschlagen hatten, und der leichte Nieselregen lag wie ein Schleier vor dem Wald, der das Lager wie in einer Atmosphäre der Verschwörung einschloß. In der Dunkelheit bewegten sich vage Schatten leise auf geheimen und dringlichen Missionen. Alle mieden sie wie in einem komplexen Ballett die Nähe der anderen. In der Dunkelheit jenseits des Grasrundes, das die Landezone markierte, wimmelte der Wald vor nicht minder versteckter Bewegung. Die Tetaetae krochen näher und näher heran.

Hätten die DEST-Posten auf ihren Wachtpositionen am Rand der LZ aufgepaßt, hätten sie das Anrücken der Tetaetae gespürt, aber sie waren mit anderen Dingen beschäftigt. Sobald die Dunkelheit hereingebrochen und das düstere Dämmerlicht des verregneten Abends durch stygische Finsternis ersetzt hatte, hatten die DEST-Sektionen sich zu bewegen begonnen. Sie bewegten sich langsam und nur in kurzen Etappen, aber sie rückten allmählich von ihren etablierten Stellungen ab und versammelten sich um den Befehlsbunker.

Takuda hatte seine Position verlassen, sobald es dunkel wurde. Er war bereits verschwunden, noch bevor die auf dem IR-Sichtgerät leuchtende Gestalt des FLUM-Piloten an der Seite des *Feuerfalke* emporkletterte und im Cockpit verschwand. George Bustoe, der Kashira des DEST, beobachtete das sich ausbreitende Leuchten, als der Strom des internen Energiesystems sich in die Kontrollaggregate, Triebwerkseinheiten und Waffen des Mechs hinein ausbreitete. Er meldete die Aktivität an Takuda, der vor den suchenden Infrarotsensoren des FLUM geschützt war. Er lag nicht nur hinter dem aufragenden Befehlsbunker, er trug auch wie sämtliche Mitglieder des Sturmtrupps einen IR-Tarnanzug.

Das Gelände, auf dem die Überlebenden kampierten, war ein freier Streifen von mehreren hundert Metern Breite und sechs Kilometern Länge. Das Landungsschiff und das Rettungsboot der *Telendine* waren an einem Ende der Lichtung niedergegangen, unmittelbar vor den Bäumen, die ein weiteres Vordringen blockierten. Die Sicherheitsmaßnahmen, die sie eingeleitet hatten, hatten zur Errichtung des Befehlsbunkers rund fünfhundert Meter hinter dem Rumpf des *Leopard* geführt. Die beiden leichten Sektionen lagerten in einem breiten V hinter dem Bunker. Die Schwere-Waffen-Sektion war von den anderen getrennt und lagerte als Reserve in der Nähe des Befehlsbunkers. Die Sicherung des Landungsschiffes hatten die Söldner und Schiffsbesatzungen übernommen. Takuda war das zwar nicht als die beste Aufstellung erschienen, aber der Plan hatte der Persönlichkeit der Betroffenen Rechnung getragen. Jetzt erwies sich dieses Arrangement plötzlich als Vorteil.

Die Geländebedingungen erlaubten Beobachtern im Landungsschiff nur den Blick auf den DEST-Bunker. Selbst der am vorderen Rand der linken Schiffstragfläche postierte FLUM sah nur das DEST-Hauptquartier und die Stellungen der Westsektion. Aber nicht mit derselben Klarheit. Dadurch hatte Brian Seagroves, der angespannt im Cockpit seines *Feuerfalken*-FLUM saß, eine deutliche IR-Signatur der Kommandoposition, sah aber nur einen verschwommen blauen Fleck im Sektionsbereich. Er konnte die Wärmesignatur des Bunkereingangs deutlich erkennen, aber Yura hatte dafür gesorgt, daß der Ofen im Innern mit Höchstleistung arbeitete. Die aus der Tür dringende Hitze überlagerte alle schwächeren Wärmesignale der Umgebung. Selbst Bustoe, der auf dem Dach des Bunkers lag, war unsichtbar. Und jeder, der sich am Ostrand des Kamms entlangbewegte, welcher die Mitte der Stellung markierte, war ebensowenig zu erkennen.

Takuda steckte in einer Zwickmühle. Bei einer normalen DEST-Mission hätte ein Sieg die Eliminierung sämtlicher Söldner in der Nähe eines Mechs bedeutet; es hätte keine Überlebenden gegeben. Aber dies war keine normale Mission. Takuda wollte nicht alle Söldner umbringen. Sie hatten nichts getan, was eine derartige Vergeltung hätte rechtfertigen können. Es hatte nur einen Bericht gegeben, demzufolge Vost die Mechs befreien und in Richtung Enklaven fliehen wollte. Und sie waren gewarnt worden, daß der FLUM den Befehlsbunker zerstören sollte, aber das war nur logisch. Takuda hätte an Vosts Stelle genauso gehandelt. Er hatte jedoch nicht den Wunsch, die Mechs und ihre Piloten zu vernichten. Takuda wußte nur zu gut, daß er sie bei den Verhandlungen mit den Enklaven noch brauchen würde. Also hatte er seine Leute angewiesen, auf die Tötung ihrer Gegner zu verzichten. Nur Takuda selbst konnte den Einsatz tödlicher Gewalt anordnen, wenn sie doch notwendig werden sollte.

Die Angriffseinheit bestand aus den beiden leichten Sektion unter dem Befehl Arsenaults und Knytes. Sanae blieb mit der Schwere-Waffen-Sektion am Kommandostand. Von hier aus würden sie die Inferno-KSR gegen alle auftauchenden schweren Ziele einsetzen können. Außerdem konnte Miranda mit seinem schweren Gewehr einzelne Ziele ausschalten. Sanaes Sektion war als einzige mit tödlichen Waffen ausgerüstet; die anderen DESTler hatten Lähmgewehre.

Die Kommandosoldaten schwärmten aus, als sie sich der Steuerbordseite des Landungsschiffes näherten. Takuda und das Führungsteam befanden sich in der Mitte, Knyte und seine Sektion zu ihrer Rechten, Arsenault und dessen Leuten zu ihrer Linken. Sie krochen durch das Gras und suchten das Ziel mit ihren Infrarotbrillen ab. Eine leuchtende Silhouette hob sich grell von der Schwärze der Nacht ab. Es war Reston Bannin, Kapitän des verlorenen Sprungschiffs *Telendine*. Er hielt von seinem Sitzplatz auf dem Rumpf des Landungsschiffes aus Wache, die Beine über der klaffenden Bresche baumelnd, die in die Außenhülle geschnitten worden war, um den FLUM zu befreien. Seine Postenstellung war für den angreifenden DEST höchst unangenehm.

Takuda bedeutete Knyte mit einer Handbewegung, Bannin aus dem Spiel zu nehmen. Holland kletterte lautlos am Bug des *Leopard* empor. Der Rest der Einheit sah ihr zu, wie sie über den zerbeulten Gratbogen und am Rumpffirst entlangkroch. Vielleicht war es Wasser auf der Rumpfhülle oder ein Schmiermittel, das einer der Söldner bei den Schneidearbeiten zurückgelassen hatte. Jedenfalls machten die Filzsohlen ihrer Schuhe plötzlich ein Geräusch. Es war kein lautes Geräusch, und normalerweise hätte niemand es gehört. Aber in dieser Nacht, ohne einen Windhauch, der es hätte überdecken können, klang das leise Quietschen ihrer Schuhe auf der Titanlegierung des Schiffsrumpfes wie das Kreischen eines Klageweibs. Bannin fuhr zu ihr herum.

Noch bevor er die Situation erkennen und den Mund zu einem Alarmschrei öffnen konnte, hatte Holland reagiert. Mit einer einzigen schnellen Bewegung riß sie das Lähmgewehr vom Rücken, zielte und feuerte zwei schnelle Schüsse ab. Einer hätte bereits genügt, den Sprungschiffskapitän auszuschalten; der zweite diente nur zur Sicherheit.

Das leise Ploppen des Gewehrs verhallte im weiten Hohlraum des Laderaums, ohne von den zehn Meter tiefer Arbeitenden gehört zu werden. Von seinem Posten auf der Außenhülle sah Reston Bannin einen Sekundenbruchteil eine schwarzgekleidete Gestalt, dann verschleierte sich sein Blick, und er verlor die Kontrolle über seine Muskeln. Er wollte sich abstützen, aber seine Arme gehorchten ihm nicht mehr. Der Sprungschiffkapitän kippte vornüber in die Rumpföffnung. Holland versuchte ihn aufzuhalten, aber er war zu weit entfernt. Wie in Zeitlupe fiel Bannins Körper auf das innere Frachtdeck hinab. Die Entladungen des Lähmgewehrs mochten unbemerkt geblieben sein, aber der krachende Aufprall des herabstürzenden Körpers war nicht zu überhören.

Als Bannin in die Schwärze des Laderaums fiel, signalisierte Takuda dem Rest des DEST-Teams vorzurücken. Die Lähmgewehre im Anschlag stürmten sie auf die Bresche im Schiffsrumpf zu. Die Waffen waren auf kürzeste Distanz am wirkungsvollsten, und sie mußten ins Innere des Schiffes gelangen, um auch nur eine Chance zu haben, die Söldner zu überwältigen.

Im Innern des Rumpfes wurde der Aufprall von Bannins Körper durch den Halleffekt der riesigen Ladedecks noch verstärkt. Vost, der sich auf halbem Weg zum Cockpit des *Panther* befand, hielt auf dem Rumpf des Mechs an, die Hand nach dem nächsten Haltegriff ausgestreckt. Er hatte den Körper aus dem Augenwinkel herabstürzen sehen, und jetzt lag Reston Bannin verkrümmt neben dem linken Fuß seiner Kampfmaschine. Dann hörte er die trappelnden Schritte der sich nähernden DEST-Soldaten. Der Plan war geplatzt. »Raus hier!« schrie er und kletterte weiter, so schnell er konnte. Unter ihm erstrahlte das dunkle Frachtrauminnere in plötzlicher Helligkeit.

Iliomoso Panda stand mit dem Rücken zur Bresche

in der Rumpfwand. Er spürte den Ansturm der DEST-Mitglieder über das offene Gelände und unter der Tragfläche hindurch, mehr als er ihn sah. Seine Sternennacht-Automatikpistole steckte in ihrem Holster an seiner rechten Hüfte. Er zog sie und drehte sich um. Hinter ihm flammte die Innenbeleuchtung auf und badete den Bereich um die Öffnung in grellblaue Helligkeit. Panda sah eine schwarze Silhouette vor dem Licht. Ohne zu zögern hob er die schwere Pistole und drückte ab. Das Mündungsfeuer raubte dem Tech, was er vielleicht noch an Nachtsicht gehabt hatte. Die dunkle Gestalt fiel zu Boden.

Im Innern des Frachtdecks ließen sich die MechKrieger in die Pilotenliegen ihrer Cockpits sinken. Ihre Hände flogen in automatischen Gesten über Schalter und Knöpfe. Die Gefechtsrecorder, Sensoren und Anzeigen leuchteten auf. Weit unter ihnen trieben die Techs schwere Hämmer in die letzten Klammern. Die Mechs waren frei, aber noch bewegten sie sich nicht. Keiner der Piloten setzte seinen Koloß in Bewegung, bevor der Sicherheitscheck abgeschlossen war. Selbst wenn ein Pilot seine Maschine soeben erst generalüberholt hatte, ging er die gesamte Checkliste durch. Es gab keine erfahrenen und übermütigen Piloten.

Der DEST strömte durch die Rumpfbresche. Die Lähmgewehre hatten Lasern Platz gemacht. Yura war bereits gefallen. Die Söldner gingen aufs Ganze. Auch Takuda sah sich gezwungen, den Einsatz zu erhöhen. Trotzdem mahnte er seine Leute zur Vorsicht. Er wollte nach dem Angriff nicht vor einem Leichenberg stehen. Dann kamen Arsenault und seine Sektion über die Steuerbordtragfläche des Landungsschiffes und rollten sich durch die Bresche in das helle Licht des Frachtraums ab.

An Bord von Vosts *Panther* leuchteten die Cockpitanzeigen in grünem Licht. Er drehte den Mechtorso nach rechts und suchte nach möglichen Zielen. Nur mit einer PPK und einer KSR-Lafette bewaffnet, wäre es einer Katastrophe gleichgekommen, hier in der Enge des Laderaums seine Waffen einzusetzen. Die Bewaffnung machte den *Panther* zu einer gefährlichen Kampfmaschine, aber auf Entfernungen von wenigen Metern wären Maschinengewehre nützlicher gewesen. Er sah Peshts *Speerschleuder* sich von der Schottwand lösen, an der sie befestigt gewesen war. Die *Speerschleuder* befand sich in derselben Situation wie der *Panther*. Ihre KSR-Bewaffnung war für Gefechte unter diesen beengten Bedingungen nicht geeignet. Aber sie konnte ebenso wie der *Panther* ins Freie springen. Die *Heuschrecks* allerdings mußten aus dem Schiff laufen.

Einer der DESTler schlich um die Füße der sich nur langsam bewegenden *Speerschleuder* und suchte nach einem Ansatzpunkt für den Angriff. Einen Augenblick dachte Vost daran, die PPK auf ihn abzufeuern, aber dann überlegte er sich anders. Das war Peshts Problem. »Mann an den Füßen«, warnte er. »Goodall, Brank. Erledigt sie mit den MGs.«

Außerhalb des Landungsschiffes sah Seagroves das plötzliche Aufflammen der Lichter und hörte die Warnung. Als er die beiden mittelschweren Laser in den Armen des FLUM auslöste, flog der Befehlsbunker in einem grellweißen Feuerball auseinander. Soviel zu Takuda, dachte er. Er grinste, aber das Grinsen gefror auf seinem Gesicht, als eine Infernorakete aus der Dunkelheit heranflog und vor den Füßen des *Feuerfalke* aufschlug. Sein Herz stockte. Raus hier; das hatte Vost gesagt. Hört sich vernünftig an, dachte Seagroves. Lieber reich als tot. Die beiden Allied AVR-Tech 125-Sprungdüsen erwachten röhrend zum Leben und rissen den FlugMech davon, kurz bevor eine zweite Infernorakete einschlug, wo er unmittelbar

zuvor noch gestanden hatte. »Adios, ihr Trottel«, flüsterte Seagroves.
Im Innern des Frachtraums zuckten MG-Garben kreuz und quer durch die Luft. Der tödliche Geschoßhagel schleuderte getroffene Körper in einem makabren Totentanz gegen die Schottwände. Holly Goodall schwang die schweren Zwillings-MGs durch die weiße Leere und suchte nach Zielen. Unter dem Fadenkreuz erschien die Silhouette eines DEST-Soldaten. Sie spannte die Finger an den Auslösern, bis sie Widerstand spürte. Dann erkannte sie Takuda. In einer blitzartigen Entscheidung bewegte sie das Fadenkreuz weiter, statt zu feuern. Zu ihrer Rechten sah sie Branks *Heuschreck* bei einem ähnlichen Schwenk durch den Laderaum. Seine MGs richteten sich auf dasselbe Ziel. Ohne zu zögern, drehte Goodall den Mechtorso nach rechts, so weit sie konnte, und machte mit dem linken Bein einen Schritt nach vorne, um die Drehung abzuschließen. Das Kanzeldach des *Heuschreck* bewegte sich unter ihr Fadenkreuz. Sie drückte den Feuerknopf durch.

An der Öffnung des Frachtraums wußte Vost, daß er hier nichts mehr ausrichten konnte. Wenn er blieb, würde es sein Ende bedeuten. Er löste die Sprungdüsen des *Panther* aus und wurde nach oben gerissen. Auf dem Sekundärschirm sah er die Techs auf den Wald zurennen. Reston Bannins regloser Körper wurde vom Plasmastrahl der Sprungdüsen erfaßt und pulverisiert. Dann war der Mech frei. Vost kam im Laufen auf, die *Speerschleuder* knapp hinter sich. Pesht hatte nur einen Schritt gebraucht, um in die Mitte der Bresche zu treten. Dann hatte er die leichteren Rawlings-Sprungdüsen ausgelöst und war seinem Kommandeur gefolgt.

Die beiden Mechs trafen sich in der Dunkelheit. Einen Augenblick überlegten sie, ob sie umdrehen sollten, um die *Heuschrecks* zu befreien, aber auf ihre Funksprüche kam keine Antwort. Das Licht im Frachtraum erlosch. Der FLUM wurde über ihnen ständig kleiner, und Vost rief Pesht an seine Seite. Die beiden Mechs marschierten westwärts in Richtung der Enklaven.

21

Parker Davud schlich durch die plötzliche Stille. Er hatte sich während des unerwarteten Feuergefechts in einer Wartungsröhre verkrochen. Nicht, daß von seinem Landungsschiff noch viel übrig war, dachte er – wenn er es überhaupt noch sein eigen nennen konnte. Er war sich nicht sicher, was er in der Wartungsröhre zwischen Brückendeck und Hauptladeraum gesucht hatte, aber irgend etwas hatte ihn am frühen Abend hier hineingetrieben. Vielleicht, überlegte er, weil er nicht bereit gewesen war, bei Vosts und Branks' Plan mitzumachen, Takuda und die übrigen DEST-Mitglieder zu eliminieren.

Als ihnen die Idee gekommen war, hatte es sich ganz gut angehört. Aber je mehr er darüber nachgedacht hatte, um so weniger hatte ihm der Plan gefallen. Ihm war völlig gleichgültig, wer der Anführer ihrer kleinen Gemeinschaft war, aber Gewalt als Mittel der Entscheidung darüber konnte er nicht akzeptieren. Vosts Idee einer Abstimmung war vernünftig gewesen, auch wenn Davud nicht gewußt hätte, wem er seine Stimme hätte geben sollen. Vost hatte eine Menge guter Ideen, aber Takuda schien ein ehrenwerter Mann.

Jetzt lag Davud in der Wartungsröhre und lauschte den Kampfgeräuschen, um herauszubekommen, was los war. Er hatte das Aufröhren der Sprungdüsen gehört, als die Mechs sie im Frachtraum ausgelöst hatten. Sie hatten das Wrack des Landungsschiffes schwer durchgeschüttelt. Und auch von draußen waren Explosionen erklungen. Jetzt herrschte Stille. Er lauschte auf Bewegungsgeräusche. Als er nichts hörte, kroch er weiter auf die Abdeckung der Notbeleuchtung zu, die am Ende der Röhre lag. Als er die Schalter unter den Händen spürte, stockte Davud und fragte sich, ob es gut war, die Szenerie zu erleuchten. Er kannte die Lage nicht, und das Licht konnte ein potentielles Desaster noch vergrößern. Er hielt den Atem an und warf die Schalter um.

Sanftes blaugrünes Notlicht fiel aus den Reserveleuchtpanelen. Vorsichtig hob Davud den Kopf und sah hinaus in den Frachtraum, aber die noch immer durch den Raum treibenden Rauchschwaden ließen wenig erkennen. Zuerst verwirrte es ihn, daß der Frachtraum ein Labyrinth aus verbogenen Metallrahmen und zerschmetterten Streben war. Qualmende, unidentifizierbare Trümmerbrocken waren über das Deck verstreut und rings um die beiden BattleMechs gehäuft, die einsam an der hinteren Schottwand aufragten. Davud starrte zu den Mechs hinüber und versuchte sich darüber klar zu werden, wieso sie plötzlich so unterschiedlich wirkten, obwohl sie sich vorher immer wie ein Ei dem anderen geglichen hatten. Vielleicht lag es daran, daß er sie jetzt aus einem anderen Blickwinkel sah.

Dann erregte eine Bewegung auf dem Deck seine Aufmerksamkeit. Er studierte das Gelände und versuchte, sie wiederzufinden. Dann sah er es. Es war ein Mann, der sich mit äußerster Langsamkeit über den Metallboden schleppte. Er zog eine deutlich sichtbare, teilweise dunkle, teilweise helle Spur hinter sich her. Davud fühlte seinen Magen rebellieren. Galle füllte seinen Mund. Die dunkle Spur bestand aus Blut, die helle aus Eingeweiden.

Ein anderer Mann beugte sich über die kriechende Gestalt. Wie diese war er von Kopf bis Fuß in Schwarz gekleidet. Dann bemerkte er weitere schwarzgekleidete Gestalten, die sich einen Weg durch die Trümmer suchten. Der DEST hatte den Frachtraum unter Kontrolle.

Takuda richtete sich auf. Er konnte nicht viel für Robert Dupe tun. Auch mit der modernen medizinischen Ausrüstung, die sie zur Verfügung hatten, bestand für den DEST-Soldaten, der vor ihm am Boden lag, kaum noch Hoffnung. Dupe war an einem der Mechs emporgeklettert, um mit einem Greifstab eines der empfindlichen Armgelenke oder vielleicht die Sprungdüseneinheit zu erreichen, die der Maschine ihre Sprungfähigkeit gab. Aber der Mech hatte sich abgesetzt, bevor der Draconier seine Sprengladung plazieren konnte. Es war ein mutiger, aber tollkühner Versuch gewesen, genau die Art von Aktion, die Dupe lag. Jetzt konnte Takuda nur noch versuchen, seine Schmerzen zu lindern.

Er suchte nach dem persönlichen Medpack des Verwundeten, den die DEST-Truppen normalerweise an der Innenseite des rechten Unterschenkels trugen. Aber Takuda fand kein rechtes Bein, oder zumindest den Teil nicht, an dem der Medpack zu finden gewesen wäre. Er hätte es am anderen Bein versucht, aber auch das war unterhalb des Knies nicht mehr vorhanden.

Roland Dupe wälzte sich weiter auf die Öffnung im Schiffsrumpf zu, aber Takuda hielt ihn fest. »Schon gut, Dupe-san. Du bist in Sicherheit.«

Dupe wälzte sich auf den Rücken und starrte mit leeren Augen zu seinem Kommandeur hoch. Takuda konnte die Anstrengung sehen, als er versuchte, sein Gegenüber zu erkennen. Der Blick des Soldaten klarte auf, und er schaute in die Augen des neben ihm knieenden Takuda. Er hob den Arm und packte den Kragen der schwarzen Gefechtsmontur. »Ich bin erledigt«, keuchte er. »Genau wie immer. Ich habe nur meine Arbeit getan, und keiner hat mir geholfen. Ich bin immer derjenige, dem das Schicksal in die Eier tritt.«

Bis zum letzten Atemzug ein Querulant, dachte Takuda. Ja, Robert Dupe war erledigt. Niemand hier konnte noch irgend etwas für ihn tun. »Du hast gute

Arbeit geleistet. Keiner hätte es besser machen können.«

Dupe zitterte, als ihn eine Schmerzwelle durchfuhr. Takuda sah, daß die Verletzungen sich nicht auf seine Beine beschränkten. Der Mann war wie ein Karpfen aufgeschlitzt worden, vom Schambein bis zum Kinn. Seine inneren Organe quollen ihm aus dem Leib. Der Sterbende packte mit beiden Händen den Kragen seines Kommandeurs. »Machen… Sie… ein Ende« keuchte er. »Machen Sie ein Ende.« Er fiel zurück auf die Metallplatten des Laderaumdecks.

Takuda erhob sich und starrte auf den gefallenen Soldaten hinab, ohne ihn wirklich zu sehen. Es gab nichts, was er noch tun konnte, um ihm zu helfen, um seine Schmerzen zu lindern. Er hatte Spritzen mit Schmerzmitteln in einem Medpack, aber der gesamte DEST hatte nicht genug Betäubungsmittel, um gegen Dupes Agonie etwas auszurichten. Das verzerrte Gesicht des Soldaten starrte mit stumm flehenden Augen zu ihm hoch. Ohne hinzusehen, ohne sich überhaupt bewußt zu machen, was er tat, zog Takuda die Pistole aus dem Rückenholster. Beinahe in Zeitlupe richtete er die Waffe auf das Gesicht des Sterbenden. Er konnte nicht abdrücken. Dupe lag auf dem Deck, den Rücken vor Schmerz zum Hohlkreuz gekrümmt, die Augen geschlossen.

Dann flogen die Augen des Verletzten auf, und er sah sein Schicksal über sich hängen. Einen Augenblick starrte er die Pistole an, wußte, was geschehen würde. Ein Ausdruck der Furcht überdeckte die Grimasse des Schmerzes. Dann entspannte er sich und blickte ins Gesicht seines Kommandeurs. Dupe lächelte und nickte. Takuda zog den Abzug durch und leerte das Magazin.

Einen Augenblick blieb Takuda neben dem Toten stehen. Rings um ihn her tobte das Chaos einer gewonnenen Schlacht, oder wenigstens das einer

Schlacht, die sie nicht verloren hatten. Zwei der Mechs waren entkommen, aber die beiden *Heuschrecks* standen noch im Laderaum. Seine Einheit hatte einen schweren Preis dafür bezahlt. Mit Dupe waren jetzt drei Mann tot. Saitan Yura war am Eingang zum Frachtraum getötet worden, und Oite Inaduma hatte mit seiner Rakfaust einen heroischen Alleingang zuviel unternommen. Im Abflug hatte der *Feuerfalken*-FLUM ihn getötet. Und jetzt war auch Dupe unter den Opfern. Um die Verwundeten, zu denen Takuda selbst zählte, würde man sich kümmern müssen. Von der Last der Verantwortung niedergedrückt, steckte er die Pistole ein und ging davon.

Die DESTler, die überlebenden Söldnertechs und die beiden restlichen Mitglieder der Schiffsbesatzungen verbrachten eine unruhige Nacht. Sie erwarteten jeden Moment die Rückkehr der Söldnermechs, die ihre Arbeit zu Ende brachten. Noch standen zwei BattleMechs im Laderaum, und außerdem war da noch eine Reihe von Techs, die ihre Chance zur Flucht verpaßt oder gar nicht erst ergriffen hatten. Mit einer angeschlagenen Schwere-Waffen-Sektion wäre die Abwehr eines Mechangriffs ein verzweifeltes Unterfangen geworden. Aber die Mechs kamen nicht.

Und da war noch die lauernde Präsenz der Tetaetae, von den DEST-Mitgliedern inzwischen in den Ausläufern des dichten Waldes entdeckt. Es war unmöglich zu sagen, ob sie feindselige oder freundliche Absichten hegten oder vielleicht nur Beobachter waren, aber sie waren da. Takuda entschied, Wachen aufzustellen, aber nichts zu tun, was sie zur Aktion drängen könnte. Die Tetaetae waren noch immer da, als die ersten zögernden Sonnenstrahlen über den Baumwipfeln sichtbar wurden. Es versprach, ein schöner Tag zu werden. Nur ein paar vereinzelte Schäfchenwolken zogen über den Himmel.

Im Licht des Tages stellte sich die Lage deutlicher

dar. Takuda hatte noch neun DEST-Mitglieder, aber drei von ihnen waren verwundet: Dana Lost, Swalen Horg und er selbst. Mark Jacobs und Parker Davud von den Schiffsbesatzungen waren geblieben, aber Takuda konnte nicht sagen, welchen Wert sie für die Gruppe besaßen. Von den Söldnern war nur Holly Goodall unverletzt. Und diese Frau war wirklich ein Rätsel, dachte Takuda. Goodall hatte sie vor dem bevorstehenden Kampf gewarnt, und allem Anschein nach den anderen *Heuschreck*-Pilot ausgeschaltet. Das zerschossene Kanzeldach des Mechs lieferte den Beweis. Aber jetzt war er sich ihres Status nicht so sicher. Auch zwei Techs waren zurückgeblieben, aber beide hätten möglicherweise fliehen können, wenn sie nicht verwundet worden wären. Sagiri Johnson, der ChefTech der Söldner, der den DEST gewarnt hatte, war vom Sprungdüsenrückstrahl eines der fliehenden Mechs verletzt worden. Underos Yaputi hatte eine Lasergewehrverletzung am rechten Arm, aber wie er sie erhalten hatte, war ein Rätsel. Sie mochte von einem ungezielten Feuerstoß der DEST-Truppen oder der flüchtenden Söldner stammen, aber zumindest ersteres erschien Takuda unwahrscheinlich. Draconis Elite-Sturmtruppen feuerten nicht ungezielt.

Ihre Hauptaufgabe bestand jetzt darin, die beiden *Heuschrecks* aus dem Landungsschiff zu bergen. Wenn die Söldner sich doch noch zur Rückkehr entschlossen, um ihr Werk zu vollenden, würde der DEST eigene Mechs brauchen. Die *Heuschrecks* waren schwächere Kampfmaschinen als der *Panther* oder der *Feuerfalken*-FLUM, aber gegen die *Speerschleuder* konnten sie sich halten. Und wenn sie zusammenarbeiteten, konnten sie auch dem *Panther* einen guten Kampf liefern. Ihre Laser hatten eine gewisse Reichweite, und die hohe Geschwindigkeit der leichten Kampfkolosse konnte sie schützen, bis es zum Showdown kam. Aber erst mußte Takuda sie aus dem Schiff bringen.

Goodall schlug vor, jemand von den Überlebenden für den Pilotenposten des *Heuschreck* auszubilden. Alle DEST-Mitglieder waren qualifizierte Mechpiloten, aber wenn einer von ihnen auf den Mech umstieg, würde das die ohnehin schon belastete Struktur der Gruppe noch weiter schwächen. Es mußte jemand anders sein. Mark Jacobs meldete sich freiwillig. Takuda war sich nicht ganz sicher, wie es dazu gekommen war, aber plötzlich kletterte der kleine Bordingenieur ins Cockpit des *Heuschreck.*

Noch ein Rätsel, dachte der DEST-Kommandeur. Der Ingenieur der *Telendine* hatte auf Takuda bis jetzt keinen besonderen Eindruck gemacht. Jacobs war an Bord der *Telendine* höflich und kompetent gewesen, aber nach dem Absturz war er irgendwie in der Szenerie verschwunden. Jetzt meldete er sich freiwillig als Mechpilot. Takuda konnte nicht ahnen, daß zu Jacobs' Hintergrund mehr als nur das Ingenieursleben an Bord eines Sprungschiffs gehörte. In seiner Jugend war er von seinem Vater zum Mechpiloten ausgebildet worden, aber Jacobs' Traum von einem Leben als MechKrieger war zerblasen worden, als die Lanze seines Vaters in einer längst vergessenen Schlacht unterging. Die plötzliche Auferstehung seines Jugendtraums hatte ihn fast gegen seinen Willen ins Cockpit des *Heuschreck* getrieben. Es störte ihn nicht einmal, daß er dort erst Collis Branks sterbliche Überreste einsammeln mußte.

Gegen Abend waren die Trümmer von den Beinen des *Heuschreck* entfernt, und die Maschinen konnten durch die Rumpfbresche ins Freie steigen. Jacobs brannte darauf, den *Heuschreck* aus dem Frachtraum zu steuern, aber Takuda erlaubte es ihm nicht. Selbst ein DEST-Mitglied ohne Neurohelm war dieser Aufgabe besser gewachsen als Jacobs, entschied er. Der Ingenieur gab seine Position mit verärgerter Miene an Shawn Arsenault ab, aber Takuda gestattete ihm, während der Aktion in der Kanzel zu bleiben.

Holly Goodall verließ den Laderaum mit ihrem *Heuschreck* zuerst und erläuterte laut jedes Manöver. Sie bewegte sich langsam und plazierte die Füße des Mechs vorsichtig auf dem Schiffsdeck. An der klaffenden Bresche in der Rumpfwand blieb sie stehen. Die Öffnung war groß genug, einem erfahrenen Piloten keine Schwierigkeiten zu machen, aber Arsenault war kein erfahrener Pilot. Goodall kommentierte den Ausstieg durch die Öffnung ausführlich und plante, Shawn seinerseits herauszulotsen, so daß er die Instruktionen zweimal hörte.

Goodall verließ das Schiff, als gerade die letzten Sonnenstrahlen des Tages auf die Oberkante des *Leopard* fielen. Sie drehte sich zur Bresche um und begann mit der Litanei der Instruktionen. Daher sah sie nicht, wie die Tetaetae aus dem Wald kamen.

22

Die Tetaetae hatten fast vierundzwanzig Stunden im Wald gewartet. Sie waren kurz nach Sonnenuntergang des vorigen Tages eingetroffen und hatten die Menschen seitdem beobachtet. Als sie die Bewegung im Innern des Lagers sahen, hatten sie diese sofort als gefährlich erkannt. Hatten nicht schon genug Stammesmitglieder die Menschen in ihrem Blutrausch gesehen? Sie erkannten das Anschleichen der DEST-Soldaten als Vorbereitung zur Gewalt. Sie wußten, wenn Menschen kämpften, bedeutete das für jeden Tetaetae, der ihnen in den Weg kam, den Tod – einen schnellen, mitleidlosen Tod. Besser, nur zu beobachten und sich nicht einzumischen.

Die explosionsartigen Starts der sprungfähigen Mechs und des FLUM hatten sie unbeschreiblich geschockt. Dakodo hatte den *Feuerfalken*-FLUM gesehen, als er das Landungsschiff verlassen hatte, aber keiner der anderen war auf die Gewalt dieses Ereignisses vorbereitet gewesen. Besonders nachts war der Anblick eines auf Feuersäulen in den Himmel steigenden Mechs ein überwältigendes Erlebnis. Als die springenden Mechs krachend wieder zu Boden fielen, waren einige Tetaetae so entsetzt gewesen, daß sie panisch davongelaufen waren. Für manche von ihnen hatte das den Tod bedeutet, denn die Mechpiloten hatten in ihrer Hast, aus der Umgebung des Landungsschiffes zu entkommen, nicht darauf geachtet, wohin sie die riesigen Metallfüße ihrer Maschinen setzten.

Es war eine Nacht des Schreckens gewesen, und in der mündlich überlieferten Geschichte des Stammes würde sie für alle Zeiten als eine solche verzeichnet bleiben. Die Tetaetae hatten ihre Toten und Verletzten eingesammelt, während sie die Menschen weiter beobachteten. Die Menschen hatten keine Jagd auf sie gemacht, wie sie befürchtet hatten, sondern sich immer weiter dem Ding genähert, das brennend vom Himmel gefallen war. Vielleicht, meinten einige Tetaetae, bereitete sich das Ding darauf vor, wieder zu verschwinden. Dakodo sagte nichts. Er wollte ihnen die Hoffnung nicht nehmen. Aber er wußte, die Menschen würden bleiben, und die Tetaetae würden lernen müssen, mit ihnen auszukommen.

Und so war der Tag vergangen. Eine Reihe von Menschen stand um den Rumpf des Dings versammelt, das brennend vom Himmel gefallen war, während andere in seinem Bauch ein und aus gingen. Die Tetaetae warteten darauf, daß etwas Bedeutendes geschah, aber die Menschen standen nur herum und schienen ebenfalls zu warten.

Im nachlassenden Licht des Abends sahen die Tetaetae, daß nun etwas geschehen würde. Aber das Ding würde nicht fortfliegen, denn die Menschen machten keine Anstalten abzureisen. Sie standen in einem Halbkreis um das Loch im Rumpf und starrten in das düstere Innere des Dings. Sie waren aufgeregt. Dann brachen sie in Jubel aus.

Andi Holland sah die Vogelwesen als erste aus dem Wald strömen. Goodalis *Heuschreck* hatte gerade die Bresche passiert und sich umgedreht, um Arsenault ins Freie zu lotsen. Holland sah dem Vorgang interessiert zu, als sie aus dem Wald hinter sich ein Geräusch hörte.

Die Geräuschkulisse des Waldes war fast zur gewohnten Hintergrundkulisse für sie geworden, die sie nicht mehr bewußt wahrnahm, aber das hier war anders. Als sie sich umdrehte, um nachzusehen, sah sie die Tetaetae aus dem Wald kommen. Sie traten nicht einzeln zwischen den Bäumen hervor, sie strömten in einer einzigen Woge von Leibern heran. Sie waren dichtgedrängt, und die vordersten wurden von denen in den hinteren Reihen weitergeschoben. Zögernd und gleichzeitig dem Druck in ihrem Rücken ausgesetzt, wichen sie an die Flanken der Menge aus, wodurch nach und nach andere an die Spitze rückten. Diejenigen, die ihre Vorderleute eben noch bedrängt hatten, fanden sich plötzlich selbst in vorderster Reihe. Nun bremsten sie ab und widersetzten sich dem Druck der Nachdrängenden. Die ehemaligen zögernden Vorderleute fühlten sich in ihrer neugewonnenen relativen Sicherheit plötzlich mutig und drückte nun ihrerseits gegen die Rücken ihrer unwilligen Vorderleute.

Holland gab über ihr Bügelmikro Alarm und sank auf ein Knie. Sie wollte nicht auf die kleinen Vogelwesen schießen, aber wenn sie dazu gezwungen war, würde sie es tun müssen. Sie hob das Gewehr an die Schulter und zielte ins Zentrum der brodelnden Pelzmasse. Das Fadenkreuz des Laserzielfernrohrs senkte sich auf Dakodo. Sie zog den Abzug nach hinten, bis sie Widerstand spürte.

Der Tetaetae kam in einer seltsamen, gebückten Gangart auf sie zu. Holland atmete tief ein und ließ den halben Atemzug wieder entweichen, wie sie es auf dem Schießstand gelernt hatte. Dann stockte sie. Dakodo verhielt sich nicht aggressiv. Sein hüpfender Gang vermittelte den Eindruck, er wisse nicht, ob er gehen oder auf den Knien rutschen wollte. Holland ließ das Visier über die anderen gleiten. Alle bewegten sich auf dieselbe Weise, die Körper tief zwischen den Beinen hängend. Sie gab den Abzug frei und ließ die Luft zischend aus ihren Lungen.

Die Tetaetae wurden immer langsamer und verteilten sich rund um das geborstene Landungsschiff. Die DESTler standen mit dem Rücken zum Schiffsrumpf, die Waffen entsichert in Hüfthöhe und warteten. Takuda trat aus der Mitte ihrer Reihe vor, um Dakodo zu treffen, der sich jetzt aus dem Zentrum der Menge löste. Er wurde von zwei anderen Tetaetae begleitet, die Takuda noch nie gesehen hatte.

Die drei Tetaetae kamen langsam näher. Ihre Blicke waren auf den *Heuschreck* fixiert, der hoch über ihnen aufragte. Die beiden anderen plapperten aufgeregt miteinander und mit Dakodo. Dessen Antworten verstand Takuda ebensowenig wie die Fragen, aber sein Tonfall klang beruhigend. Der Tetaetae wandte sich an Takuda. »Wir sind ... wir sind ... wir sind erstaunt«, stellte er fest und starrte zu dem *Heuschreck* empor. Goodall hatte den Mech inzwischen zu den Tetaetae umgedreht. »Ihr könnt die sein, die alles ändern werden. Ihr seid sie.«

Dakodo trat einen Schritt zurück und zog die beiden anderen nach vorne. »Das hier sind Totito und Dokaepi, die Anführer unseres Stammes. Sie sind hier, um die anderen Menschen zu sehen, diejenigen, von denen ich ihnen erzählt habe. Jetzt stellen sie fest, daß ihr ganz anders seid. Ihr seid, worauf wir gewartet haben, seit die anderen vor so langer Zeit kamen. Jetzt wird alles gut werden. Es wird wieder werden, wie es war, bevor sie kamen.«

Takuda war verwirrt. Die Tetaetae waren nicht feindselig, aber das war mehr als nur Ehrfurcht vor der enormen Größe der Mechs. Der *Heuschreck* war kein sonderlich beeindruckender Kampfkoloß, sicherlich nicht so furchterregend wie der *Panther* oder der *Feuerfalke*, und doch war er es gewesen, der die Tetaetae aus dem Schutz des Waldes gelockt hatte. Als er die Vogelwesen und den Mech nebeneinander sah, fiel Takuda plötzlich die Ähnlichkeit im Körperbau von Tetaetae und *Heuschreck* auf. Der leichte ScoutMech war ein ins Riesenhafte gewachsener und mit Metall verkleideter Tetaetae.

Dakodo erklärte die Lage, so gut er es vermochte. Am Anfang, erzählte er, hatten die Tetaetae in den Wäldern gelebt. Sie hatten kein Konzept von Gut oder

Böse gehabt, keinen Sinn für Bösartigkeit. Die Welt war einfach da. Es gab Naturkatastrophen, die über den Stamm hereinbrachen: Waldbrände, Wirbelstürme, Schneestürme, aber niemand sah sie als Strafe für irgend etwas an. Dann kamen jene, die vom Himmel gefallen waren. Sie brachten den Tetaetae Böses, das sich nicht mit der Natur der Dinge in Einklang bringen ließ. Die Menschen hatten den Tetaetae beigebracht, daß es so etwas wie ein zorniges Überwesen gab. Die Tetaetae hatten das akzeptiert und waren übereingekommen, daß die Menschen dieses Wesen repräsentierten.

Seither hatten die Tetaetae die Legenden für sich vereinnahmt, die von den Menschen gelehrt wurden: Daß es in ihrer Vergangenheit Böses gegeben hatte, und auch, daß es eine Zukunft gab. Das war ein weiteres Konzept, das den Tetaetae fremd gewesen war. Sie hatten immer gelernt, daß alles so war, wie es schon immer gewesen war und immer sein würde. Die Menschen hatten bewiesen, daß dem nicht so war. Aber mit der Etablierung einer Vergangenheit und Zukunft, wie sie von den Menschen gelehrt wurden, mußte auch eine Hoffnung kommen, daß sich die Dinge in der Zukunft bessern würden. Das war der neue Glaubenssatz der Tetaetae geworden. Wie diese Zukunft aussehen würde, hatte nie jemand näher erläutert. Vielleicht brauchte das mehr Generationen, meinte Dakodo, als seit Ankunft derer, die vom Himmel gefallen waren, gelebt hatten.

Jetzt war diese Zukunft, laut Dokaepi, dem Schamanen des Stammes, angebrochen. Die Form und Größe der Monster, die diese Neuankömmlinge aus dem Himmel begleiteten, bewies, daß sie gekommen waren, um den Tetaetae zu helfen und ihnen den Weg in die Zukunft zu weisen. Dokaepi hatte diese Menschen zu denen erklärt, von denen die Tetaetae ein besseres Leben erwarten konnten. Die Tetaetae würden den Menschen dienen, die den großen Symbolen ihrer Existenz dienten.

Takuda fehlten die Worte. Er hatte noch nie vor dem Dilemma gestanden, als Gott verehrt zu werden. Einheitskommandeuren wurden Fehler gelegentlich nachgesehen, aber er hatte erhebliche Zweifel, ob diese Großzügigkeit auch für Gottheiten galt. Als sie auf dieser unbekannten Welt gelandet waren, hatte er sich mit der plötzlichen Vorstellung absoluter Befehlsgewalt auseinandersetzen müssen, aber jetzt wurde er mit noch größerer Macht konfrontiert. Und nicht nur er allein, auch die anderen Menschen in seiner Begleitung. In Gedanken war Takuda froh, daß Vost nicht mehr hier war, um das zu hören.

Takuda protestierte. Mit Dakodo als Übersetzer machte er seine Einwände deutlich. Er versuchte zu erklären, daß er und seine Gruppe von Menschen weder besser noch schlechter waren als die anderen; daß das Herabfallen vom Himmel ein Unfall war; daß die Mechs nur Maschinen ohne besondere Symbolkraft waren. Aber es hatte keinen Zweck.

Nein, sagte Dakodo. Totito und Dokaepi waren überzeugt, daß genau das Gegenteil die Wahrheit war. Und es gab keine Möglichkeit für ihn oder Takuda, diesen Glauben zu erschüttern. Die Tetaetae sahen in den *Heuschrecks* von Takudas Menschen ein Symbol der Zukunft. Die Tetaetae waren gekommen, den Mechs und den Menschen zu dienen, die sie hergebracht hatten. Das Wort der Menschen war ihr Gesetz. Wenn Takuda ihnen befahl zu gehen, würden sie es tun. Aber der Status der Menschen und ihrer Metallgiganten würde sich dadurch nicht verändern.

»Versteht ihr denn nicht, daß wir genau wie die anderen sind? Versteht ihr nicht, daß wir nur sterbliche Menschen sind? Ich kann euch die Leichen der Gefallenen zeigen. Ich kann euch die Verletzten zeigen.«

»Ich verstehe das sehr wohl«, erwiderte Dakodo.

»Aber die anderen werden nicht glauben. Für sie ihr seid höhere Wesen, selbst wenn ihr alle sterbt. Solange die Giganten bleiben, werdet ihr für sie etwas Besonderes sein.«

»Ich bin ein Mensch«, bellte Takuda. »Nicht besser oder schlechter als jeder andere. Glaubt es mir!«

»Ich glaube. Aber ich kann nicht ändern, was geschehen. Du Mensch, du besonders. Du besonders für mich auf eine Weise, und du besonders für sie auf andere Weise. So ist es, und nichts, was du tun kannst, wird das ändern, nicht einmal uns zu töten.«

Takuda gab sich geschlagen. Er und sein kunterbunter Haufen würden die Anführer der Tetaetae werden, nein, waren es bereits. Vielleicht, dachte er, würde sich die Lage mit der Zeit ändern, aber im Moment konnte er nichts dagegen unternehmen. Die Anführerrolle schien sein Schicksal zu sein, wenn nicht unter den Menschen, dann unter den Einheimischen, die ihn für einen Gott hielten.

23

Im Laderaum des Landungsschiffes heulten die Warnsirenen auf. Das gellende Heulen drang den um den zerborstenen Rumpf Versammelten bis ins Mark. Nicht einmal die versiegelten Kanzeln der Mechcockpits boten Schutz vor ihrem Lärm. Mit auf die Ohren gepreßten Händen trat Parker Davud durch die Eingangsluke des Laderaums und stolperte auf den Riß im Rumpf zu. Er schrie irgend etwas, aber das Kreischen verschluckte seine Worte. Als die Sirenen abrupt verstummten, gellte seine Stimme durch die plötzliche Stille. »... in unmittelbarer Nähe! Die Mechs sind in unmittelbarer Nähe! Die Sensoren haben sie erfaßt!«

Während die anderen mit dem Versuch gerungen hatten, den respektiven Status der Menschen, des *Heuschreck* und der Tetaetae zu klären, war Davud auf das Brückendeck des Landungsschiffes gegangen. Dort hatte er alles, was nach der Bruchlandung noch von den Sensoren übrig war, in Betrieb genommen und die Umgegend abgesucht. Als die unverkennbaren Hitzeblips auf dem IR-Schirm aufgetaucht waren, hatte er versucht, mit dem DEST und den Mechs Kontakt aufzunehmen, aber die Sendeanlage hatte gestreikt. Die Sirenen waren seine letzte Rettung gewesen. Sie hatten eine bemerkenswerte Fähigkeit, Aufmerksamkeit zu erregen.

»Wie nahe?« fragte Takuda, dessen Kopf noch immer unter dem Lärm erbebte.

»Ich bekomme keine genauen Angaben«, erwiderte Davud, »aber sie sind nahe genug um solide zu zeichnen.«

»Hier draußen sind wir geliefert«, stellte Goodall von der Schulter des *Heuschreck* fest. Sie war während der Diskussion aus dem Cockpit geklettert. Wenn das Auftauchen des *Heuschreck* schon eine ungeheure Wirkung auf die Tetaetae gezeitigt hatte, war das Erscheinen eines Menschen, der aus dem Kopf der Gottheit stieg, ein echter Schock. Auch Arsenault und Jacobs hatten ihr Cockpit verlassen.

Takuda sah sich um. Ihre Verteidigungsstellungen, ausgelegt für Langstreckenverteidigung gegen Angriffe aus dem Wald, erwiesen sich plötzlich als verwundbar. Jetzt wirkte das Landungsschiff wie der Mittelkreis einer Dartscheibe, ein absoluter Magnet für einen Angriff. Goodall hatte recht. Wenn sie hier im offenen Gelände auf den Angriff von drei BattleMechs warteten, würden sie alle sterben, einschließlich der Tetaetae.

Und jetzt mußte er bei seiner Planung auch mit den Tetaetae rechnen. Takuda hätte gerne allen befohlen, ihre Position bis zum Tod zu verteidigen, aber die Tetaetae hätten diesen Befehl wortwörtlich befolgt, und der DEST-Kommandeur fühlte das zusätzliche Gewicht seiner Verantwortung für die hilflosen bepelzten Einheimischen. Dieses Gott-Sein war mehr als eine philosophische Diskussion beim Nachmittagstee. Das hier war echt. Und absolute Macht brachte auch absolute Verantwortung mit sich.

Takuda war ein qualifizierter Mechpilot, aber er haßte diese Stahlmonster. Sie boten zwar jede Menge Waffen und Panzerung, aber im Gegenzug raubten sie ihrem Piloten die individuelle Flexibilität. Nicht nur das, sie zogen das Feuer des Gegners geradezu magnetisch an. Er zog die Verletzbarkeit seines eigenen Körpers dem Verlust an Kontrolle weit vor, der sich mit Panzerfahrzeugen verband. Deshalb hatte er sich dafür entschieden, Infanterist zu bleiben, und den Befehl über eine Mechlanze abgelehnt, als man ihm vor Jahren diese Möglichkeit angeboten hatte. Er sah zu Goodall hoch. »Wir werden die Mechs zurücklassen müssen. Sie sind eine zu große Belastung. Wir können zu Fuß in den Wald ausweichen.«

Goodall sah sich auf der Lichtung um. Mechs aufzugeben, war eine Handlungsweise, zu der sie nur in höchster Verzweiflung bereit war, und bis jetzt sah sie dazu keine Veranlassung. Ihr Mech war außerhalb des Landungsschiffes, und sie kalkulierte im Geiste, wieviel Zeit noch nötig war, um den zweiten *Heuschreck* herauszuholen. Es gab eine Chance, aber jemand mußte den anderen Mech übernehmen. »Parker«, wandte sie sich an den Landungsschiffskapitän, »haben Sie noch Energie für die Zielerfassung der Bordgeschütze?«

Davud dachte einen Moment nach, bevor er Antwort gab. »Ja, hab ich, aber das wird nichts nützen. Vost weiß so gut wie Sie, daß die Geschütze selbst ausgefallen sind.«

»Vost kann nicht wissen, ob wir sie nicht inzwischen repariert haben. Rufen Sie die Zielerfassungssequenz ab. Vost wird die Aktivität bemerken und möglicherweise ins Grübeln kommen. Und zögern. Wir müssen jede Möglichkeit nutzen, ihn zu bremsen.« Sie sah hinunter zu Takuda. »Ich denke, wir können die Mechs retten. Wenn jemand den anderen *Heuschreck* steuern kann, bringen wir ihn raus. Wir müssen sie in die Wälder schaffen, dann haben wir vielleicht eine Chance.«

»Das nützt nichts«, meinte Takuda schulterzuckend. »Ich kann Arsenault nicht als *Heuschreck*-Pilot abstellen. Er ist als Sektionsführer zu wertvoll. Ich kann mir nicht leisten, einen guten Mann irgendwo festzusetzen, wo er nicht kämpfen kann.«

»Ich kann es machen.« Es war Jacobs. »Ich kann es zumindest versuchen.« Er stockte, und sein Blick suchte Takuda. »Ich kann einen Mech steuern. Ich bin dafür ausgebildet. Ich kann es wirklich. Es war keiner dieses Typs, aber ich verstehe, wie es funktioniert. Ich kann es. Ich kann es wirklich.«

Takuda dachte nach. Soweit es ihn betraf, war Jacobs eine Nullgröße, weder eine Belastung für die Einheit noch eine Verstärkung. Wenn er verlorenging, hatte das keine Auswirkung auf ihre Kampfkraft. Es war den Versuch wert. »Na schön, Jacobs. Wenn Sie glauben, Sie kriegen den Mech frei, versuchen Sie's. Aber denken Sie daran«, stellte er fest, und sah dabei Goodall in die Augen, »wir werden uns nicht für die Mechs opfern.«

»Ich habe verstanden«, erwiderte die MechKriegerin. Die Mechs waren auf sich gestellt. Wenn sie Teil der Einheit werden wollten, mußten sie aus eigener Kraft überleben können. Goodall war sich sicher, daß sie dazu in der Lage war, aber was Jacobs und den zweiten *Heuschreck* betraf, war die Situation längst nicht so deutlich. Sie konnten es nur darauf ankommen lassen. Alle Mechpiloten waren Individualisten, und für Söldner galt dies in ganz besonderem Maße. Trotzdem fühlte Goodall eine Gefühlsbindung einem anderen BattleMech gegenüber. Sie würde alles tun, um Jacobs am Leben zu erhalten. Es war eine Herausforderung, aber sie war bereit, sie anzunehmen. »Wir folgen Ihnen auf dem Fuß, Sir.« Die alten Gewohnheiten setzten sich durch. Takuda war jetzt der Boss, und sie folgte seinen Befehlen.

Jacobs saß schon wieder im Cockpit des *Heuschreck* und hob vorsichtig eines der riesigen Metallbeine über den Rand der Außenrumpfbresche. Arsenault war am Boden und half Lost mit dessen Ausrüstung. Der Verwundete würde Hilfe brauchen, um wegzukommen, bevor die schweren Waffen das Feuer aufnahmen. Trotz der schweren Betäubungsmittel, die er erhalten hatte, wimmerte er vor Schmerzen. Wie die anderen Verwundeten würde auch Lost auf dem Rückzug zu einer argen Belastung werden. Als Schütze hätte er bessere Dienste geleistet, aber dann wären sie gezwungen gewesen, ihn bei einer eventuellen Flucht zurückzulassen.

Der Fuß des *Heuschreck* senkte sich auf den Boden,

und Jacobs verlagerte das Gewicht des Mechs auf das freie Bein. Vorsichtig hob er das andere Bein, und begann damit, es ebenfalls durch die Bresche zu holen. Da der *Heuschreck* keine Arme hatte, konnte er den Kampfkoloß dabei nicht abstützen. »Stütz dich mit dem Geschützlauf ab«, schlug Goodall über Kommunikator vor. Sie half ihm, so gut sie konnte. »Leg ihn gegen den Schiffsrumpf. Nicht zu fest drücken, oder du verbeulst das Aktivierungsrohr. Wenn du die Kristalle aus den Halterungen drückst, ist der Laser wertlos. Gerade genug, um dich sicherer zu fühlen. Vorsicht jetzt.«

Jacobs drehte den Mechtorso, bis der unter dem Rumpf herausragende Laser das Schiff berührte. Das half tatsächlich, und er bewegte das innere Bein wieder. Der Fuß war beinahe frei, aber er schaffte es nicht, ihn über den Rand der Öffnung zu heben. »Stop«, drang Goodalls Stimme über die Verbindung. »Stop das Bein.« Er gehorchte. »Jetzt aktivier den Fuß und schwing ihn frei. Kipp ihn, so weit es geht, nach hinten und verriegel ihn. Denk daran, die Verriegelung wieder aufzuheben, wenn du das Bein frei hast. Du solltest ihn in der Position nicht senken.« Jacobs nahm sich eine Sekunde Zeit, die Instruktionen zu verdauen. Es waren zu viele Informationen in zu kurzer Zeit. Er würde sich vorsehen müssen.

Außerhalb des Landungsschiffes waren die Kommandosoldaten damit beschäftigt, die Evakuierung vorzubereiten. Das einzige echte Problem dabei war die schwere Ausrüstung. Nachdem die Schwere-Waffen-Sektion auf zwei Mitglieder reduziert war, hatten diese mehr als genug zu tragen. Sie hatten die Lasten unter den unverletzten DEST-Mitgliedern verteilt, aber das lieferte ihnen nur vier zusätzliche Träger. Es war einfach zuviel. Sie würden einen Teil zurücklassen müssen.

»Laßt uns helfen«, meinte Dakodo. Die Tetaetae

waren noch immer da. Nicht einer von ihnen hatte Anstalten gemacht zu fliehen. Sie standen nur da, verlagerten das Gewicht von einem Fuß auf den anderen und beobachteten die Menschen. Takuda hatte sie völlig vergessen und angenommen, sie wären längst in den Wäldern verschwunden. Jetzt drängten sie sich in sein Bewußtsein. »Wir sind klein, aber wir sind viele«, sprach Dakodo weiter. »Jeder von uns kann etwas tragen.«

Takuda drängten sich zahllose Fragen auf: Wohin wollt ihr es tragen? Wieviel kann einer von euch heben? Wird alles rechtzeitig am richtigen Ort ankommen? Werdet ihr es nicht beschädigen, wenn ihr es transportiert? Es waren zu viele Fragen, und er hatte zu wenig Zeit. »In Ordnung.«

Dakodo drehte sich zu den beiden anderen um, die ihn begleiteten. Er rasselte musikalisches Kauderwelsch herunter, und nach einer kurzen Reaktion folgte ein weiterer Strom unverständlicher Silben. Der kleine Tetaetae, der, den Dakodo als Totito identifiziert hatte, drehte sich zum Stamm um und gab einen kurzen Befehl. Augenblicklich explodierte die Menge in wilder Aktion.

Die Vogelwesen schwärmten in einer Woge aus Fell und Federn, Schnäbeln und Beinen um Takuda herum. Bevor er auch nur in Gedanken Anweisungen formulieren konnte, stürzten sich die Tetaetae auf die Ausrüstung. Wie durch Zauberei verschwanden die Vorräte, schwebten wie auf einer Armee von Ameisen in Richtung Wald davon. Es blieb nichts übrig, was die DESTler hätten tragen müssen. Dakodo stand stumm inmitten der Hektik, und seine Blicke verfolgten die Aktivitäten mit großzügiger Indifferenz. Als wieder Stille eingekehrt war, blieben nur zwei seiner Brüder stumm und hüpfend hinter ihm. »Diese beiden werden auf euren Maschinen mitfahren. Sie werden euch den Weg zeigen. In den Hügeln gibt es Höhlen, in denen ihr euch verstecken könnt, wenn es sein muß. Das hier ist Potáet, und das Kaotôt.« Er gab einen kurzen Befehl, und die beiden Tetaetae liefen ohne zu zögern auf die BattleMechs zu. Sie kletterten an den Beinen empor und setzten sich neben eine der schweren MG-Kupplungen.

Es wurde Zeit zu verschwinden. In der Ferne war der *Panther* über den Baumwipfeln zu erkennen, der einen plötzlichen Respekt vor dem Feuerleitsystem des Landungsschiffes entwickelt hatte. Über ihnen kreiste der FLUM knapp außer PPK-Reichweite, und wartete auf eine Öffnung. Früher oder später würden Vost und Seagroves erkennen, daß die Zielerfassung nur eine Finte war, und zum Angriff übergehen. Die letzten DEST-Mitglieder näherten sich dem Waldrand. Die Verwundeten wurden von Tetaetae gestützt. Takuda gab den *Heuschrecks* das Signal zum Ausrücken.

Jacobs machte den Anfang. Sein Mech bewegte sich nur langsam vorwärts, weil er die Kontrollen noch nicht gemeistert hatte. Die Maschine schwankte wild, wenn er das Gelände falsch einschätzte, und der Tetaetae-Lotse hielt sich mit Armen und Beinen fest, während er aufgeregt auf den verwirrten Piloten einschnatterte. Der Mech fing sich und marschierte weiter. Dann zuckte ein Energieblitz aus der PPK des *Panther* über ihm hinweg. Entweder bemerkte Jacobs es nicht, oder er war nicht in der Lage, etwas dagegen zu unternehmen. Er marschierte weiter auf die Bäume am Fuß der sanft ansteigenden Hügelkuppe zu.

Goodall wartete, bis er fast verschwunden war, bevor sie ebenfalls mit dem Rückzug begann. Sie bewegte sich rückwärts in Richtung Baumlinie, und beobachtete auf dem Sensorschirm die Bewegungen des *Panther*, während sie durch das Kanzeldach den *Feuerfalken*-FLUM verfolgte. Der *Panther* machte ihr keine Sorgen. Ihr *Heuschreck* war schnell genug, so daß Vosts Maschine erst zur Gefahr wurde, wenn sie aus kurzer

Distanz feuern konnte. Aber der FLUM war ein Gegner anderer Größenordnung. Er war schnell genug, sie zu umfliegen und von hinten anzugreifen. Seine Drillingslaser konnten den *Heuschreck* mit ein paar gutgezielten Schüssen erledigen. Selbst Glückstreffer würden reichen, sie zu bremsen. Als der FLUM in Vorbereitung eines Angriffs davonbrauste, reckte sie den Hals, um ihn im Blick zu behalten. Er schwenkte in die Angriffsflugbahn ein, und Goodall sprintete auf den Wald zu. Indem sie sich senkrecht zu seiner Flugbahn bewegte, versuchte sie, ihm ein möglichst schweres Ziel zu bieten.

Die PPK des *Panther* feuerte wieder. Diesmal schlug der Energiestrahl krachend in die geborstene Rumpfhülle des Landungsschiffes ein, die unter dem Beschuß widerhallte. Goodall duckte den *Heuschreck* unter den First des Schiffsrumpfes und nutzte ihn als Deckung. Ein weiterer PPK-Schuß schleuderte eine Fontäne irisierender Funken hoch, als sich die beschleunigten Partikel durch die Schiffspanzerung brannten. Im geräumten Frachtraum brach ein Feuer aus.

Goodall sah sich um. Der FLUM griff an, aber nicht sie war das Ziel. Seagroves hatte gespürt oder erraten, daß der Pilot der anderen Maschine diese nicht voll in der Gewalt hatte. Er hatte seine Waffen statt auf den *Heuschreck* im freien Gelände auf den bereits halb in der Deckung des Waldes befindlichen Metallkoloß gerichtet. Goodall hastete den Hügel hinab, um eine Position zu erreichen, von der aus sie den verwundbaren Jacobs verteidigen konnte. Ihr Tetaetae-Lotse klammerte sich fest, und sein Körper trommelte gegen die Rumpfpanzerung.

24

Goodall brach krachend durch den Wald. Ihr Instinkt und Training hielten den *Heuschreck* aufrecht. Die Bodenzustandsanzeige blinkte rot, aber sie fühlte, daß sie Halt genug hatte. Zweige peitschten über Torso und Beine des Mechs, Ranken zogen an seinen Füßen. Sie rannte weiter und brach sich eine Bahn, um Jacobs zu erreichen. Der Tetaetae trommelte mit dem Schnabel an das Kanzeldach und versuchte verzweifelt, ihre Aufmerksamkeit zu erregen. Sie ignorierte ihn.

Das erwies sich als Fehler. Als ihre Bodenzustandsanzeige gerade auf der gesamten Breite ein wütendes Rot anzeigte, öffnete sich unter den Füßen ihres Mechs plötzlich eine Schlucht. Sie versuchte, das Mechbein zurückzuziehen, aber der Schwung der Maschine war zu groß. Der *Heuschreck* kippte nach vorne. Der Sturz begrub den Laser im Boden. Selbst sicher in den Gurtharnisch der Pilotenliege geschnallt, wurde Goodall heftig durchgeschüttelt. Über dem gestürzten Mech schloß sich das Laubdach des Waldes.

Jacobs war währenddessen vollauf damit beschäftigt, den *Heuschreck* aufrecht und unter Kontrolle zu halten. Sein Tetaetae-Lotse war nicht minder aktiv und schnatterte in einem endlosen Strom von Ratschlägen oder Verwünschungen; Jacobs konnte keinen Unterschied feststellen. Das kleine Vogelwesen hatte schon so oft auf das Kanzeldach geklopft, daß das Trommeln seines Schnabels zu Hintergrundlärm geworden war, den Jacobs versucht war, völlig zu ignorieren. Der zertrümmerte Hauptschirm war noch nicht repariert oder ausgetauscht worden, und nach vorne konnte er kaum etwas erkennen. Er beugte sich vor, soweit die Gurte es zuließen, um durch das Loch zu schauen, das Laser und Maschinengewehre in das Panzerglas gesprengt hatten. Mit einem Auge stierte er hinaus in die grüne Hölle, die fast den gesamten Rumpf des *Heuschreck* umschloß.

Der Laserstrahl des FLUM kam als völlige Überraschung. Plötzlich verwandelten sich die Zweige und Blätter um Jacobs Maschine unter dem Einfluß der Säule aus gebündelter Lichtenergie in heißen Dampf. Ein Warnlicht blinkte wütend auf der Kontrollkonsole, aber Jacobs ignorierte es. Das lag nicht daran, daß er besonders tollkühn oder mutig gewesen wäre; er hatte einfach keine Ahnung, was es bedeutete. Der Tetaetae, der sich außen am Rumpf festklammerte, war zumindest in dieser Hinsicht besser informiert. Er hatte die Metallhaut an der Flanke des Fahrzeugs rot aufglühen und als feurigen Schaum davonstieben sehen. Er wußte nicht, ob das vorgesehen war, aber es erfüllte ihn mit einem unguten Gefühl bezüglich der Sicherheit des ihm anvertrauten Kolosses. Der Tetaetae hämmerte auf die Seite des Mechs, um die Aufmerksamkeit des Piloten zu erregen.

In der Schlucht brachte Goodall ihren *Heuschreck* mit unsicheren Bewegungen wieder auf die breiten Metallfüße und stellte fest, daß sich ihre Umgebung grundlegend verändert hatte. Während der Rumpf ihres Mechs noch Augenblicke zuvor oberhalb der Baumwipfel durch den Wald geschwebt war, befand sie sich jetzt komplett unter einem dichten Blätterdach. Die Sensoren zeichneten den FLUM noch, als er wieder abdrehte, aber sie konnte keine Sichtlinie herstellen. Ringsum lag der Wald in Grün und Gold. Durch die Baumkronen filterte das Sonnenlicht. Sie stabilisierte den *Heuschreck* und suchte nach einem Weg aus der Senke. Der Tetaetae-Lotse klopfte auf den Seitenrumpf. Diesmal sah sie hinüber, um zu erfahren, was er wollte.

Erfreut darüber, daß der Mensch endlich auf seine

Bitten reagierte, brach der Tetaetae sein hektisches Trommelkonzert ab. Er deutete hangabwärts zwischen den Bäumen hindurch auf einen Punkt, der dunkler wirkte als seine Umgebung. Der Tetaetae zeigte und nickte, zeigte und nickte. Er wurde so aufgeregt, daß er den Mechrumpf losließ. Goodall starrte ihn an. Seit sie sich vom Landungsschiff entfernt hatten, hatte das Vogelwesen seinen Halt am Rumpf des *Heuschreck* nicht gelockert.

Goodall setzte den *Heuschreck* vorsichtig in Bewegung. Der Boden unter seinen Metallfüßen war weich und nachgiebig, aber die Geländeanzeige gab kein Warnsignal. Sie wurde schneller. Jetzt war sie zuversichtlich, ohne Probleme weiterzukommen. Der Tetaetae spürte ihre Sicherheit und hielt sich statt mit beiden Armen nur noch mit einem fest. Mit der freien Hand deutete er weiter auf den dunklen Punkt im Wald voraus. Dann erkannte Goodall eine Höhle in der Wand der Schlucht, in die sie mit ihrem Mech gestürzt war.

Jacobs schlug das Herz bis zum Hals. Das Aufblitzen der Laser hatte ihn völlig überrascht. Es war schwer genug, den *Heuschreck* einigermaßen in der Gewalt zu behalten. Daß er jetzt auch noch beschossen wurde, schien alles andere als gerecht. Das konstante Getschilpe des kleinen Tetaetae neben dem Kanzeldach regte ihn zusätzlich auf. Er wollte nur seine Ruhe haben, um sich ganz den Problemen widmen zu können, die das Führen dieses Metallkolosses mit sich brachte. Er bedauerte die Entscheidung nicht, den *Heuschreck* übernommen zu haben. Das Gefühl der Macht, das ihm seine Position vermittelte, war unbestreitbar. Aber warum konnte man ihn nicht in Ruhe arbeiten lassen?

Plötzlich zerfetzte etwas die Baumwipfel zu seiner Linken, und Jacobs fühlte einen wuchtigen Schlag. Er verstand nicht, was geschehen war, begriff nicht, daß der *Panther* auf große Distanz einen PPK-Treffer erzielt hatte. Auf den Kontrollen flackerten immer mehr rote Warnlämpchen, und der Tetaetae schnatterte wild. Schweiß troff unter dem Neurohelm in Jacobs' Augen. Die Lage wurde immer schwieriger. Er schob den Gashebel leicht nach vorne, und fühlte den *Heuschreck* plötzlich abrutschen. Er riß den Hebel zurück, aber es war schon zu spät.

Der *Heuschreck* krachte völlig außer Kontrolle durch die Bäume. Jacobs klammerte sich fest, während er im Pilotensitz vor und zurückgeschleudert wurde. Äste zuckten an der Kanzel vorbei, dann stieg eine leuchtende Dampfwolke auf, als die FLUM-Laser das Laub zerkochten. Jacobs konnte den beißenden Geruch verkohlten Holzes in seinem Cockpit riechen, während die Maschine unaufhaltsam nach vorne fiel. Das Auge des Vogelwesens tauchte vor dem Laserloch in der Cockpitkanzel auf. Dann schlug der *Heuschreck* auf. Das Auge verschwand.

Jacobs beugte sich vor, soweit die Gurte es erlaubten, und sah nach draußen. Das Wipfeldach der Bäume, das im Licht der Morgensonne prallgrün leuchtete, war verschwunden. Statt dessen sah Jacobs hinaus in eine grüne Dunkelheit. Er befand sich in einem tiefen Tal, das sich vor ihm unter dem Blätterdach weiter erstreckte. Er drehte den Torso des Mechs, um einen Rundblick zu erhalten, und stellte fest, daß sich ihm in alle Richtungen derselbe Anblick bot, eine grüne Dunkelheit, soweit das Auge reichte. Der kleine Tetaetae klopfte vorsichtig an die Seite der Kanzel. Jacobs öffnete das Luk und steckte den Kopf nach draußen. Der Tetaetae deutete ein Stück voraus. Auf eine dunklere Stelle in der grünen Finsternis. Jacobs setzte den *Heuschreck* in Bewegung.

Der Urwald glitt in gleichmäßiger Geschwindigkeit an dem Mech vorbei. Der kleine Tetaetae tschilpte fröhlich, klopfte auf das Cockpit und deutete auf ihr Ziel. Jacobs sah noch andere Vogelwesen durch den Wald huschen. Sie trugen seltsam vertraut wirkende Lasten. Über ihnen erklang das Zischen verdampfenden Laubs, und abgetrennte Zweige prasselten zu Boden. Die Tetaetae verschwanden in der Dunkelheit. Dann öffnete sich plötzlich ein Höhleneingang vor Jacobs, und er verstand, was sein Lotse ihm hatte sagen wollen. Dort würde er sicher sein. Die Höhle würde ihn vor dem suchenden FLUM verbergen. Er richtete den *Heuschreck* mit einer sanften Drehung aus und erhöhte die Geschwindigkeit. Er wollte nicht so kurz vor dem lockenden Ziel doch noch abgeschossen werden.

Hoch über den Bäumen legte Seagroves den *Feuerfalken*-FLUM zu einem weiteren Angriffsflug auf den unter dem Blätterdach verborgenen BattleMech in eine Kehre. Er zog die Maschine steil hoch und kippte über eine Tragfläche in den Sturzflug ab. Seine bisherigen Vorbeiflüge waren alle relativ flach gewesen, und aus der Reaktion des Zieles wußte er, daß er keinen Abschuß erzielt hatte. Diesmal würde er senkrecht hinabstoßen, ohne Abweichung, beinahe ohne hinderndes Gelände. Er hielt das Fadenkreuz sicher über der IR-Signatur. Auf dem Schirm wurde die Silhouette seines Gegners immer größer. Eine Warnsirene heulte auf. Er näherte sich der Belastungsgrenze für sein Manöver. Trotzdem hielt er den FLUM noch ein paar Sekunden länger auf Kurs. Wie üblich verließ er sich darauf, daß ihn sein Instinkt und sein Können vor einer Katastrophe bewahren würden. Das Ziel leuchtete riesig groß auf dem Ortungsschirm. Er löste die Drillingslaserbatterie aus und fackelte mit den leichten Lasern das Blätterdach ab, um dem schweren Laser freies Schußfeld zu verschaffen. In einer Explosion heißen Dampfes wurde die Feuchtigkeit der Blätter beim Aufprall des gebündelten Lichts in Gas verwandelt. Dann zuckte die Strahlbahn des schweren Lasers hinab. Es gab einen Lichtblitz, und die Wärmeanzeige des *Heuschreck* verschwand vom Schirm. Ein gelungener Abschuß.

Tief im Innern der Höhle fühlte Jacobs, wie die Spannung seinen Körper verließ. Gerade als er in die Höhle eingedrungen war, hatte es eine furchtbare Explosion gegeben, aber ihm war nichts geschehen. Der kleine Tetaetae kletterte nach unten und schnatterte fröhlich mit seinen Gefährten, die ihn bewundernd anstarrten. Jacobs wäre seinem Lotsen gerne gefolgt, aber die Knie versagten ihm den Dienst. Sie schienen aus Pudding zu bestehen. Er schwang die Beine auf den Rumpf und atmete mehrmals tief durch. Seine Uniform war schweißgetränkt, und er konnte den schalen Geruch der Angst wahrnehmen, der seinen Körper umhüllte. Ihm war kalt, und er zitterte, trotz der angenehmen Wärme der Höhle.

»Pilot Jacobs«, erklang eine Stimme von unten, und als Jacobs hinabsah, erkannte er den hochschauenden DEST-Kommandeur. »Sind Sie in Ordnung?« Aus Takudas Stimme sprach echte Sorge.

Jacobs nickte. Er fühlte, wie die Wärme in seine Gliedmaßen zurückkehrte. »Ja, Sir«, murmelte er. Dann wiederholte er die Worte mit festerer Stimme. »Ja, Sir. Es gab ein paar Probleme, aber wir haben es geschafft, er und ich.« Er deutete zu dem kleinen Tetaetae, der noch immer im Kreis seiner Kameraden stand.

»Gut«, meinte Takuda. »Das ist gut. Goodall ist auch in Sicherheit. Sie ist in einer anderen Höhle, etwas entfernt, aber sie ist in Ordnung. So wie es aussieht, vermissen wir nur Parker Davud. Er war wohl noch an Bord des Landungsschiffes, als wir ausgerückt sind.« Takuda schüttelte den Kopf. »Ich hoffe, er ist lebend rausgekommen.« Es widerstrebte den DESTlern, jemand zurückzulassen.

Augenblicke später wanderte der vermißte Landungsschiffspilot – der Ex-Landungsschiffspilot – in die Höhle, geführt von einem Tetaetae. Davud lachte. Er setzte sich unter den reglosen *Heuschreck* und grinste die anderen Gestrandeten an, als sie sich um ihn scharten. »So«, meinte er. »Die anderen werden vom Landungsschiff nicht viel haben. Bevor ich aufgebrochen bin, hab ich die Brennstofftanks geleert und den Reaktor unbrauchbar gemacht. Aus dem Schiff werden sie nichts mehr rausholen, womit sie etwas anfangen könnten. Ich würde zu gern ihre Gesichter sehen, wenn sie es untersuchen. Das letzte, was ich gesehen habe, war der große Mech, der wie besessen das zerborstene Brückendeck beschossen hat. Der muß ganz schön wütend gewesen sein.« Er lachte die um ihn versammelten DEST-Soldaten an, dann wurde er plötzlich bleich.

Davud sprang auf und schob sich durch die überraschten Umstehenden. »Was machen die da?« fragte er mit gespannter Stimme, und deutete auf eine Gruppe Verwundeter, die von einigen Tetaetae umringt waren. »Schafft sie von unseren Leuten weg!«

Takuda trat zu ihm. »Sie helfen ihnen, Parker. Sie helfen ihnen. Machen Sie sich keine Sorgen.«

»Aber das sind bloß Vögel. Was wissen sie schon? Was können sie schon wissen?«

»Sie können eine Menge wissen«, erwiderte Takuda. »Lassen Sie sich nicht von ihrem Aussehen oder ihrer Sprache blenden. Sie leben schon sehr viel länger hier als wir. Sie wissen, was wie wirkt.«

»Aber nicht bei Menschen.«

»Mag sein. Aber sie werden sich vorsehen. Sie haben uns hierher in Sicherheit geführt, und wir haben keinen Grund, ihnen jetzt zu mißtrauen.«

Parker Davud wirkte nicht überzeugt. Zweifel und Mißtrauen auf seinem Gesicht waren überdeutlich. Takuda legte die Hand auf die Schulter des Piloten, eine

Geste, die ihm ebenso fremd war wie das Gefühl, das sie auslöste. »Wir müssen alle lernen«, stellte er mit leiser Stimme fest. »Wir befinden uns in einer ganz und gar neuartigen Lage, auf einer fremden Welt. Wir werden uns anpassen müssen. Es ist ein interessantes Problem. In der Vergangenheit haben wir alles, was nicht menschlich war, und sogar manche Menschen als eine minderwertige Lebensform betrachtet, die wir nach Belieben ausbeuten oder töten konnten. Auf dieser Welt wird sich das ändern müssen. Wir müssen das Leben dieser Wesen respektieren, auch wenn wir sie nicht vollständig verstehen. Das alles wird neue Umgangsformen erfordern.«

TEIL II

RICK
HARRIS 93

25

Takuda hatte recht. Ihre Situation war grundlegend neu. Hier waren die Menschen die Fremdwesen. Sie hatten immer daran geglaubt, die Umwelt ihren Bedürfnissen anzupassen, alles, was sie wollten oder brauchten, in Besitz zu nehmen und so zu verändern, wie es ihren Wünschen entsprach. Jetzt waren sie in der umgekehrten Situation. Hier waren es die Tetaetae, die an die Umwelt angepaßt waren. Die Menschen waren die Außenseiter. Und nicht nur Außenseiter. Sie waren auch unfähig, die Umwelt ihren Wünschen entsprechend umzugestalten. Die Menschen besaßen nicht die notwendigen Hilfsmittel, um ihre Bedürfnisse zu erfüllen. Sie konnten kurze Zeit aus eigener Kraft existieren, aber früher oder später würden ihre mageren Vorräte aufgebraucht sein. Sie mußten sich anpassen oder untergehen.

Takuda war der erste, der diese Veränderung akzeptierte. Ausgerechnet er, der sein ganzes Leben lang Teil einer rigiden Hierarchie gewesen war, hatte die wenigsten Schwierigkeiten damit, sich zu ändern. Vielleicht war es die Verantwortung für das Leben der anderen, die ihn für den Druck der Umstände empfänglich machte, vielleicht lag es aber auch in seiner Natur. Jedenfalls hörte er zu, was Dakodo und die anderen sagten, und tat, was nötig war.

Am dritten Tag in den Höhlen waren die Menschen kräftig genug weiterzuziehen. Takuda entschied, daß es Zeit war zu handeln, selbst wenn sie noch keinen echten Plan hatten. Die Söldner hatten drei Tage Schonfrist bekommen, in denen sie mit den Enklaven verhandeln konnten, und seine Gruppe würde noch weitere Tage benötigen, den Fluß zu erreichen. Sie mußten sich in Bewegung setzen, und das mit einem Ziel vor Augen.

Die Tetaetae hatten sich in der Erholungsphase der Gestrandeten sehr hilfreich gezeigt, hatten die Menschen mit Nahrung versorgt und sich ganz allgemein konstant um sie gekümmert. Es hatte etwas Entnervendes, mit einem der kleinen Wesen neben sich einzuschlafen und beim Aufwachen festzustellen, daß es sich nicht von der Stelle gerührt hatte. Sie schienen die Fähigkeit zu besitzen, mit einem geschlossenen und einem wachsam offenen Auge zu schlafen. Es war äußerst seltsam. Aber die Menschen gewöhnten sich daran, wenn auch unterschiedlich schnell. Andi Holland gelang es als erster, Dana Lost nur sehr schwer.

Bevor sie ausrücken konnten, mußte Takuda seine Gruppe umstrukturieren. Die Verluste des DEST machten es noch wichtiger, daß Jacobs seine Mechpilotenfähigkeiten verbesserte. Goodall trainierte ihn den ganzen Tag und bis in die Nacht, um ihn einsatzbereit zu machen. Sie war sicher, daß er mit genug Training ein guter Pilot werden konnte, aber Zeit war das einzige, was sie nicht hatten.

Unter normalen Umständen dauerte es Wochen, auch nur die Lenkung des komplexen Kampfkolosses zu erlernen. Das war eine der Funktionen des Neurohelms. Mit dem an seine Gehirnwellen angeschlossenen Helm konnte ein MechKrieger das Gleichgewicht der Maschine halten, ohne einen bewußten Gedanken darauf verschwenden zu müssen. Aber egal, was Goodall und Jacobs versuchten, sie schafften es nicht, den Helm auf Jacobs einzustellen. Vielleicht hatte er auch einen subtilen Schaden davongetragen, der dazu führte, daß er zu plötzlichen und unerwarteten Fehlfunktionen neigte. Sicher war jedenfalls, daß Goodall keine Wochen zur Verfügung hatte, um Jacobs auszubilden.

Die Waffensysteme stellten ein weiteres Problem dar. Nachdem er die Steuerung der Maschine gemeistert hatte, wurde von einem Mechpiloten in der Regel erwartet, daß er einige Zeit auf dem Schießstand zubrachte. Dabei ging es weniger darum, das Zielen und Schießen zu lernen, als sich mit der Wärmeentwicklung der Waffen und den typenspezifischen Auswirkungen auf den jeweiligen BattleMech vertraut zu machen. Hitzestaus waren die echten Mechkiller auf den Schlachtfeldern der Nachfolgerstaaten, und schon mehr als ein Pilot war daran gescheitert, daß er die Anzeige der Wärmeskala nicht beachtet hatte. Was das anging, war der *Heuschreck* allerdings in seinem Element. Der leichte Mech besaß genug Wärmetauscher, um die gesamte Hitzeentwicklung durch Waffen, Bewegung oder beides zusammen abzuleiten. Daher sah Goodall keinen Grund, Jacobs vor Überhitzung zu warnen. Dieses Thema konnten sie sich für später aufheben.

Wenn die beiden Mechpiloten nicht damit beschäftigt waren, ihre Maschinen durch den Wald zu steuern, redeten sie darüber, wie ein Mech funktionierte. Goodall erläuterte Taktiken und Aufstellung einer Mechlanze, bis sie Jacobs davon überzeugt hatte, daß Mechs die Könige des Schlachtfelds waren. Dann mußte sie ihren Tenor wechseln und ihm beibringen, daß auch diese Monarchen des Krieges verwundbar waren. Es gab eine Menge Dinge, erklärte sie ihm, die Mechs nur sehr schlecht oder überhaupt nicht konnten. Was Stadtkämpfe anging, war sie eisenhart: Mechs hatten in einer Stadt nichts verloren. Weitere Gefahren waren dichte Vegetation und enge Schluchten. Mechs bevorzugten offenes, leicht hügeliges Gelände – keine steilen Schluchten, keine dichten Wälder, keine Gebäude und keine Infanterie. Infanterie konnte tödlich sein, wenn man sie unterschätzte, und für den Mechkampf ausgebildete Fußtruppen wie die DEST-Mitglieder waren Gegner, denen man um jeden Preis ausweichen mußte.

Zur Unterstützung der beiden Mechpiloten standen die beiden verbliebenen Techs, Sagiri Johnson und Underos Yaputi, zur Verfügung. Die technische Unterstützung der Söldnerlanze war von Anfang an minimal gewesen, und bei nur einem Tech pro BattleMech mußten Takudas Piloten einen Großteil der Arbeit selbst übernehmen. Jacobs hatte keinerlei Probleme damit, unter der Anleitung und mit der Hilfe der beiden Techs an seiner Maschine herumzubasteln, und Goodall war bescheiden genug, sich mit Schmierfett und Maschinenöl auseinanderzusetzen, soweit es nötig war. Vost hätte sich niemals an einem Mech die Hände schmutzig gemacht, nicht einmal an seiner eigenen Maschine, aber die beiden Piloten und die zwei Techs, die bei Takuda geblieben waren, hatten keine Probleme damit, im Innenleben eines der *Heuschrecks* herumzuhantieren. Sie schafften es sogar, die zertrümmerte Kanzeldachscheibe von Jacobs' Maschine zu reparieren und zu ersetzen. Die Tetaetae hatten den Menschen gezeigt, wie sie eine wunderbar klare Kristallplatte, die sie aus einer Ader in der Wand der Höhle gewonnen hatten, erhitzen und formen konnten. Die neue Scheibe war nicht so fest wie das ursprüngliche Material, und unter dem Aufprall eines schweren Geschosses würde sie auf höchst unangenehme Weise zersplittern, aber wenigstens konnte Jacobs durch sie hindurchsehen.

Die Umorganisation der Gruppe hatte sich für Takuda als noch weit schwierigere Aufgabe erwiesen. Er holte Parker Davud als seinen Adjutanten ins Führungsteam, wodurch er George Bustoe in Arsenaults Sektion versetzen konnte. Die Schwere-Waffen-Sektion mußte zunächst in Unterzahl operieren, denn für Inaduma war kein Ersatz aufzutreiben. Sanae würde als Sektionsführer und Panzerabwehrspezialist fungieren müssen. Sie war durchaus in der Lage, diese Doppelbelastung oder jeden anderen Posten innerhalb des DEST auf sich zu nehmen, aber natürlich stellte diese Umstellung eine zusätzliche Belastung für ihre Sektion dar.

Und so setzte Takuda seine Truppe nach drei Tagen der Ruhe und Erholung in Richtung der untergehenden Sonne, der Enklaven und einer ungewissen Zukunft in Marsch. Die Fußtruppen zogen voraus, die beiden BattleMechs deckten ihnen den Rücken. Dies gestattete es dem DEST, nach vorne zu sichern, während Jacobs und Goodall in der Nachhut weiter trainierten. Jacobs wurde langsam besser. Am ersten Tag geriet sein *Heuschreck* zweimal ins Stolpern, am zweiten Tag nur noch einmal. Am dritten Tag konnte er bereits fehlerfrei manövrieren, und den Mech sogar im Laufschritt steuern. Als sie die Ausrüstung an diesem Abend abstellten, kletterte Jacobs mit einem zufriedenen Grinsen auf dem Gesicht aus der Kanzel. Davon hatte er sein Leben lang geträumt.

Das Gelände und die mitgeschleppte Ausrüstung machten den Marsch schwierig, aber ohne die Tetaetae-Träger wäre er völlig unmöglich gewesen. Wie beim Rückzug vom Landungsschiff beförderten die Einheimischen den größten Teil der Ausrüstung. Sie machten ihre Sache ausgezeichnet, trugen schwerere Lasten, als die Menschen erwartet hatten, und waren dabei schneller als die Menschen ohne Gepäck.

Das einzige Problem mit den Tetaetae war ihre grenzenlose Neugierde. Am Ende des ersten Tages war Takuda entsetzt über den Zustand der Ausrüstung: jede einzelne Waffe, jeder Sensor, jede Rakete war komplett auseinandergenommen. Die Einzelteile waren inmitten eines Kreises aus schnatternden Vogelwesen aufgehäuft, die einzelne Bauteile herumreichten. Takuda hielt alles für verloren. Sicher in der Annahme, daß es Tage dauern würde, bis die DEST-Mitglieder die Teile wieder zusammengesetzt hatten, zog er Dakodo beiseite und brachte das Thema zur Sprache. Der kleine Tetaetae war überrascht über die Besorgnis des DEST-Kommandeurs und versicherte ihm, daß alles in Ordnung kommen würde. Er gab einen kurzen Befehl, und wie durch ein Wunder bauten die Tetaetae alles wieder zusammen.

Am vierten Tag ihrer Reise war die Nähe der Enklaven nicht mehr zu übersehen. Sie durchquerten Gebiete, die offensichtlich gerodet worden waren. Zunächst umging Takuda sie, aber gegen Mittag wurden sie zu zahlreich. Außerdem waren sie alle verlassen oder aufgegeben. Am Rand einzelner Rodungen befanden sich Gebäude, aber eine Untersuchung erbrachte in allen Fällen, daß sie bereits einige Zeit leerstanden. An verschiedenen Stellen waren Hinweise auf Gewalt zu finden. Der DEST rückte vorsichtig weiter.

Als die letzten Sonnenstrahlen den Himmel einfärbten und die Unterseite der Wolken in riesige Pfirsichbonbons verwandelten, tauchte am Rand des Waldes die weite, offene Savanne auf. Die Draconier verteilten sich entlang des Waldrands und gingen in Stellung. Alle wußten, diese Nacht würden sie ohne Feuer auskommen müssen. Der Feind, oder der mögliche Feind, war in Sicht. Die Mechs blieben zwei Kilometer zurück in ihrem eigenen Versteck. Die DESTler hoben ihre Entfernungsmesser-Ferngläser an die Augen und suchten das Gelände ab. Ein schneller Rundblick, gefolgt von einer detaillierten Erkundung, von nah nach fern, von links nach rechts nach links.

Zu ihrer Überraschung stellten sie fest, daß dort vor ihnen eine Schlacht stattgefunden hatte, auch wenn die Kämpfe zumindest für den heutigen Tag beendet zu sein schienen. Zu ihrer Rechten zogen sich Truppen nach Norden zurück und nahmen mit, was sie an Ausrüstung mitschleppen konnten. Die südliche Streitmacht zeigte keine Anstalten, sie zu verfolgen. Die Schlacht mußte unentschieden ausgegangen sein. Takuda versuchte, die Ausrüstung zu identifizieren, die er sehen konnte, aber es gelang ihm nicht. Nicht, daß die beiden Armeen zu weit entfernt gewesen wären, denn sein Fernglas schaffte eine vierhundertfache Vergrößerung und war normaloptik-, infrarot- und ultraviolettauglich. Aber er verstand nicht recht, was er da sah.

Daß die beiden Heere keinerlei moderne Energiequellen eingesetzt hatten, war auf den ersten Blick deutlich. In fast allen Fällen erhoben sich an den Ecken der Fahrzeuge riesige rauchende Abgasröhren. Das am nächsten aufgestellte Fahrzeug, dessen Feuer spuckendes Abgasrohr an der rechten Seite lag, besaß einen großen, kastenförmigen Aufbau im Heck. Während Takuda es beobachtete, drehte sich der Aufbau langsam, bis eine riesige Kanone, deren Lauf den Durchmesser einer Mülltonne hatte, nach Süden zeigte. Das Fahrzeug kam bebend zum Stehen, und einen Augenblick später stieß laut röhrend eine gewaltige Stichflamme aus der Kanonenmündung. Takuda sah ein enormes schwarzes Projektil auf die andere Truppe zufliegen, auf dem Boden einschlagen und in Richtung des Gegners hüpfen. Er konnte einzelne Gestalten sehen, die aus dem Weg der Kanonenkugel sprangen, bis diese in einer Baumgruppe verschwand. Das Kanonenfahrzeug rülpste Feuer aus dem horizontalen Abgasrohr und fuhr langsam nach Norden davon.

Die BattleMechs waren nirgends zu sehen, und es gab auch keinerlei Hinweis darauf, daß sie jemals hiergewesen waren. PPKs, Laser, selbst Kurzstreckenraketen hätten genügt, alles, was Takuda ausmachen konnte, in Schutt und Asche zu legen. Er war entgeistert. Diese Menschen mußten einiges an Hochtechnologie mit nach Kaetetôã gebracht haben, und doch schienen sie auf die Stufe grauer Vorzeit zurückgeworfen. Davud legte sich neben ihn und suchte das Gelände durch sein Fernglas ab. »Ich sehe kaum Eisen«, bemerkte er.

Takuda zwinkerte überrascht. Davud hatte recht. Er sah sich die abziehenden Fahrzeuge noch einmal an und schenkte besonders dem panzerartigen Gefährt, das die Kanonenkugel abgefeuert hatte, Aufmerksamkeit. Die Kanone selbst hatte das dunkle Aussehen eines Eisenrohrs, aber das war auch schon der einzige Hinweis auf die Anwesenheit dieses Materials. Die meisten äußeren Armaturen sahen nach Bronze oder Kupfer aus. Das war natürlich unmöglich, aber dann erinnerte er sich an Seagroves' Begeisterung und die Gerüchte über das, was er in Usugumo gesehen hatte. Andere Metallteile, die er erkennen konnte, schienen aus Messing oder Kupfer zu bestehen. Aber nirgendwo Eisen. Wahrlich eine seltsame Zivilisation.

Dunkelheit senkte sich über das Land. Der sanfte Lichtschein von den Enklaven im Norden und Süden spiegelte sich auf den Stapelwolken. Das Schlachtfeld lag stumm und verlassen. Nicht einmal die Infrarotsensoren konnten ein Lebenszeichen ausmachen, abgesehen vom sanften Leuchten der Trümmer zerstörter, ausgebrannter Fahrzeuge. Die Kombattanten waren alle nach Hause gegangen. Ein seltsamer Krieg.

»Also, ich verstehe diese Leute nicht«, meinte Davud.

»Ich auch nicht, aber wir werden wohl Kontakt mit ihnen aufnehmen müssen. Unsere Söldnerfreunde scheinen noch keinen Vertrag ausgehandelt zu haben. Ich habe weder Mechs noch irgendeinen Hinweis auf sie gesehen. Vielleicht haben wir noch Zeit, unsere Argumente vorzutragen.«

»Diese Söldner werden ein schwerer Brocken. Sie sind verdammt stark, und sie haben einen Vorsprung.« Davud kroch zurück in den Wald. »Ich hole die Gruppe zusammen. Wollen Sie auch gleich mit den Piloten reden?«

»Nein«, wehrte Takuda ab. »Wir schicken erst Streifen los. Ich werde später zurück gehen und den Piloten und Techs erklären, was los ist. Wir könnten sie noch zur Unterstützung brauchen.«

26

Sanae und Miranda glitten lautlos durch das hohe Gras des Schlachtfelds. Ihre beiden Tetaetae-Begleiter, einer voraus, einer hintendrein, bewegten sich weit ungezwungener. Immerhin lebten sie hier, und es bestand kaum Gefahr, daß jemand von ihnen Notiz nahm. Bei den beiden DEST-Mitgliedern sah die Sache schon ganz anders aus. Obwohl sie keine Uniform trugen, mußte ihre Ausrüstung sofortiges Interesse erregen. Sie hätten ECM-Schleichanzüge benutzen können, aber damit wären sie zu auffällig gekleidet gewesen. Auf Bitten der drei Streifen hatte sich Takuda gegen die Verwendung der Anzüge entschieden. Auch auf die Verwendung von IR-Schleichanzügen hatten sie verzichtet.

Jede Streife sollte eine der Enklaven betreten, Kontakt mit der einheimischen Bevölkerung aufnehmen und den möglichen Status der Söldner auskundschaften. Dazu würden sie sich so unauffällig wie möglich bewegen müssen. Die Tetaetae hatten ihnen beschrieben, wie die Enklavenmenschen sich kleideten, und die Patrouillen hatten sich bereit erklärt, ungeschützt und praktisch unbewaffnet auf den Weg zu gehen. Wenn sie entdeckt wurden, hatten sie nicht genug Feuerkraft, um sich den Rückweg freizuschießen. Ihre einzige Überlebenschance bestand darin, unbemerkt zu bleiben.

Weit nach Norden schlichen sich Arsenault und Bustoe an Osio heran. In der Mitte versuchten Knyte und Holland, die religiöse Enklave Amatukaze zu infiltrieren. Sanae und Johan Miranda waren für die südliche Enklave eingeteilt, die Händlerstadt Usugumo. Im Schutz der Dunkelheit entfernten sie sich aus dem Basislager und begannen ihre Mission.

Die Streifen würden drei Nächte und zwei Tage brauchen, um ihren Auftrag zu erfüllen. Deswegen hatten sie die Tetaetae zur Verstärkung mitbekommen. Sie konnten den DESTlern nicht nur auf dem Weg zu den Enklaven und wieder zurück helfen, sie würden auch Kontakt mit ihren Artgenossen aufnehmen, die in den Städten lebten. Daeka und Topi hatten sich freiwillig als Begleiter für Sanae und Miranda gemeldet. Vorher hatten sie als Träger für die Schwere-Waffen-Sektion gearbeitet, und zwischen den vieren hatte sich eine interessante Beziehung entwickelt. Die beiden Tetaetae betrachteten ihre menschlichen Gegenüber mit tiefem Respekt, beinahe mit Liebe. Die beiden Menschen erwiderten dies mit einer Zuneigung, die der für ein Schoßtier ähnelte. Ihre Kommunikation bestand zum überwiegenden Teil aus Handzeichen, die auf Seiten der Tetaetae von Tschilpen, auf Seiten der Menschen von kurzen, einsilbigen Worten begleitet wurden.

Die Mauern Usugumos ragten über ihnen in die Nacht. Sie hatten gute sechs Kilometer Weg hinter sich und auf dieser Strecke kaum Lebenszeichen bemerkt. Selbst die Stadtmauern schienen wie ausgestorben. Die Streife wartete in der Dunkelheit, während Topi den Weg auskundschaftete. Nach kurzer Zeit kehrte sie zurück und teilte Sanae durch Zwitschern und Gesten mit, daß dieser Teil der Mauer nur von einem einzelnen Posten bewacht wurde. Und der schlief.

Das Festungsvorfeld und der Postengang waren unbewacht und schienen schon eine Weile nicht mehr bemannt gewesen zu sein. Gegenböschung und Abdachung des Trockengrabens waren ebenso leer. Es war recht einfach für die Vier, den bröckelnden Hang hinauf zur Brustwehr und zum dahinterliegenden Schanzgang zu klettern. Die Mitglieder der Streife ließen sich lautlos an der Innenseite der Brustwehr hinab und schlichen sich zur Zugangsrampe. Sekunden später hatten sie die Verteidigungsanlagen und den schlafenden Posten hinter sich gelassen und die verwinkelten Gassen der Enklave betreten. Der erste Teil der Mission war damit erfolgreich abgeschlossen.

Die Straßen ähnelten nichts, was Sanae oder Miranda je gesehen hatten. Selbst in den ärmsten Vierteln der draconischen Städte war eine gewisse Ordnung zu spüren. Das hier war etwas völlig anderes. Die Straßen waren eng und kurvenreich, häufig noch dazu Sackgassen. Und schmutzig. Überall lagen Müllberge herum. Viele von ihnen waren bewohnt. In den meisten Fällen hausten Nager oder anderes Kleingetier darin, aber gelegentlich fanden sich auch Tetaetae-Clans. Ab und zu sahen die DESTler sogar Menschen, die zwischen den dunklen Häusern schliefen – vielleicht waren sie auch tot. Die Draconier und ihre Tetaetae-Begleiter durchquerten diesen Bereich so schnell wie möglich.

Die Lichter der Innenstadt lockten sie. Daeka führte die Gruppe an, denn er kannte den Weg durch das Labyrinth der Gassen. Er war erst einmal zuvor in der Stadt gewesen, aber wie bei allen Tetaetae genügte das. Außerdem kannte er jemand in der Stadt und war sicher, daß sie dessen Wohnung als Unterschlupf benutzen konnten.

Daeka hob den Arm und stoppte die anderen. Vor ihnen strahlte grelles Licht, und man hörte geschäftiges Lärmen. Sanae schlich sich vor und sah eine hell erleuchtete Straße, auf der viele Menschen geschäftig umherwanderten. Die Tatsache, daß es weit nach Mitternacht war, schien dabei keine Rolle zu spielen. Sanae sah sich die Menschen an: wohlhabende Geschäftsleute bei Freizeitaktivitäten. Sie trugen dicke Pelze und leuchtende Farben, aber irgend etwas an ihrer Kleidung war eigenartig. Sanae studierte sie und verglich sie im Geiste mit anderen, die sie in draconischen Städten gesehen hatte. Es gab einen Unterschied, aber sie konnte ihn nicht fassen. Sie schlich sich zurück in die Schatten, zum Rest der Patrouille.

Eine Stunde später war die Streife sicher in der Wohnung von Pikaete. Der Tetaetae war alt, so offensichtlich alt, daß selbst Sanae und Miranda es bemerkten. Er humpelte mit den schmerzhaften Anstrengungen einer Person durch sein kleines Domizil, die es im Leben nicht leicht gehabt hatte. Pikaete diente den Menschen seit über hundert Jahren als Hausdiener. Er war ein geschätzter Dienstbote, eine Kombination aus Haustier, Laufbursche und Vertrauter. Die Usugumi sahen ihn als eine Art Mobiliar. Sie nahmen ihn nur wahr, wenn sie ihn brauchten.

Pikaete kannte die Usugumo-Enklave so gut, wie Daeka und Topi ihren Wald kannten. Sein Wissen speiste sich aus mehr als einem einmaligen Besuch, und er kannte mehr als nur die Position der Straßen und Gebäude. Er verstand die Dynamik der Stadt, ihre Persönlichkeiten, ihre Schmerzen und ihre Träume. Es gab Menschen in der Enklave, die willfährige Gefolgsleute waren, und andere, die zutiefst unzufrieden mit ihrem Schicksal waren. Es waren durchaus nicht nur diejenigen, denen der offen zur Schau getragene Reichtum fehlte, die bereit für eine Veränderung waren. Natürlich sie auch, aber ein Teil derer, die näher an der Spitze der Nahrungskette zu finden waren, glaubte ebenfalls, daß es eine bessere Art geben mußte, sein Leben zu organisieren. Diese Menschen waren es, mit denen Pikaete die Streife in Kontakt bringen sollte.

Zunächst machte sich Ariake Sanae Sorgen. Der Plan sah vor, daß die Patrouillen eine Nacht in der Wohnung eines Tetaetae verbringen und dann in unauffälliger Kleidung in ein Gasthaus umziehen sollten. Dort sollten sie Augen und Ohren offenhalten. Eine direkte Kontaktaufnahme war nicht Teil der Planung, war nicht einmal in Betracht gezogen worden. Aber Pikaete war begeistert.

Er und die beiden Waldbewohner hatten die ganze Nacht über diskutiert. Gelegentlich war ihre Unterhaltung erregt gewesen, zu anderen Zeiten eher verschwörerisch. Als Pikaete Sanae und Miranda am nächsten Morgen weckte, hatte er bereits alles ausgearbeitet. Die Streife würde in den Polygonfalken umziehen, ein kleines, aber respektables Ryokan am Rande des Hauptmarktplatzes, den Sanae in der vergangenen Nacht gesehen hatte. Sobald sie sich dort eingerichtet hatten, würde Pikaete ausgewählte Usugumi vorbeibringen, die mit den beiden Menschen reden sollten. Er hatte eine Aufstellung möglicher Kontakte angelegt, die er in eine ›Muß‹-, eine ›Soll‹- und eine ›Kann‹-Liste unterteilt hatte. An der Spitze der Muß-Liste stand Homma Sirayuki, Usugumos Hauptverwalter.

Der Name sagte Sanae nichts, aber die Position des Mannes ließ ihr Herz schneller schlagen. Das war ein Preis, für den sie alles zu riskieren bereit war. Wenn sie Takuda die Unterstützung dieses Menschen liefern konnte, würde Usugumo möglicherweise dem Traum von einer besseren Welt folgen. Schon die Tatsache, daß er überhaupt auf der Liste stand, machte Usugumo zu einem Topanwärter.

Als sie sich später an diesem Tag in ihrem Zimmer einrichteten, besprach sie mit Miranda die sich bietenden Möglichkeiten. Das Einchecken war viel reibungsloser verlaufen, als Sanae es sich erträumt hatte. Pikaete kannte den Tetaetae an der Rezeption, und sie hatten keine Probleme gehabt, ein Zimmer zu bekommen. Die einzige andere Person war ein einzelner Mensch, der in einer Ecke der Eingangshalle saß und eine abgegriffene Zeitung las. Der Mann war von Teekuchenkrümeln umringt. Die Zeitung hatte nur einmal leise geraschelt. Ansonsten waren sie niemand begegnet, der ihre Anwesenheit hätte zur Kenntnis nehmen können.

Spät am Abend ertönte ein leises Klopfen an der Tür. Sanae und Miranda schoben die Reste ihres Abendbrots in den Kleiderschrank und bereiteten sich auf den siebten Gast dieses Tages vor. Die Usugumi waren einer nach dem anderen während des Spätnachmittags und frühen Abends erschienen. Die beiden DESTler hatten keine Ahnung, wie viele Besucher sie noch zu erwarten hatten, aber jemand, der erst so spät erschien, mußte wichtig sein. Nachdem er sich davon überzeugt hatte, daß das Zimmer einen ordentlichen Eindruck machte, öffnete Miranda die Tür. Auf dem Gang stand ein großgewachsener, distinguierter und elegant gekleideter älterer Herr. Sie tauschten Verbeugungen aus, und Homma Sirayuki trat mit der Nonchalance eines Mannes, der Verehrung gewohnt ist, in den Raum. Er wandte sich zu Miranda um. »Ich bin Shidosha Sirayuki«, stellte er sich mit einer weiteren Verbeugung vor. »Sie sind der Gesandte der anderen Macht?«

Miranda schloß die Tür und deutete zu Ariake Sanae, die an dem kleinen Schreibtisch an der gegenüberliegenden Wand saß. »Ich gehöre zu ihr, aber die Leitung hier hat meine Gun-sho, Ariake Sanae.«

»In meiner Welt«, stellte Sirayuki mit leicht gekräuselter Oberlippe fest, »findet man nur selten Männer, die bereit sind, den Befehlen einer Frau zu folgen.«

Miranda sah, wie Sanae zusammenzuckte. Sie setzte zu einer Antwort an, aber Miranda wehrte mit einer leisen Handbewegung ab. »In meiner Welt«, erwiderte er mit einer tiefen Verbeugung, »haben wir dieses veraltete Vorurteil überwunden.« Die Worte kamen so glatt über seine Lippen, daß ihr Stachel fast unbemerkt blieb. Der Jotohei deutete auf einen Stuhl gegenüber Sanae. »Daher wird sie für uns sprechen.« Bei den anderen Gesprächen hatten sich die beiden Soldaten abgewechselt, aber Miranda wollte sichergehen, daß Sirayuki möglichst nervös war. Einer der Schlüssel zu einer erfolgreichen Verhandlung lag darin, sie für sein Gegenüber so unangenehm wie möglich zu machen. Miranda hatte das Gefühl, dieses Ziel erreicht zu haben.

Sirayuki ließ sich in den Sessel sinken, zupfte seine fließende Robe zurecht und lächelte Sanae ölig an. »Ich bin gekommen, um mir anzuhören, was Sie anzubieten haben. Ich habe bereits mit der anderen Partei gesprochen, und wir wissen, was sie liefern kann. Wir wurden gestern Zeuge einer kleinen Demonstration, und heute noch einmal. Sie sind bisher nicht bereit, ihre gesamte Streitmacht einzubringen, was verständlich ist, aber Sie werden schon einiges mehr bieten müssen, um im Rennen zu bleiben.« Sirayuki hatte Erfahrung auf dem Gebiet der Verhandlungstechnik und kannte alle Tricks. Wenn man in Schwierigkeiten war, empfahl sich der Angriff.

Direkte Verhandlungen waren in den Befehlen Sanaes nicht vorgesehen. Sie und Miranda sollten beobachten und die Voraussetzungen für überlegte Empfehlungen schaffen. Allmählich wurde sie sich der Gefährlichkeit ihrer Lage bewußt. »Es gibt vieles, was mein Lord Takuda Ihnen und Usugumo anbieten kann«, antwortete sie glatt. Takudas Beförderung vom Rang eines simplen Sho-sa in den Adelsstand war ihr nicht schwergefallen; es schien geradezu natürlich. »Aber Lord Takuda ist nicht gewohnt, mit niederen Shonin zu verhandeln. Er würde es vorziehen, mit einem wahren Samurai zu reden.« Angriff ist die beste Verteidigung.

Sirayuki zuckte zusammen. Sanae sah es und wußte Bescheid. Der Shodosha schien in sich zusammenzufallen. Er rieb sich die plötzlich schweißnassen Hände.

27

Takuda verbrachte die beiden Tage mit Vorbereitungen auf die unvermeidliche Konfrontation. Er war sich nicht sicher, was er von den Patrouillen erwarten konnte, aber er hatte zu wenig Informationen über die Enklaven, um auch nur eine vage Spekulation über die zukünftige Entwicklung anzustellen. Er fühlte nagende Zweifel, die mit jedem Tag stärker wurden. Möglicherweise waren die Gräben zwischen den drei Enklaven tiefer, als er sich zunächst vorgestellt hatte. Er war nicht darauf eingestellt gewesen, mit drei grundverschiedenen Gesellschaften fertig zu werden. Er hatte fest an eine noch so brüchige Verbindung mit dem Erbe geglaubt, das er kannte und verstand. Jetzt fürchtete er, sich in dieser Hinsicht etwas vorgemacht zu haben.

Mit seiner Resttruppe traf Takuda die bestmöglichen Vorbereitungen für die Verteidigung. Die BattleMechs blieben weit hinten. Ihre Lasergeschütze waren als Artillerieunterstützung wertvoller, als es ihre Maschinengewehre auf kurze Distanz je sein konnten. Wenn es soweit kam, daß die MGs wichtig wurden, war die Situation bereits verloren. Die *Heuschrecks*, ihre Piloten und Techs sowie die Tetaetae, die sie als zusätzliche Helfer adoptiert hatten, waren in einer Schlucht drei Kilometer vom Waldrand untergetaucht. Wenn nötig, konnten sie die Frontlinien in nicht einmal zehn Minuten erreichten.

Die Infanteristen waren am Waldrand verteilt. Die beiden leichten Gruppen deckten die Flanken, während Führungsteam und Schwere Waffen in der Mitte lagen. Horg und Lost waren an den Flanken allein, Takuda und Parker Davud in der Mitte. Jenseits des Waldrands verteilte ein Team seismische Detektoren auf der Grasebene.

Nachdem sechs Mitglieder der Einheit auf Streife waren, blieb für die anderen mehr als genug Schanzarbeit. Auch hier erwiesen die Tetaetae sich als unschätzbare Hilfe. Die Menschen brauchten ihnen nur ungefähr zu erklären, was sie wollten, und die Tetaetae machten sich eifrig daran, Löcher auszuheben. Schneller als es eine draconische Pioniereinheit geschafft hätte, hatten die Tetaetae ein komplexes Tunnelsystem geschaffen. Es kostete Dakodo Mühe, sie zum Aufhören zu bewegen.

Die Savanne, die sich vom Waldrand zum Fluß neigte, war an beiden Tagen Schauplatz martialischer Aktivität. Takuda beobachtete das komplexe Ballett durch sein Fernglas, fasziniert von der Ausrüstung und den Waffen, die er zu sehen bekam.

Die kämpfenden Parteien waren die Usugumi aus dem Süden und die Amatukaze, die von Norden anrückten. Die Heere stellten sich – ungehindert von der Gegenseite – in einem Kilometer Abstand voneinander auf. Dann stürmten sie wie auf ein geheimes Zeichen gleichzeitig aufeinander los. Takuda konnte auf beiden Seiten einfache Schuß- und Nahkampfwaffen erkennen. Lange Feuerwaffen, sperrige und schwerfällige Geschütze, geschleppt von vielen Reihen starker Truppensektionen, deckten die Aufstellung und Bewegung kleinerer Einheiten mit moderner wirkenden, von Gurtmunition gespeisten Waffen. Diese kleineren Infanterieteams tanzten ohne ernsthaften Kontakt in einem Spiel von Finten und Ausweichmanövern umeinander herum. Das eigentliche Gefecht fand hauptsächlich zwischen Panzereinheiten statt, die sich wie Champions aufführten und sich mit ihren Gegnern im Einzelgefecht duellierten.

Diese Champions ähnelten den Gefährten, die Takuda bereits am ersten Abend gesehen hatte. Es waren riesige, von Dampfturbinen oder Verbrennungsmotoren angetriebene Maschinen, bestückt mit Kanonen unterschiedlicher Größe und Anzahl. Die Usugumi besaßen ein riesiges, kastenähnliches Fahrzeug auf sechs Rädern, aus dessen abfallender Bugpartie eine riesige Mülltonne ragte. Es rumpelte gemütlich über das Gelände, bis es bequem in Reichweite war, dann hielt es an, und seine Kanone hob und senkte sich, als schnüffle es nach dem Duft des Gegners. Irgendwann erstarrte sie plötzlich, und einen Augenblick später stieß die Mündung eine Rauchwolke und einen großen Steinzylinder aus, der in hohem Bogen auf das Ziel zuflog. Das Geschütz war nicht sonderlich zielgenau, und ein flinker Feind konnte dem Schuß leicht ausweichen, aber die meisten der Feinde waren alles andere als flink. Wenn das Steingeschoß einen vom Pech verfolgten Gegner traf, war das Ergebnis beeindruckend. Takuda sah, wie ein Fahrzeug unter dem Aufprall auseinanderbrach. Unmittelbar darauf kam es, wahrscheinlich durch das Bersten des Treibstofftanks, zu einer Explosion. Ein gewaltiger Feuerball verschlang das Fahrzeug, und weißer Rauch stieg zum Himmel empor. Keiner der Insassen überlebte.

Am ersten Tag erschienen am südlichen Horizont die Mechs. Takuda hielt den Atem an. Er erwartete, jeden Augenblick mit seiner Gruppe entdeckt zu werden, aber die Söldner schenkten ihnen keine Beachtung. Der *Panther* marschierte am Waldrand entlang und blieb irgendwann stehen. Dann hob er beinahe gleichgültig den rechten Arm und feuerte die PPK auf einen der Champions des Nordens ab. Das Fahrzeug wurde von dem Energiestrahl zerblasen. Wie um den Kampf wieder auszugleichen, feuerte er die Waffe anschließend auf das Usugumo-Gefährt ab, das mit dem vernichteten Gefährt im Zweikampf gestanden hatte. Nachdem die Demonstration beendet war und beide Seiten wieder gleichstarke Kräfte im Feld besaßen, war der *Panther* verschwunden.

Nach Beendigung der Schlacht zogen sich die Kombattanten jeden Abend wieder zurück und nahmen an Fahrzeugen mit, was noch zu bewegen war. Nur einmal sah Takuda die Infanteristen ernsthaft gegeneinander kämpfen, als die Amatukaze versuchten, ein Usugumo-Fahrzeug zu erobern, das in der Nähe ihrer Linien beschädigt worden war. Die Usugumo-Fußtruppen stürmten vor, einen Infanterieblock in eine lange Kampflinie aufgereiht. Von den anrückenden Truppen war donnerndes Gewehrfeuer ausgegangen, das von den Amatukaze nur sporadisch erwidert wurde. Dann zogen sich die Amatukaze hastig zurück, wie kleine Kinder, die bei einem Streich entdeckt worden waren. Eine Wolke schwefelhaltigen Pulverqualms trieb ihnen über das Feld hinterher.

Spät am Abend des zweiten Tages meldete Horg IR-Ortungen, die sich von Norden näherten. Eine Stunde später meldete er eine zweite Sichtung. Die Streifen aus Osio und Amatukaze kehrten zurück. Takuda ließ die Nachricht durchgeben und wies Lost an, nach ihnen Ausschau zu halten.

Als erster traf Arsenault im Führungsbunker ein. Er sah sich im Komplex der Tunnel und Gänge um und schaute Takuda dann mit erstaunt gehobenen Brauen an. Der DEST-Kommandeur erklärte ihm, daß die Tetaetae diese Leistung vollbracht hatten, und forderte dann den Bericht des Gun-sho an, ohne die Ankunft der zweiten Streife abzuwarten.

Arsenault berichtete, daß sie Zimmer in einem kleinen Ryokan in der Nähe eines der Stadttore gemietet hatten. In verschiedenen Gesprächen hatten sie das Bild einer verrückt gewordenen Feudalgesellschaft gewonnen. Die Samurai-Lords von Osio dominierten das gesamte Leben und benutzten großzügig ihre Katanas, um diese Kontrolle aufrechtzuerhalten. Arsenault hatte mindestens zweimal miterlebt, wie ein gesellschaftlich Tieferstehender wegen mangelnden Respekts von einem Lord auf offener Straße geköpft worden war. Niemand hatte ein Wort gesagt oder den Leichnam auch nur angerührt, bevor der Samurai fort war.

Einige der Osioaner, die sie getroffen hatten, schienen bereit, ihre Fesseln abzuschütteln, aber sie waren in der Minderheit. Die Enklave brodelte von richtungsloser Unruhe, aber diese war so weitgehend sublimiert, daß die Chancen für einen sofortigen Umsturz minimal waren.

Takuda ließ sich diesen Bericht durch den Kopf gehen. Die Arbeit in Osio würde Zeit beanspruchen, bot aber Anlaß zu Hoffnung, wenn sie diese Zeit bekamen. Die Bewohner der Enklave waren nominell loyal, aber diese Loyalität war brüchig. Es hatte keinen Hinweis auf die Anwesenheit der Söldner gegeben. Das schlug auf jeden Fall positiv zu Buche.

Knyte und Holland trafen im Hauptquartier ein, kurz nachdem Arsenault seinen Bericht beendet hatte. Nach zwei Tagen bei den Amatukaze hatten sie kein gutes Wort für sie übrig. In Hollands Worten waren sie religiöse Fanatiker, die alle Bewohner der anderen Enklaven als Ketzer verteufelten. Bei dem Gedanken an diese außer Rand und Band geratene Religion lief es Holland eiskalt über den Rücken. Die Amatukaze trieben Handel mit den anderen, weil sie ohne diese Beziehungen nicht überleben konnten, aber sie befanden sich wegen irgendeiner liturgischen Verfehlung der Usugumi in einem konstanten Kriegszustand mit den Händlern.

Die Möglichkeiten der DEST-Gruppe, irgend jemand von denen, die der Streife begegnet waren, auf ihre Seite zu bringen, erschien bestenfalls minimal. Die Bevölkerung war dermaßen religiös indoktriniert, daß sie sich wahrscheinlich völlig ablehnend verhalten würde. Es bestand die Möglichkeit, unter den Jüngeren einzelne Personen zu finden, die etwas aufgeschlossener waren, aber Knyte und Holland warnten davor, sich auf diese zu verlassen.

Wieder mußte sich Takuda mit den Implikationen der Tatsache auseinandersetzen, daß niemand die Söldner erwähnt hatte. Diesmal erschien ihm dies nicht so positiv, denn es deutete darauf hin, daß sich die Söldner bereits für Usugumo entschieden hatten. Seagroves mußte mehr Eindruck auf Vost gemacht haben, als sich irgend jemand hatte vorstellen können. Jetzt fehlte nur noch die Bestätigung durch Sanae und Miranda.

Johan Miranda kehrte kurz vor Sonnenaufgang zurück, begleitet nur von Topi. Er trug noch immer Zivilkleidung, weil er die Usugumo-Enklave überhastet verlassen hatte. Sein Bericht bestand aus einer Flut unzusammenhängender Feststellungen.

Sanae war von den Usugumi gefangenommen und wahrscheinlich an Vost und dessen Leute ausgeliefert worden. Was die mit ihr machen würden, konnte niemand sagen, aber Miranda war sich sicher, daß sie von der Anwesenheit, wenn nicht sogar vom genauen Standort des DEST wußten. Sanae hatte Homma Sirayuki zu einem Treffen mit einigen wichtigen Persönlichkeiten der Enklave begleitet, aber laut Daeka hatte es sich um eine Falle gehandelt. Sie hatte Miranda vor ihrem Aufbruch den Befehl gegeben, in einem derartigen Fall aus der Stadt zu fliehen. Er war trotzdem geblieben und hatte ohne Erfolg nach ihr gesucht, bis Dakae und Pikaete ihn schließlich überzeugt hatten, daß er zurück zu Takuda mußte, um Hilfe zu holen.

Die Bewohner Usugumos hatten Kontakt mit den Söldnern, und augenscheinlich standen sie kurz vor einer Übereinkunft. Die Mechs würden in Kürze unter der Kontrolle Usugumos auf dem Schlachtfeld erscheinen. Die Triebfeder der Usugumi war Geld. Manche von ihnen standen ganz unten, andere ganz oben, aber alle waren auf dasselbe Ziel aus: Reichtum. Es gab eine Menge Möglichkeiten, die Usugumi in den Spitzenpositionen zu stürzen, aber es würde schwerfallen, sie davon zu überzeugen, daß es eine bessere Gesellschaftsform gab.

Takuda sah sich zwei gleichermaßen dringenden und unmittelbaren Problemen gegenüber. Bei Tagesanbruch mußte er von der Enklave Usugumo her mit einem Angriff der Söldner rechnen. Selbst wenn Vost ihren exakten Standort nicht kannte, konnte er ihn einigermaßen abschätzen. Sie würden auf jeden Fall auftauchen, und wahrscheinlich würden sie noch von Usugumo-Bodentruppen unterstützt werden. Die Infanterie und Fahrzeuge stellten keine Bedrohung dar, aber Takuda konnte sich keine weiteren Verluste leisten. Seine Einheit war ohnehin schon geschwächt.

Das zweite Problem war Sanaes Gefangennahme. Die DEST-Tradition verbot es ihnen, Mitglieder ihrer Truppe zurückzulassen. Das galt sogar für die Toten. Jetzt war eine seiner Leute gefangen. Sie mußte gerettet oder zumindest so schnell wie möglich zurückgeholt werden. Er drehte sich zu Emmerdean Knyte um, der ungefragt wieder im Hauptquartier erschienen war, beinahe als habe er gewußt, daß seine Dienste benötigt wurden. »Knyte«, befahl Takuda. »Sie und Ihre Sektion begleiten Miranda und Topi. Holen Sie Sanae.« Knyte nickte und ging.

Soviel zu seinem zweiten Problem. Jetzt mußte er sich um das erste kümmern, den bevorstehenden Angriff der Söldner. Takuda hatte zwei Möglichkeiten: Sie konnten hier gegen die Söldner kämpfen oder sich in die Deckung des Wälder und Schluchten retten. Entschied er sich für das erstere, wußten Knyte und seine Leute, wohin sie zurückkehren mußten, allerdings konnte es passieren, daß keine Einheit mehr existieren würde, um sie zu empfangen. Ergriffen sie die Flucht, gab es keinerlei Garantie, daß die Einheit dadurch überleben würde. Er erläuterte sein Problem Parker Davud, in der Hoffnung, der ehemalige Landungsschiffspilot könnte eine Idee haben. Dem war nicht so, aber Dakodo, der dem Gespräch lauschte, fiel sehr wohl etwas ein.

Er hatte beobachtet, wie der *Heuschreck* im ersten Lager unter den Bäumen herumgestolpert war. Er hatte Mark Jacobs auf dem Marsch zu den Enklaven wiederholt mit dem Mech stolpern sehen. Jetzt fragte er, was genau die Mechpiloten wirklich sehen konnten. Warum, so sein Vorschlag, bauten sie keine Attrappe ihrer Stellungen und brachten die gegnerischen Mechs dazu, im wortwörtlichen Sinne darüber zu stolpern? Das würde Takuda nicht nur die Chance geben, ihnen Schaden zuzufügen, es konnte auch den Wert der Mechs in den Augen ihrer angehenden Arbeitgeber verringern.

Takuda dachte darüber nach. Er hatte die Tetaetae in ihrer Grabwut gesehen, und sie waren mit Sicherheit in der Lage, Fallen auszuheben. Es konnte funktionieren, und den Versuch war es auf jeden Fall wert. Er gab Dakodo sein Einverständnis. Sie würden sich ein kurzes Stück in den Wald zurückziehen und mehrere Infrarotbojen zurücklassen. Das sollte genügen, die Söldner anzulocken. Für die Vorbereitung der Fallen würden die Tetaetae sorgen.

28

»Mach sie kalt, damit wir's hinter uns haben«, erklärte Elizabeth Hoond mit tonloser, gespannter Stimme. »Wir haben alles an Informationen aus ihr herausgeholt, was wir bekommen können.«

»Was für Informationen?« erwiderte Vost. »Wir wissen überhaupt nichts, außer daß Takuda in der Nähe ist. Und das wissen wir, seit wir sie gefangen haben. Es gibt noch eine Menge, was sie uns mitteilen kann.«

Hoond trat wütend gegen den Holztisch, auf dem Ariake Sanae festgeschnallt war. Die DEST-Sektionsführerin reagierte nicht. Sie war so tief betäubt, daß sie nicht einmal die schmerzhaft engen Fesseln an Hand- und Fußgelenken wahrnahm. Hoond trat noch einmal nach. »Sieh sie dir doch an. Sie ist so high, daß du überhaupt nichts aus ihr herausbringen wirst. Du hättest ihr keine vier Spritzen zu geben brauchen. Das hat sie nur betäubt.«

»Vor den Spritzen haben wir auch nichts aus ihr herausgebracht. Diese DEST-Typen können eine Menge Schmerzen aushalten. Die Drogen haben zumindest dafür gesorgt, daß sie über irgendeinen Kampf geplappert hat, den sie gesehen hat. Irgendwas über Schrottfahrzeuge,«

»Du wolltest bloß nicht, daß sie weiter schreit.« Hoond kam um den Tisch, um Vost direkt gegenüberzutreten. »Ich dachte, du magst es, wenn deine Frauen Schmerzen haben. Oder magst du einfach nur Frauen?«

»Du wußtest, worauf du dich einläßt, als du mit uns gekommen bist. Du rangierst nicht höher als Fiona oder Michelle. Und wenn Tami Wilson etwas abhaben will, bekommt sie ihren Teil ganz genauso. Das wußtest du von Anfang an.« Drei Frauen und vielleicht sogar noch eine vierte zu jonglieren, war schwerer, als er es sich vorgestellt hatte. Die beiden Techs nahmen die Situation hin, aber Hoond, die Navigatorin der *Telendine,* war aus anderem Holz geschnitzt. Vielleicht lag es daran, daß sie außerhalb der Organisation stand und keine rechte Aufgabe hatte, daß sie eine solche Hexe war. Vost bedauerte den Entschluß, sie auf seine Liste zu setzen.

»Jedenfalls haben wir genug.« Er trat vom Tisch zurück ans Fenster und schaute hinaus über das bis zum fernen Wald reichende Grasland unter dem Licht der Morgensonne. »Du hast doch Navigationserfahrung«, meinte er. »Setz etwas davon ein, um herauszufinden, wo Takuda und seine Leute stecken. Für den Rest sorge ich dann schon.«

Hoond trat neben den Söldnerführer. Sie umschloß seine Hand. »Tut mir leid, daß ich laut geworden bin«, sagte sie, und legte den Kopf auf seine Schulter. Als er sich nicht sträubte, drückte sie ihn. »Ich finde, sie ist eine Gefahr. Wir wissen, daß sie mit Sirayuki gesprochen hat. Schließlich hat er sie an uns ausgeliefert. Wahrscheinlich wird er das benutzen, um einen Vorteil in den Verhandlungen herauszuschlagen. Aber davon ganz abgesehen, könnte sie noch mit anderen gesprochen haben. Das ist wie bei einem Virus. Sie muß vernichtet werden, genau wie ein Krankheitserreger. Bring sie um.«

Vost sah sie an. »Sie ist nur dann eine Gefahr, wenn wir untätig bleiben. Finde Takuda, und ich werde ihn zerquetschen. Das wird die Leute hier davon überzeugen, daß wir die Zukunft darstellen. Eine kostspielige Zukunft.«

Hoond legte den Kopf an seine Brust. »Na schön, Garber«, schnurrte sie. »Ich werde sie aufspüren, und du wirst sie zerquetschen. Aber danach gehört sie mir.«

»Einverstanden. Finde Takudas Leute, und sie gehört dir.«

Elizabeth Hoond brauchte nicht lange, um Takuda und seine Gruppe einigermaßen genau zu lokalisieren. Aus den Informationen, die Sanae Sirayuki gegeben hatte, wußte sie, daß der DEST fünf bis acht Fußstunden entfernt lagerte. Die Streife hatte die Stadt in einer Nacht erreicht. Sie wußte auch, daß andere Kontaktgruppen in die beiden anderen Enklaven aufgebrochen waren. Also hielten die Draconier sich nördlich von Usugumo und wahrscheinlich am Waldrand auf. Die von der Gun-sho unter Drogeneinfluß erwähnte Schlacht half ihr, die Position noch genauer zu fixieren. Die Truppen der Usugumi waren auf die der Amatukaze getroffen. Ein paar gezielte Fragen an die Anführer der Usugumi, und sie wußte wo. Es war ziemlich eindeutig, wo sich Takudas Einheit aufhielt.

Die Sonne stand im Zenit, als sie die BattleMechs hochfuhren. Sie hatten ihr Hauptquartier in einer der verlassenen Befestigungen der Außenmauer eingerichtet, weitab vom Rest der Verteidigungsanlagen und außerhalb der eigentlichen Stadt. Seagroves und Pesht hatten sich im Innern der Enklave niederlassen wollen, aber das hatte Vost sofort abgelehnt. Er war interessiert daran, die Söldner von ihren möglichen Arbeitgebern fernzuhalten, bis das Geschäft abgeschlossen war. In jedem Fall bot die Befestigung ihnen Schutz.

Mit ihrem hoch aufragenden Schanzwerk würde sie die meisten Angreifer von den Mechs abhalten. Für die beiden Landmechs waren die Mauern kein Problem, und Seagroves' FLUM konnte sie erst recht mit Leichtigkeit überwinden. Außerdem hatte ihre isolierte Lage den Vorteil, ihnen eine Aura des Geheimnisvollen zu verleihen.

Die Operation gegen Takuda war als simple Übung in brutaler Gewalt geplant. Drei Mechs gegen weniger als ein Dutzend Infanteristen – das versprach ein Schlachtfest zu werden. Selbst eine so schwache Lanze wie die Vosts mußte in der Lage sein, mit diesem Gegner fertig zu werden. Zugegeben, Takudas Truppe besaß einen Kurzstrecken-Raketenwerfer, aber was machte das schon aus im Vergleich zu dem Bombardement, das die *Speerschleuder* über dieselbe Entfernung durchführen konnte? Wenn es Takudas Leute wagten, mit ihren KSR anzugreifen, würde die *Speerschleuder* ihre Stellung mit Raketen überschütten. Das Gegenfeuerradar an der rechten Kopfseite des Mechs konnte die Stellung des Werfers auf fünfundzwanzig Meter genau anpeilen, und selbst wenn den Raketensalven kein direkter Treffer gelang, würde ein Dutzend Einschläge in nächster Nähe dem feindlichen Kanonier Respekt beibringen. Es würde keine zweite Salve geben. Brutale Gewalt würde ihnen den Sieg sichern.

Vost und Pesht sprangen in wirbelnden Wolken leuchtenden Gases aus der Befestigungsanlage. Knapp außerhalb der Mauern brachten sie ihre Kampfkolosse nach unten und arbeiteten sich durch das hüfthohe Gras auf den Kampfplatz zu. Seagroves würde ihnen später durch die Luft folgen. Die Treibstoffversorgung des FLUM bereitete ihnen Probleme. Der *Feuerfalke* hatte noch ausreichend Brennstoff für einige Stunden Flugzeit, aber die Treibstoffvorräte, die sie im Landungsschiff zusammengekratzt hatten, würden reichen müssen, bis sie einen geeigneten Ersatz gefunden hatten. Und die Suche danach würde warten müssen, bis der Vertrag unterschrieben war.

Peshts Mech schob sich vor den *Panther*, und Vost mußte ihn zurückrufen. Er wollte die KSR-Lafetten der *Speerschleuder* in Reserve halten, bis sie das Ziel erfaßt hatten. Vost sah sich in der ungewöhnlichen Lage, mit dem schwereren der beiden Mechs vorausmarschieren zu müssen. Unter normalen Umständen wäre die *Speerschleuder* zur Unterstützung der beiden *Heuschrecks* eingesetzt worden, während der *Panther* und der *Feuerfalken*-FLUM in Reserve geblieben wären. Aber Vost hatte die beiden *Heuschrecks* nicht mehr zur

Verfügung. Niemand hatte sie. Seagroves hatte einen von ihnen als sicheren Abschuß gemeldet, und der andere war mindestens beschädigt. Die besten Techs der Milchstraße hätten die zum Bau eines einsatzbereiten BattleMechs benötigten Bauteile nicht improvisieren können, und Takuda hatte keine Techs dieser Klasse unter seinen Leuten. Ganz abgesehen davon, daß ihm die Wartungsanlagen fehlten, die für eine derartige Arbeit notwendig gewesen wären. Der Söldner machte es sich auf der Pilotenliege des *Panther* bequem und ließ sich vom wiegenden Schritt des Metallriesen über die Savanne in ein Hochgefühl tragen.

Verstreute Trümmer markierten das Schlachtfeld. Flecken verkohlter Vegetation zeugten von den Todeszuckungen riesiger metallener Panzerfahrzeuge. Hier hatten sich die jüngsten Gefechte des noch immer anhaltenden Krieges abgespielt. Aber heute würde es keinen Kampf geben, denn die Amatukaze und die Usugumi beachteten einen eintägigen Waffenstillstand. Dafür war gesorgt worden. Irgendwo unter den verstreuten Baumgruppen hielten sich allerdings Beobachter aus beiden Enklaven auf. Diese Operation würde eine große Werbewirksamheit haben. Vost drehte die beiden Mechs in Richtung auf den Wald.

Die *Speerschleuder* rückte in eine Position zweihundert Meter schräg links hinter dem *Panther* auf. Vost sah die Position seines Begleiters auf dem Sekundärschirm und der Sichtprojektion. Er löschte die Information aus der Sichtprojektion, so daß nur noch die Zielsymbole zu sehen waren. Es machte keinen Sinn, das Sichtfeld mit überflüssigen Daten zu überladen. In einer Schlacht, an der keine anderen Mechs teilnahmen, konnten Position und Aktivitäten der anderen Kampfmaschinen der eigenen Seite nur stören. Vost gab Gas, und fühlte den Andruck, als der *Panther* sich mit wachsender Geschwindigkeit in Bewegung setzte.

Das Katzaug 5-Zielerfassungssystem suchte den sich

nähernden Waldrand ab. Nichts. Vost schaltete die Sensoren auf Infrarot und maximale Empfindlichkeit. Unter normalen Umständen registrierten die Sensoren nur Wärmequellen von der Stärke eines Mechs. Die Position einzelner Menschen war nur im Stadtkampf von größerer Bedeutung. In beengten Verhältnissen war der PNT-9R besonders gefährdet, und hier konnte es den Unterschied zwischen Leben und Tod bedeuten, einen in den Schatten lauernden Infanteristen rechtzeitig zu entdecken. Der Sekundärschirm zeigte in hellem Grün mit oberhalb des Icons eingeblendeter Transponderkennung die *Speerschleuder*. Sie war auf die rechte Seite des *Panther* gewechselt. Vost schenkte ihr keine Beachtung.

Dann bemerkte Vost im Hintergrundflimmern des Waldes das sanfte Leuchten einer IR-Signatur. Ein Mensch. Ein Mensch, der in einer versteckten Bunkerstellung hart am Waldrand lauerte. Er senkte das Fadenkreuz der PPK über den Lichtpunkt. Auf diese Entfernung konnte er den Soldaten mitsamt seiner Stellung zerblasen. Sein Finger spannte sich um den Auslöser. Nein, dachte er dann, das wäre zu einfach. Er senkte den rechten Arm des Mechs und beschleunigte. Ich werde den kleinen Scheißer zertrampeln, dachte er. Das wird ihnen zeigen, wer hier der Boss ist.

Der *Panther* sprang in die Luft und senkte sich auf das unbewegliche IR-Signal, das rechte Bein für den tödlichen Tritt steif und gerade. Als der Mechfuß durch das überraschend nachgiebige Bunkerdach stieß, kam Vost ein flüchtiger Gedanke: Der arme Trottel von Schlammkriecher hatte sich nicht bewegt. Die Sohle des Mechfußes, eine drei bei sechs Meter messende, segmentierte Maximilian-Panzerplatte, stieß durch die Bunkerdecke und weiter hinab. Hinab, hinab. Und dann schlug sie auf.

Der plötzliche Schock warf Vost in die Gurte. Der rechte Fuß des *Panther* saß in einer acht Meter tiefen

Grube fest, und der Mech war gefährlich aus dem Gleichgewicht geraten. Durch den Schwung der Landung wurde er nach vorne gerissen. Vost zog das linke Bein unter den Rumpf des kippenden BattleMechs, aber es schlug mit der Zehenplatte in den Boden. Er kämpfte darum, den Fuß freizubekommen. Der Mech neigte sich immer weiter, stürzte nach vorne. Vost riß den linken Arm nach hinten, um den Mech freizudrehen, und versuchte, das Gewicht stärker auf das festhängende linke Mechbein zu verlagern. Es hatte keinen Sinn.

Langsam, aber unaufhaltsam kippte der *Panther* nach vorne ins Unterholz, und die PPK bohrte sich in den weichen Boden. Dann schlug das Cockpit auf, und Vost landete erneut in den Sicherheitsgurten. Er nahm die Füße von den Pedalen und preßte die Finger auf die Feuerknöpfe. Die PPK röhrte auf. Riesige Brocken geschmolzener glühender Erde wurden in halbflüssigem Zustand zum Himmel geschleudert. Die rechte Schulter des um sich schlagenden Mechs flog nach hinten und preßte den Kopf, Kanzeldach voraus, in den Dreck. Vost hing in den Gurten und versuchte, die Gewalt über die Maschine wiederzugewinnen.

Als er es endlich geschafft hatte, den *Panther* wieder aufzurichten, hatte die *Speerschleuder* den Wald erreicht. Vost rief Pesht über den taktischen Kanal eine Warnung zu, aber es war zu spät. Einen Augenblick später sah er die *Speerschleuder* nach vorne kippen, die Beine in einem Lianengestrüpp verfangen. Ein Baum flog empor. Auf dem Sekundärschirm zuckten die Mechbeine seitwärts. Dann riß sich die *Speerschleuder* frei und stolperte weiter.

»Wo sind sie?« brüllte Pesht über die Verbindung. »Sie sind überall. Ich bin verloren!«

Vost suchte das Gelände ab. Der Wald war mit IR-Impulsen übersät. Weit mehr Impulsen, als Takuda jemals an Männern aufbieten konnte. Das Ganze war eine Falle. Auf dem Sekundärschirm leuchtete die Kennung des anfliegenden FLUM. Ein Laserstrahl verdampfte den Boden knapp vor dem *Panther*, warf brennende Zweige und verflüssigte Erde auf. Vost sah sich nach dem Angreifer um, fand aber nur den abdrehenden FLUM. »Seagroves! Das wirst du mir büßen!«

»Sorry, Boss. Ich dachte, da wäre einer kurz vor Ihnen.« Er verstummte. Vost glaubte, am Ende der Sendung ein leises Kichern aufzufangen. »Ich habe keine Ziele«, lautete die nächste Meldung des FLUM.

Vost sah eine verschwommene IR-Signatur. Diesmal erwische ich dich, du kleiner Dreckskerl, dachte er. Der Impuls blinkte. Er zog sich tiefer in den Wald zurück. Der *Panther* sprang vor. Als die Beine des Mechs zwischen zwei Bäumen passierten, fühlte der Söldnerführer ein leichtes Zerren. Verdammte Lianen, dachte er. Ich muß aufpassen. Dann sah er den Baumstamm, der auf den Torso des *Panther* zuschwang. Er stützte sich ab und fühlte die Erschütterung, als das Holz sein Ziel traf. Das war Wahnsinn. Hier kämpften sie nur gegen Schatten. »Rückzug«! befahl er über die Komleitung. »Wir verschwinden hier.«

29

Aus der Deckung der Büsche außerhalb des Usugumo-Haupttores beobachteten die vier DESTler und der Tetaetae den Aufbruch der Mechs und ihren Marsch nordwärts, den Fluß entlang. Knyte, Holland, Horg, Miranda und Topi machten sich so klein sie konnten. Ihr Plan sah vor, die Enklave wenn möglich im Morgengrauen zu betreten, und sie hatten die Strecke von den DEST-Stellungen hierher so schnell zurückgelegt, wie sie es verantworten konnten. Aber sie waren nicht schnell genug gewesen. Als sie die Ausläufer der Enklave erreicht hatten, waren Tor und Mauern bereits von der Geschäftigkeit des Tages erfüllt gewesen, so daß sie gezwungen waren zu warten, bis der Verkehr am Eingang dicht genug wurde, um ihr Eindringen zu verbergen.

Kurz vor Mittag hatten sie sich entschlossen, es zu wagen, aber plötzliche Aktivität in der Befestigung, in der die Mechs untergebracht waren, hatte sie zurück in Deckung getrieben. Jetzt, als die Mechs mit Hilfe der Sprungdüsen die Stellung verließen, sah das Team seine Chance gekommen. Das plötzliche Donnern der Sprungdüsen hatte die Fußgänger durcheinandergebracht. Knyte gab das Signal, und die fünf nutzten die Konfusion aus, um sich aus der Deckung zu erheben und unter die Menge zu mischen, die ungeordnet in Richtung Haupttor drängte.

Die Posten, die normalerweise jeden kontrollierten, der den Eingang passierte, waren in ihr Postenhäuschen geflüchtet und starrten durch die Sichtscharten auf die langsam zu Boden sinkenden Staubwolken. Sie winkten die panische Menge durch, und auch die DESTler konnten passieren, ohne einen zweiten Blick zu kassieren. Später würden die Wachen sicher besonders wichtigtuerisch auftreten und versuchen, durch

Arroganz diesen Moment der Unaufmerksamkeit vergessen zu machen. Aber soweit war es noch nicht.

Topi schaffte die vier Menschen so schnell wie möglich von der Hauptstraße in das Gewirr der Gassen. Miranda trug noch immer Zivilkleidung, die er bei seinem ersten Besuch in Usugumo besorgt hatte, während Knyte und seine Sektion die Sachen trugen, die sie in Amatukaze besorgt hatten. Jetzt erkannten sie, daß die Kleidung der verschiedenen Enklaven große Unterschiede aufwies. Sie waren auf den ersten Blick als Fremde zu erkennen. Sie huschten in eine Nebengasse und duckten sich hinter ein paar Kisten.

Sie brauchten nicht lange zu warten. Zwei Zivilisten in den losen Jacken und Hosen, wie sie die Unterschicht Usugumos bevorzugte, näherten sich. Als die beiden am Versteck der Gruppe vorbeikamen, trat Miranda in ihren Weg und hob die Hand. Die beiden Männer hielten an und protestierten über diese unnötige Störung. Wie kam dieser Kerl dazu, sie aufzuhalten? Sie sollten nie eine Antwort erhalten. Als sie auf den Boden schlugen, waren sie bereits tot – und wenige Sekunden später nackt.

Damit waren auch Knyte und Horg auf eine dieser Enklave angemessene Art gekleidet. Plötzlich bemerkten sie eine Gruppe spielender Tetaetae-Kinder, die sie erstaunt anstarrten. Bevor sie Gelegenheit zu einer Erklärung hatten, ergriffen die kleinen Vogelwesen die Flucht. Die Gruppe marschierte weiter, angeführt von Topi.

Die kleine Kaetetôänerin ging voraus und grüßte zwitschernd alle ihrer Art, denen sie begegnete. Sie bewegte sich nickend und hüpfend durch die Gassen und blieb gelegentlich zu einem Gespräch bei anderen Erwachsenen stehen. Aber die meisten Informationen schien sie von den Kindern zu bekommen. Die Erwachsenen stießen gelegentlich scheltende Töne aus, wenn sich die Menschen näherten, und zuckten die

Schnäbel in Richtung der Gruppe. Die Kinder drängten sich in respektvollem Abstand zusammen, und ihre Augen standen noch weiter vor als üblich.

Topi führte die Gruppe durch die Straßen und hielt direkten Kurs auf den höchsten Punkt der Enklave. Als sie schließlich anhielt, befanden sie sich am Ende einer Gasse, die so schmal war, daß sie sich seitlich hindurchzwängen mußten. Vor ihnen lag ein breiter Platz. Die Tetaetae ging in die Hocke und gestikulierte in Knytes Richtung. Sie deutete auf einen Raum im ersten Stock. Dabei rasselte sie etwas herunter, was der Sektionsführer nicht verstand, aber die kleine Einheimische war nicht umzustimmen. Knyte deutete mit den Fingern eine Gehbewegung an, und sie nickte. Als er andeutete, sie solle die Gruppe begleiten, schüttelte sie heftig den Kopf. Sie würde das Gebäude nicht betreten.

Topi erhob sich zu voller Größe und ließ die DESTler zwischen ihren Beinen hindurchkriechen, bis sie am Ende der Reihe stand. Sie sagte etwas zu Horg, dem letzten der vier, als er vorbeikam, und stieß ein gutturales Geräusch aus. Sie schien ihnen Glück zu wünschen, und Horg entschied sich, es entsprechend aufzufassen. Knyte gab Horg ein Zeichen, vor dem Haus zu warten und ihre Fluchtroute zu sichern. Dann ging es los.

Knyte trat als erster auf den vom Licht des frühen Nachmittags überfluteten Platz. Das Gebäude unmittelbar vor ihnen war ein imposantes Bauwerk aus Stein und Gold, ein Prunkbau ersten Grades. Das breite Doppelportal öffnete sich wahrscheinlich in ein zentrales Treppenhaus, durch das man in den ersten Stock gelangte, dachte er. Wahrscheinlich hatte diese Etage einen Zentralkorridor, der durch das gesamte Gebäude verlief und von dem nach beiden Seiten Zimmer abgingen. Die Treppe hoch und dann den Gang hinab in Richtung der Fenster, auf die Topi gezeigt hatte. Ohne das Gebäude zu betreten, hatte er im Geiste einen Lageplan angelegt. Die anderen machten es ihm nach und kamen zum selben Schluß. Erfahrung und Ausbildung trugen Früchte.

Sie stießen in die Dunkelheit des Eingangs vor. Die Treppe war vom Licht eines auf halber Höhe liegenden breiten Fensters erhellt. Der Weg hinauf zum ersten Stock wurde durch einen Absatz unterbrochen, an dem die Treppe die Richtung wechselte. Sie stiegen langsam hoch, mit sicherem Schritt, so als gehörten sie in dieses Gebäude. Auf dem Treppenabsatz gruppierten sie sich in Zweierreihen.

Der Korridor entsprach exakt ihren Erwartungen. Sie wandten sich nach links, und Miranda wurde langsamer, um Rückendeckung zu geben. Nach rechts war der Gang leer, aber in der Richtung, die sie eingeschlagen hatten, erwartete sie ein uniformierter Posten. Der Soldat hob die Hand, um sie aufzuhalten, aber noch bevor er ein Wort sagen konnte, fuhr Knyte ihn an: »Wir sind wegen der Gefangenen hier. Und warum stehst du nicht an der Tür ihrer Zelle? Da sollst du bleiben, und nicht hier auf dem Gang herumwandern. Mach, daß du auf deinen Posten kommst, oder ich melde dich auf der Stelle deinem Vorgesetzten.«

Der Soldat war völlig verblüfft. Er brauchte einen Moment, um sich klarzuwerden, daß er auf seinem Posten stand, und um zu erkennen, daß die Aussprache dieses Fremden ebenso ungewöhnlich war wie seine Kleidung. Er wollte etwas erwidern, aber da war es schon zu spät. Der Schlag zerquetschte seinen Kehlkopf. Er versuchte zu schreien, nach Luft zu schnappen, aber beides erwies sich als unmöglich. Er griff nach der Waffe an seiner Seite, fühlte eine Hand an seinem Arm. Er wehrte sich. Dann senkte sich roter Nebel vor seine Augen.

Knyte ließ den Posten auf den Boden sinken und

zog die schwere Pistole aus dessen Holster. Er bedeutete Miranda, Posten zu stehen, während er und Holland hastig weiterliefen. Als sie die Tür des gesuchten Raums erreicht hatten, legte Knyte das Ohr an das Holz, um zu lauschen. Er hörte nichts, was als Hinweis darauf dienen konnte, wer oder was sie im Innern erwartete. Knyte bedeutete Holland, eine Seite der Tür zu übernehmen, während er sich an der anderen aufstellte. Beide zogen die kurzläufigen Lasergewehre unter ihren Umhängen hervor. Er nickte Andi Holland zu.

Sie streckte vorsichtig die Hand nach dem goldenen Türknauf aus, und drehte ihn vorsichtig, bis er blockierte. Die Tür war verriegelt. Sie trat zurück und richtete das Gewehr auf die Verschlußplatte unter dem Knauf. Knyte tippte ihr auf die Schulter und beugte sich vor. »Nicht mit dem Laser«, flüsterte er. »Das Gold würde die Hitze leiten und das Schloß zu einem Metallklumpen verschmelzen. Benutz die Pistole.«

»Aber der Lärm«, gab Holland ebenso leise zurück. »Man wird es hören.«

»Läßt sich nicht vermeiden. Wir werden uns beeilen müssen.«

Sie nickte, nahm das Gewehr in die linke Hand und akzeptierte die schwere Pistole von Knyte. Es war ausgleichende Gerechtigkeit, daß sie das Türschloß mit der Waffe des Postens zerschoß. Der Schuß hallte laut durch den Gang. Die goldene Verschlußplatte, der Knauf und der Schloßmechanismus flogen unter dem Hammerschlag der Kugel auseinander. Die Tür schwang nach innen auf.

Andi Holland warf sich durch die Öffnung, noch bevor die Tür ganz auf war. Sie rollte nach rechts ab und kam in der Hocke wieder hoch. Durch die Fenster an der gegenüberliegenden Seite fiel Sonnenlicht in den Raum und blendete sie einen Augenblick. Dann erkannte sie den Tisch und die darauf festgeschnallte

Gestalt. Sie warf einen schnellen Blick durch den Raum. Jetzt ihrerseits überrascht zu werden, hätte sie ziemlich dumm aussehen lassen. Es war niemand da. Sie sprang an den Tisch.

Ariane Sakae regte sich nicht. Holland beugte sich über den Körper, lauschte nach Atemzügen und tastete an Sanaes Hals nach dem Puls. In beiden Fällen hatte sie Erfolg. Sanae lebte noch. Sie zerschnitt die Fesseln mit ihrem Vibrodolch. Hinter sich hörte sie das schrille Summen eines Lasergewehrs. Knyte rief sie. »Schneller, Andi. Wir haben Gesellschaft!« An ihrer Seite bewegte sich etwas, dann war Johan Miranda zur Stelle und zog die reglose Sanae vom Tisch in seine Arme. Er drehte sich zur Tür um. Holland sprang vor ihn auf den Gang hinaus.

Knyte wartete auf sie, ein Lasergewehr in jeder Hand. Holland sah die Schutzdeflektoren rot aufglühen, als Knyte beide Waffen aus der Hüfte abfeuerte. Einen Augenblick trat vor ihre Augen das Bild zweier Pistolenhelden, die sich auf einer ungepflasterte Straße gegenüberstanden und aus der Hüfte schießend duellierten – wahrscheinlich stammte das Bild aus irgendeinem alten Vidfilm, den sie in ihrer Jugend gesehen hatte. Dann schob die Wirklichkeit ihre Phantasievorstellung beiseite.

Während sie sich den Gang hinabbewegten, feuerte Knyte in den abgedunkelten Korridor, und die Lasertreffer rissen goldene Schrapnellsplitter von den Wänden. Er schoß ruhig, ohne Hast, abwechselnd links und rechts, wie eine Maschine. Sie trottete hinter ihm her. Hinter sich konnte sie die schweren Schritte Mirandas hören.

Knyte hörte auf zu schießen und führte sie die Treppe hinab, zwei Stufen auf einmal. Als sie den Treppenabsatz ereichten, schrillte irgendwo im Gebäude eine Sirene auf und gellte durch die Korridore. Über ihnen hörten sie Türen knallen. Sie liefen weiter, sahen sich nicht um. Knyte feuerte, ohne zu zielen, die Treppe hoch.

Am Fuß der Treppe sah Holland rechts von sich Silhouetten im Licht. Sie gab eine Lasersalve in ihre Richtung ab und sah jemand umfallen. Ein Lichtblitz zuckte auf, und ein Donnern erklang. Etwas flog singend an ihrem Kopf vorbei und prallte hinter ihr auf die Wand. Eine Wolke beißenden, nach Verwesung stinkenden Qualms schlug über ihr zusammen. Sie lief weiter.

Der Platz war blendend hell. Holland blieb stehen, damit ihre Augen sich an das Licht gewöhnen konnten. Die anderen drängten sich in ihrem Rücken. Auf dem hellen Platz wichen zahlreiche Zivilisten vor ihnen zurück. Andere, Uniformierte, hielten die Stellung. Ein Knall riß Hollands Kopf nach rechts. Eine Bleikugel prallte von einer Steinsäule ab und heulte davon.

Dann lenkte ein furchtbares, kreischendes Röhren die Aufmerksamkeit der DESTler zu der breiten Hauptstraße, die auf den Platz mündete. Von dort kam eine seltsame Maschine auf den Platz gefahren, eine Ansammlung von Ausbuchtungen, Kanten und Rohren. Die kupferbeschlagenen Räder kreischten erbärmlich, als das Gefährt auf das Gebäude zuschwenkte. Vor seinem Bug sprangen Posten beiseite, andere rannten begeistert darauf zu. Der abgeschrägte Bug trug in Grün und Gold das Abzeichen der Usugumi. Die mechanische Monstrosität kam kurz vor dem Team knatternd zum Stehen. Holland hob das Lasergewehr und richtete das Fadenkreuz auf einen Sichtspalt.

Das Turmluk schwang auf, und Topi steckte den Kopf heraus. Die kleine Tetaetae kletterte ins Freie und winkte ihnen zu. Irgendwo auf dem Platz donnerte es, gefolgt vom Kreischen eines Querschlägers. Topi duckte sich und sah nach hinten. Ihr Winken wurde drängender. »Vorwärts!« rief Knyte und sprang auf das Gefährt. »Vor dem Mob können wir nicht davonlaufen, aber mit dem Ding haben wir eine Chance. Beeilung!«

Das Team hatte das Fahrzeug kaum erklettert, war noch nicht einmal im Innern verschwunden, als es sich bereits im Rückwärtsgang wieder in Bewegung setzte. Holland hörte entsetzte und ungläubige Aufschreie, als die Soldaten vor den durchdrehenden Rädern die Flucht ergriffen. Dann bewegte sich das Gefährt wieder vorwärts, in Richtung Hauptstraße und Stadttor. Hangabwärts wurde es immer schneller und donnerte an den Torwächtern vorbei, die protestierend die Arme hoben.

Dann waren sie draußen und rasten weiter davon, schwankend, bebend und unter ständigem Donnern und Krachen der Motoren. Horg saß auf dem Fahrersitz und verfluchte die schwerfälligen Kontrollen wie ein Besessener. Im dunklen Innern des Fahrzeugs hielten sich die Teammitglieder an allem fest, was sie finden konnten und das nicht glühend heiß war. Zwischen sich hielten sie die bewußtlose Ariake Sanae.

RICK HARRIS 93

30

Vost schlug mit der Faust auf die Mahagoniplatte des Tisches, daß die Teeschale klapperte. Er haßte es, mit untergeschlagenen Beinen zu sitzen. Es war unmöglich, im Lotussitz aggressiv zu wirken. Und er war aggressiv. Hoonds Versagen im Fall Sanae hatte ihn schon in Rage gebracht, und jetzt mußte er sich noch dazu mit widerspenstigen Bürokraten herumschlagen. Hatte denn hier außer ihm niemand Hirn oder Phantasie? fragte er sich wütend.

Er starrte in die unbeteiligten Gesichter Homma Sirayukis und der dienstältesten Ratsherren. Sie hatten sich an einer Seite des langen Tisches versammelt, während er und die Führer seiner Mechtruppe auf der anderen Seite saßen. Auch Elizabeth Hoond war dabei, bedrückt über den Verlust ihrer Gefangenen und unsicher bezüglich ihrer Stellung in der Söldnertruppe. Sie war weder eine Mechpilotin noch eine Tech, und allmählich fragte sie sich, ob ihre Entscheidung zugunsten Vosts so klug gewesen war. Kendall Pesht war ebenso bedrückt, aber aus anderem Grund. Der *Speerschleuder*-Pilot hatte sich noch nicht von der Schande ihrer Niederlage im Wald erholt. Sein Mech war von einer unsichtbaren Infanterietruppe in die Falle gelockt, gefesselt, aus dem Gleichgewicht geworfen und generell lächerlich gemacht worden. Sein einziger Trost war, daß es Vost nicht besser ergangen war.

Das einzige Mitglied der Söldnertruppe, das nicht zu schmollen schien, war Seagroves. Der FLUM-Pilot hatte gelassen seinen Tee geschlürft und die Beine unter den Tisch gestreckt. Die Diskussion schien ihn überhaupt nicht berührt zu haben. Statt dessen hatte er sich damit beschäftigt, den Serviererinnen, die lautlos durch den Raum glitten, schöne Augen zu machen. Er hatte den Beinahetreffer am *Panther* nicht mehr erwähnt, und Vost war sich sicher, wenn er das Thema aufbrächte, würde der Mann die ganze Sache als bedauerlichen Unfall abtun. Der Söldner schlug noch einmal auf den Tisch. »Sie müssen sich der Gefahr bewußt werden, die diese Leute dort im Wald darstellen«, stieß er durch zusammengebissene Zähne aus. »Wenn eine der anderen Enklaven sich entscheidet, mit ihnen zusammenzuarbeiten, stehen Sie vor einem echten Problem.«

»Ich habe eher den Eindruck, ehrbarer Kommandeur«, schnurrte Sirayuki, »daß Sie vor einem Problem stehen. Sie sollten die Macht Ihrer riesigen Kreaturen an einer so kleinen und schwachen Truppe demonstrieren. Das haben sie nicht geschafft. Ich finde das sehr seltsam.«

»Wir können uns auch einen anderen Auftraggeber suchen.«

»Das steht Ihnen ganz und gar frei, ehrbarer Kommandeur. Aber wie Sie sehr wohl wissen, besteht bereits eine Vereinbarung zwischen uns.«

»Zwischen uns besteht überhaupt nichts«, höhnte Vost. »Sie haben eine Vereinbarung mit Seagroves. Bis jetzt hat er das Reden ganz allein übernommen.«

»Das ist wahr«, nickte Sirayuki. »Ihr fliegender Mann war in seiner Argumentation höchst überzeugend. Er ist es, der die bemerkenswertesten Möglichkeiten besitzt, nicht Sie. Ihre Stärke ist groß, zumindest wurde uns dieser Eindruck vermittelt, aber es ist der fliegende Mann, der uns am meisten beeindruckt.«

Vost schüttelte frustriert den Kopf. »Shidosha Homma Sirayuki, Sie verstehen weder das Konzept des BattleMechs noch, wie er eingesetzt wird. Na schön, die Möglichkeiten des jungen Seagroves beeindrucken Sie, aber er ist nicht der Stärkste. Das muß er selbst zugeben.« Am Ausdruck auf Seagroves' Gesicht erkannte Vost, daß dies nicht der Zeitpunkt war, auf einer Bestätigung zu bestehen. Seagroves schien bereit, über den besonderen Wert des FLUM zu dozieren. »Wir kennen jetzt den Standort der anderen Menschen. Beim ersten Angriff hatte unsere Navigatorin keine akkuraten Angaben zur Verfügung. Aber jetzt wissen wir, wo sie stecken. Das Problem ist der Wald. Unsere Maschinen haben Schwierigkeiten, sich im Wald zu bewegen. Aber wir könnten die Fußtruppen und Panzer der Usugumi verwenden, um sie ins Freie zu treiben. Dann könnten wir sie erledigen. Wir müssen schnell handeln. Auch wenn sie im Augenblick noch keine Gefahr darstellen, können sie eine echte Bedrohung werden, falls sie sich mit den Osioanern oder den Amatukaze zusammentun.«

Sirayuki dachte nach. Sicher war, daß es den Mechs nicht geglückt war, den Feind in den Wäldern zu vernichten, eine Tatsache, die ernste Auswirkungen hatte, derer sich diese Menschen gar nicht bewußt waren. Die Tetaetae in der Stadt hatten von der Niederlage erfahren, sogar von der Rolle, die ihre Artgenossen dabei gespielt hatten. Die Stimmung unter den Sumaru, der Masse der in Usugumo lebenden Tetties, hatte sich dadurch verändert. Noch war es keine tiefgreifende Veränderung, aber es war spürbar. Und ein Teil des menschlichen Pöbels hatte es ebenfalls mitbekommen. Dieses Problem mußte schnell bereinigt werden.

Damit war der Kurs beschlossen, aber die Planung kostete mehr Zeit. Sirayuki hatte zahlreiche Einwände, nicht zuletzt was die anderen Enklaven anging, während die Truppen der Usugumi gegen die Takuda-Fraktion marschierten. Er hatte Angst, berechtigte Angst, daß sie diese Situation ausnutzen würden. Also sollten die Söldner die gegnerischen Streitkräfte neutralisieren. Und er wollte einen Einsatz des FLUM.

Der psychologische Effekt des FLUM würde größer sein als jeder materielle Schaden, den er anrichten konnte. Die Bewohner der Enklaven litten unter einer tiefsitzenden Angst vor dem Fliegen. Ihre Legenden besagten, daß sie zwar als Reisende von den Sternen gekommen waren, aber niemals fliegen durften. Ihr großer Stern, ein einzelnes, helles Licht, das am Nachthimmel über ihnen hing, war das Symbol ihrer einzigen Heimat. Diesen Stern, so die Legenden, konnten sie nie erreichen, und sie durften es auch niemals versuchen. Auf dem Boden konnten sie viel erreichen, wie sie in den vergangenen fünfhundert Jahren bewiesen hatten, aber das Fliegen – und es gab frühe Erzählungen, die von Flügen berichteten – hatte ihrem Volk nur Unglück gebracht. Sie konnten nicht fliegen, wollten nicht fliegen und würden es auch niemals tun. Und jetzt waren diese Menschen gekommen, die es konnten und auch taten. Ein Angriff aus der Luft würde die Kampfmoral der anderen brechen.

Vost argumentierte gegen einen Einsatz, weil er vom Brennstoffproblem des FLUM wußte. Bei ihrem letzten Ausflug zum Landungsschiff hatten sie den *Feuerfalken*-FLUM aufgetankt, aber wenn sie keinen Ersatz für das KR4 fanden, war die Reichweite des FlugMechs begrenzt; groß, aber begrenzt. Und ein Angriff auf die anderen Enklaven würde dieses Problem noch verschärfen. Aber die Argumente für den Angriff waren zu fundiert, und schließlich mußte er nachgeben. Die Offensive und anschließende Jagd auf Takudas Leute wurden für den nächsten Morgen angesetzt.

Die Truppen rückten im Morgengrauen aus. Die Usugumi waren voll mechanisiert, einschließlich der Infanterie. Die Fußtruppen, die nicht in die Transporter – große Kästen auf kupferbeschlagenen Rädern mit an der Heckseite über das Dach emporragendem Zwillingsauspuff – paßten, klammerten sich an die Seiten der Gefechtsfahrzeuge. Eine Wolke erstickender grauer Dämpfe stieg von den röhrenden und klappernden Gefährten auf. Riesige Schwaden halbverbrannten Öls verdunkelten die Sonne, die durch die niedrigen Wolken zu dringen versuchte. Der aus zahllosen Gelenken der Kühlsysteme geblasene oder entweichende Dampf sank zu Boden und vermischte sich mit dem vom Fluß herüberwogenden Nebel. Als sie die Tore erreichten, begleitete sie der Jubel der an den Straßen versammelten Menge. Die Stadttore schwangen auf, und die Kolonne verließ die Stadt.

Die Mechs blieben in der Befestigung, bis die Truppen längst unterwegs waren. Die Piloten wußten, daß sie die Kolonne leicht würden einholen können. Sie glaubten, der schwerfällige Troß werde Stunden brauchen, das Zielgebiet zu erreichen. Aber sie hatten nicht damit gerechnet, welche Geschwindigkeiten diese Riesenmaschinen erreichen konnten, wenn sie erst einmal in Bewegung waren.

Verbrennungsgerätschaften – und das war so ziemlich die treffendste Beschreibung für das, was die Usugumi benutzten – werden mit wachsender Betriebsdauer effizienter. Treibstoff und Kühlflüssigkeit werden verbraucht, wodurch das Fahrzeug leichter wird. Außerdem erwärmen sich Kolben und Zylinder, wodurch sie ihre Aufgabe immer besser erfüllen. Dadurch wurden die Vorausfahrzeuge der Kolonne immer schneller. Nach einer halben Stunde hatte die Vorhut eine Geschwindigkeit von fünfzig Stundenkilometern erreicht. Die Kolonne begann sich aufzulösen, als die schwereren Fahrzeuge mit niedrigem Gewicht-Leistungs-Verhältnis zurückfielen. Ersatzfahrer aus den Reihen der mitgeführten Infanterie wurden ans Steuer geholt. Das Ganze entwickelte sich zu einem Wettrennen zu den DEST-Stellungen. Die Atmosphäre ähnelte beinahe der eines Volksfestes.

Die leichten Fahrzeuge erreichten das Ziel als erste. Sie wurden langsamer, um Aufstellung zu nehmen, aber die schwerfälligeren Panzer saßen ihnen dicht am Heck. Von den Gefechtsfahrzeugen weitergedrängt, rasten die vierrädrigen Erkundungsfahrzeuge über das

Gelände, um Platz zu machen. Die leichten Einheiten wurden an die linke Flanke und in die Vorhut der Formation getrieben, während die Panzer sich so gut es eben ging auf der rechten Seite verteilten. Von Zusammenhalt der Einheiten konnte keine Rede sein. Einige Panzermannschaften konnten ihre Kameraden nicht mehr finden, aber anstatt abzubremsen und nach ihnen zu suchen, donnerten sie weiter auf den Wald zu. Die Fußtruppen, egal, ob sie sich noch immer an die Flanken der Fahrzeuge klammerten oder abgeschüttelt worden waren, als diese die Straße verlassen hatten, jubelten und winkten ihre Gefährten weiter. Sie konnten sich nicht erinnern, eine solche Streitmacht jemals so schnell und wuchtig angreifen gesehen zu haben. Es war, als würden alle Feiertage zusammenfallen.

Hinter ihnen tauchten Vost und Pesht im *Panther* und der *Speerschleuder* auf, überrascht von der Geschwindigkeit der Bodentruppen und entsetzt über den Anblick, der sich ihnen bot. Der Söldnerführer versuchte sich einen Reim darauf zu machen, was er sah. Die sauberen Einheitsblöcke, die er am Abend zuvor auf der Karte gesehen hatte, waren verschwunden – sofern es sie je gegeben hatte. Er suchte nach der Infanterie, die den schweren Fahrzeugen auf dem Weg ins Unterholz vorausgehen sollte. Sie war nicht zu entdecken. Tief in seinen Eingeweiden fühlte Vost das ungute Gefühl eines bevorstehenden Desasters.

Die verdammten Usugumi warteten nicht auf die BattleMechs. Vost war hin und hergerissen zwischen dem Wunsch, stehenzubleiben und dem Gemetzel zuzusehen, und der Notwendigkeit, Tempo zu machen und sich in die offenkundig hoffnungslose Situation zu werfen. Er entschied sich für einen Mittelweg. Er rückte vorsichtig hinterher und wartete auf die Katastrophe. Und sie kam tatsächlich, sogar noch schlimmer, als er erwartet hatte.

Die Voraustruppen der Usugumi walzten in das Unterholz, das die Grenze zwischen der Savanne und den dichten Waldgebieten markierte. Hier waren Vosts Mechs in die Fallgruben gestürzt. Jetzt wußte Vost, worauf er achten mußte, und richtig – dort waren vielsagende Spuren von Erdarbeiten zu entdecken. Ein riesiger gepanzerter Transporter, aus dessen Auspuffrohren dichte Rauchwolken stiegen, kippte vornüber in eine Grube. Die Hinterräder hingen noch gut sichtbar in der Luft. Eine riesige Kugel aus Feuer und Auspuffgasen sprengte die Panzerplatten aus Kupfer und Holz auseinander. Das ganze Fahrzeug explodierte. In diesem lodernden Inferno konnte es keine Überlebenden geben.

Andere Fahrzeuge rollten weiter, vom Schicksal ihrer in den Fallgruben gefangenen Kameraden ungerührt. Die schiere Wucht des Angriffs würde die Truppen zumindest in den Wald treiben. Ein plötzlicher Lichtblitz, dann zuckte ein weißer Bogen über den Wald, als eine Kurzstreckenrakete abgefeuert wurde und ihr Ziel fand. Es war ein kinderleichter Abschuß. Im Vergleich zur Geschwindigkeit eines Mechs standen die schwerfälligen Usugumo-Panzer praktisch still. Die Rakete traf das Fahrzeug voll. Sie durchschlug das metallbeschlagene Holz, noch bevor der Sprengkopf explodieren konnte. Die Detonation entlud sich vollständig im Innern des Fahrzeuges. Wo einen Augenblick zuvor noch ein Panzer gefahren war, erhob sich plötzlich ein brodelnder Feuerball über das Gebüsch.

Zwei Panzer dahinter flogen ebenfalls brennend auseinander, dann zwei andere. Vost suchte nach dem Ausgangspunkt der Raketen, fand aber weder Mündungsfeuer noch Kondensspuren. Durch den Staub, Dampf und Rauch bemerkte er einen schattenhaften Riesen über den Wipfeln. Zwei Riesen. Vost warf einen Blick auf den Sekundärschirm. Dort erstrahlten für jeden, der Augen hatte, sie zu sehen, die Icons der beiden *Heuschrecks*. Sie zeigten die Transponderkennung von Vosts Lanze, aber sie standen eindeutig nicht auf seiner Seite. Er wollte gerade den Befehl zum Angriff auf die feindlichen Mechs geben, als die Icons hinter der Kuppe eines entfernten Hügels verschwanden.

Vost knirschte mit den Zähnen. Er war sich der Vernichtung der *Heuschrecks* so sicher gewesen, daß er sich nicht einmal die Mühe gemacht hatte, die Transponderfrequenz zu ändern. Die Usugumi zogen sich inzwischen noch hastiger über die Savanne zurück, als sie angegriffen hatten. Aber diesmal war Vost besser beraten. Um seine Mechs in den Wald zu führen, wo sie die *Heuschrecks* aufspüren und ausschalten konnten, würde er an den flüchtenden Infanteristen vorbei müssen. Aber ohne die Unterstützung der Usugumo-Infanterie gegen Takudas Leute und ihre Fremdwesenhelfer hatte es keinen Sinn vorzurücken. Es war Zeit zum Rückzug. Schon wieder.

31

Seagroves hielt den Weinpokal mit ausgestrecktem Arm und drehte ihn langsam, so daß sich die Flammen des lodernden Kamins im glänzenden Metall fingen und spiegelten. Er hob den Pokal an den Mund und ließ den Duft des schillernden grünen Branntweins seine Nase umschmeicheln. An den Geschmack von Cabolos mußte man sich erst gewöhnen, aber Seagroves machte gute Fortschritte. Es gefiel ihm, wichtig genommen zu werden, und jetzt hatte er endlich einmal das Gefühl, so beachtet zu werden, wie er es verdient hatte.

Seine erste Ahnung von dem, was hier auf ihn wartete, hatte er nach der ersten Landung in Usugumo erhalten. Bei der Erinnerung daran mußte er lachen. Wie anders wäre diese erste Begegnung verlaufen, hätte er damals schon gewußt, was er jetzt wußte. Aber das war vergangen und vergessen. Hier und jetzt ging es ihm blendend. Er ließ den Cabolos über seinen Gaumen rollen. Immer noch etwas zu süß für seinen Geschmack, aber wenn die Bewohner dieses Planeten das als Luxus ansahen, war es auch für ihn gut genug.

Vom Kamin zog die Wärme des Feuers herüber, das seine Dienerin gegen die Abendkühle des Spätsommers entfacht hatte. Der Tag war nicht allzu warm gewesen, der Himmel bedeckt, und jetzt zog vom Fluß Nebel herauf. Der Tanz der Flammen badete den Raum in rötliches Licht, das den Glanz der goldenen Einrichtung verstärkte. Alle Metallobjekte in diesem Raum waren aus Gold; dafür hatte Seagroves gesorgt. Er liebte das schwere Metall. Was nicht aus Gold gefertigt werden konnte, so hatte er seine Gastgeber informiert, wollte er auch aus keinem anderen Metall. Der Rost, auf dem die glühenden Kohlen lagen, bestand aus Keramik.

Auf dem Mahagonitisch, den er als Fußstütze benutzte, waren die verschiedensten Goldgegenstände aufgehäuft. Niemand auf dieser Welt hätte sie als Kunst bezeichnet, denn das Kunstgewerbe benutzte in aller Regel das hier sehr viel seltenere Eisen. Aber Brian Seagroves war das egal. Er wollte Gold, und es kümmerte ihn nicht, welche Form es hatte. Es war das Metall, auf das es ankam. Er ließ einen weiteren Schluck Cabolos durch die Kehle rinnen.

Von der Tür ertönte ein lautes Klopfen. Unmittelbar danach trat Elizabeth Hoond ins Zimmer. Seagroves sah hoch. In seinen Augen tanzte der Schein der Gasbeleuchtung. Hoond wirkte grimmig, wütend, kurz vor der Explosion. Auf ihrer Stirn stand eine tiefe senkrechte Falte, ihre Schultern waren steif vor Zorn. Seagroves störte es etwas, daß sie nicht auf seine Aufforderung einzutreten gewartet hatte, aber er entschied sich, nichts zu sagen. Er würde noch reichlich Gelegenheit haben, Hoond zu ärgern. »Warum so trübsinnig?« fragte er lächelnd, und schob das goldene Tablett in ihre Richtung. »Trink etwas Cabolos. Man muß sich erst daran gewöhnen, aber nach ein, zwei Gläsern hat er eine ganz nette Wirkung. Du siehst aus, als könntest du einen Drink gebrauchen.«

Hoond preschte in den Raum und warf die Tür hinter sich ins Schloß. Sie griff so ungestüm nach dem Krug und einem Pokal, daß einige der Goldobjekte über den Tisch kullerten und zu Boden fielen. Hoond schenkte sich ein und nahm einen langen Schluck des schillernden Brandys. Sie leerte den Pokal und füllte ihn wieder auf. »Ist das alles, was du heute abend vorhast?« fragte sie giftig. »Hier herumlungern und dieses Zeug saufen?«

»Ich bin nicht der einzige, der hier säuft«, gab Seagroves zurück, nahm die Füße vom Tisch und hob die herabgefallenen Teile auf. »Aber um der Wahrheit die Ehre zu geben, ja, genau das habe ich vor. Ich bin nur ein kleines Rädchen im großen Lauf der Dinge. Nur ein Tech mit besonderen Fähigkeiten.«

»Scheiße!« Hoond spie das Wort aus, als sei es giftig.

»Nur weil man in dieser Gesellschaft meinen wahren Wert erkannt hat, besteht kein Grund für dich oder die anderen, eifersüchtig zu sein. Das ist doch kindisch.«

»Scheiße! Und noch einmal, Scheiße! Ich verstehe überhaupt nicht, warum sie dich so anhimmeln. Du fliegst einen FLUM. Einen FLUM! Ich bin die Navigatorin eines Raumschiffs, das zwischen Welten verkehrt, die Dutzende Lichtjahre auseinanderliegen. Ich war an den äußersten Grenzen der erforschten Milchstraße. Ich habe sogar meine Lizenz von der Intergalaktischen Raumfahrergewerkschaft für den Beruf des Schiffskapitäns, alle Klassen, alle Sektoren! Das ist verdammt wichtiger als der Pilot eines stinkigen FLUM!«

»Tsk, tsk, meine liebe Elizabeth Hoond. Du übernimmst dich. Es mag ja sein, daß du ein Sprungschiff zwischen zwei beliebigen bekannten Punkten des Weltraums hin- und hernavigieren kannst, aber du kannst nicht fliegen. Und das ist es, was *hier* zählt. Ich kann es. Diese dummen, einfachen Menschen haben keine Vorstellung von der Raumfahrt. Sie haben keine Ahnung von deiner hehren, gewaltigen Bedeutung.« Seagroves lehnte sich über den Tisch, bis sein Gesicht beinahe das der Navigatorin berührte. »Aber sie verstehen sehr genau, was ich mache.« In seiner Stimme lag Eiseskälte. »Und das solltest du dir merken. Für sie bin ich wichtiger und mächtiger als Garber Vost. Er mag uns momentan erzählen, was zu tun ist, aber wenn es jemals zu einer Entscheidung zwischen uns kommt, werde ich das bessere Geschäft aushandeln können. Sie respektieren mich. Sie lieben mich.«

»Sie beten den blöden FLUM an, das ist alles! Mit

dir hat das gar nichts zu tun. Es ist ein purer Zufall, daß du in dieser Position bist. Vergiß nicht, daß Garber den FLUM auch fliegen kann. Nur weil diese Leute vor fünfhundert Jahren ihr Sprungschiff aufgeben mußten und es inzwischen als eine Art himmlische Heimstatt der Götter verehren und deswegen ein Tabu gegen das Fliegen haben, brauchen sie dich noch nicht zum Gott zu erheben.« Sie schenkte sich ein zweitesmal vom Cabolos nach. »Wir haben das Schiffswrack gesehen, als wir ins System kamen. Das ist alles, was da oben ist. Ein Schiffswrack. Keine geheimnisumwitterte Heimstatt der Götter.«

»Sehr schön, geh und erzähl es ihnen. Du wirst ja sehen, wie weit du kommst. Was mich angeht, ich fühle mich sehr wohl im Schoße ihrer Dummheit. Und ich plane, diese Dummheit auszubeuten, soweit ich kann. Du bist nur neidisch.«

»Glück hast du ja.« Hoond betrachtete die goldene Ausstattung des Zimmers. »Du sammelst einen ziemlichen Hort an.«

»Und ob. Diese Leute haben keine Ahnung vom Wert des Goldes. Ich schon. Ich werde der reichste Mann der Galaxis sein, wenn das hier vorbei ist. So reich, daß du mich nicht wiedererkennen wirst. Aber mach dir keine Sorgen, Lizzy. Ich werde mich um dich kümmern, selbst wenn Vost es nicht tut.«

»Schwein«, sagte sie mit ruhiger Stimme. Seagroves' Bemerkung hatte sie getroffen, das war deutlich. Hoond gehörte nicht zu Vosts ständigen Begleiterinnen. Seagroves hatte keine Ahnung, auf welche Rolle sie aus war, aber die Nummer Eins war sie für niemand. Für Sirayuki war sie ganz bestimmt nicht von Bedeutung, nicht einmal entfernt. In Usugumo waren Frauen nicht mehr als Dienstboten.

»Ich ziehe die Anrede ›Göttlicher Gebieter‹ oder vielleicht ›König aller Umstriche‹ der Bezeichnung Schwein vor.«

»Wie kommst du überhaupt darauf, daß du diese stinkige Welt und ihre stinkigen Bewohner jemals wirst verlassen können? Kapierst du das nicht? Wir *sitzen hier fest*, in alle Ewigkeit! Was nützt dir da all dein Gold?« Hoond schenkte noch einmal nach, leerte die Kanne und setzte sie mit lautem Knall ab. »Wir sitzen allesamt hier fest. Sie werden unsere Knochen in dem stinkigen Schlamm am Fluß beisetzen und vermodern lassen. Es ist hoffnungslos.«

»Nein. Das glaube ich nicht. Du hast zuviel Cabolos getrunken, und jetzt ist der Krug leer. Sag dem kleinen Mädchen an der Rezeption, daß ich noch etwas davon haben will, wenn du gehst. Ich habe Pläne zu schmieden.«

Elizabeth Hoond leerte ihre Pokal und stand auf. Stand unsicher auf. Einen Augenblick verspürte sie den Wunsch, den Pokal nach Seagroves zu werfen, aber in ihrem momentanen Zustand würde sie ihn sicher verfehlen. Außerdem, wozu sollte es gut sein? Abgesehen von der persönlichen Befriedigung, die sie daraus ziehen würde, ihm das Ding ins Gesicht zu schleudern, würde es nichts einbringen. Sie wandte sich zur Tür. »Wenn du das nächstemal vorbeikommst«, meinte Seagroves, als sie die Hand auf den Türknauf legte, »könntest du mal versuchen, meine Erlaubnis abzuwarten, bevor du hereingetrampelt kommst.«

Hoond drehte sich zu der verschwommenen Gestalt im Sessel um. Blöder Affe, dachte sie. Dann warf sie den Pokal nach dem rosafarbenen Fleck über dem Sesselrand.

Seagroves duckte sich unter dem Wurfgeschoß weg. Seine Bemerkung war gleichermaßen eine Warnung an Hoond wie für sich selbst gewesen. Die Tür hatte keinen Riegel, so daß jederzeit irgend jemand hereinkommen konnte. Es war kein guter Aufbewahrungsort für sein Gold, das von Stunde zu Stunde mehr wurde. Er hatte seine Sachen aus dem hölzernen Kleiderschrank in der Ecke geholt und benutzte ihn als Lager für die größeren Teile in seinem Besitz. Er hatte sich schon überlegt, die goldenen Rohre abzumontieren, die das Gas in sein Zimmer leiteten, sich aber dagegen entschieden. Die Leitung des Hotels hätte Verdacht schöpfen können. Es gab andere Methoden, seine Schätze aufzubewahren, und sicherere Orte.

Zum Glück hatte Seagroves in einer der Seitenstraßen der Enklave einen Juwelier gefunden, der bereit war, die Objekte, die Seagroves ihm brachte, zu Ketten umzuschmieden. Der Pilot hatte den größten Teil seiner freien Zeit damit zugebracht, die Läden nach goldenen Armaturen abzusuchen. Der kleine Juwelier hatte sich ungläubig den Kopf gehalten, als Seagroves auftauchte, aber der Ruf des FLUM-Piloten sorgte dafür, daß niemand ihm widersprach. In den Läden hatte man nicht einmal Bezahlung für die Dinge gefordert, die er mitnahm. Dieses Halbgottleben hatte seine Vorteile, dachte Seagroves zufrieden. Die ersten Ketten, die heute angeliefert worden waren, trug er bereits um den Hals. Vost hatte bei ihrem Anblick ein paar spöttische Bemerkungen gemacht, aber soweit es Seagroves anging, konnte ihm der Söldnerführer im Mondschein begegnen. Seagroves war entschlossen, reich zu werden.

Vost war ohnehin auf dem absteigenden Ast. Sirayuki kümmerte sich immer weniger um den Kommandeur und immer mehr um Seagroves. Der genoß es. Vost war ein dermaßen eingebildeter Bastard; es tat ihm ganz gut, zurechtgestutzt zu werden. Ständig hatte er sie alle schikaniert. Vielleicht würde er jetzt etwas weniger großkotzig werden. Früher oder später, davon war Seagroves überzeugt, würde Sirayuki nicht mehr mit Vost verhandeln, sondern mit ihm. Und dann würde die Lage anders aussehen.

Der FLUM-Pilot erhob sich von seinem Platz und

ging zur Tür, um zu lauschen, was sich auf dem Gang tat. Er hörte die leisen Schritte des Dienstmädchens, die sich seinem Zimmer näherten. Offensichtlich hatte Hoond ihr aufgetragen, neuen Cabolos zu bringen. Es war ein Beweis seiner neuen Wichtigkeit, daß Hoond es nicht vergessen hatte, und für die schnelle Reaktion des Mädchens galt dasselbe. Er saß wieder in seinem Sessel, als das Mädchen hereinkam und den leeren Branntweinkrug gegen einen vollen austauschte.

Nachdem sie fort war, lauschte er wieder, und als er nichts hörte, öffnete er leise die Tür. Das sanfte Leuchten eines Gaslichts erhellte das Ende des Ganges, an dem die Empfangsdame saß, aber die Düsen im übrigen Korridor waren fast auf Null heruntergedreht. Nachdem er sich davon überzeugt hatte, daß die Luft rein war, nahm Seagroves die schwere Tasche mit Gold, die er im Kleiderschrank versteckt hatte, und schlich durch den Gang davon. Er war unterwegs zur Mechfestung, um den ständig wachsenden Hort von Goldobjekten zu vergrößern, den er dort angelegt hatte. Früher oder später würde er einen anderen, sichereren Platz dafür finden müssen. Aber der einzige noch verfügbare Platz war in den Staukammern des FLUM. Das zusätzliche Gewicht würde den FlugMech in der Luft etwas instabil machen, aber dafür war sein Gold dort sicher, denn die Kammern öffneten sich nur auf seinen Handabdruck. Für's erste würden sie genügen müssen. Er machte sich keine Sorgen. Seine Zukunft strahlte ebenso hell wie das Gold.

Keiner würde das Gold in der Bastion vermuten. Die Söldner-Techs waren inzwischen in Gasthäusern wie diesem untergebracht. Nicht so komfortabel, aber durchaus bequem. Seine Unterbringung war noch besser als die Garber Vosts, eine Tatsache, die dem Söldnerführer schwer im Magen lag. Als Vost Sirayuki darauf angesprochen hatte, hatte der lächelnde Shidosha nur die Hände in die Ärmel seiner Robe gesteckt und mit den Schultern gezuckt. Er konnte nichts dagegen tun, hatte er erklärt. Die Räumlichkeiten waren allesamt freiwillig zur Verfügung gestellt worden. Die Usugumo-Posten, die jetzt vor der Befestigung patrouillierten, waren das ständige Kommen und Gehen der Piloten gewohnt. Sie würden seine Anwesenheit nicht weitermelden.

32

Kendall Pesht starrte auf den Boden der Trinkschale und sinnierte über den dunklen Ablagerungen. In dem kleinen Ryoriten-Restaurant nannte sich das Getränk zwar Ocha, aber jede Ähnlichkeit mit irgendeiner Art Tee, die Pesht je getrunken hatte, beschränkte sich auf Äußerlichkeiten. Pesht war wahrlich kein Teekenner, bei weitem nicht, aber er verband doch eine gewisse Vorstellung mit dem Namen, und dieses Zeug kam nicht einmal in die Nähe. Er schwenkte die Schale und ließ die Blätter tanzen. Manche Menschen behaupteten, im Muster der Teeblätter die Zukunft sehen zu können. In diesem Augenblick wünschte sich Pesht, er besäße diese Fähigkeit.

Der Söldner sah von seiner Teeschale hoch und betrachtete die übrigen Gäste des kleinen Restaurants. Sie boten einen Querschnitt durch die Mittelklasse Usugumos. Einigermaßen wohlhabende Bürger, aber keine Mitglieder der sieben herrschenden Oligarchien, die als einzige reich genug waren mitzuentscheiden, was in der Enklave gespielt wurde. Pesht trommelte mit den Fingern auf den Tisch und wartete ungeduldig auf seine Verabredung. Sein Kontaktmann hatte sich verspätet. Der *Speerschleuder*-Pilot spielte mit dem Gedanken, zu gehen und die ganze Sache zu vergessen. Aber ein paar Minuten würde er dem Mann noch geben. Er nickte dem kleinen Mädchen zu, das ihn fragend ansah, die Teekanne zum Nachschenken bereits in der Hand.

Er hatte die Schale halb geleert, als das leise Murmeln der Gespräche im Hintergrund plötzlich verstummte. Pesht sah hoch und bemerkte Homma Sirayuki, der zwischen den Tischen näher kam. Der Shidosha bewegte sich mit der eingeübten Arroganz eines Mannes, der an den Gehorsam aller in seiner Umgebung gewöhnt ist.

Der Besitzer des Restaurants wuselte vor ihm umher und versuchte das Ziel des Lords auszumachen. Er bot dem Oberhaupt der Usugumi zahllose Plätze an, aber keiner schien Sirayuki genehm zu sein. Der Wirt geriet in Panik. Dann fiel sein Blick auf die kleine Nische, in der sich der Neuankömmling niedergelassen hatte. Pesht konnte die Angst in seinem Blick erkennen, die Schweißperlen auf seiner Oberlippe. Der Mann wollte den Söldner nicht beleidigen, aber ebensowenig wollte er sich den Zorn des Shidosha zuziehen. Die Erleichterung auf seiner Miene, als Sirayuki sich Pesht gegenübersetzte, war unübersehbar. Er verbeugte sich, scharrte mit den Füßen und schnalzte mit den Fingern, um die Serviererinnen zu rufen. In einem Wirbel von Dienstbarkeit brachte man ihnen frischen Tee. Peshts einfache Steingutschale wurde abgetragen und durch eine kunstvoll gearbeitete Porzellanschale ersetzt. Als Sirayuki keine Anstalten machte, noch etwas zu bestellen, scheuchte der Wirt die Bedienung fort und ließ die beiden Männer allein.

»Ich würde sagen, Sie stehen vor einem wachsenden Problem«, stellte Pesht mit leiser Stimme fest. »Möglicherweise haben Sie sich einen Drachen ins Haus geholt.« Ursprünglich hatte er einen Tiger als Metapher heranziehen wollen, aber dann hatte er sich doch für den Drachen entschieden, dessen Bild man in Usugumo überall begegnete. Pesht wußte, daß dieses mythische Tier von den Draconiern verehrt wurde. Ein passendes Symbol für Sirayuki und den Rest seiner Bande, dachte er. Häßliche, dumme, egoistische Viecher.

Sirayuki sah Pesht mit reglosen, halb geschlossenen Augen an. Der kleine Söldner mit dem Rattengesicht hatte recht, aber bevor er antwortete, wollte er hören, was er noch zu sagen hatte.

»Er hat sich jetzt schon zweimal bis auf die Knochen

blamiert«, fuhr Pesht fort. »Ich frage mich, wie lange Sie noch mit ihm verhandeln können. Und er hat noch andere Probleme und Interessen.«

Sirayuki nahm die Teeschale in beide Hände und ließ die Wärme der Flüssigkeit durch seine Arme strömen. »Ich verstehe nicht recht, wie Ihre Organisation funktioniert«, stellte er in einem Tonfall fest, der den Eindruck eines Selbstgesprächs vermittelte. »Ihre Einheit scheint keinerlei erkennbare Hierarchie zu besitzen. Dieser Garber Vost übernimmt das Reden und gibt die Befehle, aber ich kann keinen Grund für seine Stellung erkennen. Er ist weder reicher noch mächtiger als die anderen. Und was ist mit der Frau an seiner Seite? Ich verstehe ihre Funktion nicht.«

Pesht lehnte sich zurück, aber dann fiel ihm noch rechtzeitig ein, daß er auf einem Kissen saß und keine Rückenlehne zur Verfügung hatte. Er haßte es, auf Kissen zu sitzen. Sie boten keine Möglichkeit, seine Überlegenheit zu zeigen. »Der Status der Frau ist einfach erklärt«, meinte er. »Vost macht sie an.«

»Macht sie an?« Sirayuki wurde ungeduldig.

»Um das zu verstehen, müssen Sie Vost kennen. Er macht Jagd auf alles, was weiblich ist, und die Jagd macht ihm mehr Spaß als die Beute. Er ist scharf auf Hoond, und sie sträubt sich. Jedenfalls die meiste Zeit. Das macht ihn verrückt. Sie ist bei den Besprechungen dabei, weil er ihr schmeicheln will.«

»Ich verstehe immer noch nicht«, erwiderte Sirayuki. »In unserer Gesellschaft, hier und auch in den anderen Städten, haben Frauen einen besonderen Platz. Sie existieren, um den Männern zu dienen.« Der Shidosha schwenkte den Arm und umfaßte symbolisch das gesamte Restaurant. »Alle Bediensteten hier sind Frauen. So gehört es sich. Der Mann leitet den Betrieb, und die Frauen dienen. Selbst die Frauen, die hier essen, dienen den Männern, die sie begleiten. Versteht Ihre Hoond das nicht?«

»Bei uns ist das etwas anders. Hoond war ein Offizier auf dem Schiff, das uns hergebracht hat.« Pesht erkannte, daß die Konzepte eines *weiblichen Offiziers* und eines *Raumschiffs* über Sirayukis Begriffsvermögen hinausgingen. »Egal. Wir sind anders. Belassen wir es dabei. Jedenfalls ist das unser Problem, nicht das Ihre. Ihr Problem besteht in der Entscheidung, ob Sie mit uns als Gruppe oder als Einzelpersonen Geschäfte machen wollen. Und wenn Sie mit uns als Gruppe verhandeln wollen, dann über jemanden, der in der Lage ist zu liefern, was er verspricht. Ich denke, Sie befürchten, Vost kann das nicht.« Pesht hoffte, auf der richtigen Spur zu sein. Aber gleichgültig ob dies so war, jetzt blieb ihm nichts anderes übrig als weiterzumachen. »Womöglich werden Sie noch mit größeren Problemen als nur Vost fertig werden müssen. Eine Reihe von Leuten in der Stadt könnten nicht hundertprozentig begeistert über die derzeitige Lage sein.«

Sirayuki mußte zugeben, daß das Rattengesicht die Situation absolut korrekt einschätzte. Die Oberhäupter der sieben Oligarchien hatten sich bei ihrer letzten Besprechung äußerst kühl gezeigt. Und als Sirayuki ihnen erklärt hatte, was die Söldner wollten und welche Bezahlung sie forderten, waren sie ganz besonders frostig gewesen. Offensichtlich hatten die Oligarchen Kontakt mit wenigstens einem der anderen Söldner aufgenommen und versuchten, ein besseres Geschäft zu machen.

Der Shidosha wurde durch eine Abstimmung der sieben Oligarchen zum Oberhaupt Usugumos gewählt. Die Position war nicht erblich, auch wenn die Hommas sie seit drei Generationen innehatten. Durch ihre Klugheit und ein besonderes Geschick, die anderen Fraktionen zu entzweien, hatten sie es geschafft, sich so lange an der Spitze zu halten, aber es war keineswegs sicher, daß dies auch so bleiben würde. Sirayuki hatte einen Sohn, der möglicherweise sein Nachfolger werden konnte, aber der Shidosha mußte sich vorsehen. »Haben Sie möglicherweise eine Lösung vorzuschlagen?«

Pesht sah, daß sich das Gespräch zu seinem Vorteil wendete. Sein Vorstoß wäre hoffnungslos abgeschmettert worden, wäre sich Sirayuki keiner Unruhe in den eigenen Reihen bewußt gewesen. »Ihre Leute wollen mit jemand reden, der seine Versprechen wahrmachen kann. Der Mech ist eine mächtige Waffe, und richtig eingesetzt, kann er Ihre kleine Welt beherrschen. Bis jetzt ist das nicht geschehen. Die Leute in Ihrem Rat wollen bessere Leistungen.«

»Wer sind diese Leute, von denen Sie reden? Haben sie Namen? Haben sie Gesichter?«

»Das ist nicht wirklich von Bedeutung. Sehen Sie, ich stehe auf Ihrer Seite. Ich will mit Ihnen zusammenarbeiten. Soweit es mich betrifft, sind Sie derjenige, der hier die Macht hat. Was Sie brauchen, ist jemand, der liefern kann und diesen Dummköpfen zeigt, wie es gemacht wird. Und wenn sie uns Schwierigkeiten machen, haben wir die Möglichkeiten, sie aus dem Weg zu räumen.«

»Ich bin mir noch immer nicht sicher, was Sie wollen oder wie Sie es zu erreichen hoffen. Sie müssen meine Position verstehen. Im Vergleich zu den anderen bin ich äußerst schwach. Ich habe keine Stimme im Rat, wenn eine Entscheidung ansteht. Ich kann nur einen Vorschlag machen, über den die anderen dann entscheiden. Ich bin machtlos.«

»Das ist Blödsinn. Ich habe mich umgehört. Sie sind der reichste Mann in Usugumo. Sie haben vielleicht keine Stimme, aber sie haben das Geld, sich so viele Stimmen zu kaufen, wie Sie benötigen. So haben Sie all die Jahre die Kontrolle behalten. Sie und Ihre Familie.«

»Es stimmt, ich bin reich, aber dieser Reichtum ist auch eine Schwäche. Ich kann ihn jederzeit verlieren.«

»Blödsinn. Sie kontrollieren die Eisenproduktion hier. Seagroves ist zu blöd zu erkennen, daß Gold hier wertlos ist und Eisen kostbar. Es gibt nicht viel davon – möglicherweise haben Sie dafür gesorgt, daß es selten bleibt –, und darauf basiert Ihre Macht. Ich habe meine Hausaufgaben gemacht. Deswegen verhandle ich mit Ihnen und nicht mit einem der anderen Trottel. Also hören wir auf, mit Worthülsen um uns zu werfen, und kommen wir zur Sache.«

Sirayuki erkannte, daß Pesht die Situation ganz gut erkannt hatte. Wie der Mann von der Eisenmine erfahren hatte, war ihm allerdings ein Rätsel. Er hatte seinen Besitz durch eine Serie von Scheinfirmen und Galionsfiguren in hohen Positionen verschleiert. Er hatte es sogar geschafft, eines der Ratsmitglieder in den Vorstand einer dieser Scheinfirmen zu bugsieren. Und jetzt hatte dieser kleine Mann in weniger als einer Woche seine sorgfältig aufgebaute Fassade durchschaut. Es mußte etwas geben, worauf er aus war. »Und was«, fragte Sirayuki freundlich, »soll Ihnen die Sache einbringen?«

Pesht lehnte sich zurück. Verdammtes Kissen, dachte er. Beim nächsten Treffen werden wir auf Stühlen sitzen, an einem richtigen Tisch. Er beugte sich vor und legte beide Ellbogen auf den Tisch. »Ich kann die Gruppe liefern. Wir können Sie unterstützen. Wir können den anderen erklären, daß wir nur mit Ihnen persönlich abschließen. Wenn sie eine Demonstration unser Möglichkeiten brauchen, knallen wir einen von ihnen ab. Kein heimliches Attentat, wie Sie das handhaben. Ich meine, wir marschieren geradewegs ins Zimmer, pusten das Opfer weg und marschieren wieder hinaus. Eisenhart. Oder welches Metall ihnen sonst liegt. Das wird ihnen zeigen, wer hier der Boss ist. Ich kann es Ihnen liefern. Ich weiß, welche Knöpfe ich bei den andern drücken muß.«

»Welche Knöpfe, wie Sie es ausdrücken, und was springt dabei für Sie heraus?«

»Ha! Was für mich dabei herausspringen soll? Ich will alles, wenn es vorbei ist. Ich kann die ganze Gruppe kontrollieren. Bei Seagroves ist das am einfachsten. Alles, was er will, ist Geld, und er bildet sich ein, Gold wäre gleichbedeutend mit Reichtum. Solange er mit dem Zeug zugeschüttet wird, tut er alles. Der Kerl hat Scheuklappen, was das angeht. Man braucht ihm nur Honig ums Maul zu schmieren und ihm Gold zu geben, und er fliegt. Ein riesiger Knuddelbär. Überhaupt kein Problem. Vost ist auch nicht komplizierter. Ich bin seit fast sechs Monaten in seiner Einheit, und es gibt nur eine Sache, die er wirklich will: Frauen. Je mehr, desto besser. Die Vorstellung, daß Frauen da sind, um zu dienen, liegt voll auf seiner Linie. Er jagt jeder Frau hinterher, die er sieht. Als wir vor ein paar Wochen hier gelandet sind, hat er als erstes versucht, sich als Samenbank der ganzen Gruppe zu etablieren. Der Kerl denkt mit den Hoden. Wenn er die Wahl hätte, würde er seine Zeit lieber damit verbringen, Frauen hinterherzurennen, als einen Mech zu steuern. Bleib noch Hoond. Sie ist eine typisch unsichere Frau. Sie übt in einer Männerwelt einen Männerberuf aus. Die braucht man nur wie einen Mann zu behandeln. Ihr etwas Respekt entgegenzubringen. Ihr zuzuhören. Man braucht nicht zu tun, was sie vorschlägt, Hauptsache, man hört ihr zu. Das war das Problem mit unserer Mechpilotin: Vost weigerte sich, ihr zuzuhören. Also ist sie abgehauen. Und einen unserer Mechs hat sie mitgenommen. Das war von beiden Seiten dumm. Ich hätte sie nicht zurückgelassen. Ich hätte sie eher umgebracht. Das sind die Knöpfe, die man bei ihnen drücken muß. Die Techs werden tun, was man ihnen sagt. Sie sind es gewohnt, Befehle auszuführen. Die wollen nur an den Mechs basteln und sie in Gang halten. Solange die Piloten die Mechs nicht zu sehr demolieren, sind sie's zufrieden.«

»Sie haben mir immer noch nicht erklärt, was dabei für Sie abfallen soll. Sie haben gesagt ›alles‹, und ich wüßte gerne, wie dieses ›Alles‹ aussieht.«

Pesht grinste und beugte sich noch weiter vor. »Ich will der nächste Shidosha werden. Ich weiß, daß der Posten für Ihren Sohn vorgesehen ist, aber ich will ihn für mich. Adoptieren Sie mich. Ich weiß, daß es möglich ist. Es wird Zeit, dem System etwas frisches Blut zuzuführen.«

33

Pesht ließ den Blick noch einmal über den Salon seiner Suite schweifen, um sich zu vergewissern, daß alles seine Ordnung hatte. Weniger, um seinen Besucher mit dem Prunk des Raums zu beeindrucken, als vielmehr, um sich in Szene zu setzen. Der Salon mußte den Eindruck erwecken, jemand von Bedeutung zu beherbergen. Das Gasthaus hatte ihm eine Suite aus drei Räumen zur Verfügung gestellt, deren Salon nach Peshts Vorstellungen ausgestattet worden war. An die Stelle des niedrigen Tisches und der Kissen waren ein Tisch angenehmerer Höhe und ein halbes Dutzend geradlehniger Stühle getreten. Pesht hatte keine Ahnung, wo das Hotel diese Möbel aufgetrieben hatte, aber er vermutete, daß sie von einem örtlichen Tischler speziell angefertigt worden waren. Ihnen haftete noch der Geruch frischen Holzes an. Er setzte sich auf einen der Stühle, der ihm den Blick zur Tür gestattete, und wartete.

Als eine Viertelstunde später ein Klopfen ertönte, saß er noch immer dort. Er stand auf, öffnete die Tür und verriegelte sie hinter seinem Besucher sofort wieder. Er hatte den Riegel persönlich angebracht, weil er den Eingang nur so hatte sichern können.

Schlösser und Riegel waren, wie Pesht inzwischen festgestellt hatte, den Häusern und Geschäften der sieben Oligarchen und des Shidosha vorbehalten. Das war eine Möglichkeit, ihren Besitz zu erkennen. Er war verriegelt. So war Pesht auch in der Lage gewesen, die Eisenmine zu Sirayuki zurückzuverfolgen – alle Türen und Tore der Anlagen um die Mine besaßen Schlösser. Interessanterweise galt dies für die Bürotür der Firma, der die Mine offiziell gehörte, nicht. Sie diente offensichtlich nur zum Schein.

Der Besucher trat schweigend ein und nahm auf

dem Stuhl Platz, den Pesht ihm anbot. Der Söldner schenkte zwei kleine Schalen Budoshu ein und wartete darauf, daß Subash Chi das Wort ergriff. Er war der Sanyu, der Hohepriester der Amatukaze, und indem er zu diesem Gespräch nach Usugumo gekommen war, hatte er wahrscheinlich ein nicht unbeträchtliches Risiko auf sich genommen.

Die Usugumi und die Amatukaze hielten seit dem Angriff auf Takudas Leute und ihre Verbündeten in den Wäldern drei Tage zuvor Waffenruhe. Der von Vost arrangierte Präventivangriff des FLUM gegen die Truppen der Amatukaze zu Beginn der Operation schien auf die Haltbarkeit des Waffenstillstands keinen Einfluß gehabt zu haben. Unter anderem wollte Pesht mit diesem Gespräch herausfinden, wie haltbar er tatsächlich war. »Ich gehe davon aus, daß Sie keine Schwierigkeiten hatten, mich zu finden«, eröffnete er die Konversation. Sein Besucher nickte und lächelte. »Seit ich das letztemal mit Ihrem Agenten gesprochen habe, hat sich viel getan«, fuhr Pesht fort. »Es gab gewisse Angebote von Ihrer und auch von anderer Seite, die zu bedenken sind.«

Subash Chi saß steif und gerade auf seinem Stuhl und fixierte seinen Gastgeber, als versuche er, dessen Stärken und Schwächen abzuschätzen. Die Amatukaze standen traditionell in konstantem Konflikt mit den anderen Enklaven. Seit Beginn ihrer Zeitrechnung waren die Enklaven verfeindet, aber die Amatukaze schossen in dieser Hinsicht den Vogel ab. Die Osioaner und die Usugumi waren vom fünffachen Weg abgewichen. Sie hatten den Amatukaze als religiösen Vorbildern nominalen Respekt gezollt, dem wahrhaften Weg aber mit der Zeit den Rücken gekehrt. Die Osioaner waren in ihrem Denken erstarrt und gestatteten nur noch den Adligen, in Führungspositionen aufzusteigen. Sie hielten die Bauern als Unterschicht, eine Klasse, die durch ihren Schweiß und ihr Blut die trug, die ihnen aufgrund ihrer Geburt überlegen waren. Die Osioaner hatten jedes Gespür für das Wohl der Bevölkerung verloren und Macht als einzigen Wert akzeptiert. Sie waren ein wertloses Geschwür, ohne das die Welt nur besser werden konnte.

Die Usugumi andererseits hatten das Profitstreben über die Bedürfnisse des Volkes erhoben. Im Verlauf der Zeit hatten sie die Produktionsmittel und Vertriebswege unter ihre Kontrolle gebracht. Sie waren verachtenswert, aber die Amatukaze konnten sie nicht gänzlich auslöschen, ohne damit gleichzeitig alle Enklaven zu ruinieren. Chi war sich klar, daß es besser wäre, die Usugumi zu unterwerfen, als sie zu vernichten. Die Amatukaze planten diese Unterwerfung schon, soweit er oder einer der anderen Sanyu zurückdenken konnte. Nun stellte dieser kleine Mann die beste Chance dar, ihren Traum zu verwirklichen. Die Kräfte, die er zu kontrollieren behauptete, konnten die Usugumi in die Knie zwingen, ohne die Zerstörung der gesamten Enklave notwendig zu machen. Aber Chi mußte herausfinden, was der Mann als Gegenleistung verlangte. Zu diesem Zweck war er hergekommen.

»Ich kann eine ganze Menge für Sie tun, Chi«, meinte Pesht, als sein Gast ihm keine Antwort gab. Er beobachtete den schweigenden Priester, während der die Schale mit Budoshu hob und mit der Flüssigkeit seine Lippen benetzte. Der Söldner konnte das starke Aroma des heißen Weines riechen. Er hatte Budoshu der besten Qualität bestellt. Hoffentlich wußte der Sanyu das zu schätzen.

»Sie haben bereits sehr viel für mich getan. Der Budoshu ist von ausgezeichneter Qualität, und die Kashi ist einzigartig. Ich stehe in Ihrer Schuld.«

Pesht kannte sich mit Schuld und Ansehen aus. Die Bewohner der Enklaven waren in beiderlei Hinsicht empfindlich. Sirayuki war sehr besorgt gewesen, in den Augen seiner Gefährten an Ansehen zu verlieren, was der entscheidende Punkt bei der Frage der Adoption war. Pesht hatte ihn schmoren lassen, und schließlich hatte der Shidosha eingewilligt. Die Nachricht war vor wenigen Stunden gekommen, und Pesht sah seine Zukunft in äußerst rosigem Licht. Der Sanyu würde ein beachtliches Angebot unterbreiten müssen, um im Rennen zu bleiben. Budoshu und Kashi waren nicht für ihn bestellt worden, aber wahrscheinlich würden sie dem Sanyu helfen, seine Entscheidung zu treffen. Der Priester brauchte nicht zu wissen, daß Pesht sie hatte besorgen lassen, um seinen Erfolg zu feiern. Sollte er ruhig glauben, sie seien dazu gedacht, ihn zu ehren.

»In Amatukaze«, setzte Chi an, und räusperte sich, »besitzen wir eine strikte Hierarchie. Es dauert eine lange Zeit, für viele ein ganzes Leben, eine Stufe sublimer Kontemplation zu erreichen. Der Weg ist lang und schwierig, und er erfordert höchste Hingabe. Viele beginnen diese Reise, aber nur wenige erreichen ihr Ziel.« Chi ließ seine Worte wirken. Der Besucher von jenseits der Sterne, wie er und die anderen es zu sein behaupteten, mußte sich genau darüber im klaren sein, wie strikt die Disziplin unter den Amatukaze war. Die besondere Ausbildung war einer der vielen Punkte, die den Amatukaze zu ihrer Überlegenheit verhalfen. »Sie müssen das Konzept der Fünf verstehen, davon durchdrungen werden. Es gibt einen fünffachen Weg zur Erleuchtung, und fünf Säulen, auf denen die Wahrheit ruht. Dies müssen Sie erfassen.«

»Soll das hier eine Philosophievorlesung werden?« fragte Pesht. »Das habe ich alles schon vom ersten Sanyu gehört, der mit mir geredet hat. Er steckte auch voll von diesem Zeug. Um ehrlich zu sein, Chi, ist mir das alles völlig gleichgültig. Ich will wissen, was Sie von mir wollen, und was Sie mir für meine Dienste anbieten. Ich will keine Belohnung im glorreichen Jenseits oder in ferner Zukunft. Ich bin auch nicht an Innerem Frieden interessiert. Damit das von Anfang an klar ist.«

»Aber ohne Inneren Frieden ist nichts von Wert. Alle weltlichen Begleiterscheinungen unseres Seins verblassen im Vergleich zum Inneren Licht. Deswegen tragen unsere jungen Bukoshi nur einfache Gewänder, deshalb schlafen sie auf dem Boden und essen ungewürzten Reis. Sie müssen dem Inneren Licht gestatten zu wachsen. Einfachheit ist alles.«

»Genau. Deswegen leuchtet Ihr Tempel auch durch die Nacht. Deswegen tragen Sie die juwelenbestickten Roben. Deswegen erkennen Sie feinen Budoshu und Kashi, wenn man sie Ihnen vorsetzt. Verschonen Sie mich mit dem Gerede über Armut und Einfachheit. Ihre Vorstellung von Fünf ist fünf Gänge bei jeder Mahlzeit, fünf Sorten Wein zu jedem Gang und fünf Schichten Gänsedaunen als Matratze in Ihrem Bett. Darum geht's Ihnen bei der Fünf.« Pesht amüsierte sich königlich. Aus einer Position der Stärke heraus verhandeln zu können, hatte seinen Reiz.

»Es gibt Möglichkeiten«, räusperte sich der Sanyu, und senkte den Blick auf den Tisch. »Es gibt Möglichkeiten. Wir könnten Sie als jemand anerkennen, der bereits eine höhere Stufe der Erkenntnis erlangt hat. Sie könnten in die zweite Stufe aufgenommen werden, als voller Sanyu.«

»Ich weiß nicht, ob ich Lust habe, Priester zu werden. Ich glaube, ich möchte mehr sein. Vielleicht etwas Höheres als Sie. Wer kommt über Ihnen?«

»Es gibt niemanden über mir. Nur die Philosophen und großen Denker, denen wir die Grundsätze unserer Religion verdanken.«

»Gut, dann machen Sie mich zu einem von denen. Ich kann Ihnen allen sagen, was Sie zu tun haben. Das hört sich gerecht an.«

»Das würde Ihnen eine Macht verleihen, die noch niemand je besessen hat.«

»Irgend jemand muß sie einmal gehabt haben. Jemand hat all das Gesülze, das Ihr Typen ablaßt, schließlich irgendwann festgelegt. Warum müssen all die Typen tot sein? Es gab eine Zeit, in der sie gelebt haben, oder es gäbe keine Aufzeichnungen von ihnen.«

»Aber sie waren Personen von großer Einfachheit und Stärke. Sie waren Denker.«

»Na schön, jetzt wird's Zeit für eine Veränderung. Für einen Macher. Ich bin einer. Ich kann dafür sorgen, daß die Amatukaze die Vorherrschaft erlangen. Vielleicht haben Ihre Leute schon so lange nur auf dem Hintern herumgesessen, daß sie die Fähigkeit verloren haben, etwas zu tun. Hören Sie, Chi. Ich habe die Macht, etwas zu bewirken. Etwas, das in fünfhundert Jahren keiner von euch geschafft hat. Jetzt ist die Zeit gekommen. Schlucken Sie ihren Stolz runter oder Ihre Grundsätze, oder wie Sie's auch nennen, und schlagen Sie ein. Machen Sie mich zu Ihrem obersten Führer. Dann wird es geschehen.«

»Ich muß darüber nachdenken«, erklärte der Sanyu und stand auf. »Es gibt viel zu bedenken. Die Zukunft der Amatukaze steht auf dem Spiel. Vielleicht gibt es eine Möglichkeit für uns, es zu arrangieren.«

Pesht begleitete seinen Gast zur Tür. Der Korridor war leer, und der Sanyu verließ die Suite, ohne von jemand bemerkt zu werden. Als Pesht die Tür hinter ihm schloß, grinste er.

»Meinst du, er hat deine Idee geschluckt?« fragte Seagroves, als er aus seinem Versteck im Schlafzimmer kam.

»Hast du alles mitbekommen? Auch den Müll über Armut und das einfache Leben? Ich wollte ihm ins Gesicht lachen.«

»Das mit dem Philosophen ihrer Religion gefällt

mir«, meinte Seagroves und kippte den Rest Budoshu in eine der Porzellanschalen. Dann füllte er sie wieder auf. »Ich kann mir dich richtig als Konfuzius oder so was vorstellen. Was springt für mich raus, wenn du die Spitzenposition bekommst?«

»Was möchtest du haben? Ich kann dich zu allem machen, was du willst. Wie wäre es, wenn du zu meiner Rechten sitzt und für mich sprichst. Stell es dir mal vor: Seagroves, der Götterbote.«

»Sie haben keine echten Götter«, wandte Seagroves ein. »Nur einen Haufen Toter, die eine Menge Zeug geredet haben.«

»Stimmt. Der einzige Unterschied ist: Wir leben noch. Diese Kerle haben irgendwann auch gelebt – und es nicht einmal ausgenutzt. Ich habe vor, meine Macht bis zur Neige auszukosten. Wenn die Leute sich zu meinen Füßen niederlassen, um mir zu lauschen, kannst du darauf wetten, daß sie zu hören bekommen, was ich will. Und sie werden springen, wenn ich es ihnen befehle. Das einzige, was sie noch werden fragen können, ist ›Wie weit?‹, und auch das erst, wenn sie schon auf dem Weg nach oben sind.«

»Was ist mit den Osioanern? Sollten die sich nicht auch melden?«

»Das sind alles Idioten.« Pesht goß sich den letzten Rest Wein ein. Das Problem mit diesen Schalen, dachte er, war ihre Größe. Sie waren einfach zu klein. Das würde er auf jeden Fall ändern, egal, für welche Enklave er sich entschied. Er würde große Pokale anschaffen. Was hatte das Trinken für einen Sinn, wenn man keinen anständigen Schluck nehmen konnte?

»Das Problem mit den Osioanern«, erklärte er, »ist folgendes: Sie sind viel zu unterwürfig. Nichts schafft so viel Unterwürfigkeit wie ein Militärsystem. Sie haben mir alles versprochen, was ich nur wollte. Wollten mich zu ihrem O machen, zu ihrem König. Sie haben mir erklärt, das sei gar nicht weiter schwierig.

Mit dem Boss hab ich gar nicht geredet. Vielleicht hätte der mir etwas anderes angeboten. Ich denke nicht, daß er bereit gewesen wäre, sich die Kugel zu geben, damit ich für ihn arbeite. Jedenfalls haben die anderen mir angeboten, ihn kaltzumachen. Sie haben's natürlich anders ausgedrückt, aber sie haben erklärt, sie würden den großen O aus dem Weg räumen und mich auf seinen Platz setzen. Ich könnte den Job auf Lebenszeit haben. Aber ich frage mich unwillkürlich, wie lange das wohl wäre. Das ist die Schwierigkeit, wenn ein großer O abgemurkst wird, um Platz für seinen Nachfolger zu schaffen. Das könnte zur Gewohnheit werden, wenn du verstehst, was ich meine. Wie lange würde es wohl dauern, bis einer von ihnen auf die Idee käme, daß sie mich genauso leicht aus dem Weg räumen könnten? Oder bis einem von euch diese Erleuchtung käme? Ich müßte euch alle eliminieren, nur um am Leben zu bleiben. So wollte ich eigentlich nicht herrschen. Nicht, daß ich nicht bereit wäre, ein paar von euch aus dem Weg zu räumen.«

Seagroves sah den *Speerschleuder*-Piloten an. Pesht steuerte den schwächsten ihrer drei Mechs. Eigentlich gab es keinen echten Grund, warum ausgerechnet dieses kleine Rattengesicht das Sagen haben sollte. »Mir gefällt immer noch, was ich hier habe. Hier habe ich angefangen, und hier werde ich wohl auch bleiben.«

»Ich werde es berücksichtigen, bevor ich meine Entscheidung treffe«, stellte Pesht lächelnd fest. »Keine Sorge, Großer. Du spielst eine wichtige Rolle in meinen Plänen. Aber stell es dir nur mal vor – wenn wir uns für die Amatukaze entscheiden, wärst du beinahe ein Gott.«

34

Takuda wurde vom Kaffeeduft geweckt, der durch den Vorhang vor seiner Schlafnische drang. Er lag mit geschlossenen Augen in der Dunkelheit und ließ das Aroma Erinnerungen an vergangene Morgen und andere Welten wachrufen. Zum erstenmal hatte er Kaffee in der Wohnung einer Frau kennengelernt, die außerhalb des Draconis-Kombinats aufgewachsen war, und er war augenblicklich konvertiert. Tee, das traditionelle Getränk des Kombinats, hatte nie wieder die gleiche Macht über seine Geruchsnerven besessen. Jetzt setzte er sich kerzengerade auf. Er war hellwach.

Seit Bustoes Versetzung in Arsenaults Sektion hatte Takuda sich seinen Morgenkaffee selbst aufgegossen. Er freute sich regelrecht auf diese Tätigkeit, weil sie ihm einen kurzen Ausflug aus dem Kerker der Verantwortung in das Idyll des Haushalts gestattete. Jetzt hatte wieder ein anderer diese Aufgabe für ihn übernommen. Es mußte einer der Tetaetae sein. Er wälzte sich aus der Koje und schlüpfte in die gepanzerten Gefechtsstiefel.

Im Vorraum hockte der Tetaetae, der den DEST-Kommandeur »adoptiert« hatte. Das Vogelwesen beobachtete angestrengt den winzigen Kocher, der zur Ausrüstung aller DEST-Mitglieder gehörte. Die Brennstofftablette warf ein blaugrünes Licht auf das Gesicht des Kaetetôãners. Der Tetaetae wartete so konzentriert auf das Kochen des Kaffees, auf die ersten kleinen Bläschen am Rand der Tasse, daß er die Gegenwart seines Meisters gar nicht bemerkte. Takuda wartete schweigend, um die Konzentration seines »Chefs« nicht zu stören. Für Pita war es geradezu ein religiöses Gebot, seine Arbeit bis ins Detail perfekt zu machen.

Als das erste Blubbern sich zeigte, riß Pitas die Tasse mit einem aufgeregten, fröhlichen Glucksen vom Kocher. Sein Ausbruch fand sofort ein Echo von anderen hinter dem Verdunkelungsvorhang. Schritte wurden laut, und plötzlich war der winzige Raum voll von Tetaetae, die allesamt begeistert auf und ab hüpften. Der Lärm und die Bewegung brachen allerdings auf der Stelle ab, als sie den DEST-Kommandeur sahen. Mit entsetztem Kreischen drängte die Tetaetae-Horde rückwärts hinaus. Pita reichte seinem Herrn die Tasse mit dampfendem Kaffee.

Takuda akzeptierte den Kaffee und setzte sich in einen der einfachen Stühle neben dem ebenso einfachen Schreibtisch. Beides hatten die Tetaetae für ihn gebaut. Er hatte nicht darum gebeten, nur eines Tages beiläufig erwähnt, daß er den Klappstuhl haßte. Das hatte gereicht: Am nächsten Tag waren ein Stuhl und ein passender Schreibtisch im Hauptquartier aufgetaucht. Sie mußten die anderen DEST-Mitglieder über die Konstruktion ausgefragt haben. Am darauffolgenden Tag war der zweite Stuhl aufgetaucht. Die Tetaetae lasen dem Kommandeur jeden Wunsch von den Augen ab, ebenso wie den anderen Menschen.

Sie schienen keinerlei Gefühl für Hierarchie oder Befehlsstruktur zu kennen und behandelten alle Menschen gleich – wie Götter. Zuerst hatten die Menschen ihnen Angst eingeflößt, ein Gefühl, das nach der Kontaktaufnahme durch halbherzige Akzeptanz und Tolerierung abgelöst worden war. Als die *Heuschreck*-Mechs aus dem Landungsschiff gestiegen waren, war diese Haltung in Hochachtung umgeschlagen. Inzwischen waren die Menschen Objekt religiöser Verehrung. Alle Menschen. Takudas Position als Kommandeur der Einheit war für die Tetaetae ohne Bedeutung. Daß er ein Mensch war, genügte ihnen vollkommen.

Diese Gleichbehandlung in der Verehrung störte Takuda. Gleichbehandlung zerstörte die Befehlsstruktur, und das konnte irgendwann zu Problemen mit seinen Leuten führen. Bis jetzt war davon noch nichts zu bemerken, aber wer wußte, was die Zukunft brachte. Er würde die anderen im Auge behalten müssen.

Auch die anderen Menschen hatten Diener gefunden. Zunächst war jeweils ein Tetaetae einem der Menschen gefolgt, während der seinen Pflichten nachging. Die kleinen Vogelwesen waren besonders von den Techs fasziniert gewesen, die in der Lage waren, den Rumpf der großen Maschinen zu öffnen und in ihren Eingeweiden zu hantieren. Sie waren zu ihren Jüngern geworden; andere hatten sich zu ihnen gesellt. Inzwischen besaß jeder der Menschen einen persönlichen Troß von Tetaetae, der ihm immer und überallhin folgte.

Zu Anfang hatten sich die Tetaetae nur um ihre unmittelbaren Bedürfnisse gekümmert, aber dabei war es nicht lange geblieben. Schon bald hatten sich die Tetaetae-Jünger bemüht, den Menschen auf jede erdenkliche Weise zu Diensten zu sein. Es genügte eine beiläufige Bemerkung eines der Menschen, und die Vogelwesen beeilten sich, ihre neue Mission zu erfüllen. Einmal hatte Takuda im Gespräch erwähnt, daß er die Farbe und den Duft der rosigen Arengkit-Blüten mochte, die in der Nähe des Befehlsbunkers wuchsen. Als er am nächsten Morgen aufwachte, war das ganze Gelände mit behutsam verpflanzten Arengkits übersät gewesen. Es war zu spät gewesen, daran noch etwas zu ändern, aber seitdem legte Takuda jedes Wort auf die Goldwaage.

Takudas Truppen waren weniger zurückhaltend, seit sie ihre Macht über die Einheimischen erkannt hatten. Dana Lost war in dieser Hinsicht besonders schlimm. Nachdem er eine Stellung zwischen einigen großen Felsen am Rand des Waldes zugeteilt bekommen hatte, hatte er seinem persönlichen Tetaetae gegenüber erwähnt, daß er einen speziellen riesigen Felsbrocken nicht im Rücken haben mochte. Als der Tetaetae festgestellt hatte, daß es seine Möglichkeiten überstieg, den Fels selbst zu entfernen, hatte er eine Arbeitercrew organisiert, die sich einen ganzen Tag lang mit dem Felsen abmühte. Kaum waren sie fertig, war Lost eingefallen, daß ihm der Fels an seinem neuen Standort doch nicht zusagte. Die Tetaetae hatten eine zweite Arbeitercrew aufgestellt und den Stein zurück an seinen alten Standort bewegt. Sie hatten dabei so gute Arbeit geleistet, daß von den Anstrengungen beider Tage keine Spur blieb.

Als Lost gerade erklären wollte, daß er den Felsen am liebsten ganz los wäre, war Swalen Horg mit seinem Gefolge aufgetaucht. Nicht ganz zufällig übrigens. Horg hatte zugesehen, wie der Felsen erst verrückt und dann wieder zurückgeschafft worden war. Als er den Eindruck bekam, daß Lost die Tetaetae den Felsen ein drittes Mal umsetzen lassen wollte, hatte er sich entschieden einzugreifen. Horg hatte Lost beiseite genommen und in seinem üblichen, sanften Tonfall erklärt, daß es nicht richtig war, die Loyalität der Tetaetae auf diese Weise zu mißbrauchen. Lost hatte ihn abgeschmettert und erklärt, es mache Spaß, die kleinen Trottel schuften zu sehen. Daraufhin hatte Horg sich genötigt gesehen zu erwähnen, daß es ernsthafte Konsequenzen haben konnte, wenn Lost so weitermachte. Nun ja, er hatte sich etwas anders ausgedrückt, aber die Botschaft, die er vermittelte, war in jedem Fall, daß Lost mit seinem Benehmen Gefahr lief, ernsthaft verletzt zu werden. Lost hatte sich wütend zurückgezogen, aber der Felsen war an seinem Platz geblieben.

Holly Goodall, die *Heuschreck*-Pilotin, war mit einem anderen Problem zu Takuda gekommen. Wie die übrigen Mitglieder des DEST hatte auch sie ihr Gefolge. Sie hatte ihre Arbeit wie üblich weiter verrichtet, aber allmählich machten die Tetaetae-Horden, die sich um die Füße des Mechs drängten, es immer schwieriger, den *Heuschreck* zu bewegen. Sie hatte es Takuda gegenüber erwähnt, aber dabei war es geblieben. Dann erschien Goodall eines Nachmittags gefolgt von einem offensichtlich noch in den Kinderschuhen steckenden Tetaetae bei Takuda. Keinem jugendlichen Tetaetae, sondern einem echten Kind. Der kleine Flaumball konnte höchstens ein Jahr alt sein.

»Sir«, begann Goodall. »Ich bin Mutter geworden. Ich hatte nichts damit zu tun und bin auch nicht sonderlich begeistert darüber, aber die Tetaetae haben entschieden, daß ich mich um dieses Kind kümmern soll. Was mach ich jetzt?«

Takuda war entgeistert. Nichts in all seinen Jahren in den Reihen des draconischen Militärs hatte ihn darauf vorbereitet. Natürlich bekamen auch Draconier Kinder; das war nur natürlich. Und die Kommandeure waren darauf vorbereitet. Aber die biologischen Gegebenheiten der menschlichen Fortpflanzung gestatteten eine gewisse Vorbereitungszeit auf dieses Ereignis. Daß man einfach ein Kind zur Adoption überreicht bekam, gehörte nicht zu den von seiner Ausbildung abgedeckten Eventualitäten, ebensowenig wie die Sorge um ein Fremdwesenkind. Das Kombinat pflegte keinen Kontakt mit nichtmenschlichen Intelligenzen, niemand in der Inneren Sphäre war dazu jemals genötigt gewesen. Kolonisation bedeutete in der Regel die Besiedlung einer weiteren Welt durch Menschen. Takuda sah sich vom Dilemma dieser unerwünschten Mutterschaft überfordert. Er wandte sich mit dem Problem an Dakodo, Dokaepi und Totito.

Der Schamane, der Häuptling und Dakodo, der als ihr Sprecher fungierte, trafen sich mit Takuda in dessen Hauptquartier. Takuda erklärte ihnen die Lage, ausgehend vom Anfang ihrer Beziehungen bis hin zur Übergabe des Kindes an Goodall. Inzwischen hatte auch Emmerdean Knyte gemeldet, daß ein Kind bei seiner Sektion »abgeliefert« worden war. Goodall und Knyte versuchten, mit der Situation fertig zu werden, aber beide wollten diese zusätzliche Verantwortung wieder loswerden. Takuda erklärte das den drei Tetaetae, die versprachen, die Frage im Rat und damit im gesamten Stamm zu erörtern.

Aber die Tetaetae hatten ebenfalls ihre Probleme. Die Nachricht von den neuen Menschen hatte sich in den Wäldern ausgebreitet. Tetaetae von anderen Stämmen waren gekommen, um sie mit eigenen Augen zu sehen, zunächst in kleinen Gruppen, zu denen die Stärksten und Beweglichsten gehörten. Aber dann war die Masse der anderen Stämme nachgerückt, und inzwischen lagerten Hunderte Tetaetae rund um die menschlichen Stellungen. Traditionsgemäß war es die Aufgabe des Gastgeberstammes unter Totito und Dokaepi, für Nahrung und Unterkunft zu sorgen. Es war eine Aufgabe, die dessen Möglichkeiten weit überstieg.

Als der Rat zusammentrat, um das Problem der Kinder zu erörtern, hatten die Tetaetae Takuda zur Teilnahme eingeladen. Das war in sich bereits eine ungeheure Ehre. Es wäre ungewöhnlich genug gewesen, einen Tetaetae aus einem anderen Stamm zu einer Ratsversammlung einzuladen, die Anwesenheit eines Fremdwesens war etwas Unerhörtes. Die Menschen und die Tetaetae lebten seit fünfhundert Jahren zusammen auf Kaetetôã, aber noch nie zuvor hatte ein Mensch einer Tetaetae-Ratsversammlung beigewohnt.

Takuda traf in der Erwartung ein, man würde ihn auffordern zu reden, ihm Fragen darüber stellen, warum die Menschen gekommen waren. Aber dazu kam es nicht. Tatsächlich sagte Takuda kein Wort. Das ergab sich schon aus der Struktur der Ratsversammlung.

Da es sich um ein sehr formelles Ereignis handelte, waren die ohnehin langen Reden der Tetaetae diesmal besonders ausschweifend. Popae ergriff als jüngstes Ratsmitglied als erste das Wort. Sie beschrieb die Traditionen der Tetaetae seit Anbeginn der Zeit. Sie sprach von der Bedeutung der Kinder für die Tetaetae. Sie sprach von der Bedeutung der Erziehung für die Tetaetae. Sie sprach langsam, damit Dakodo, der ihre Rede für Takuda übersetzte, mitkam. Sie sprach vom ersten Auftauchen der Menschen vor fünfhundert Jahren. Sie erläuterte Schritt für Schritt die Entwicklung ihrer Beziehungen. Sie redete und redete.

Takuda fand die Geschichtslektion interessant, wenn auch etwas langatmig, aber sie schien kein Ende nehmen zu wollen. Er fragte sich, wann Popae endlich zur Sache kommen und die anstehende Frage erwähnen würde. Endlich, nach fast vier Stunden pausenlosen Redens, erwähnte sie die Kinder und die Menschen. Dann setzte sie sich. Jetzt, dachte Takuda, würde man ihn um seine Meinung bitten. Aber das geschah mitnichten. Ein zweiter Tetaetae-Ratsherr stand auf und begann zu reden. Er beschrieb die Traditionen der Tetaetae seit Anbeginn der Zeit. Er sprach von der Bedeutung der Kinder für die Tetaetae. Er sprach von der Bedeutung der Erziehung für die Tetaetae. Er sprach langsam, damit Dakodo, der seine Rede für Takuda übersetzte, mitkam. Er sprach vom ersten Auftauchen der Menschen vor fünfhundert Jahren. Er erläuterte Schritt für Schritt die Entwicklung ihrer Beziehungen. Er redete und redete.

Nach einer Stunde hatte Takuda die ersten Aussetzer. Nach zwei Stunden fielen ihm die Augen zu. Nach drei Stunden war er nicht mehr in der Lage, einzelne Worte wahrzunehmen. Und immer noch redete der zweite Ratsherr weiter. Und als endlich fertig war, erhob sich ein anderer an seiner Stelle und fing wieder von vorne an.

Takuda wußte zuwenig von der Geschichte und den Traditionen der Tetaetae, um zu erkennen, daß die Sprecher jeweils andere Ereignisse und Stammesmitglieder erwähnten. Er nickte ein. Nicht einmal sein Bushido-Training konnte ihn über achtzehnstündige, scheinbar identische Reden hinweg wachhalten. Die Tetaetae hatten es da leichter. Sie waren in der Lage, mit einer Hälfte ihres Körpers zu schlafen, während die andere wach blieb. Sie waren für einen Sitzungsmarathon dieser Art geschaffen. Schließlich trafen sie keine für Takuda erkennbare Entscheidung, aber Dakodo versicherte ihm, daß den Menschen keine weiteren Tetaetae-Kinder zur Adoption überlassen werden würden. Die Vogelwesen würden die Menschen jedoch auch weiterhin verehren; daran ließ sich nichts ändern. Takuda wankte zurück in seinen HQ-Bunker und fiel in einen tiefen Schlaf.

35

Als Takuda erwachte, fand er im äußeren Bunkerzimmer einen ihm unbekannten Zivilisten vor, der auf ihn wartete. Der Mann trug eine lange schwarze Robe, die bis auf einen fünfblättrigen Lotusblütenanhänger an einer Eisenkette um seinen Hals keinerlei Verzierung trug. Die fünf Blütenblätter des Lotus unterschieden sich deutlich. Eines war fahlweiß, ein anderes durchsichtig, ein drittes türkisfarben. Das vierte schillerte irisierend, und das fünfte glühte sanft im gedämpften Licht des subplanetaren Bunkers. Der Mann verbeugte sich. »Ich bin Hushiko Miburi. Ich bin ein Bewohner von Amatukaze. Einige von uns haben von Ihrer Anwesenheit erfahren und möchten hören, was Sie zu sagen haben. Wir wissen, was auf unserer kleinen Welt vorgeht, und es gibt viel Leid hier. Wir suchen nach der Harmonie, die durch die momentane Situation zerstört wurde. Wir möchten diese Harmonie wiederherstellen.«

Takuda deutete auf einen der Stühle. Inzwischen waren es drei. Der dritte war ebenso unaufgefordert aufgetaucht wie die beiden ersten. Takuda nahm sich vor, Pita gegenüber zu erwähnen, daß er jetzt genug Stühle hatte. Ansonsten mußte er befürchten, bald keinen Platz mehr in der kleinen Höhle zu haben. Der kleine Einheimische brachte zwei Tassen Kaffee, die letzten aus der Notration. Takuda winkte ihn fort und setzte sich seinem Besucher gegenüber.

»Ich weiß zu schätzen, daß Sie eine so große Entfernung zurückgelegt haben, um mich aufzusuchen, Hushiko Miburi. Auch ich bin daran interessiert, in diesem kleinen Teil der Welt für Harmonie zu sorgen. Ich fürchte jedoch, daß sich unsere Vorstellungen von Harmonie möglicherweise unterscheiden. Wie kann ich Ihnen helfen?«

RICK HARRIS 93

»In der Geschichte der Städte hat es Zeiten der Harmonie gegeben. Zu Beginn gab es große Unruhen und viele Tote. Aber dann erkannten wir, daß wir alles verlieren würden, wenn wir uns weiter gegenseitig umbrachten. Und wir erklärten ein Ende des Krieges. Diese Zeit des Friedens hielt über viele Jahre an. Die kleinen Städte wurden gegründet. Wir wurden zahlreicher, und unsere Gemeinschaften gediehen. Über die Jahre, die Generationen, die Jahrhunderte, wurden wir stärker und sicherer. Unter den Clans gab es Auffassungsunterschiede, aber die gemeinsamen Erfordernisse hielten den Dissens im Zaum. Es gab immer Einzelne, die versuchten, die Harmonie zu zerstören, aber sie wurden in ihre Schranken verwiesen. Es ist dieser Versuch der Harmonie, den Sie sehen, wenn die Guntai einander gegenübertreten. Schon vor langer Zeit haben wir die schrecklichen Waffen der Vergangenheit aufgegeben. Manche existieren noch, und Sie sehen sie über die Felder rollen. Aber sie sind unsere Champions. Keine Gruppe konnte die anderen völlig unterwerfen, keine einen Krieg gewinnen, und so gingen die Schlachten weiter. Die Truppen der Städte trafen sich auf dem Schlachtfeld, die Champions traten gegeneinander an, es kam zum Kampf. Der Ehre wurde Genüge getan. Ackerland, Minen, Wälder wechselten den Besitzer, aber die grundlegende Harmonie zwischen den Städten blieb davon unberührt. Jetzt haben die Usugumi Waffen erworben, die noch mächtiger sind als jene, die wir in der fernen Vergangenheit besaßen. Wir wußten einmal von solchen Waffen, aber dieses Wissen ist ins Reich der Legenden verdrängt worden. Wir wissen, daß es sie gibt, aber wir verstehen nicht mehr, wie man sie benutzt. Und jetzt werden Menschen auf dem Schlachtfeld sterben. Was dort geschieht, wird über den Kampf der Champions hinausgehen. Es wird zu einem Bruch der Harmonie kommen, die unsere kleine Welt im Gleichgewicht hält.

Das ist sehr schlimm. Ich bin im Auftrag einer Reihe meiner Freunde zu Ihnen gekommen, um herauszufinden, ob sich die Harmonie wiederherstellen läßt.«

Takuda hörte schweigend zu, während Hushiko Miburi die Situation erläuterte. »Ich verstehe die Notwendigkeit der Harmonie, und auch, daß die Usugumi ein Waffensystem in ihre Hand gebracht haben, das zur Zerstörung des Machtgleichgewichts führen wird, aber ich verstehe nicht, wie meine Intervention diese Harmonie wiederherstellen könnte.«

Miburi legte über der unberührten Tasse Kaffee die Fingerspitzen aneinander. »Wir haben den Eindruck gewonnen, daß Sie Waffen besitzen, die denen der Usugumi gleichwertig oder überlegen sind. Wir wissen, daß Sie angegriffen wurden und diese Gefechte gewonnen haben. Vielleicht könnten Sie diese Waffen gegen die der Usugumi einsetzen, um das Gleichgewicht wiederherzustellen. Jede Harmonie besteht aus einem Gleichgewicht, einem Gleichgewicht zwischen Gut und Böse, aus dem die Harmonie entsteht. Wer sich zu weit in eine Richtung bewegt, sei es zum Guten oder zum Bösen, stört die Harmonie der Situation. Die Kräfte der Usugumi sind jetzt in den Händen derer, die das Böse, ja, das Chaos über uns bringen würden. Sie haben die Macht, die Waage wieder auszutarieren.«

»Wäre es nicht besser, all dem ein Ende zu machen?« fragte Takuda. Er betrachtete den langsam kalt werdenden Kaffee in den Händen seines Besuchers. Es war die letzte Tasse, auf die er je hoffen konnte. Wenn sein Gast sie nicht wollte, mußte er einen Weg finden, sie für einen späteren Zeitpunkt aufzuheben. Seine persönliche Harmonie würde schwer gestört werden, sollte jemand die Tasse wegnehmen und ausschütten. »Es gibt keinen Grund, diese Zerstrittenheit hinzunehmen. Sie können alle Meinungsverschiedenheiten auf friedlichem Wege lösen. Ohne Gewalt. Geben Sie Ihre

Waffen auf. Wenn es in Ihren Städten Bewohner gibt, die die Aufregung und das Abenteuer brauchen, das ihnen der Krieg liefert, dann sollen sie diese Energie dazu verwenden, das Land zu erforschen und zu erschließen. Es gibt so viel davon. Wenn die Konflikte beigelegt sind, können wir eine formelle Gesellschaft errichten, wie sie sich unsere gemeinsamen Vorfahren erträumt haben. Wir können uns auf die Ideale von Haus Kuritas Gründervater besinnen. Wir können zum Traum Shiro Kuritas zurückfinden. Erst dann werden wir wirkliche Harmonie erleben.«

Hushiko lächelte über die Naivität seines Gegenübers. »Wir hatten schon Probleme, bevor Sie eingetroffen sind, Yubari Takuda, und wir werden sie noch haben, nachdem wir beide tot und vergessen sind. Wir hatten Probleme, aber wir hatten trotzdem Harmonie. Aber das waren *unsere* Probleme. Erst Ihre Ankunft hat die Harmonie unseres Lebens zerschlagen. Dadurch ist es Ihre Verantwortung, die Dinge wieder in Ordnung zu bringen. Sie können das System wieder in seinen ursprünglichen Zustand versetzen. Sie haben die *Verpflichtung*, dies zu tun. Greifen Sie mit Ihren Kräften die der Usugumi an.«

»Aber es gibt eine bessere Lösung. Wir können das System in die Zukunft führen, statt zurück in die Vergangenheit. Warum wollen Sie in die schlechten Zeiten zurück, wenn gute Zeiten auf uns warten?«

»Nur Sie sehen sie als schlechte Zeiten. Sehr wenige unter uns würden Ihnen zustimmen. Es ist die Zukunft, die Grund zu Angst und Sorge gibt, und diese Zukunft können Sie in Ordnung bringen.«

Takuda erkannte, daß er dem Besucher aus Amatukaze nichts mehr zu sagen hatte. Miburi sah die Möglichkeiten nicht. Er verabschiedete den Mann und nahm wieder Platz, um die Lage zu überdenken. Wenigstens war der Kaffee noch da. Kalt, aber immerhin noch da. Takuda nippte langsam an der kalten Flüssigkeit und genoß den Geschmack ganz besonders, weil er wußte, daß es das letzte Mal war.

Es mußte andere Menschen in den Enklaven geben, die in der Lage waren, sich eine Zukunft vorzustellen, die nicht von der Vergangenheit dominiert wurde. Er würde weitere Patrouillen ausschicken müssen, um sie zu finden. Und wenn sie ihn suchten, war er leicht genug zu finden. Die Tetaetae versammelten sich in immer größerer Zahl, und die DESTler erwarben immer mehr Anhänger. Selbst Takuda, der versuchte, sie davon abzuhalten, wurde inzwischen von einer großen Gefolgschaft begleitet. Und es kamen immer noch mehr. Takuda konnte die Tetaetae nicht davon abbringen, sie als Halbgötter zu behandeln, und die meisten seiner Leute hatten den Versuch längst aufgegeben.

Die Konzentration des DEST-Kommandeurs wurde unterbrochen, als Pita hereinkam und ihm mitteilte, daß ihn noch jemand zu sehen wünschte. Pita hatte nicht allzu viele Wörter in der Sprache der Menschen gelernt. Kaffee, Stuhl und Besucher waren seine Glanzstücke. Jetzt beäugte er den letzten Kaffee und fragte sich, was er dem nächsten fremden Menschen vorsetzen sollte, der mit seinem Meister sprechen wollte. Takuda nickte, und Pita verschwand, um den Besucher zu holen.

Der Besucher, von Pita als Toge Omori angekündigt, trat durch den Vorhang und betrachtete den Raum und dessen Einrichtung. Sein Gesicht war ausdruckslos, aber sein Blick machte klar, daß ihm die spartanische Ausstattung nicht gefiel. Dies war ein Mann, der es gewohnt war, Befehle zu geben und bedient zu werden. Er wartete.

Takuda war zu müde, um sich um Rituale zu scheren. Er deutete auf einen Stuhl. Als Omori sich nicht rührte, fixierte Takuda ihn. »Sie können sich setzen oder stehenbleiben, Toge Omori, ganz wie es Ihnen beliebt. Niemand in meinem Hauptquartier wird für Sie aufstehen. Hier habe ich das Kommando, und ich habe weder Zeit noch Energie an Sie zu verschwenden.«

Omori verzog das Gesicht bei dieser Bemerkung, aber als niemand Anstalten machte, ihm einen Stuhl zurechtzurücken, setzte er sich. »Yubari Takuda, ich vertrete ein Rentai der Osioaner. Es handelt sich nicht um ein offizielles, reguläres Regiment. Vielmehr ist es eine geheime Einheit, und viele der Besten unserer Stadt finden sich in ihren Reihen. Sie sind nicht sonderlich erfreut über die derzeitige Situation oder die Veränderungen, die Ihre Landsleute über uns bringen werden. Ich wurde autorisiert, Sie um Ihre Meinung zu bitten. Und vielleicht wären Sie so freundlich, die unsere anzuhören.«

»Ich weiß sehr wenig über Ihre Ziele, Toge Omori. Vielleicht sollten Sie als erster das Wort ergreifen.«

»Na schön. Wir in Osio glauben, daß die beste aller Welten sich an den Vorgaben unserer Vorfahren orientiert, wie sie sich in der Struktur der Armee widerspiegeln. Es gibt eine natürliche Ordnung im Leben, in der die Starken an der Spitze stehen. Wir sind diese Gruppe. Wir werden siegen. So war es schon immer. Die Starken sind dies nicht nur durch ihre Machtmittel, sondern auch durch ihre Fähigkeit, die Möglichkeiten der Zukunft zu erkennen und zu ergreifen. Sie sind die Zukunft. Wir möchten Sie auf unserer Seite wissen. Deshalb laden wir Sie ein, sich mit den Kräften der Osioaner gegen die der anderen zu verbinden. Wir wissen, daß Sie die neuen Waffen der Usugumi bereits zweimal besiegt haben. Sie sind die Stärkeren. Unter Ihrer Führung kann Osio von den furchtbaren Waffen in Ihrem Besitz profitieren. Wir können die Vorherrschaft erlangen und die anderen unserem Willen unterwerfen.« Toge Omori wehrte die Antwort auf den Lippen des DEST-Kommandeurs ab. »Sie wollen natürlich wissen, inwiefern das für Sie und Ihre Leute von Vorteil wäre. Das ist einfach genug beantwortet. Sie und die Ihren werden die Führer der Rentai werden. Sie besitzen die Macht und die Fähigkeit, sie zu gebrauchen. Sie sollten uns anführen.«

»Das ist alles hochinteressant«, erwiderte Takuda. »Aber was würde geschehen, wenn ich als Ihr Anführer entscheide, alle Waffen abzuschaffen? Was würde geschehen, wenn ich eine ältere, formellere, harmonischere Gesellschaft entwickeln möchte? Was, wenn ich die schweren Waffen vernichten will?«

»Das können Sie nicht tun! Sie sind unsere einzige Möglichkeit, über die anderen zu dominieren. Wir können über die Sekai herrschen! Mit unseren Waffen können wir gegen alle Feinde des wahren Draconis-Kombinats losschlagen. Wir müssen uns daran erinnern, wie der legendäre Shiro Kurita die Grenzen des Reiches erweiterte. Wir müssen auf den Kontakt mit der Inneren Sphäre vorbereitet sein. Er wird eines Tages kommen. Dann müssen wir ihren Anforderungen entsprechen. Wir müssen Gewalt anwenden.«

Takuda starrte durch den Mann hindurch, als wäre dessen Stuhl leer. Dieser Toge Omori verstand ebensowenig, was die Zukunft zu bringen im Stande war, wie Miburi vor ihm. Sie waren beide viel zu sehr daran interessiert, sich zu obersten Herrschern aufzuschwingen. Und zu welchem Zweck? Für nichts. Dominanz. Gewalt. Gab es denn keine andere Möglichkeit? Vielleicht waren die Bewohner dieses Planeten so zersplittert, weil ihre Vorfahren in einer Zeit hierher verschlagen worden waren, als die McAllister-Rebellion das Draconis-Kombinat zu zerreißen drohte.

»Toge Omori, Sie haben viele interessante Punkte angesprochen. Ich habe auch Vorschläge von Repräsentanten der anderen Enklaven gehört. Ich muß mich zurückziehen, um meine Entscheidung zu treffen. Bitte entschuldigen Sie mich. Vergessen Sie nicht, zu hinterlassen, wie oder wo Sie erreichbar sind. Geben Sie die

Informationen meinem Adjutanten Parker Davud. Ich werde Sie meine Entscheidung wissen lassen.«

»Ich überlasse Sie Ihren Überlegungen, Yubari Takuda. Aber auch wenn ich sie verlasse, bedenken Sie: Es gibt andere, die ebenfalls auf Ihre Entscheidung warten. Andere, die sich nicht durch sonderliche Geduld auszeichnen. Andere, die ein Handeln verlangen. Entscheiden Sie sich schnell.«

36

Das Zimmer war klein und zu heiß. Selbst die auf ein Minimum herabgedrehten Gasleuchter produzierten so viel Wärme, daß eine Belüftung notwendig wurde. Aber die geheime Natur dieses Treffens verbot jede noch so kleine Öffnung nach außen. Die Korridortür des Zimmers war verriegelt und verschlossen. Vor der Tür hielt ein Posten Wache, der ohne die Erlaubnis der bereits im Innern Versammelten niemand passieren lassen durfte. Die einzige unverriegelte Tür war die zum Dienstbotenbereich, aber auch dieses Zimmer war ebenso gesichert wie der Versammlungsraum.

Es nahmen fünf Personen an der Besprechung teil: Hushiko Miburi, Toge Omori, Achira Kochira, Deau Kanso und Pinto Geppu. Sie saßen mit verschränkten Beinen um den mit Einlegearbeiten verzierten Tisch, auf dem Trinkschalen und die Kanne eines einfachen Teeservices standen. An den Wänden des Zimmers brannten Räucherstäbchen und erfüllten die Luft mit ihrem Duft. Kochira klopfte als Gastgeber leise auf den Tisch, und wie durch Zauberei erschien ein kleiner Tetaetae aus dem Dienstbotenquartier, um die leere Teekanne gegen eine volle auszutauschen. Dann verschwand das Vogelwesen so lautlos, wie es erschienen war, im Nebenraum. Dort hielten sich noch drei andere Tetaetae auf, aber die einzigen Menschen in den gesicherten Zimmern waren die fünf am Tisch.

Kochira tupfte sich mit einem kleinen Tuch die Lippen ab. »Wir sind alle einer Meinung«, stellte er mit so leiser Stimme fest, daß sie nur bis zu den anderen vier reichte. Diese saßen reglos und stumm, wie hölzerne Statuen. Sie hatten seine Worte gehört, sahen aber keinen Grund, ihm zu antworten. »Und da wir alle einer Meinung sind und dies bereits zuvor besprochen haben, brauchen wir nur unsere Pläne sowie das durchzugehen, was wir in den letzten fünf Tagen herausgefunden haben. Als wir uns zum erstenmal zusammensetzten, haben wir die Situation diskutiert, die sich durch das Eintreffen der anderen Menschen ergeben hat. Damals wußten wir nicht, woher diese Leute kommen, und selbst jetzt bin ich mir nicht sicher, ob wir das tatsächlich wissen. Sie haben erklärt, und tun dies auch weiter, daß sie von jenseits der Sterne stammen und durch einen Unfall hierher verschlagen wurden. Ich akzeptiere diese Erklärung, aber trotzdem bleibt ein nagender Zweifel. Sie tragen das Symbol unserer legendären Vorväter. Das könnte reiner Zufall sein, doch ich halte es für wenig wahrscheinlich. Aber lassen wir das zunächst. Sie sind hier. Sie haben technische Fähigkeiten, die weit über das hinausreichen, was wir besitzen, weit sogar über das, wovon die Legenden unserer Vorväter berichten. Sie können Dinge tun, von denen wir nicht zu träumen wagten. Sie marschieren in großen Maschinen über das Land, die durch unsere Waffen nicht zu beschädigen sind. Wir haben es versucht. Es war diese Information, die mich veranlaßt hat, unsere erste Unterredung zu organisieren, und dieses Wissen hat das Interesse in mir daran geweckt, was Sie dazu meinen. Zum erstenmal haben wir uns wegen unseres Gastes von den Amatukaze, Pinto Geppu, vor fünf Tagen getroffen. Ich stelle mit Interesse fest, daß er diesmal einen zweiten seiner Brüder mitgebracht hat. Wir heißen Hushiko Miburi von den Amatukaze willkommen. Soweit ich es verstanden habe, hat er bereits direkte Verhandlungen mit dem Anführer der Waldtruppen geführt, ebenso wie Toge Omori. Wir sind an ihren Berichten interessiert.« Kochira reichte die Teekanne nach rechts weiter.

Omori goß sich eine Schale Tee ein und gab die Kanne weiter. Sie bewegte sich um den Tisch, bis sie wieder vor Kochira angekommen war. Während sie die Runde machte, sagte niemand ein Wort, und keiner der Anwesenden hob die Augen von seiner Schale, bis die Zeremonie vollendet war. Dann sah Miburi auf und ergriff das Wort. »Es stimmt, ich habe den Anführer der Waldtruppen gesprochen, Er heißt Yubari Takuda und ist ein höchst gefährlicher Mann. Er versteht die Politik der Enklaven nicht. Er sieht nicht, daß wir ein Gleichgewicht erreicht haben. Er versteht nicht, daß es am besten wäre, wenn er uns mit all seinen Brüdern verläßt. Ich habe ihm diese Gedanken vorgetragen, aber er scheint bleiben zu wollen. Er plant, uns allen eine Gesellschaftsstruktur aufzuzwingen, die seinem Konzept entspricht. Ich habe ihm widersprochen, aber es war sinnlos. Ich schlug vor, daß er die Truppen vernichtet, die sich in den Mauern Usugumos aufhalten, und anschließend abzieht. Das hat er nicht akzeptiert.«

»Auch ich habe mit diesem Yubari Takuda gesprochen«, sagte Omori. »Ich glaube, es war kurz nach Hushiko Miburis Besuch. Ich schlug ihm eine andere Lösung für das momentane Problem vor, die er jedoch ebenfalls ausschlug. Ich bot Yubari Takuda an, sich einem bereits in Osio vorhandenen Rentai anzuschließen. Ich erklärte ihm, daß unser Kräfte in Verbindung mit den seinen die neuen Usugumo-Truppen und anschließend die der anderen Städte vernichten könnten. Yubari Takuda lehnte mein Angebot ab. Er sagte, die Vorherrschaft Osios sei keine harmonische Lösung der Situation. Er schlug vor, uns zu vereinigen. Unsere Waffen zu vernichten. Eine neue Gesellschaft zu formen. Diese Information gereicht mir zu großer Schande. Daß ich vorgeschlagen habe, Sie alle zu eliminieren, mit denen ich mich jetzt zusammenzuarbeiten bereitgefunden habe, ist ein furchtbarer Schandfleck auf meiner Ehre. Meine einzige Hoffnung ist, daß mein Handeln in Zukunft für uns alle von Vorteil sein wird. Meine Aktionen fanden mit den besten Absichten statt, und obwohl sie gegen einige von Ihnen gerichtet waren, bitte ich Sie anzuerkennen, daß ich versucht habe, ehrenvoll zu handeln.«

»Toge Omori«, erklärte Kochira. »Wir handeln auf ehrbare Weise. Es war keineswegs ehrlos von Ihnen, eine Vorgehensweise vorzuschlagen, die für uns, die wir hier versammelt sind, von Schaden gewesen wäre. Sie haben getan, was Sie als die korrekte Handlungsweise erkannt hatten. Die Zeiten ändern sich, und was gestern noch falsch war, ist heute richtig. So lehrt es das Tao, und die Ehre steht dazu nicht im Widerspruch.« Kochira nickte Miburi zu.

»Es ist gekommen, wie ich es vorausgesehen habe«, fuhr Kochira fort. »Deswegen habe ich Ihnen bei unserem letzten Treffen einen Plan unterbreitet, diese Probleme zu unserem gemeinsamen Vorteil aus der Welt zu schaffen. Wir sind nicht« – er blickte den anderen Männern um den Tisch reihum in die Augen – »die mächtigsten Vertreter unserer Gemeinschaften. Wir sind nicht die Anführer unserer jeweiligen Städte. Aber jeder von uns besitzt eine gewisse Macht, und wenn wir zusammenarbeiten, sind wir stärker als jeder andere in den Enklaven. Es mag seltsam klingen, daß wir, nur fünf Personen, stärker sein können als eine ganze Stadt, aber dennoch stimmt es. Jeder von uns bringt bedeutende Stärken in diese Verbindung ein. Wir dürfen nicht vergessen, daß wir durch unsere Vereinigung nicht nur diese Stärken in unsere Dantai einbringen, sondern auch unsere ehemaligen Städte um eben diese Kräfte schwächen. Toge Omori bringt uns eine Organisation junger Offiziere und Lords. Mit ihnen können wir eine Streitmacht organisieren, die unserer Führung loyal ergeben ist. Wir werden ihr jedes Opfer abverlangen können. Hushiko Miburi von den Amatukaze besitzt die Fähigkeiten eines Unterhändlers und verfügt über Kontakte zu den derzeit im Wald positionierten Kräften. Er hat bereits mit Yubari Takuda gesprochen und versteht, was für ein Mensch er ist. Pinto Geppu ist ein Sanyu der Amatukaze. Er ist bereits Mitglied der Fünften Säule des Wissens. Er kann als spiritueller Führer für uns und alle dienen, die sich uns noch anschließen werden. Er besitzt Anhänger in seiner Enklave und kennt die Schwachpunkte des Sanyu Subash Chi. Von den Usugumi heißen wir Deau Kanso willkommen, den reichsten Mann der Stadt und möglicherweise den reichsten Mann in allen unseren Städten. Er versteht nicht nur die Macht des Reichtums, er versteht auch, wie andere darauf reagieren. Durch ihn werden wir in der Lage sein, die verschiedenen Mitglieder der neuen Menschen zu erreichen, und tatsächlich hat er in dieser Hinsicht bereits große Erfolge erzielt.«

Kanso lächelte. Es war ein schüchternes Lächeln, das Lächeln eines Mannes, der große Macht besitzt, aber es vorzieht, keine Aufmerksamkeit auf sich zu ziehen. »Ich habe mich bereits einem der neuen Menschen mit einem Vorschlag genähert. Es war kein direkter Kontakt. Ich habe meine Mittelsmänner dazu eingesetzt. Derjenige namens Seagroves wünscht Gold anzuhäufen. Ich weiß nicht, was er damit will, aber er liebt dieses Metall. Ich habe bereits sichergestellt, daß er konstant damit versorgt wird. Er ist sehr damit beschäftigt, es zu horten. Durch die Menge des verfügbaren Goldes werde ich ihn kontrollieren können. Er war ein leichtes Opfer. Zwei der Leute, die für seine Gruppe arbeiten, ihre Namen sind Guardine und Sabine, sind ebenfalls damit beschäftigt, Metall und Juwelen zu sammeln. Leider muß ich Ihnen mitteilen, daß es sich in beiden Fällen nur um Frauen handelt. Auch sie werden leicht zu kontrollieren sein. Frauen mögen hübsche Klunker. Sie gehören uns. Ich habe sogar über einzelne Agenten Kontakt mit den Truppen in den Wäldern aufnehmen können. Zu Ihrem Yubari Takuda hatte ich keinen Kontakt, aber meine Leute haben sich einigen anderen genähert. Es gibt einen unter ihnen, der sich unserem Lager anschließen wird. Er war sein ganzes Leben über arm, und der Gedanke, reich werden zu können, übt eine unwiderstehliche Verlockung auf ihn aus. Er wird sich uns anschließen, wenn wir es ihm lohnend erscheinen lassen.«

Kochira klopfte wieder auf den Tisch, und der Tetaetae brachte eine neue Teekanne. Der Usugumo-Gastgeber schenkte dem uralten Vogelwesen, das ihn bediente, keinerlei Beachtung. Der alte Tetaetae hätte ebensogut ein Möbelstück sein können. Für die Usugumi waren die Einheimischen ohnehin nichts anderes. Kochira wußte, daß dieser Tetaetae, ein altes Männchen namens Põpae, seit Menschengedenken in den Diensten der Usugumo-Ratsherren stand. Er besaß keine Freunde in der Stadt außerhalb seiner eigenen Familie. Er war Teil des Inventars.

»Es wird Zeit, den Plan in die Tat umzusetzen«, verkündete Kochira. »Es wird Zeit. Wir wissen, daß diese Leute Söldner sind, die nur von persönlicher Habgier und der Hoffnung auf ihren Vorteil getrieben werden. Wir müssen herausfinden, was jeder einzelne von ihnen will, und ihm diesen Wunsch erfüllen. Bei einigen von ihnen wissen wir es bereits. Bei den anderen müssen wir es ergründen. Es gibt unter ihnen solche, die wir überzeugen können, und andere, bei denen uns das nicht gelingen wird. Diejenigen unter unserer Kontrolle müssen wir in einer Streitmacht zusammenfassen. Die anderen müssen eliminiert werden. So und nicht anders muß es geschehen. Wer sich uns nicht anschließt, stirbt. Es wird Gelegenheit für die Söldner geben, ihrerseits unliebsame Personen zu eliminieren. Das wäre für uns besser, da ein Verrat an ihren eigenen Kameraden sie ganz und gar in unsere Hand geben würde. Aber wir dürfen nicht darauf bestehen. Vergessen wir nicht, daß diese Menschen von bestimmten Wünschen getrieben werden. Wir dürfen ihre möglichen Abneigungen und verbliebenen Loyalitätsgefühle nicht überstrapazieren. Wenn sie nicht bereit sind, diejenigen ihrer Kameraden, die zwangsläufig ihre Gegner werden, selbst auszuschalten, müssen wir es übernehmen. Ich bin sicher, Toge Omori oder Sanyu Pinto Geppu werden in der Lage sein, die geeigneten Personen für diese Aufgabe zu finden.« Deau Kanso lächelte. »Ich habe keinen Zweifel, daß auch er geeignete Personen kennt. Ich wage die Behauptung, daß er sogar bereits erste Fühler in diese Richtung ausgestreckt hat. Sobald wir die Söldnerkräfte entweder unter unsere Kontrolle gebracht oder eliminiert haben, werden wir die Herren unseres Geschicks sein. Wir werden mit beträchtlicher Rückendeckung vor die Enklaven treten. Wir werden die Zukunft diktieren können. Kunshi, wir sind die Neue Ordnung. Wir sind die Zukunft.«

Allgemeine Zustimmung wurde laut. Jetzt hatten sie einen Plan. Jeder von ihnen hatte eine Mission. Sie würden sich wieder treffen, und bis dahin würden sie ihre Macht vergrößern. Sie verließen das Zimmer und traten an dem schweigenden Posten vorbei ins Freie, als gerade das erste bernsteinfarbene Sonnenlicht den Horizont erhellte. Põpae räumte den Tisch ab, wusch das Geschirr und ging nach Hause zu seiner Familie.

37

Ich habe es satt, wie in Stück Fleisch behandelt zu werden.« Elizabeth Hoond zog die Jacke aus und hängte sie über die Stuhllehne. Sie ließ sich auf den Stuhl fallen, legte die Füße auf den Tisch und nahm einen Weinkelch an, den Seagroves ihr anbot.

»War Vost wieder hinter dir her?«

»Nicht Vost. Es sind diese verdammten Leute in der Stadt. Wann immer ich irgendwohin gehe, und selbst wenn ich es nicht tue, schleicht irgendwer um mich herum und versucht, ein Geschäft zu machen. Ich weiß wirklich nicht, was sie wollen. Ich wünschte, sie würden mich endlich in Ruhe lassen. Ich will nur meine Arbeit tun, bezahlt werden und meine Ruhe haben.«

»Du verstehst die Lage nicht, was, Beth? Du bist jetzt eine Söldnerin. Du arbeitest gegen Bezahlung. Und es ist die Bezahlung, auf die es ankommt.« Seagroves schwenkte den Arm durch das Zimmer, das von Gold nur so glänzte. »Sieh dir an, wie gut ich mich eingerichtet habe. Ich habe einen Agenten da draußen, der mir alles Gold beschafft, das ich unterbringen kann. Wenn das hier vorbei ist, werde ich so reich sein, daß mir niemand mehr etwas kann. Sie wollen wissen, was du willst? Überleg dir, was es ist, und sieh zu, daß du es bekommst.«

»Gold ist hier wertlos, du Idiot. Kein Wunder, daß sie dir soviel davon geben, wie du willst. Eisen ist hier wertvoll, nicht Gold.«

»Das ändert sich. Vertrau mir. Jeder will Gold. Vielleicht nicht heute, vielleicht nicht morgen, aber früher oder später werden sie Gold wollen, und dann werde ich es haben. Ich werde reich sein.«

Plötzlich flog die Tür zu Seagroves' Wohnzimmer auf. Vost und Pesht marschierten ungebeten herein. Der FLUM-Pilot nahm sich vor, die Tür in Zukunft ständig verriegelt zu halten. Seagroves haßte es, von Besuchern überrascht zu werden. Er stand auf und schob betont sichtbar den Riegel vor. »Wie komme ich zu diesem unverhofften Besuch?«

»Wir müssen reden«, meinte Vost, zog einen Stuhl neben Hoond und setzte sich. »Hast du hier irgendwas zu trinken, Seagroves?« Der Söldnerführer sah sich um. »Teufel, das sieht hier aus wie ein Tempel der Habgier.«

»Ich bin um nichts habgieriger als du, Vost. Wir sind nur an unterschiedlichen Dingen interessiert. Wir haben alle unsere Methoden, Erfolg zu messen. Meine ist Geld, insbesondere Gold. Ich halte dir schließlich deine Methode auch nicht vor. Zumindest kann ich mir von meinem Gold nichts einfangen.«

»Ich fang mir schon nichts ein. Außerdem hast du dich schon angesteckt. Die Krankheit nennt sich hirnlose Gier. Wenn es dich nicht umbringt, könnte es für einen von uns das Ende werden. Warum wirfst du dieses Gerümpel nicht weg und sammelst irgend etwas anderes? Manchmal habe ich das Gefühl, du bist so taub wie ein Daumen, den man mit einem Hammer traktiert hat. Ich kann mich nicht einmal erinnern, warum ich dich überhaupt angeworben habe.«

»Du hast mich angeworben, o ehrwürdiger Gebieter, weil ich den FLUM habe.«

»Na schön. Genug geplaudert. Befassen wir uns mit dem echten Problem.« Vost leerte den Pokal, den Seagroves ihm eingeschenkt hatte, und verzog das Gesicht. In dieser ganzen Stadt gab es nicht einen akzeptablen Drink. Er lehnte sich zurück und sah die anderen an. »Ich gehe davon aus, daß ihr alle von irgend jemand angesprochen worden seid, was unseren Status hier angeht. Ich jedenfalls bin dermaßen beliebt, daß ich nicht einmal mehr aufstehen oder ins Bett gehen kann, ohne auf jemand zu stoßen, der mit mir reden will.«

»Das müßte doch haargenau deinen Wünschen entsprechen«, stellte Hoond mit böser Miene fest. »Ich wüßte nicht, daß du jemals alleine ins Bett gegangen bist – wenn es sich vermeiden ließ.«

»Richtig, Beth. Aber ich lege Wert darauf, mir meine Bettgefährtin selbst auszusuchen. Wie steht es mit dir?«

»Fick dich ins Knie, Vost. Vielleicht, wenn du der letzte Mann auf dem Planeten wärst, aber wahrscheinlich würde ich selbst dann das Zölibat vorziehen.«

»Das reicht«, unterbrach Seagroves. »Du hast behauptet, es gäbe etwas Wichtiges. Heraus damit. Ich muß meine Wohnung ausräuchern.«

Vost ignorierte den Sarkasmus des FLUM-Piloten. »Irgend etwas geht hier vor, und wir müssen darüber reden. Wie ich schon gesagt habe, in denen letzten Tagen werde ich geradezu verfolgt. Alle wollen über Geschäfte reden. Wollen wir?«

»Bei mir ist es genauso«, bestätigte Pesht. Er verzichtete auf nähere Erläuterungen. Er hatte nichts anderes getan als über Geschäfte zu reden, beinahe seit dem Tag, als sie in Usugumo eingetroffen waren. Aber diese Angebote waren anderer Natur. »Soweit ich es verstanden habe, handelt es sich um ein Konsortium von Geschäftsleuten aus allen drei Städten. Sie stehen außerhalb der normalen Machtstrukturen.«

Die anderen bestätigten Peshts Worte. Es gab eine neue Gruppe, eine Verbindung aus Finanziers, religiösen Führern und Offizieren, die bereit war, für die Dienste der Söldner zu bezahlen. Der Kontakt mit dieser Gruppe war unsicher. Keiner der Söldner wußte genau, wer sie leitete. Pesht brachte eine ganz andere Möglichkeit ins Gespräch. Er fragte sich, ob das Ganze vielleicht eine Falle Sirayukis war. Möglicherweise versuchte der Shidosha Usugumos, die Söldner hereinzulegen.

Die anderen dachten eine Weile darüber nach, dann

verwarfen sie diesen Gedanken. Sie wußten keinen Grund, weshalb Sirayuki versuchen könnte, ihnen eine Falle zu stellen. Das einzig mögliche Motiv wäre gewesen, wenn er Grund zu der Annahme gehabt hätte, die Söldner seien nicht loyal. Alle Anwesenden versicherten einander hoch und heilig, daß sie seit den Anfangstagen nicht mehr auch nur daran gedacht hatten, sich jemand anderem zu verpflichten. In diesem Punkt waren sie alle eisern.

»Nun, es scheint, daß Sirayuki Konkurrenz hat«, stellte Vost fest. »Also hören wir uns an, was diese anderen anzubieten haben. Schaden kann es nicht.«

Pesht betrachtete fasziniert seine Stiefelspitzen. »Wie wäre es, wenn wir uns nach weiteren Interessenten umhören? Ich meine, wenn wir schon Konkurrenz zu den Usugumi finden, indem wir nur hier herumsitzen, wie viele andere könnten noch da draußen sein? Warum sehen wir uns nicht um? Vielleicht waren wir zu bequem. Vielleicht sollten wir uns mal umsehen.«

Schweigen senkte sich über den Raum. Während der letzten Hälfte des Gesprächs hatten sie alle diesen Gedanken gehabt, und jetzt hatte ihn jemand laut ausgesprochen. Sie stimmten zu. Vielleicht, meinte Vost, sollten sie demonstrieren, wozu ihre Mechs in der Lage waren. Der Vorschlag erntete begeisterte Zustimmung.

Am nächsten Morgen versammelte sich das gesamte Team, noch bevor die ersten Strahlen der aufgehenden Sonne auf das Dach der Söldnerbastion gefallen waren. Sie kamen einzeln durch die nächtliche Dunkelheit, um sich am Eingang zu treffen. Schweigend nahm die Bodenmannschaft Defensivpositionen im Schanzgang ein. Schweigend führten die Piloten die letzten Überprüfungen an den riesigen Kampfkolossen durch. Als das Sonnenlicht über den vorderen Hang der Befestigung spielte, erwachten alle drei BattleMechs zum Leben. Mit einem donnernden Röhren, das durch die ganze Anlage dröhnte und von den Mauern Usugumos widerhallte, sprangen die drei Maschinen über den Wall und begannen mit ihrer gewalttätigen Werbeaktion für mögliche Interessenten absoluter Macht.

Sie liefen mit vierzig Stundenkilometern nach Norden, für alle drei Mechs eine leicht erreichbare Geschwindigkeit. Sie passierten Amatukaze im frühen Morgengrauen. Die Posten am Stadttor starrten den metallenen Monstern mit offenem Mund hinterher. Eine Stunde später nahmen sie Aufstellung vor den Mauern von Osio.

Die Befestigungen waren lehrbuchmäßig angelegt: Bonnetten, Ravelins, Brill- und Halbbrillschanzen schützten den Hauptwall. Die Anlage war nicht bemannt, da mehr als genug Zeit war, die Befestigungen zu erreichen, bevor ein Gegner Festungsvorfeld und Gegenböschung erstürmen konnte. Es war der perfekte Ort für eine Mechdemonstration.

Vost wollte niemand umbringen, nur Sachschaden anrichten. Tote hätten zu Ressentiments bei den Überlebenden geführt. Das konnte zu einer Vendetta führen. Darum ging es bei dieser Übung nicht. Vost wollte ihren möglichen Arbeitgebern nur vorführen, wozu ein Mech in der Lage war. Er war nicht einmal daran interessiert, den *Feuerfalken*-FLUM in die Luft zu bringen. Die Fähigkeiten des FLUM hatten sie bereits vorgeführt. Eine Wiederholung hätte keinen Sinn gehabt. Seagroves war schon eingebildet genug, weil er als Held gefeiert wurde. Der FLUM würde als Bodeneinheit fungieren, wie die anderen Mechs auch.

Seagroves war darüber nicht sonderlich erfreut, aber er akzeptierte es. Er war sich des Stands der Brennstoffanzeige auf seiner Konsole mehr als bewußt und nicht darauf erpicht, in Kürze überhaupt nicht mehr fliegen zu können. Er vertrieb sich die Zeit, indem er über die Möglichkeit nachdachte, die Energie des

Allied 250-Fusionsreaktors in den AVRTech 125-Düsenantrieb umzuleiten. Tami Wilson, die Chefin der den Söldnern noch verbliebenen Techs, hatte sich bereits mit dem Problem befaßt, aber sie würde Hilfe von Yaputi und möglicherweise sogar Mark Jacobs benötigen. Unglücklicherweise hatten sich beide entschlossen, bei Takuda zu bleiben. Seagroves zuckte die Achseln. Yaputi und Jacobs würden wieder zurückfinden, wenn ernsthafte Gebote kamen. Er lehnte sich in die Pilotenliege zurück und suchte die Mauersektion nach einem guten Ziel ab.

Die Demonstration begann wie geplant mit einem Angriff Peshts und der *Speerschleuder*. Alle Mechs standen in Reichweite des Kurzstrecken-Raketensystems. Auch das war Vosts Entscheidung gewesen. Er war nicht daran interessiert, die Reichweite der Laser und PPK zu demonstrieren. Es war spektakulärer, wenn die Mechs gegen ein Ziel zusammenarbeiteten. Ihre Reichweite konnten sie sich als zusätzlichen Bonus für eine spätere Gelegenheit aufheben, bei der es wirklich darauf ankam.

Pesht begann mit einzelnen Schüssen aus der linken KSR-Lafette. Mit einem lauten Knall schoß die erste Rakete in hohem Bogen auf die Wallanlagen zu. Die erste traf das Festungsvorfeld eines Turms und explodierte wie eine feurige Blume auf dem Mauerwerk. Bruchstücke der Mauer wurden durch die Morgenluft nach allen Seiten davongeschleudert. Die zweite Rakete schlug in das freigesprengte Unterwerk ein und bohrte sich tief hinein, bevor sie detonierte. Es gab eine gedämpfte Explosion, gefolgt von einer Schuttfontäne. Eine dritte Rakete schlug ein. Erneut wurden Steinbrocken hochgeschleudert.

Nach der fünften Rakete war die Brustwehr verschwunden. Eine große Bresche klaffte in der Mauer, und vor ihr lag ein qualmender Schutthaufen. Die *Speerschleuder* wartete, bis sich der Staub gesenkt hatte.

Als der Rauch sich verzog, löste Pesht eine Salve des zweiten KSR-Systems aus. Die Torsopartie der *Speerschleuder* schien in einem wogenden Feuerball zu explodieren, als sie sechs Raketen aus ihrer internen Lafette abfeuerte. Das Mündungsfeuer der Salve wogte um die Pilotenkanzel.

Die Raketen passierten die Bresche in der Befestigungsmauer und schlugen eine nach der anderen in die Rückwand des Turms ein. Markerschütternder Lärm brandete durch die Anlage, als eine Rakete nach der anderen in dem wogenden, wallenden Chaos der Explosionen verschwand. Riesige Steinbrocken wurden durch die rauchgeschwängerte Luft geschleudert. In einigen hundert Metern Umkreis ging ein Regen von Trümmern nieder. Dann – Stille.

Vost wartete, bis sich der Staub völlig gelegt hatte. Die Befestigung war ein qualmender Trümmerhaufen. An den Seitenwänden glühten noch einzelne Stellen und loderten plötzlich zu hellen Flammen auf, wenn Tore, Leitern oder Balken Feuer fingen. Das Gebäude war unbewohnbar. Selbst für das Auge eines Laien – und inzwischen hatte sich eine Menschenmenge auf der Stadtmauer versammelt – war überdeutlich, daß niemand diesen Angriff hätte überleben können. Vost gab Gas und bewegte seinen *Panther* über den Schanzgang in die Befestigung hinein.

Er schwang den Torso des Mechs vor und zurück, und er hob den rechten Arm. Er schwang die PPK an der Brustwehr der Stadtmauer entlang und sah befriedigt, wie sich die Zuschauer hastig in Sicherheit brachten. Dann senkte er das Fadenkreuz über ein kleines Außenwerk in einiger Entfernung, aber zu nahe, als daß die PPK mit dem Angriff ihre wahre Leistungsfähigkeit offenbart hätte. Er schwang die Zielerfassung nach rechts. Dort zeichnete sich vor der aufgehenden Sonne der höchste Turm der Burg Osio ab. Er überprüfte die Sensoren; es befand sich jemand im Innern des Turms. Er wartete. Die Person bewegte sich nicht. Zu schade, dachte er. Aber er hatte nicht die Absicht, jemanden zu verletzen, der möglicherweise noch sein Auftraggeber werden konnte. Also ließ er das Fadenkreuz nach rechts gleiten und löste erst dann die PPK aus. Ein fluoreszierender Blitzschlag zuckte an der Außenkante des Turms vorbei und streifte ganz knapp das vorstehende Dach.

Die Aktion zeigte augenblicklich Wirkung. Die Person im Turm bekam es mit der Angst zu tun. Vost konnte sehen, wie sich der Lichtpunkt durch den Turm nach unten bewegte. Sehr schnell nach unten. Wahrscheinlich rannte er. Vost wartete, bis die Gestalt hinter einem Dach verschwunden war, dann zog er das Fadenkreuz über die Mitte des Turms. Die PPK donnerte ein zweitesmal auf und zerfetzte den Turm in einem Hagel aus Stein und Staub.

38

Die Explosion war bis ins DEST-Hauptquartier zu hören. Takuda hatte eine Meldung erhalten, daß die Söldner-Mechs im Morgengrauen nach Norden gezogen waren, aber er hatte darauf verzichtet, ihnen zu folgen, da er annahm, sie zögen nur als Folge irgendeines Geschäftes in eine andere Enklave um. Jetzt konnte er das erregte Schnattern der Tetaetae vor seiner Tür hören.

Der Vorhang des Befehlsstands wurde beiseite geschlagen, und Parker Davud stürmte herein. »Bei Osio gibt's ein gewaltiges Feuerwerk, Sho-sa. Sie müssen die Stadt regelrecht auseinandernehmen. Der Boden bebt bis hierher unter der Gewalt der Explosionen. Das könnte ein direkter Sturmangriff sein.«

»Aber warum Osio?« fragte Takuda, wenn auch nur rhetorisch. »Sie haben Osio noch nie angegriffen. Bis jetzt haben sie immer nur gegen die Amatukaze losgeschlagen, und immer zusammen mit den Bodentruppen. Eine Enklave haben sie noch nie attackiert. Irgend etwas hat sich verändert.«

Die beiden Männer gingen nach draußen und fanden das Lager in heller Verwirrung vor. Die Tetaetae rannten in den Schutz der Wälder, während die Mitglieder des Gastgeberstammes eine gewisse Kontrolle zu behalten versuchten. Über dem Donnern hunderter panisch rennender Tetaetaefüße war das Kreischen derer zu hören, die nach… irgend etwas suchten. Takuda starrte entgeistert auf die sich ihm darbietende Szenerie. Warum, fragte er sich, war jemand, der in Panik geriet, immer darauf versessen, auf die andere Seite eines Bereichs zu kommen? Wer auf der linken Seite war, suchte Schutz auf der rechten. Wer auf der rechten Seite war, suchte Schutz auf der linken. Von vorne nach hinten, von hinten nach vorne. Grundsätzlich suchte niemand Deckung, wo er gerade war. Und warum waren Kinder im Augenblick der Panik immer soweit wie möglich von ihren Müttern entfernt? Der DEST-Kommandeur stand da und sah zu. Endlich erreichten die kopflos umherrennenden Tetaetae eine Art Ruhezustand, und Stille kehrte ein.

»Ich habe sie auf dem IR-Schirm, Herr«, stellte Ariake Sanae fest. Sie deutete auf das Langstrecken-Infrarotsensorsystem, das sie mit einem geborgenenen Mechsekundärschirm gekoppelt hatte. Sie und Mark Jacobs, der unverbesserliche Bastler und ehemalige Sprungschiffingenieur, hatten die Anlage zusammengehämmert. Sie hatten eine Anode mit der divergierenden Gradationsmatrix gekoppelt und ein krudes Langstreckensystem konstruiert, das bis zum Horizont Wärmeimpulse auswerten konnte. Sie hatten die Sensoren auf einer Hügelkuppe hinter der DEST-Position aufgebaut, wodurch alle drei Enklaven in Reichweite kamen. Die Anlage war nicht beweglich und mußte konstant nachreguliert werden, aber zumindest stellte sie eine Frühwarnsystem dar. Ihr Haupteinsatzgebiet war der Schutz vor möglichen FLUM-Angriffen. Bei einer Höchstgeschwindigkeit des *Feuerfalken*-FLUM von neunhundert Stundenkilometern konnte er ihre Stellungen von der Stadt aus in unter fünf Minuten erreichen. Nicht viel Zeit, aber immer noch besser als nichts. Sanae drehte den Schirm, so daß Takuda die Geschehnisse verfolgen konnte.

Die Mechs waren schwach als amorphe Leuchtpunkte zu erkennen. Der PPK-Schuß, der vom *Panther* stammen mußte, zog sich in einer nachleuchtenden Linie über den Schirm. Takuda starrte auf das Bild. Die Mechs führten keine Aktion von erkennbarem Sinn durch. Sie standen einfach nur vor den Mauern Osios und legten sie in Trümmer. Er konnte die Umrisse der zerstörten Ziele im Nachglühen des Beschusses deutlich erkennen. Der FLUM befand sich im Battle-

Mechmodus und marschierte vor den Mauern auf und ab. Eine große Sektion der äußeren Wallanlagen zeichnete sich reliefartig auf dem Schirm ab, als sein Laser sie abfackelte. Die Mechs versuchten nicht einmal, die Stadt zu betreten.

»Sieht aus, als wollten sie den Osioanern was verkaufen«, murmelte Davud. »Ich würde sagen, Sie versuchen sie davon zu überzeugen, daß sie in Zukunft brave Jungs sein sollten. Ich frage mich, was sie so aufgeregt hat?«

»Nichts! Gar nichts!« rief Takuda. »Du hattest völlig recht, Parker. Sie verkaufen etwas. Sieh hin! Keine der Usugumo-Einheiten hat sich in Bewegung gesetzt. Es ist nichts von ihnen zu sehen. Die Mechs sind nur losgezogen, um ihre Leistungsmöglichkeiten vorzuführen. Sie suchen nach weiteren Angeboten. Sie machen Werbung für sich.« Er trat vom Schirm zurück und schüttelte den Kopf. »Das könnte unangenehm werden. Wir wissen, daß es Interessenten in den anderen Enklaven gibt. Ein paar von ihnen sind bereits an uns herangetreten. Vost und seine Leute wollen herausfinden, was sie tun können. Das ist unangenehm. Unangenehm für uns alle.«

Takuda wußte, daß er nicht als einziger in der DEST-Gruppe auf ein mögliches Geschäft angesprochen worden war. Knyte und Arsenault hatten Kontakt mit Menschen gemeldet, die sie für eine oder mehrere der Enklaven anheuern wollten. Und aus Gesprächen mit Sanae wußte er, daß es wenigstens eine Gruppe gab, die bereit war, unabhängig von den Enklaven Söldner anzuheuern. Offensichtlich klopfte Vost auf den Busch, um zu sehen, was er noch aufscheuchen konnte. Es bahnte sich eine lebhafte Versteigerung an, und die Gewinner würden die Verlierer zermalmen.

»Wir müssen sie aufhalten!« rief Takuda und schlug mit der Faust in die offene Handfläche. »Wenn Vost erreicht, was er mit diesem Manöver beabsichtigt, gerät die ganze Situation außer Kontrolle. Vost verpflichtet sich dem Meistbietenden und kann alle Enklaven erpressen. Es wird einen Kampf jedes gegen jeden geben. Was will ein Söldner mehr. Davud-san«, wandte er sich an seinen Adjutanten, »rufen Sie die *Heuschrecks*. Wir müssen sie bremsen, solange noch Zeit dazu ist.«

Zehn Minuten später erschienen die beiden *Heuschreck*-BattleMechs auf der Lichtung um den Befehlsstand. Die Tetaetae wuselten auf allen Seiten um sie herum, ohne sich der Gefahr, von den Füßen der zwanzig Tonnen schweren Kampfkolosse zerquetscht zu werden, bewußt zu sein. Goodall und Jacobs öffneten die Notausstiege und schauten zu ihrem Kommandeur hinab. Beide Piloten grinsten vor Aufregung. Seit dem katastrophalen Angriff der kombinierten Usugumo-Mech-Truppen über eine Woche zuvor waren sie nicht mehr im Einsatz gewesen. Jacobs war sich seiner Fähigkeit sicher, den *Heuschreck* auch im Kampf zu führen, und freute sich darauf, sein Können unter Beweis zu stellen.

Sie hatten erwogen, Bustoe zu trainieren, bis er auf Einsatzstandard war, aber Goodall hatte Takuda schließlich davon überzeugen können, daß Jacobs die beste Wahl für den *Heuschreck* sei. Bustoe hatte andere Pflichten, Verantwortlichkeiten und Vorzüge, die Jacobs nicht erfüllen konnte. Jetzt wollte Jacobs vorführen, was er gelernt hatte. Nun würde er zeigen müssen, was die lange zurückliegende Ausbildung durch seinen Vater wert gewesen war. Das letzte, was Goodall zu ihm gesagt hatte, bevor sie die Luke schloß, war der altbewährte Mahnspruch der Mechpiloten gewesen: »Es gibt erfahrene Piloten und es gibt übermütige Piloten. Die erfahrenen werden nicht übermütig, und die übermütigen werden nicht alt genug, Erfahrungen zu sammeln.« Jacobs hatte abgewinkt und den LTV 160-Fusionsreaktor hochgefahren.

Vom Rand der Lichtung ertönte ein plötzliches Dröhnen, als eine andere Maschine sich den Weg auf den Platz bahnte. Auspuffgase und Dampf stiegen in rauhen Mengen von dem Gefährt auf, und seine Räder schleuderten große Erdklumpen hoch. Das Gebilde rumpelte zwischen die beiden Mechs, bevor es bebend zum Stehen kam. Keuchend und spuckend stand es da und zitterte wie ein nasser Hund. Die Luke öffnete sich, und die grinsenden Gesichter von Parker Davud und Topi tauchten auf.

»Ich bringe Verstärkung!« brüllte Davud und versuchte, das Heulen und Pfeifen des Motors zu übertönen. »Topi und ich haben daran gearbeitet, seit wir es den Usugumi entwendet haben. Die Feuerkraft ist nicht besonders, aber Sanae kann uns die Raketenlafette aufmontieren. Sie kann sogar mitkommen, um sie abzufeuern. Und Johan auch, als Scharfschütze. Man weiß nie, wann ein gut gezielter Schuß nötig wird.«

Takuda starrte ihn erstaunt an. Er hatte das Fahrzeug, in dem Knyte aus Usugumo geflohen war, völlig vergessen. Es war völlig unmöglich, daß es in dem bevorstehenden Gefecht irgendeinen Wert haben würde. Es würde nur die Verluste des DEST vergrößern. Er schüttelte ungläubig und ablehnend den Kopf. »Ich kann das nicht zulassen«, erklärte er dem niedergeschlagenen Davud. »Wir würden nichts damit ausrichten.«

»Aber sicher«, widersprach Davud fröhlich. »Darauf sind sie nicht gefaßt, und wir können nah heranfahren. Wir können es schaffen, ganz bestimmt. Bitte lassen Sie es uns versuchen.« Davud sah sich unter den versammelten DESTlern um. »Wir werden niemand mitnehmen, der sich nicht freiwillig dazu meldet.«

Aus den Reihen der Umstehenden erhob sich ein lauter Antwortchor. Anscheinend wollten sich alle melden. Na gut, dachte Takuda, es war immer noch besser, sie in so einer Klapperkiste loszuschicken als zu Fuß und völlig ungeschützt. Er nickte.

Vost hatte seine Truppen vor dem Haupttor Amatukazes aufgestellt. Die Demonstration bei Osio war besser verlaufen, als er erwartet hatte. Die Bevölkerung war gehörig erschreckt worden. Die Leute waren wie aufgescheuchte Hühner vor den anrückenden Mechs davongerannt. Nach der Raketensalve der *Speerschleuder* und dem PPK-Beschuß des *Panther* war der *Feuerfalken*-FLUM in den Schanzgraben gestiegen und hatte mit der Laserbatterie ausgewählte Ziele mit tödlicher Genauigkeit vernichtet. Das war für die mit den modernen Waffen der Mechs nicht vertrauten Zuschauer zur gleichen Zeit spektakulär und entsetzlich gewesen.

Statt Osio weiter zu zerschießen, war Vost anschließend abgerückt, um sich um Amatukaze zu kümmern. Es hatte keinen Wert, so viel zu zerstören, daß ihren möglichen Auftraggebern nach den Wiederaufbauarbeiten kein Geld blieb, um damit die Dienste der Söldner zu bezahlen. Als nächstes stand die religiöse Enklave auf seiner Liste. Deren Bewohner hatten eine Menge Geld und den Willen, es auszugeben.

Nach ihrer Ankunft trat wie in Osio die *Speerschleuder* als erster Kampfkoloß vor. Ziel ihrer Demonstration sollte auch hier ein leerstehendes Fort werden. Die Hauptschanzmauer war von Zuschauern überfüllt, und auf dem optischen Schirm funkelten die religiösen Artefakte. Die erste Kurzstreckenrakete schlug ins Festungsvorfeld, und ganze Steinplatten wirbelten sichelgleich durch die Lüfte. Vost sah befriedigt zu, räkelte sich auf seiner Pilotenliege und wartete. Plötzlich zerriß das schrille Heulen der Ortungswarnung seine Ruhe. Er schaute auf den Sekundärschirm, um festzustellen, wo im Innern der Enklave eine feindliche Streitmacht lauerte. Zunächst sah er nichts. Aber dann bemerkte er sie: drei IR-Signaturen, die sich von hinten näherten. Der DEST wollte mitspielen.

Vost bellte seine Befehle über die taktische Leitung, und seine Leute wandten sich von den Mauern Amatukazes ab. Sie waren den anrückenden DEST-Truppen an Reichweite und Feuerkraft überlegen, und Vost plante, beides auszunutzen. Der FLUM würde am Boden bleiben, trotz der lauten Proteste Seagroves'. Die Bernnstoffversorgung war noch immer nicht geregelt, und im Augenblick konnten sie auf die zusätzliche Geschwindigkeit und Beweglichkeit der Flugversion seiner Maschine verzichten. Es war besser, diesen Konflikt am Boden auszukämpfen.

Takudas *Heuschrecks* hatten darauf gehofft, durch das Überraschungsmoment nahe genug an ihre Gegner heranzukommen, um Schaden anzurichten, bevor die stärkere Panzerung und Waffenleistung der Söldner das Kampfgeschick gegen sie kehrte. Aber kaum hatte Goodall den Waldrand passiert und die feindlichen Maschinen auf der Infrarotanzeige, da sah sie die *Speerschleuder* und den *Feuerfalke* schon auf sich zukommen. Der *Panther* besaß die doppelte Waffenreichweite eines *Heuschreck*, so daß die beiden DEST-Maschinen wenig Hoffnung hatten, ernsthaften Schaden anzurichten, bevor die beiden anderen Mechs heran waren.

Der *Heuschreck* war ein leichter Scoutmech, der sich ganz auf seine Geschwindigkeit und mögliche Überraschungseffekte verlassen mußte. Einmal entdeckt, bestand seine einzige Hoffnung darin, in schneller Bewegung zu bleiben, um dem Gegner das Zielen zu erschweren. Der große Vorteil des BattleMechs, wenn er von einem erfahrenen Piloten gesteuert wurde, war die Unberechenbarkeit seiner Bewegungen. Aber mit sinkender Entfernung kam irgendwann der Zeitpunkt, wo mit Ausweichbewegungen nichts mehr zu gewinnen war. Gleichgültig, wie unregelmäßig sich der *Heuschreck* auch bewegte, der *Panther* würde seine schwere PPK einsetzen können, bevor der leichtere Mech außer Reichweite war. Und das würde das Ende des *Heuschreck* bedeuten. Goodall befahl den schnellen Rückzug.

Aber während sie es schaffte, in einem Schritt von Angriff auf Rückzug umzuschalten, war Jacobs langsamer. Ob es eine Folge seiner Unerfahrenheit oder seines Wagemuts war, spielte keine Rolle. Bevor Jacobs den Mech hinter die Bäume bringen konnte, traf ein künstlicher Blitzschlag aus der Partikelkanone des *Panther* die leichte Maschine voll im Torso. In einem weißglühenden Geysir verflüssigten Metalls kochte die Panzerung von der Frontseite des Mechs, und der *Heuschreck* wankte unter dem Aufprall des Treffers nach hinten. Jacobs' Karriere als Mechpilot hätte ein jähes Ende gefunden, wäre Parker Davud nicht zur Stelle gewesen und hätte den Panzer von hinten gegen die Beine der stürzenden Maschine gefahren.

Der PPK-Treffer und das Gewicht des Panzers warfen den *Heuschreck* um seine Achse, und als Jacobs die Gewalt über den wankenden Mech wiedererlangt hatte, bewegte er sich in die richtige Richtung. Er rastete den Gashebel in vorderster Position ein, und der *Heuschreck* rannte in die Tiefe des Waldes, eine Spur von zerschmolzener Panzerung und schleifenden Servospulen hinter sich herziehend.

39

Die Philosophie des Taoismus lehrt, daß alle Dinge ihr Gegenteil enthalten. Die Niederlage der DEST-Truppen im offenen Kampf war das Tor zu Reichtum und Macht für die Söldner Garber Vosts. Aber aus der Niederlage entstand eine Wiedergeburt, und der Sieg führte zur Zersplitterung.

Im sanften Licht der Abenddämmerung saß Takuda niedergeschlagen in seinem Befehlsstand. Er hatte seine Mechs in einen hoffnungslosen Kampf geschickt, und jetzt bezahlten sie den Preis dafür. Sie konnten von Glück reden, daß Jacobs' *Heuschreck* nicht vernichtet worden war, aber Fortuna war eine launische Göttin, und er konnte sich nicht darauf verlassen, daß sie ihnen auch beim nächstenmal beistand. Hoffnung und Zeit ließen seine Einheit im Stich. Zum zweitenmal, seit sie auf Kaetetôã gelandet waren, trug sich Takuda mit dem Gedanken an Seppuku.

Jemand zog den Vorhang des Befehlsstands beiseite, und Parker Davud kam herein. »Ich habe gute und schlechte Nachrichten, Sho-sa.« Davud zog einen Stuhl unter dem Tisch vor und setzte sich. »Die gute Nachricht ist, daß wir ein paar Rekruten aus den Enklaven bekommen haben. Die schlechte: Nur ein Teil von ihnen ist bewaffnet.«

Takuda starrte seinen Adjutanten an. Der Mann hatte offensichtlich jeden Sinn für die Wirklichkeit verloren. Rekruten? Nach diesem Fiasko konnten sie unmöglich Rekruten anlocken. Aber wie sich herausstellte, hatte Parker Davud in beiden Punkten recht. Ein konstanter Strom von Neuzugängen floß aus den Enklaven ins Lager des DEST. Sie kamen aus verschiedensten Gründen, aber sie alle wollten ihre Dienste anbieten. Auch einige Soldaten aus allen drei Enklaven waren dabei, ausgerüstet mit dem, was sie hatten mitbringen können. Als der riesige zunehmende Mond über dem Horizont erschien, hatte Takuda beinahe einen kompletten Zug zur Verfügung. Die Truppe war eine Mischung aus Bewohnern aller drei Enklaven. Über die Hälfte von ihnen waren Frauen und Kinder. Ihre Bewaffnung reichte von Schwertern und Musketen bis zu leichten Pistolen und Bolzenschloßgewehren. Keine der Schußwaffen verwendete standardisierte Munition, aber wenigstens war ein Anfang gemacht.

Die Leute kamen, weil sie an eine bessere Zukunft unter der Führung der neuen Menschen glaubten. Manche wurden von Takudas Philosophie einer harmonischeren Gesellschaft angelockt, andere wollten herrschen. Ein paar suchten eine Gelegenheit, mit denen abzurechnen, die sie in den Enklaven zurückgelassen hatten. Was immer der Grund war, Takuda nahm sie in seine Reihen auf und machte sich an die Organisation.

Bei den Führungsgruppen der Enklaven herrschte ein Gefühl der Euphorie. Die Demonstration der Feuerkraft, zu der die Mechs in der Lage waren, hatten alle Fraktionen in der Überzeugung vereint, daß ihre Zukunft bei Vost lag. Indem sie die Söldner anheuerten, konnten sie ihre jeweiligen kühnsten Träume verwirklichen. Wer auch immer die Dienste der Söldner in Anspruch nahm, würde das Schicksal der Enklaven in der Hand haben. Um sicherzustellen, daß diese Zukunft ihren Vorstellungen entsprach, überschütteten sie Vost und die anderen mit Angeboten.

Aber die Führer der Enklaven waren nicht die einzigen, die Vosts Demonstration beeindruckt hatte. Die Gruppe um Achira Kochira und seine Mitverschwörer fand sich plötzlich umringt von Konkurrenten, die ebenfalls lauthals um die Dienste der Söldner warben. Die verschiedenen Gruppen und ihre Angebote waren so zahlreich und so zersplittert, daß die Bewerber es vorzogen, private Geschäfte mit den einzelnen Piloten zu versuchen. Vost, Seagroves und Pesht waren ständig von enthusiastischen Interessenten umlagert. Es war ein Anbietermarkt.

Die einzelnen Piloten reagierten jeweils auf ihre Weise. Vost war am offensten für Interessenten mit weichen, schmiegsamen Körpern, leuchtenden Augen und vollen Lippen. Noch nie in seinem Leben war er so umgarnt worden. Die Frauen der Söldnertruppe, Wilson, Sabine, Guardine und Hoond, konnten sein Interesse nicht mehr binden. Er hatte keine Zeit mehr für Hausmannskost. Und so blieben sie in ihren einfachen Quartieren oder opulenten Suiten allein, während er sich in die Fleischtöpfe der Enklavengesellschaft stürzte.

Was Seagroves betraf, wurde er dermaßen mit Gold überhäuft, daß seine Unterkunft sich in einen Schrein des Midas verwandelte. Gold in allen Arten und Formen türmte sich um ihn herum auf. Die Kunsthandwerker des Planeten waren zwar gewohnt, mit Metallen wie Eisen, Kupfer und Silber zu arbeiten, aber inzwischen waren sie völlig mit Aufträgen für Zierrat aus wertlosem Gold ausgelastet.

Blieb noch Pesht, der konstant in Versuchung war, sich zu kneifen, um sicherzugehen, daß er all diese großartigen Angebote nicht nur träumte. Die Zeiten waren vorbei, in denen man ihm anbot, ihn zu EINER wichtigen Persönlichkeit zu machen. Jetzt wollten ihn alle Anbieter zu DER Persönlichkeit ihrer Koalition oder Gruppe machen. Ein Angebot folgte dem anderen, bis es unmöglich war, noch einen Unterschied festzustellen. Das letzte Angebot war immer das beste, aber es gab keinen Anreiz, es anzunehmen, denn das folgende würde mit Sicherheit noch besser werden.

Die Anführer der Enklaven bemerkten schnell, daß

sie von den unabhängigen Gruppen überboten wurden. Und sie verstanden, welche zwei Faktoren zur Überhitzung des Marktes führten: die Existenz der separaten Enklaven und die anhaltende Präsenz der DEST-Einheit in den Wäldern. Sie entschieden sich, beide Probleme in einem Aufwasch aus der Welt zu schaffen. Zum erstenmal in beinahe vierhundert Jahren erklärten die drei Städte einen umfassenden Waffenstillstand – womit sie ironischerweise Takudas wichtigstes Ziel verwirklichten. Ohne es zu beabsichtigen, hatte er die Enklaven geeint. Unglücklicherweise hatte er sie in dem Ziel geeint, ihn zu vernichten. Die Führer der Enklaven entschieden, daß sie durch die Auslöschung der Waldtruppen die Notwendigkeit für die Verpflichtung der Söldner reduzierern konnten. Ohne Takuda konnten sich die Enklaven die Söldner möglicherweise auf dieselbe Weise vom Hals schaffen, wie sie Jahrhunderte zuvor die Massenvernichtungswaffen abgeschafft hatten. Aber das vorrangige Problem war Takuda.

Die Organisation war bestenfalls ein Flickenteppich, aber kurz vor Sonnenaufgang hatten sie eine Übereinkunft erzielt, die eine gemeinsame Streitmacht aller drei Enklaven gegen die in den Wäldern versteckten menschlichen Eindringlinge und ihre Tetaetae-Verbündeten vorsah. Die Enklaven würden mit einem Schlag ihre Ehre zurückgewinnen und sich eines lästigen Problems entledigen.

Der Plan verlangte einen gemeinsamen Angriff der kombinierten Truppeneinheiten gegen die Waldeinheit. Jeder Enklavenführer würde seine gesamte mobile Streitmacht in den Angriff werfen, unterstützt von Infanterie und Waffen. Insgeheim planten sie jedoch alle, einen Teil zurückzuhalten, für den Fall, daß sich die Dinge anders entwickelten als geplant. Mit allgemeinem Händeschütteln, Schulterklopfen und vorgetäuschten Freundschaftsbekundungen kehrten die

Führer in ihre jeweilige Stadt zurück, um weitere Pläne zu schmieden.

Im Morgengrauen rumpelten die Armeen aus den Toren der Enklaven. Die Söldner-Mechpiloten waren zu erschöpft, es zur Kenntnis zu nehmen, und nur die Techs, die noch immer einsam in der Mechbefestigung Wache schoben, sahen sie passieren. Keiner von ihnen machte Anstalten, seinen Kommandeur zu unterrichten.

Die drei Marschkolonnen, eine bunte Mischung leistungsschwacher Fahrzeuge und an deren Rümpfen hängender Infanterie, trafen sich auf den Schlachtfeldern zwischen Amatukaze und Usugumo. Es kam zu einem kurzen Aufenthalt und einem ängstlichen Verdacht, verraten worden zu sein, als die Osioaner sich verspäteten, aber dann erkannten alle, daß sie eine weitere Strecke zurücklegen mußten und wegen Kommunikationsproblemen verspätet aufgebrochen waren. Der Kommandeur der Osio-Kolonne, der zu einem so wichtigen Zeitpunkt sein Gesicht wahren wollte, trieb seine Leute an, um das Mißgeschick auszugleichen. Auf Grund der Verspätung verlangte er nach seiner Ankunft das Recht, seine Ehre wiederzugewinnen, indem er mit seinen Truppen den Angriff anführte. Die Kommandeure der Amatukaze und Usugumo ließen sich schließlich dazu überreden. Der Angriff begann, etwas verspätet und etwas zerfasert, aber er begann.

Takudas Leute hatten die Truppen anrücken sehen. Zunächst waren sie der Ansicht gewesen, die Vorbereitungen zu einer großen Entscheidungsschlacht zwischen den Enklaven zu beobachten, aber als sie bemerkten, wie sich die Truppen friedlich vereinten, begannen sie sich Sorgen zu machen. Auch die Rekruten, die im Laufe der Nacht zu ihnen gestoßen waren, wußten nicht, was da vor sich ging, denn sie waren vor der Entscheidung, die Armeen zu vereinigen, aus ihren Enklaven geflohen. Sie wurden von der Entwicklung ebenso überrascht wie Takuda und seine Einheit. Irgendwelche noch verbliebenen Zweifel darüber, was dort vor sich ging, verflogen, als das Osio-Rentai in Richtung Wald schwenkte und vorrückte.

Der Angriffskeil wurde von den leichteren Fahrzeugen angführt. Es waren kleine Radfahrzeuge mit freiliegendem Motor, auf deren Heckfläche Soldaten hektisch an den Pumpen arbeiteten, die den Treibstoff in den Motor beförderten. Aus den hoch aufragenden Auspuffrohren stiegen dichte, schwarze Qualmwolken, die immer schneller und heftiger ausgestoßen wurden, bis schließlich Flammenzungen aus den Rohren schlugen. Der Lärm der Motoren war ohrenbetäubend. Die Räder der vorrückenden Scoutwagen pflügten die Erde um. An der Vorderseite jedes Wagens stand der Kommandeur in einem hohen hölzernen Lattenverhau und dirigierte den unglückseligen Fahrer durch Schläge mit einem langen Stock auf dessen Schultern.

Hinter ihnen kamen die schwereren Truppen, vollständig geschlossene Fahrzeuge, an deren Außenseiten sich Fußsoldaten anklammerten. Dies waren die Panzertruppen mit ihrer Infanterieunterstützung. Ihre riesigen, spikebewehrten Räder schleuderten dicke Erdklumpen auf. Die Infanteristen hielten sich mit aller Kraft fest, um nicht unter die Räder dieser Riesen zu geraten. Es war ein bemerkenswertes Schauspiel.

Im Anschluß an die Fahrzeuge trottete die reguläre Infanterie mit ihren Musketen heran. Aber so archaisch diese Waffen auch sein mochten, sie waren tödlich. Takuda besaß die größere Feuerkraft, war aber zahlenmäßig hoffnungslos unterlegen. Gleichgültig, wie er seine mageren Kräfte auch aufstellte, die Angreifer würden sie immer umgehen und einkesseln können. Um dieses Bündnis zu besiegen, brauchte es mehr als Kugeln. Der KSR-Werfer feuerte zuerst, und der Kondensstreifen der Rakete zog einen weißen Bogen auf eines der Angriffsfahrzeuge in der zweiten Reihe zu. Die Rakete durchstieß die Panzerung aus laminiertem Holz und explodierte auf dem Motorblock. Das Gefährt wankte einen Moment, dann flog es in einer Wolke aus Feuer, Dampf, Riemen, Zahnrädern und Menschen auseinander.

Das Osio-Rentai reagierte sofort. Ein langer, schriller Kampfschrei erhob sich aus den Reihen der im Laufschritt anrückenden Truppen, und sie stürmten vor. Weiter rechts hörte Takuda das Stakkato einer leichten Maschinenpistole, beinahe augenblicklich gefolgt vom gleichmäßigen Knattern des MGs der Schwere-Waffen-Sektion. Auch einige der Freiwilligen griffen ein. Er konnte es zwar nicht hören, aber Takuda war sicher, daß die DEST-Lasergewehre Breschen in die heranstürmenden Feindformationen schlugen. Dann nahm jemand eines der Scoutfahrzeuge mit dem Laser aufs Korn. Zunächst erschien auf der Außenseite des Motors ein rotglühender Fleck, dann stieg der ganze Zylinder – Kolben, Auspuff und Verteiler – wie eine Rakete in die Höhe. Er schoß mit einem infernalischen Jaulen hinauf in den rauchverhangenen Himmel und schlug in einiger Entfernung hinter den Hilfstruppen auf.

Stimmen im Komset. Unidentifiziert, aber drängend.

»Zu viele. Müssen uns zurückziehen.«

»An meiner Linken können die Rekruten die Reihe nicht halten.«

»Bustoe ist getroffen. Ich ziehe mich zurück.«

»Brauche Feuer links. Muß mich zurückziehen. Es sind zu viele.«

»Verdammt! Die sind wie Ameisen. Man kann sie nicht schnell genug zertreten.«

»Nehmt euch vor dem nächsten Wagen in acht. Scheint eine Kanone zu haben.«

RICK
HARRIS
93

Takuda fragte sich, ob er den *Heuschreck* zu Hilfe rufen sollte, aber er wußte nicht, wo der FLUM war. Wenn er den Mech zu früh einsetzte, konnte der *Feuerfalken*-FLUM innerhalb von Minuten am Himmel auftauchen und ihn vernichten. Bis er wußte, wo die Söldner waren, konnte er den Mech nicht einsetzen.

Dann erregte ein lautes Krachen Takudas Aufmerksamkeit. Eines der Fahrzeuge in der zweiten Angriffsreihe explodierte in einer Wolke aus Rauch und Dampf. Wahrscheinlich ein zweiter Raketentreffer. Sie würden sparsamer mit den Raketen umgehen müssen. Nicht mehr lange, und ihr Vorrat ging zur Neige. Dann rollte der Panzer aus der Rauchwolke heraus, und Takuda erkannte, daß das Gefährt auf seine Leute geschossen hatte. Ein plötzliches Beben des Bodens unter seinen Füßen ließ ihn zusammenzucken. Er blickte nach rechts und sah einen Felsbrocken von der Größe eines großen Mülleimers in den Wald hüpfen. Das Fahrzeug feuerte Kanonenkugeln. Archaisch, aber tödlich. Wenn man von einem dieser Dinger getroffen wurde, war man ebenso tot wie durch einen Lasertreffer.

Ihre Tetaetae-Verbündeten kämpften mit Speeren und kurzen, tückischen Kogatanas, die scharf genug waren, einen ungepanzerten Gegner aufzuschlitzen. Wenn sie gegen die Vogelwesen kämpften, zeigten sich die Osio-Truppen besonders wild, als wollten sie die Einheimischen nicht nur besiegen, sondern ausrotten.

»Maschinengewehr fällt aus. Mußte zurückweichen. Munitionsmangel.«

»Auf meine Rechte. Meine Rechte. Ich brauche Unterstützung an meiner Rechten. Ich kann sie nicht halten.«

»Die Tetties kriegen mächtig eins auf die Mütze. Sie werden massakriert.«

Takuda verfolgte den Verlauf der Schlacht über die Komverbindung. Seine Schlachtreihen brachen ringsum zusammen. Soweit er es hören konnte, waren seine DESTler okay, aber die Rekruten und Tetaetae erlitten massive Verluste. Der KSR-Werfer feuerte, so schnell Sanae und Miranda nachladen konnten. Die Infrarot-Zielerfassung hatte keine Probleme, die überhitzten Panzer anzuvisieren, aber früher oder später würden ihnen die Raketen ausgehen. Auf Takudas Zeichen begannen seine Truppen mit dem Rückzug.

40

Die leichte Sektion des DEST deckte den Rückzug, auch wenn es nicht mehr viel zu decken gab. Die Frontlinie der Rekruten und Tetaetae war unter dem Druck des Angriffs zusammengebrochen. Diejenigen, die noch klar genug denken konnten, hatten ihre Waffen mitgenommen. Die anderen Rekruten waren in blinder Panik davongestürzt und hatten ihre Ausrüstung liegen gelassen. Knyte und Arsenault hielten ihre Gruppen über das Gelände verteilt. Sie zogen sich in kurzen Sprüngen zurück und erwiderten das Feuer, wann immer die siegessicheren Truppen der Enklaven sie stellten. Im Wald waren die Laser den einfacheren Projektilwaffen deutlich überlegen, denn sie waren für einen Hinterhalt perfekt geeignet. Das Gewehr gab nur ein zischendes Summen ab, wenn es feuerte, und verriet die Position des Schützen nicht durch Mündungsfeuer oder eine Explosion. In vielen Fällen konnte ein DESTler einige tödliche Treffer landen, bevor er entdeckt wurde.

Gegen Nachmittag hatten sie bis auf die einzelnen Posten, die Takuda in Position gelassen hatte, jeden Kontakt mit den Angreifern verloren. Deren Reihen waren im Verlauf der Schlacht so durcheinander geraten, daß sie ebenfalls bereit waren, eine Kampfpause einzulegen, um sich neu zu formieren. In der Erregung des Sieges dachten sie nicht daran, die Kosten zu erfassen oder die Gefallenen zu betrauern. Sie waren auf der Gewinnerstraße und wollten ihre Arbeit beenden. Später würden sie genug Zeit haben, sich um die Toten und Verletzten zu kümmern. Jetzt war es Zeit für Siegesfeiern. Jemand öffnete eine Flasche Budoshu, und die Party begann. Aber die Fröhlichkeit beschränkte sich weitgehend auf die Hilfstruppen. Die Soldaten, die noch Kontakt zu den DEST-Posten hatten, verstanden, wie tödlich der Dschungel war.

Hinter der ausgezackten Frontlinie sammelte sich die schwere Ausrüstung. Es gab große Lücken in ihren Formationen, und manche Einheiten waren völlig ausgelöscht worden. Nicht nur als Kampfeinheit, sondern ganz und gar. Teilweise gab es keinen einzigen Überlebenden.

Die Komandeure reorganisierten ihre mobilen Einheiten, so schnell es ging. Sie wußten, daß die Schlacht noch nicht vorüber war. Und sie wußten, daß sie gewinnen würden. Ausgehend von den feindlichen Toten, die sie entdeckt, und den fremdartigen Waffen, mit denen sie es zu tun bekommen hatten, konnten sich nicht mehr viele von Takudas Truppen im Wald verstecken. Der größte Teil der Waldeinheit war zerschlagen, der Sieg zum Greifen nah. Sie fühlten das dringende Bedürfnis, ihre Arbeit vor Sonnenuntergang zu Ende zu bringen.

Auch Takuda verbrachte die Feuerpause mit einer Reorganisation. Zusätzlich zu den Opfern der Rekruten und Tetaetae hatte es auch Verluste beim DEST gegeben. Bustoe war von einer Bleikugel in der Brust erwischt wurden. Das weiche Metallgeschoß hatte sich so durch seine Brusthöhle gebohrt, daß die einzige Möglichkeit, es zu entfernen, darin bestand, es vom Rücken aus herauszuschneiden, wo es seine Position durch eine unübersehbare Beule unter dem Brustkorb anzeigte. Bustoe würde überleben, aber mit Sicherheit für lange Zeit außer Gefecht sein. Takuda konnte ihn eventuell als letzte Möglichkeit noch einsetzen, aber wenn überhaupt, kam der Kashira nur noch für ein Stellungsgefecht in Frage.

Andi Holland war von irgend etwas getroffen worden, das ihr den Rücken bis zum Schulterblatt aufgerissen hatte. Die Wunde war ernst, aber man konnte sie verbinden und Holland gut genug versorgen, um sie in Aktion zu halten. Sie würde eine Weile nur noch mit einer Hand feuern können – noch dazu mit der schwächeren –, aber zumindest konnte sie sich noch bewegen, schießen und die Verbindung halten. Johan Miranda war verletzt worden, als eine der Kurzstreckenraketen noch im überhitzten Abschußrohr explodiert war. Mit ihm war nicht mehr zu rechnen. Gesicht und Hände waren zu schwer verbrannt, um mit den verfügbaren Mitteln geheilt zu werden. Und selbst wenn sie einen Weg fanden, seine Schmerzen zu lindern, würde der Scharfschütze nie wieder ein Ziel anvisieren: Er war blind.

Takuda rief die Offiziere seiner bunten Truppe in seinem provisorischen Befehlsstand zusammen. Davud repräsentierte den DEST, Dakodo sprach für die Tetaetae, und Robert Fullerton, ein Neuzugang aus Osio, vertrat die Rekruten. Im Verlauf des Gesprächs kam noch Holly Goodall dazu.

Takuda sah von einem zum anderen. Er brauchte ihnen nicht zu erzählen, daß sie dabei waren, Boden und Gefecht zu verlieren. Bis jetzt hatten es die DEST-Soldaten geschafft, dem Schlimmsten zu entgehen, aber das konnte nicht ewig so bleiben. Fullerton meldete, daß von den fünfundvierzig Rekruten, die sich in der vorangegangenen Nacht im Wald eingefunden hatten, nur neun unverletzt waren. Ein Dutzend war verwundet, zum Teil schwer, und die übrigen vierundzwanzig waren verloren – gefallen, gefangen oder desertiert. Auf jeden Fall waren sie nicht mehr verfügbar. Fullerton schätzte, zwölf Leute aufbieten zu können, aber sie besaßen kaum noch Munition für ihre Waffen, und sie selbst hatten ebensowenig Hoffnung. Sie würden bleiben, aber sie sahen der Zukunft alles andere als zuversichtlich entgegen.

Dakodos Bericht fiel ähnlich aus. Über zweihundert männliche Tetaetae hatten sich freiwillig gemeldet, um auf Takudas Seite zu kämpfen, etwas weniger als die Hälfte aller erwachsenen Männer der Einheimischenstämme, die sich in der vergangenen Woche um das DEST-Lager versammelt hatten. Weniger als ein Viertel von ihnen war in einer Verfassung, die es ihnen gestattete weiterzukämpfen. Wahrscheinlich würde er für die nächste Verteidigungsaktion nur noch fünfzig Tetaetae aufbieten können. Vielleicht mehr, aber das war nur eine schwache Hoffnung.

Der letzte Bericht kam von Goodall. Beide *Heuschrecks* waren einsatzbereit, aber Jacobs' Mech war schwer beschädigt. Er besaß praktisch keine Frontpanzerung mehr, und die Hauptservomotoren des Kreiselstabilisators waren nur noch ein Haufen Schlacke. Sie hatte mit Jacobs die Mechs getauscht, weil sie darauf vertraute, daß die Kombination aus einer guten Pilotin in einem schlechten Mech und einem unerfahrenen Piloten in einer intakten Maschine die bessere Lösung war, als Jacobs im Cockpit des beschädigten *Heuschreck* zu lassen. Goodall konnte auch mit dem zerschossenen Mech noch kämpfen, aber Jacobs ganz sicher nicht. Es dauerte mindestens zehn Jahre, einen guten Mechpiloten auszubilden, und obwohl Jacobs großes Talent zeigte, war er dafür nicht annähernd gut genug. Seine frühere Ausbildung war kein Ersatz für Erfahrung. Er konnte den Mech steuern oder damit kämpfen, aber es wäre nahezu unmöglich für ihn gewesen, beides zu tun.

Damit waren die Lageberichte abgeschlossen. Der allgemeine Tenor der Anwesenden war, daß sie sich so weit wie möglich zurückziehen sollten. Bei Anbruch der Nacht konnten sie weit genug entfernt sein, um die gegen sie angetretenen Streitkräfte abzuschütteln. Sie würden schneller vorwärtskommen als ihre Verfolger, weil sie nicht darauf achten mußten, möglichen Hinterhalten auszuweichen. Die Enklavenregimenter würden vorsichtiger vorrücken müssen, weil sie nie wissen konnten, wo die DEST-Einheiten lauerten. Takuda besaß noch immer die Infrarotsensoren, mit deren Hilfe er feindliche Manöver bemerken konnte, lange bevor Gefahr bestand. Trotzdem hatten beide Flanken unter dem Angriff nachgegeben, und auch die Mitte war in Gefahr geraten zu brechen. Sie hatten keine andere Wahl, als in die Tiefe des Waldes zurückzufallen.

Takuda hörte sich die Litanei der Niederlage an. Sie hatten natürlich recht. Ihre Lage bot wenig Anlaß zur Hoffnung. Aber wenn sie sich jetzt zurückzogen, würde seine Truppe auseinanderfallen. Zwei der DEST-Soldaten waren schon für den aktiven Dienst ausgefallen, und ein Rückzug hätte den Zusammenhalt der Einheit weiter belastet, möglicherweise über das Erträgliche hinaus. Er wußte, daß ein DESTler von einer der Gruppen in den Enklaven ein Angebot erhalten hatte, und dieser Rückzug konnte ihn und andere dazu veranlassen, auf die Seite der vermeintlichen Sieger überzulaufen. Und Takuda hätte es sogar verstanden. Sie saßen bis in alle Ewigkeit auf dieser Welt fest. So schwierig war es nicht zu verstehen, daß ein Teil seiner Leute den Wunsch verspürte, ihren Namen und ihre Familientraditionen an eine spätere Generation zu vererben.

Die Lage bei den Rekruten sah kaum anders aus. Fullerton und ein paar der anderen mochten bereit sein, sich für den Rest ihres Lebens in den Wäldern zu verstecken, aber die meisten waren in der Hoffnung auf ein besseres Leben zu Takuda gestoßen. Irgendwo im Urwald von Nüssen und Beeren zu leben, würde diesen Vorstellungen wohl kaum gerecht werden.

Und dann waren da noch die Tetaetae. So sehr Takuda es auch haßte, daß sie ihn als eine Art Retter ansahen, und so sehr er auch dagegen protestierte, er trug Verantwortung für die kleinen Vogelwesen. Wenn er sich jetzt in die Wälder schlug, um seine eigene Haut zu retten, lieferte er sie der gnadenlosen Rache durch die Enklavenbewohner aus. Das konnte er nicht rechtfertigen.

Auch Takuda selbst würde es schwerfallen, seine großen Hoffnungen zu begraben, das Dilemma zu lösen, vor dem die Herrscher und Bewohner der Enklaven standen. Diese Hoffnung jetzt aufgeben zu müssen, ging fast über seine Kräfte. Es mußte noch eine Möglichkeit geben, die Wende herbeizuführen. Er drehte sich zu Goodall um. »Holly, können Jacobs und du uns Feuerschutz geben?«

»Selbstverständlich«, erwiderte die MechKriegerin. »Wir können uns noch bewegen, und wir können auch noch feuern. Wir haben unsere Schwierigkeiten, und gegen ihre Mechs würde ich nicht antreten wollen, aber in der momentanen Situation denke ich schon, daß wir es schaffen.«

»Gut«, meinte Takuda und stand auf. »Es gibt für uns momentan nur eine Lösung. Die linke Flanke liegt am Boden, die rechte bricht zusammen und die Mitte hält auch nicht mehr lange. Wir können nur noch angreifen, und zwar sofort.«

Der Plan war simpel. Knyte und seine Sektion würden die gesamte Front sichern. Das Team würde sich in drei Gruppen mit jeweils einem DEST-Mitglied und mehreren Rekruten und Tetaetae zur Unterstützung aufteilen. Sie würden sich keinen Angriffen der Enklavenbewohner stellen, sondern zurückweichen, dem Gegner Verluste beibringen und ihn ins Leere laufen lassen. Je tiefer sie in den Wald vorrückten, desto besser war es für Takudas Plan. Knyte und seine Leute würden die Infanterie von den Fahrzeugen trennen müssen. Falls ihnen das gelang, würde diese Strategie auch das Langstreckenfeuer der Gewehr- und MG-Schützen zu einem geringeren Problem werden lassen.

Während die Enklaventruppen immer tiefer in den Wald gelockt wurden, würden Takudas Leute den Gegner in einer Zangenbewegung umgehen. Hinter den Panzern angekommen, würden sie zuschlagen. Die mittelschweren Laser der *Heuschrecks* waren an

Reichweite allem überlegen, was die Enklaven aufzubieten hatten. Ihr erster Feuerüberfall würde die Entscheidung bringen.

Mitte des Nachmittags waren Takudas Truppen in Position. Wie sich zeigte, gerade noch rechtzeitig. Die Vorstöße der Enklaventruppen wurden immer heftiger, und bald darauf meldeten alle Mitglieder von Knytes Sektion wachsenden Druck gegen ihren Frontabschnitt. Kleine Feindgruppen arbeiteten sich seitlich um die Stellungen herum, und Knytes Leute mußten zurückweichen.

Takuda bestätigte die Meldungen, gab aber keine präzisen Befehle. Er gehörte nicht zu der Sorte Kommandeur, die eine Schlacht bis ins Detail kontrollierte. Bei einer über mehrere Kilometer verlaufenden Frontlinie war es unmöglich, die Probleme jedes seiner Untergebenen wirklich zu verstehen. Er gab Missionsbefehle und Ratschläge, überließ das Gefecht jedoch denen, die tatsächlich in Feindkontakt standen. Solange sie ihn über den Verlauf der Schlacht informiert hielten, war er zufrieden. Seine Untergebenen reagierten auf diesen Führungsstil mit Enthusiasmus und Eigeninitiative.

Währenddessen bewegten sich die *Heuschrecks* und der Rest der Einheit unauffällig in Richtung linke Flanke. Der Kampflärm und die Berichte seiner Leute vermittelten Takuda einen Eindruck davon, wie sich das Gefecht allmählich verlagerte. Er wartete, wartete, wartete noch länger, dann ließ er die Falle zuschnappen. Die *Heuschrecks* erhoben sich aus ihren Verstecken und feuerten. Die DEST-Elitesolden, Rekruten und Tetaetae griffen an.

Die Panzer des Gegners und ein Teil seiner motorisierten Infanterie überquerten gerade eine weite Lichtung. Sie waren sich ihrer Sache so sicher, daß sie sich nicht einmal die Mühe gemacht hatten, Kundschafter ausschwärmen zu lassen. Ein schwerer Fehler.

Mit ihren auf voller Leistung arbeitenden Motoren waren sie perfekte Ziele für die Infrarotsensoren in Takudas Mechs. Goodall sah das Fadenkreuz über der Flanke eines der Fahrzeuge rot aufblinken und preßte den Feuerknopf. Ohne auf eine Abschußbestätigung zu warten, schaltete sie die Zielerfassung auf den nächsten Panzer der Kolonne.

Beide Piloten hatten mit den am weitesten entfernten Fahrzeugen begonnen, damit der Rauch und die Trümmer der Explosionen sie bei der Zielerfassung und beim Beschuß der übrigen nicht behinderte. Ihre Taktik funktionierte großartig. Die Enklaventruppen glaubten, von der anderen Flanke her angegriffen zu werden und bewegten sich von den Mechs fort, um den dort vermuteten unsichtbaren Gegner zu stellen. Damit boten sie den *Heuschrecks* die noch schwächere Heckpanzerung, und die beiden Mechpiloten nützten diese Situation weidlich aus. Bevor die Truppen erkannten, daß der Angriff in Wirklichkeit von ihrer rechten Flanke kam, war die Lichtung mit den Wracks von einem Dutzend Kampffahrzeugen übersät. Nun war alles zu spät.

Die DESTler, Rekruten und Tetaetae stürmten mit einer Wildheit auf die Überlebenden ein, die Takuda völlig überraschte. Auch er selbst wurde von dem Sturmangriff mitgerissen und wieder zu einem einfachen Sturmtruppsoldat. Es war wie in alten Zeiten. Er feuerte im Laufen mit dem Lasergewehr aus der Hüfte und blieb nur ab und zu stehen, um einen gezielten Schuß auf flüchtende Feindtruppen abzugeben. Über den Komset hörte er, daß Knyte und seine Sektion sich der Offensive angeschlossen hatten, aber er war zu beschäftigt, um die Meldung zu verarbeiten. Entlang der gesamten Enklavenfront war der Gegner auf der Flucht. Nicht nur auf dem Rückzug, sondern in panischer Flucht. Waffen und Panzer blieben zurück, als die Soldaten blindlings davonrannten, um diesem plötzlichen Angriff zu entkommen.

Als die Sonne hinter dem Horizont versank, war der Himmel blutrot von hundert Feuersäulen, die sich wie Grabmäler über ebensovielen Fahrzeugen erhoben. Takuda saß wieder in seinem Befehlsbunker. Um ihn hatten sich die verwundeten, rauchgeschwärzten, erschöpften Überlebenden versammelt. Erschöpft, ja, aber auch begeistert von dem Wissen, daß sie trotz allem gewonnen hatten.

41

Nur eine verlorene Schlacht, so hatte einst ein Feldherr des Altertums festgestellt, kann noch trauriger sein als eine gewonnene. Hier, im Dunkel der Nacht, auf einem fremden Planeten in einem unbekannten Teil des Weltalls war dieser Satz für Takuda und seine Leute nur allzu wahr. Während die erschöpften und niedergeschlagenen Überlebenden der Enklavenstreitmacht auf dem trostlosen Weg zurück in ihre Lager waren, sanken die ebenso erschöpften und niedergeschlagenen Sieger, wo sie gerade waren, auf den Boden und schliefen ein, oder sie schleppten sich über das verwüstete Schlachtfeld, auf der Suche nach überlebenden Freunden, nach Beute, oder einfach nur, weil sie zu erschöpft waren, um zu schlafen.

Takuda, um nichts weniger verdreckt, blutbespritzt und gerädert als seine Untergebenen, saß in seinem Befehlsbunker und hörte sich die Berichte seiner Offiziere an. Der Angriff war erfolgreicher gewesen, als selbst er es erhofft hatte. Der schwerste Schaden war an den Servomotoren im linken Bein von Goodalls beschädigtem Mech zu verzeichnen. Das Gelenk war in der Bewegung erstarrt, aber sie hatte weitergekämpft, bis keine Ziele mehr auszumachen gewesen waren. Der *Heuschreck* konnte sich noch immer in einem verrückten Humpelgang bewegen, aber gefechtsbereit konnte man ihn nun wirklich nicht mehr nennen. Alle drei Techs arbeiteten an der Maschine, und es bestand die minimale Chance, sie bis Tagesanbruch wieder bewegungsfähig zu bekommen.

Fullerton meldete zwei beim Gegenangriff leicht verwundete Rekruten. Er meldete auch, daß mehrere der Rekruten, die zu schwer verwundet gewesen waren, um am Nachmittag mitzukämpfen, plötzlich weit genug genesen waren, um das Schlachtfeld nach

Verwundeten oder, was wahrscheinlicher war, Beute abzusuchen. Dakodos Tetaetae hatten keine weiteren Verluste erlitten.

Der Adrenalinschub des Angriffs ging schnell in das unvermeidlich folgende Stimmungstief über. Dies war der gefährlichste Zeitpunkt für einen Gegenangriff, auch wenn er kaum zu erwarten war. Die Enklaventruppen waren so vernichtend geschlagen, daß es Tage dauern würde, bis sie sich wieder in die Wälder wagten. Vosts Mechs standen noch immer in Usugumo und würden sich kaum von der Stelle rühren, bis die Söldner einen besseren Abschluß getätigt hatten. Letztere Information stammte von Fiona Sabine, einer der Techs, die ursprünglich Vost und die anderen begleitet hatte.

Sie schlich sich kurz nach Sonnenuntergang in Takudas Lager und berichtete davon, wie sich die Söldner zerstritten hatten. Von der ganzen Entwicklung und der Gleichgültigkeit, mit der die Mechpiloten ihre Techs behandelten, angewidert, hatte sie sich entschlossen, das Weite zu suchen. Ohne Zweifel war sie auch verbittert darüber, wie schnell Vost sie fallengelassen hatte, um neue Eroberungen zu machen.

Takuda befahl, entlang einer breiten Frontlinie Posten aufzustellen. Die DEST-Mitglieder waren aufgesplittert. Jedes einzelne führte einen ganzen Trupp. Das wäre eine gute Nachricht gewesen, wenn es sich bei den Mitgliedern dieser Trupps um kampferprobte Soldaten gehandelt hätte, aber das Gegenteil war der Fall. Statt aus erfahrenen Soldaten bestanden die Trupps aus enthusiastischen, aber undisziplinierten Tetaetae und unerfahrenen Rekruten aus den Enklaven, die weder begeistert noch sonderlich diszipliniert waren. Nicht, daß sie die Arbeit nicht tun wollten, sie wußten nur nicht wie, ja, nicht einmal wozu. Das Konzept wachzubleiben, um auf einer leeren Ebene nach dem Feind Ausschau zu halten, von dem jeder »wußte«, daß er nicht zurückkehren würde, erschienen ihnen ganz und gar sinnlos. Was für einen Soldaten zur zweiten Natur geworden war, war für einen Zivilisten undenkbar. Wer hatte je davon gehört, die ganze Nacht wachzubleiben, um sein Haus zu bewachen? Also blieb der größte Teil der Verantwortung an den DESTlern und den Tetaetae hängen, die in der Lage waren, Schlaf und Wachzustand zu kombinieren.

Aber die Notwendigkeit, Wachen aufzustellen, war höchst real. Die gefährlich schmale Frontlinie der Außenposten stand unter konstantem Druck. Nicht durch die Truppen der Enklaven, sondern durch Zivilisten, die aus den Städten flohen. Sie kamen aus den gleichen Beweggründen wie ihre Vorgänger: Sie waren auf der Suche nach einem besseren Leben. Ein nicht abreißender Strom von Meldungen berichtete über die Ankunft einzelner Personen und ganzer Familien, die hinter den Takuda-Linien um Asyl baten. Sie wurden alle aufgenommen, und Fullerton übernahm mit seiner Gruppe der Erstankömmlinge die Aufgabe, Schlafstätten für sie zu organisieren.

Takuda brach die Besprechung ab und schickte seine Leute hinaus in die Nacht. Sie brauchten ebenso Schlaf wie die anderen, aber sein Stab hatte zu arbeiten, während sich die anderen erholten. Parker Davud und Holly Goodall hatten alle Hände mit dem beschädigten Mech zu tun, Fullerton und Dakodo mußten sich um ihre Leute kümmern. Takuda folgte ihnen in die Dunkelheit.

Der Mond stand fast senkrecht über dem Lager, und seine fleckige blaugrüne Oberfläche reflektierte das Licht der untergegangenen Sonne. Eigentlich handelte es sich gar nicht um einen Mond, sondern um einen anderen Planeten dieses Sonnensystems. Takuda blickte sehnsüchtig zu ihm hoch und fragte sich, ob seine Oberfläche Leben trug, ob sie nicht vielleicht einen besserer Ort für seine experimentelle Gesellschaft abgeben würde.

Wie einzelne glühende Augen starrten die zwischen den Bäumen lodernden Lagerfeuer in die Nacht. Takuda wanderte zwischen ihnen umher und lauschte den leisen Gesprächen ringsum. Die Stimmen gehörten zum größten Teil den vor kurzem eingetroffenen Flüchtlingen, die von ihrem Marsch noch zu aufgeregt waren, um zu schlafen. Ihre Haltung war ebenso verschieden wie ihre Herkunft.

»Ich wollte einfach nur weg. Ich will eine bessere Zukunft für meine Kinder. Der Gedanke, unter einem religiösen … na, einem religiösen Führer zu leben. Man bekommt keine Chance, einen selbstständigen Gedanken zu formen.«

»Sie sollten mal Osio erleben. Da ist alles dermaßen reguliert, daß man überhaupt keine Chance hat, seine Kinder zu erziehen.«

»Es wäre besser, sie alle zu zerquetschen. Dann hätten wir das Sagen. Wir wüßten, was zu tun ist.«

»Ich bin so müde. Und hungrig. Für ein wenig Ocha würde ich alles tun.«

»Zerquetschen. Jawohl. Nach diesem Sieg steht uns nichts mehr im Weg.«

»Sie sollten mal versuchen, in Usugumo zu leben. Nur die Reichen dürfen über irgend etwas mitreden. Uns anderen bleibt gar nichts. Und es wird nur immer schlimmer.«

»Wir sollten die ganze Bande verrotten lassen. Wir können woanders hingehen und von vorne anfangen. Wir brauchen nur zusammenzuarbeiten.«

»Brennt sie nieder, das ist meine Meinung.«

Takuda stand am Rand der Feuer, vor der undurchdringlichen Schwärze des Waldes. Er drehte sich um und schaute über die rotorangefarbenen Lichtpunkte der Feuer. So viele Menschen. Nichts war so gekommen, wie er es geplant hatte. Die Situation geriet außer

Kontrolle. Als er hinter sich eine Bewegung spürte, wirbelte er herum. Die rechte Hand fiel auf das Holster an seiner Hüfte.

»Guten Abend, Sho-sa Takuda«, drang Dakodos Stimme aus der Dunkelheit. »Sie sind weit entfernt von Ihrem Hauptquartier heute nacht.«

»Guten Abend, Dakodo. Ich wollte ein wenig spazierengehen. Ich muß nachdenken. Aber ich mußte aus der Nähe des Hauptquartiers verschwinden, damit nicht ständig Leute mit Fragen zu mir kommen, auf die ich keine Antwort weiß.« Takuda war überrascht über seine Antwort. Kommandeure beschwerten sich nicht über ihre Aufgaben, und Samurai-Kommandeure schon gar nicht. Vielleicht, überlegte er, hatte ihn diese Situation mehr verändert, als ihm bisher klargeworden war. Er fragte sich, ob es eine Veränderung zum Besseren war.

»Kommen Sie in unseren Kreis, Sho-sa. Heute nacht unser Essen wir nehmen spät. Wir so beschäftigt waren. Sie sind willkommen bei uns. Niemand wird Fragen stellen Ihnen bei den Tetaetae. Schon Sie haben so viel getan. Gegeben uns eine Zukunft Sie haben.«

»Soviel ist das nicht, Dakodo. Die Zukunft, die ich euch gegeben habe, könnte schlimmer sein, als eure Vergangenheit oder Gegenwart je waren oder sein konnten.«

»Nein, eine Zukunft haben Sie uns gegeben. Von der wir träumen können. Das ist viel wert. Kommen Sie, setzen Sie sich und hören Sie zu.«

Takuda ließ sich von dem kleinen Kaetetôäner am Ellbogen in die Dunkelheit führen. Der Tetaetae bewegte sich leichtfüßig durch die Nacht und umging Felsen und versteckte Fallen, während er seinen vergleichsweise blinden Freund durch den Wald lotste. Plötzlich traten sie in einen Kreis von Tetaetae. Das Blätterdach über ihnen sorgte für eine stygische Finsternis, aus der abrupt ein Kreis am Boden hockender

Gestalten um ein winziges Feuer auftauchte. Dakodo deutete auf einen freien Platz, und Takuda hockte sich ebenfalls hin. Er verzichtete auf die traditionelle Lotusposition und zog die Knie unters Kinn.

Keiner der Tetaetae reagierte auf sein Erscheinen. Es gab keine erkennbare Veränderung in der Konversation oder dem Verhalten der Vogelwesen. Takuda beobachtete sie. Er war unfähig, diese Fremden zu verstehen. Er schüttelte den Kopf. Er war der Fremde hier, sie waren hier zu Hause.

Dakodo hockte sich hinter ihn, so daß nur sein Schnabel in den Kreis ragte, und übersetzte, was der Schamane der Gruppe sagte. Dokaepi sprach in einem leisen Singsang. Seine Augen waren geschlossen, und sein Körper wiegte sich langsam im Rhythmus seiner Worte. »Er erzählt von den Legenden, die mit den ersten kamen, die brennend von Himmel fielen«, flüsterte Dakodo. »Von ihrer Ankunft er hat gesprochen. Sie waren wie die Kinder beim Erforschen der Umgebung. Töteten die Tetaetae zunächst, verstanden nicht den Respekt, den wir fühlten gegenüber ihnen. Dann kam eine Zeit, wenn fast tot waren sie. Halfen ihnen mit Nahrung wir, und sie lehrten zu leben von Land. Wir lernten zu sprechen wie sie. Selbst Freundschaften es gab. Dann alles sich veränderte. Wurden stark sie. Nahmen Land der Tetaetae und schnitten tief hinein. Ließen Dinge wachsen. Jagten sie in Gras und Wald und Hügeln. Trieben Tetaetae von Land sie wollten, sagten, daß sie würden beherrschen alles. Wieder sie töteten die Tetaetae und trieben sie fort. Andere Tetaetae sie holten in ihre Mauern und zwangen sie zu arbeiten. So viele unserer Leute gingen in die Städte, nie kehrten sie zurück. Aber Legende sagt, daß andere fielen brennend von Himmel zur selben Zeit wie sie. Legende sagt, sie fielen weit entfernt jenseits der Berge, die nur ein blauer Nebel in der Ferne. Jene nicht wie die von den Städten Sie kennen. Jene friedlich waren und gut zu allen um sie herum. Sie warten auf die Tetaetae jenseits der Berge, warten darauf, uns zu führen in das gelobte Land.«

Takuda beugte sich zu Dakodo. »Glaubst du, es stimmt, was er sagt? Nicht das, was hier geschehen ist, das über den anderen Zwischenfall. Über die Menschen jenseits der Berge?«

»Wahr ist. Es muß sein.«

Takuda verlor sich in seinen Gedanken. Irgendwo mußte es noch eine Gruppe Menschen geben. Vielleicht gab es doch noch eine Zukunft. Er wußte, in jeder Legende steckte ein Körnchen Wahrheit, eine Tatsache, um die herum die Legende sich aufgebaut hatte, so wie eine Auster um ein Sandkorn eine Perle erschuf. Die Perle war ein Objekt großer Schönheit und Träumereien, aber im Innern lag immer noch das winzige Sandkorn. Ob die Perle aus einer terranischen Auster stammte oder aus einem riesigen albieronischen Canropod, das Sandkorn war immer vorhanden. So mußte es auch mit der Geschichte über die anderen sein, die brennend vom Himmel gefallen waren. Es mußte eine weitere Siedlung geben, einen sicheren Ort jenseits der Berge. Für sie alle: DESTler, menschliche Flüchtlinge aus den Enklaven und ihre Freunde unter den Tetaetae.

Der DEST-Kommandeur hing seinen Gedanken nach, bis Dokaepi seine Erzählung beendet hatte. Die anderen Tetaetae saßen schweigend im Kreis, ebenfalls tief in Gedanken. Dakodo berührte Takuda sanft an der Schulter. Es war Zeit zu gehen. Der Sho-sa stemmte sich hoch und ging allein durch die sich lichtende Dunkelheit zurück zu den Feuern des Lagers.

42

Sie waren alle versammelt, die Führer der drei Enklaven ebenso wie die Händler und Vermittler, die auf eigene Rechnung mit den Söldnern verhandelt hatten. Alle hatten eine geheime Botschaft über ein Treffen mit Vost erhalten und waren im Glauben erschienen, die einzigen Beteiligten zu sein. Die Botschaft hatte gelautet, Vost wolle bei diesem Treffen das Geschäft mit den Mechpiloten besiegeln. Jetzt stellten die Interessenten fest, daß es keineswegs um ein privates Gespräch ging.

»Sie haben hinter unserem Rücken mit diesen Leuten Geschäfte gemacht«, knurrte Risu Toho, Shogun und Herrscher der Osioaner Sanyu Subash Chi an. »Aber es überrascht mich nicht, daß der Hohepriester der Amatukaze sich nicht zu schade ist, mit einfachen Söldnern zu verhandeln.«

Der Sanyu der Amatukaze drehte sich zu seinem Ankläger um. »Welche Überraschung, Sie hier zu sehen, erhabener Shogun. Nachdem Ihre Truppen mit so enormen Verlusten in die Flucht geschlagen wurden, fällt Ihnen nichts Besseres ein, als, um Ihre Rettung bettelnd, angekrochen zu kommen. Aber so war es schon immer bei den Osioanern: Entweder sie liegen vor den ihnen Überlegenen auf den Knien, oder sie schnüren ihnen den Hals zu. Und letzteres immer von hinten. So wie jetzt.«

Toho lief puterrot an, zu gleichen Teilen aus Wut und Scham. Es stimmte, daß die Waldtruppen die Osio-Soldaten in die Flucht geschlagen hatten, und diese Niederlage saß ihm wie ein Dorn im Fleisch. »Unsere Truppen haben mehr gelitten als alle anderen«, preßte er in erstickter Wut heraus. »Aber es waren die anderen, die zuerst davonrannten. Zumindest sind die Osioaner lange genug im Feld geblieben, um den feigen Abzug der anderen zu decken. Und ich stelle nach dem Studium meiner Berichte fest, daß die Amatukaze nicht die gesamten Truppen in die Schlacht gesandt haben, die sie versprochen hatten. Ebensowenig wie die Usugumi. Vielleicht hatten Sie von Anfang an Verrat im Sinn.«

»Wir haben keinen Verrat geplant«, mischte sich Homma Sirayuki ein, der den Wortwechsel mitgehört hatte und sich zum Eingreifen verpflichtet sah. Die Usugumi sahen sich in diesen Verhandlungen der Möglichkeit eines enormen Verlustes gegenüber, und er war entschlossen, diesen Verlust so gering wie möglich zu halten. Die Usugumi hatten als erste eine Übereinkunft mit den Söldnern abgeschlossen, aber der Rat hatte sich mit dem Aufsetzen des Vertrages zuviel Zeit gelassen. Gerade als sie geglaubt hatten, das Geschäft in der Tasche zu haben, waren ihnen die Söldner entglitten. Und dieses Chaos hier war das Ergebnis. »Die Usugumi hatten nichts dergleichen im Sinn. Sie wissen, daß wir unsere Verträge immer bis ins Detail einhalten. Wir waren übereingekommen, bis auf die für die Aufrechterhaltung der inneren Sicherheit notwendigen, alle Truppen für den Angriff einzusetzen. Die Usugumi haben alle Truppen geschickt, die verfügbar waren.«

»O ja«, erklärte Toho in höhnischem Tonfall. »Wir wissen alle, daß die Usugumi sich immer an den Wortlaut ihrer Verträge halten, statt an deren Geist. Die Osioaner und Amatukaze andererseits sind mehr am Geist einer Vereinbarung interessiert. Vielleicht hassen wir Sie deshalb beide so sehr.«

Sirayuki schnaufte. »Wenn Sie uns hassen, dann weil wir Erfolg haben und Gewinn machen, während Sie sich an Form statt an Substanz klammern. Und mir ist neu, daß die Osioaner und die Amatukaze so dicke Freunde sind.« Sirayuki konnte sich nicht mehr zurückhalten und sprang den abfällig grinsenden Toho an. Nur das sofortige Eingreifen eines seiner Begleiter verhinderte eine Prügelei. Die beiden wütende Grimassen schneidenden Männer wurden von ihren Untergebenen auseinandergezerrt.

Es war kein isolierter Zwischenfall. Im gesamten Versammlungssaal standen sich einzelne Gruppen gegenüber und tauschten ähnliche Beleidigungen aus. Brennpunkt der Feindseligkeiten war eine Fünfergruppe unter der Führung von Achira Kochira aus Usugumo. Die anderen beschuldigten ihn, den Preiskrieg um die Dienste der Söldner angezettelt zu haben. Sie wußten natürlich alle, daß diese Anschuldigung unhaltbar war. Kochira war möglicherweise der hartnäckigste unter ihnen gewesen, und sein Konsortium mochte den Einsatz erhöht haben, aber er war, was das betraf, nicht der erste gewesen. Sie suchten nur einen Sündenbock, und Kochira war das bequemste Ziel.

Kurz bevor es zum nächsten Handgemenge kommen konnte, betrat Vost den Raum. Um das Treffen zur Ordnung zu rufen, mußte er das laute Stimmengewirr niederbrüllen, das drohte, die Versammlung in eine riesige Schlägerei münden zu lassen. Als sich die Lage endlich beruhigt hatte, machte er sein Angebot: Die Söldner würden das beste Gebot annehmen. Es war ihm gleichgültig, wer das Angebot machte oder was als Gegenleistung erwartet wurde. Er und seine Einheit würden die Schlagkraft ihrer Mechs zur Verfügung stellen, und das siegreiche Konsortium würde für die Bezahlung sorgen. Als er die Grundgebühr für ihre Dienste bekanntgab, keuchte seine Zuhörerschaft wie aus einem Mund auf. Dann verließ er den Saal und ließ seine Gäste in schockiertem Schweigen zurück.

Vost hatte seine Gründe, die Verhandlungen hinauszuziehen. Seine Mechs hatten den Enklavenführern zwar erfolgreich ihre Fähigkeiten demonstriert, aber der *Panther* hatte beim Kampf gegen Takudas Leute drei Treffer von den mittelschweren Lasern der *Heu-*

schrecks einstecken müssen. Der Schaden war nicht allzu schwer, aber der linke Knieaktivator machte ihm seitdem Probleme. Vost wollte den seit Fiona Sabines Verschwinden nur noch zwei verbliebenen Techs möglichst viel Zeit für die Reparatur verschaffen. Er war sicher, daß der *Panther* noch immer die stärkste Maschine im Feld war, aber es war besser, auf Nummer Sicher zu gehen.

Hinzu kam das Problem der Kurzstreckenraketen für die *Speerschleuder*. Pesht hatte die Reise mit sechs KSR in jeder Lafette und weiteren fünfzehn Packs Reservemunition pro Lafette begonnen. Aber er hatte eine volle Breitseite gegen die Mauern von Osio verfeuert, und eine zweite gegen Amatukaze. Hinzu kam die Munition, die er im Kampf gegen Takudas Mechs verschossen hatte. Insgesamt hatte Pesht aus beiden Lafetten je fünf Salven abgegeben. Damit blieben ihm nur zehn Salven pro Lafette. Und irgendwann würden auch die verbraucht sein. Die einzige mögliche Nachschubquelle war die Reservemunition für die KSR-Viererlafetten des *Panther*. Einschließlich der in den Abschußrohren befindlichen Raketen hatte Vosts Mech 104 KSR zur Verfügung. Theoretisch hätte der Söldnerführer sie der *Speerschleuder* abtreten können, aber angesichts der knappen Versorgungslage der Mechs dachte er gar nicht daran. Pesht und die *Speerschleuder* würden für Langstreckengefechte wertlos werden, sobald ihre Raketenmunition aufgebraucht war. Der Mech würde auch weiterhin in der Lage sein, mit seinen modellierten Riesenhänden alles zu zerschlagen, was die Enklaven gegen ihn aufbieten konnten, aber er würde keine Gefahr für den *Panther* darstellen. Und das war Vost nur recht.

Andererseits lauerte hinter diesem Vorteil auch eine Gefahr. Wenn Pesht bemerkte, daß er durch seine Munitionsprobleme an Einfluß verlor, konnte er auf den Gedanken kommen, die Raketen des *Panther* zu stehlen. Das war eine Konfrontation, der Vost ganz und gar nicht entgegenfieberte. Das kleine Rattengesicht war verschlagen genug, eine Begegnung zu arrangieren, die für einen von ihnen übel, wenn nicht gar tödlich ausging. Und dieser »eine« konnte durchaus Vost sein.

Der Söldnerkommandeur überließ es den streitenden Bürgern, das beste Gebot auszuhandeln. Er grinste. Bis er das Gebäude verlassen hatte, würden sie einander schon an die Gurgel gegangen sein. Er hatte in seinem Quartier eine andere Verabredung. Marika, eine süße kleine Unterhändlerin aus Osio, wollte ihm helfen, die richtige Wahl zu treffen. Sie würde nicht ahnen, welche Bombe er gerade hatte platzen lassen. Sie konnte nichts davon wissen. Schließlich war sie nur eine wenn auch talentierte Agentin einer der Fraktionen.

Vost betrat den Raum in Erwartung süß duftender Pengryablüten und des flackernden Lichts einer einzelnen Öllampe. Statt dessen fand er ein Trio wartender Frauen: Michelle Guardine, Tami Wilson und Elizabeth Hoond. Sie saßen in der Zimmermitte und starrten ihn feindselig an. Vost lächelte ihnen zu. »Sie fragen sich wahrscheinlich, warum ich dieses Treffen anberaumt habe«, sagte er.

»Das hast du nicht«, stellte Hoond gelassen fest. »Wir haben es anberaumt. Und niemand hat den geringsten Zweifel, warum. Setz dich und hör zu.«

Vost nahm auf dem Stuhl Platz, auf den Hoond zeigte. Guardine und Wilson waren echte Techs, aber Hoond war erst zwangsverpflichtet worden, nachdem die Gruppe Sabine verloren hatte. Vost war sich noch immer nicht im klaren darüber, was aus ihr geworden war. Vielleicht hätte er ihr Verschwinden in der Versammlung ansprechen sollen. Er hätte ihre Rückkehr zu einer der Bedingungen für einen Vertragsabschluß machen können. Zu spät, dachte er. »Und was kann ich für die drei hübschen jungen Damen tun?« fragte er, und zwinkerte Michelle zu.

»Wir sind weder für dich noch für irgend jemand sonst junge Damen«, stellte Hoond mit ebenso emotionsloser wie eisiger Stimme fest. »Und wir möchten, daß du das verstehst. Nein, das nehme ich zurück. Es ist uns völlig egal, ob du es verstehst. Du kannst es entweder akzeptieren oder deinen Techs Lebewohl sagen. Wir könnten alle so enden wie Fiona. Was würdest du dann machen?«

»Was ist aus Fiona geworden? Was wißt ihr über sie, das ich nicht weiß?«

»Die Frage zu beantworten, würde Bücher füllen«, stellte Tami Wilson fest, ChefTech und normalerweise auch die Sprecherin der Techgruppe, die jetzt mit ans Kinn gezogenen Knien rechts neben Hoond saß. »Leider ohne Bilder, die du ausmalen könntest. Na ja, vielleicht könnten wir dir ein paar hineinzeichnen, damit dir die Lektüre nicht zu langweilig wird.« Die Frauen kicherten.

»Ich weiß wirklich nicht, worüber du so verärgert bist, Tami. Du hast nie Grund gehabt, dich über meine Fingerfertigkeit oder meine Hand-Augen-Koordination zu beschweren.«

Wilson stampfte krachend mit den Füßen auf den Boden und beugte sich vor, bis sie Vost direkt ins Gesicht starrte. »Red so weiter, mach so weiter, Garber Vost, und du *wirst* ohne Techs auskommen müssen.«

»Das reicht, alle beide«, erklärte Hoond und zog Wilson zurück. »Wir haben wichtigere Fragen zu klären. Wenn du uns vielleicht einmal als deinen Techstab sehen könntest und nicht als deine Eroberungen oder Beinahe-Eroberungen, Garber. Wir *sind* dein Techstab.«

»Schon gut, ich kann das respektieren. Also, worum geht es hier ... Süße?«

»Das reicht!« bellte Wilson. »Diesen Ton kannst du

bei Michelle oder Fiona anschlagen, aber nicht bei mir!«

»Beruhigen Sie sich, Sergeant Wilson«, meinte Vost gönnerhaft. »Ich werde mir anhören, was ihr zu sagen habt. Wenigstens seht ihr besser aus als Seagroves oder Pesht.«

»Du kannst es einfach nicht lassen, was, Vost?« fragte Hoond. »Aber das tut nichts zur Sache. Wir wollen als Techs mit dir reden, nur als Techs.« Sie lehnte sich zurück, warf ein Bein über die Armlehne ihres Stuhls und sah Vost über die aneinandergelegten Fingerspitzen an. »Soweit wir das sehen, betrifft das Problem die Frage der Verhandlungen. Bis jetzt haben die Piloten das Reden übernommen, aber hier unten, bei uns in der Sickergrube, wo die Arbeit gemacht wird, ist nur Scheiße angekommen. Wir haben es satt, wie Pilze behandelt zu werden – mit Dünger zugeschüttet und im Dunkeln gehalten. Wir wollen auch einen Platz am Licht. Wir verlangen, daß unsere Bedürfnisse ebenfalls befriedigt werden. Was ist bei all dem für uns drin?«

»Beth, vertraut mir. Natürlich werdet ihr auch euren Anteil an der Beute bekommen. Wir würden euch doch nicht vergessen. Ihr drei seid ein wichtiger Teil der Mannschaft. Ohne euch würde nichts funktionieren. Übrigens, wer paßt auf den Laden auf? Kümmert sich jemand um die Mechs?«

»Ich habe keine Ahnung. Wir haben Pesht und Seagroves mitgeteilt, daß sie die Aufsicht haben, während wir uns den Abend freinehmen. Für heute nacht ist die Sicherheit deren Problem.« Hoond beugte sich vor. »Und jetzt paß gut auf. Jeder von euch wird einen eigenen Wartungsvertrag bekommen. Entweder das, oder ihr bekommt einen gemeinsamen als Gruppe. Wir bekommen fünfzig Prozent von allem, was ihr bekommt. Wenn nicht, rühren wir keinen Finger. Einen unterzeichneten Vertrag. So sieht es aus.«

Vost sah der ehemaligen Sprungschiffnavigatorin in die Augen. Sie waren hart wie Granit. Diesmal war es ihr ernst, und im Moment sah er keinen Ausweg. Er würde sich später etwas ausdenken müssen, um den Schaden zu beheben. Wenn ich erst einmal ein paar Enklavenbewohner zu Techs ausgebildet habe, dachte er. Dann erkannte er blitzartig, daß genau das die Lösung war.

»Gut«, meinte er sanftmütig. »Aber ihr werdet Hilfe brauchen. Drei Techs sind kaum genug, einen Mech in Betrieb zu halten. Der ursprüngliche Kontrakt sah vor, daß die Lanze nach der Landung von Assistenz-Techs unterstützt wird. Die Notwendigkeit dafür besteht noch immer. Sucht euch ein paar Freiwillige aus der Bevölkerung als AsTechs. Sie können die schweren Hebearbeiten und so etwas erledigen. Jede von euch wird SeniorTech für einen der Mechs. Wer an welcher Maschine arbeitet, ist mir egal. Das könnt ihr selbst entscheiden.« Er drehte sich zu Michelle Guardine um und versuchte Blickkontakt herzustellen. Sie senkte die Augen und drehte den Kopf weg. »Du überraschst mich, Michelle«, murmelte Vost mit vor unterdrückter Leidenschaft triefender Stimme. Es war der Tonfall, den er regelmäßig kurz vor dem Höhepunkt der Jagd einsetzte. »Ich dachte, du wärst auf meiner Seite?«

»Das war sie, Vost«, erwiderte Hoond mit eisigem Ton. »Wie andere auch, hat sie ihren Fehler inzwischen eingesehen.«

Im Schatten der Befestigung erklärte Vost den anderen Piloten die Minirevolte. Im Licht des tief am Himmel stehenden Mondes ragten die drei Mechs bleich und kalt auf. Pesht zuckte bei dem Gedanken, die Hälfte seines Anteils an eine Tech abgeben zu müssen, nur die Schultern. Die Techs hatten wahrscheinlich nicht darüber nachgedacht, wieviel sie den AsTechs würden zahlen müssen, um sie bei der Stange zu halten – recht geschah ihnen. Niemand war dumm genug, umsonst zu arbeiten, und sicher keiner der hiesigen Städter, wenn sie erst einmal Wind davon bekamen, wieviel Geld den Besitzer wechseln sollte.

Seagroves hörte nur zu und sagte gar nichts. Er würde sich einverstanden erklären, aber nie im Leben würde er einem Tech die Hälfte seiner Schätze abtreten. Solange der FLUM noch Brennstoff hatte – und er plante, die Tanks noch sehr lange gefüllt zu halten –, würde er seine eigenen Geschäfte abschließen. Die Techs konnten die Hälfte des Grundbetrags haben, aber Seagroves würde nichts von dem zusätzlichen Bonus abgeben, den er in seinen Vertrag einzufügen plante. Wenn die Leute hier eine Flugmaschine haben wollten, würden sie ihm mit Freuden mehr bezahlen. Es war schlicht und ergreifend das Gesetz von Angebot und Nachfrage. Er hatte ein begrenztes Angebot von einem Stück, und eine große, geradezu grenzenlose, Nachfrage. Er würde seine eigenen Bonusverträge aushandeln.

43

Têopõ stolperte in Takudas Hauptquartier. Sie humpelte von einer Schußverletzung und zitterte am ganzen Leib, teils vor Erschöpfung, teils aus Ehrfurcht vor dem großen Anführer. Sie zwitscherte eine lange Serie aus Tschilp- und Klicklauten, aber Takuda verstand nicht mehr als das Wort ›BattleMech‹, obwohl er sich allmählich erste Grundkenntnisse der Tetaetae-Sprache aneignete. Nichts, was er tat, konnte sie dazu bringen, langsamer zu reden oder andere Formulierungen zu benutzen. Als Dakodo eintraf, zitterte sie noch zusätzlich vor Frustration.

Dakodo setzte die kleine Kaetetôãnerin auf ein Nest aus Mänteln, um die Abendkühle abzuhalten, und beruhigte sie mit Streicheln und Worten. Er redete sanft auf sie ein, bis ihr heftiges Zittern sich legte und sie beinahe ruhig war. Erst dann stellte er seine Fragen. Augenblicklich strömten die Worte wieder aus ihrem Schnabel. Dakodo hob abwehrend die Hände, um sie zu bremsen, aber es hatte keinen Zweck. Sie plapperte alles, was sie zu sagen hatte, in einer einzigen langen Abfolge aus, die sich für Takuda wie ein einziger Satz anhörte.

Dakodo gab den Versuch auf, auf sie einwirken zu wollen, und hörte nur zu. Als sie schließlich auf den Mänteln zusammensank, drehte er sich zu dem DEST-Kommandeur um. »Ihr ist Têopõ Name, Tochter von Pikaete, eines Bewohners von Usugumo. Pikaete hat weitergegeben Informationen über die Bewegungen von Söldnern und Führern der Enklaven. Er für den Shidosha der Usugumi arbeitet, und Têopõ arbeitet manchmal mit. Seit drei Tagen sie zu uns hat versucht zu kommen. Wichtige Information sie hat. Viel hat sich geändert in letzter Woche oder länger. Führer der Städte und Söldner jetzt haben geklärt ihre Streitigkeiten. Die Mechleute und die Besitzer des Geldes jetzt reden gemeinsam. Jetzt werden antreten die Mechs zum Kampf. Alle Kämpfer der Städte, wie diejenigen, die wir besiegt haben vor zehn Tagen, werden auch sein beteiligt. Die Kleine versteht nicht, was sie planen, aber Pikaete hat gehört ein paar Worte und hat sie lassen auswendig lernen. Die Worte sind ›Hammer und Amboß‹. Nicht versteht es sie, aber ihr Vater hat gesagt, daß Sie würden. Pikaete hat gesagt, Mechs würden sein der Hammer.«

Kaum hatte Dakodo seine Übersetzung beendet, als der Vorhang des Befehlsstands beiseite gerissen wurde. Noch bevor er zurückfallen konnte, war Parker Davud bereits eingetreten und hatte zu sprechen begonnen. »Enklaventruppen verlassen die Städte und kommen auf uns zu. Es sieht nach demselben Konzept wie beim letztenmal aus. Sie formieren sich entlang der gesamten Front. Allzu enthusiastisch wirken sie allerdings nicht.«

»Brauchen sie auch nicht zu sein«, erwiderte Takuda und stand auf. »Wie uns dieses äußerst tapfere junge Fräulein gerade mitgeteilt hat, werden sie nicht allzu aggressiv sein. Der wirkliche Angriff kommt von einer anderen Seite. Von der Flanke. Wahrscheinlich der linken. Es werden Vosts Mechs sein, und die konventionellen Truppen sollen uns nur binden. Gib es weiter. Hier ist der Plan.«

Es war kein sonderlich komplexer Plan. Takuda wußte, daß die Enklaventruppen nur dazu dienen sollten, ihn festzunageln, und daher nicht allzu kämpferisch vorrücken würden. Außerdem waren sie nur zehn Tage zuvor schwer geschlagen worden, und die meisten von ihnen würden sich nur allzu gut daran erinnern. Und selbst wenn die menschliche Vergeßlichkeit bereits ihr Werk getan haben sollte, lagen die Wracks der ausgebrannten Panzer noch da, wo sie ihr Ende gefunden hatten, um sie zu erinnern. Sie würden sehr vorsichtig operieren. Die wahre Gefahr stellten die aus der Flanke angreifenden Mechs dar.

Aber Takuda hatte seine eigene Überraschung vorbereitet. In den letzten zehn Tagen war seine Truppe auf mehr als das Fünffache angewachsen. Unzufriedene Soldaten und andere Enklavenbewohner hatten erkannt, daß ihnen ein Sieg der Waldkräfte die Chance zu einem besseren Leben verschaffen konnte, die Chance, durch einen simplen Wechsel ihrer Loyalitäten in die Spitze der Gesellschaft aufzusteigen. Auch Takudas einzelnes Panzerfahrzeug hatte Gesellschaft bekommen. Seine Leute hatten die Wracks auf dem Schlachtfeld untersucht, und eine volle Kompanie aus zwölf Fahrzeugen auf die Räder gestellt. Für sich genommen, hatte eine solche Truppe natürlich keine Chance gegen Mechs, aber mit der Unterstützung der *Heuschrecks* waren sie durchaus ein Faktor. Außerdem würden Vosts Mechpiloten weder eine Gegenfalle noch eine Panzereinheit erwarten. Zugegeben, die »Panzerung« der Enklavenfahrzeuge bestand nur aus mit Kupfer beschlagenem Holz. Aber sie sahen gefährlich aus, und das allein reichte schon, die Moral der Rebellen zu stärken.

Arsenaults Gruppe würde, verstärkt durch Davud und die schweren Waffen, die Schlachtreihe gegen den Enklavenangriff halten. Wie zuvor, würden sie auch diesmal wieder eher zurückweichen als sich auf einen längeren Schlagabtausch einlassen. Die Tetaetae-Züge, die inzwischen mit Musketen bewaffnet waren, konnten durch ihr Feuer die vorrückenden Truppen bremsen und verwirren. Der Rest von Takudas Einheit würde sich auf die linke Flanke konzentrieren, die Usugumo am nächsten gelegene Seite. Es war ein kalkuliertes Risiko. Takuda hoffte, schnell genug reagieren zu können, wenn die Mechs auf der anderen Seite auftauchen sollten. Die beiden *Heuschrecks* würden die Panzer unterstützen und Treffer anbringen, wo immer sie die Gelegenheit bekamen. Mit etwas Glück würden sie genug Schaden anrichten können, um die Mechs abzuschrecken.

Eines der Probleme einer Söldnertruppe war, daß sie siegen mußte, um ihre Bezahlung zu rechtfertigen. Ihre Auftraggeber waren nicht dafür bekannt, teure Niederlagen großherzig zu übersehen. Die Söldner mußten gewinnen oder sterben. Für ihre Auftraggeber gab es nichts zwischen diesen Extremen. Und Vost wußte nur zu gut, daß er nicht auf Entsatz hoffen konnte. Er mußte mit dem auskommen, was er jetzt zur Verfügung hatte. Das führte ihn in Versuchung, mit seinen Mitteln hauszuhalten, wodurch ein Interessenkonflikt entstand. Die Auftraggeber wollten Sieg oder Tod, die Söldner alles außer Tod. Darin sah Takuda die Chance zum Sieg.

Die gepanzerten Streitwagen standen vor Erregung bebend am Rand der Wälder wie riesige Stiere. Qualmwolken drangen aus ihren einzeln oder paarweise aufragenden Auspuffrohren, wurden vom tiefhängenden Blätterdach niedergehalten und breiteten sich wie eine Decke nach allen Seiten aus. Die Fahrer lösten die Bremsen, und die gepanzerten Räder ihrer Maschinen rissen den Boden auf. Sie lachten und deuteten hinaus auf die Ebene, tauschten obszöne Gesten aus. Die mitfahrenden Fußtruppen und Bordschützen schnappten die Gesten auf und bauten die Pantomime weiter aus. Sie waren BEREIT!

Rechts hinter sich hörten sie das Krachen und Knallen eines Gefechts. Ein kurzes Knattern wurde laut, als die gegnerischen Truppen in Kontakt kamen, dann formierten sie sich neu, und die Kampfgeräusche wurden schwächer. Vorstoß, Rückzug, Vorrücken, Gegenangriff – das tödliche Ballett des Krieges. Männer starben, von Holzschäften durchbohrt, in brennenden Särgen eingeschlossen, durch einen einzelnen, gutgezielten Schuß. Wie auch immer, das Ergebnis war dasselbe. Tod.

Dann erschienen jenseits des Waldes, durch die Entfernung und den dünnen Filter der Äste und Zweige noch unscharf, die glänzenden Metallgiganten der BattleMechs; suchende, drohende, riesige Kampfkolosse, deren Arme und Torsen zigfachen Tod transportierten. Sie kamen nur langsam näher, trotz ihrer humanoiden Gestalt und Bewegungen unbeholfen und mechanisch. Riesige, tödliche, zerbrechliche Maschinen, ein Maß des menschlichen Fort- und Rückschritts. Sie waren Teil der Zukunft wie der Vergangenheit. Nichts, was Menschen erschaffen hatten, konnte ihnen trotzen, nur der Mensch selbst. Und dann waren sie heran, brachen wie metallene Belagerungsmaschinen durch die Baumreihen, während ihre Köpfe sich drehten und die Sensoren über die Reichweite ihrer Geschütze hinaus das Gelände nach Opfern absuchten.

Die Männer in den gepanzerten Fahrzeugen sahen sie kommen. Ein Hochgefühl erfüllte sie. Eine großartige, ruhmreiche Schlacht stand bevor. Es war, als warteten sie auf den Startschuß für ein Rekordrennen. Riesige Räder pflügten den Boden auf. Erdbrocken wurden nach hinten davongeschleudert. Aufheulende Motoren stemmten sich gegen Kolben und Zylinderköpfe. Dampfstrahlen schossen kreischend gen Himmel und vereinten sich zu dicken Nebelschwaden.

Wie eine Herde wilder, ungezähmter Raubtiere stürzten sich die Panzerwagen auf die anrückenden Mechs. Takuda sah sie davonbrausen, versuchte sie zurückzurufen und gab nach einem nutzlosen Versuch auf. Sie waren ein einziger wilder, unerfahrener, enthusiastischer Mob. Er würde den *Heuschreck* zu ihrer Unterstützung einsetzen müssen.

So hatte er es nicht geplant. Er hätte es vorgezogen, die Söldner näher herankommen zu lassen. Bevor er seine Überraschung ausspielte, sollten sie bereits voll im Gefecht mit den Panzern stehen. Jetzt hatten seine unerfahrenen Rekruten die Falle zu früh zuschnappen lassen. Er schaltete das Bügelmikro um und rief Holly Goodall.

Sie meldete sich sofort, und die beiden *Heuschrecks* setzten sich aus ihren versteckten Stellungen zwischen den höheren Bäumen in Bewegung. Sie liefen durch den Wald heran, um den wild umhersausenden Panzerfahrzeugen zu Hilfe zu kommen. Es war etwas spät, aber noch konnten sie etwas ausrichten.

Niemand sah den kurzen Lichtblitz hoch über dem Schlachtfeld, als das Sonnenlicht vom Metallrumpf des FLUM reflektiert wurde. Vier Kilometer über den Wipfeln rollte Seagroves die Maschine hin und her, um den Festsensoren das größtmögliche Suchfeld zu verschaffen. Winzige IR-Blips zeigten die Bewegung der hitzerzeugenden Ziele. Das war es, wonach er gesucht hatte. Er warf den FLUM in eine weite Halbdrehung und stieß dann im Sturzflug hinab.

Die Zielerfassung bestätigte die erste der Wärmequellen mit einem roten Aufblinken des Fadenkreuzes. Ziel erfaßt. Er ließ den FLUM leicht zur Seite driften, während das Ziel wie eine Fliege im Netz der Spinne unter dem Fadenkreuz hing. Als der *Feuerfalken*-FLUM aus dem Sturzflug kam, wurde Seagroves nach hinten in die Pilotenliege gepreßt. Er beobachtete die Zielentfernungsanzeige, wartete, während die Ziffern sich der Optimalentfernung näherten. Das Ziel unternahm keinen Ausweichversuch. Näher, noch näher. Ziel in Reichweite! Feuer!

Der Laser im gepanzerten rechten Rumpf der Maschine brummte auf, und die Lichtenergie schoß durch den Kohlendioxydkristall, der sie zu einem bleistiftdicken Strahl bündelte. Die IR-Signatur auf dem Computerschirm verwandelte sich in einen Feuerball. Treffer. Ziel vernichtet. Seagroves kippte den FLUM ab und ließ das Zielsuchsystem über das Feld gleiten.

Beinahe augenblicklich blinkte das Fadenkreuz wieder auf. Ziel in Reichweite. Feuer. Treffer. Ziel vernichtet. Er zog den FLUM in eine enge Kehre und flog über das Schlachtfeld zurück.

Eines der Fahrzeuge explodierte, dann ein zweites, noch bevor jemand am Boden wußte, daß der FLUM in das Gefecht eingegriffen hatte. Takuda sah ihn herabstürzen und brüllte eine Warnung in sein Bügelmikro, aber da war es schon zu spät. Die Männer in den vorwärts stürmenden Panzerwagen hörten nicht hin, wollten nichts hören. Sie waren zu sehr darauf konzentriert, die hoch aufragenden Mechs jenseits der Bäume zu erreichen. Und dann war es zu spät. Im offenen Feld waren sie dem FLUM, der wie ein wahnsinniger Raubvogel herabstürzte, schutzlos ausgeliefert. Ein Panzer nach dem anderen flog in einem lodernden Feuerball auseinander. Und trotzdem fuhren sie weiter.

Takuda kamen die Tränen, als er sie sterben sah. Er befahl den *Heuschrecks,* ihnen Deckung zu geben, aber die unter dem Torso der Scoutmechs montierten mittelschweren Laser ließen sich nicht weit genug hochschwenken, um dem FLUM gefährlich zu werden. Dann waren die Panzerwagen in Reichweite der BattleMechs. Eine Feuerwolke hüllte die *Speerschleuder* ein, als sie beide Kurzstreckenlafetten auslöste und ein Fahrzeug nach dem anderen in den Boden stampfte. Bei den gewaltigen Explosionen, die von dieser Mischung aus Sprengstoff und entzündetem Treibstoff gespeist wurden, bestand keine Hoffnung auf Überlebende.

Die *Heuschrecks* waren heran. Jacobs in der unbeschädigten Maschine feuerte blindlings in die Menge, während Holly Goodall einen wilden Tanz aufführte, um das Feuer des *Panther* von der Bresche in ihrer Panzerung abzulenken. Ihr Schutzengel schien eine

Sonderschicht einzulegen, als sie einem PPK-Blitz nach dem anderen ausweichen konnte. Im Innern des hinteren der beiden Mechs sah Jacobs seine Armaturen mit ihm unverständlichen Informationen aufleuchten. Er wußte nur, daß Goodall vor ihm war, und die Aufmerksamkeit des *Panther* und der *Speerschleuder* von den anderen ablenkte.

Sie zogen sich zurück. Die Panzer hatten genug. Wild schlingernd rasten sie um die langen Beine seines *Heuschreck* davon. Es wurde Zeit zu verschwinden. Auf seinem Schirm loderte die Wärmesignatur von Goodalls Mech. Treffer an der Außenhaut der Maschine trieben die Innentemperatur über die Sicherheitsgrenze. Er sah die Beine blockieren, sah die Warnschaltkreise unter dem PPK-Feuer verkochen. Die *Speerschleuder* näherte sich von hinten, zwei Sechserpacks Kurzstreckenraketen auf das Ziel gerichtet.

»Hau ab, Jacobs! Hau ab!« kam ein Schrei über die Komverbindung. »HAU AB!«

Er sah wie erstarrt auf den Schirm, während auf seiner Wärmeskala der rote Gefahrenbereich aufleuchtete. Es war höchste Zeit, sich davonzumachen, aber Goodall bewegte sich nicht, bewegte sich nicht, bewegte sich nicht. Flammen schlugen aus dem Torso der *Speerschleuder*, dann ging Goodalls Mech in einer Explosion titanischen Ausmaßes unter. Jacobs strömten die Tränen über das schweißbedeckte Gesicht, als er den verbliebenen *Heuschreck* in Richtung Wald drehte und floh.

44

Seagroves rollte den FLUM noch einmal ab und tauchte auf das rauchverhangene Schlachtfeld hinab. Es gab weniger Ziele als zuvor. Er konnte noch immer Dutzende IR-Signaturen sehen, aber es wurde schwieriger, die Lebenden von den Toten zu unterscheiden. Ein dampfgetriebenes Fahrzeug hatte eine so hohe Wärmesignatur, daß es auf dem Ortungsschirm heller leuchtete als ein brennendes. Es hatte keinen Sinn, auf bereits zerstörte oder verlassene Fahrzeuge zu feuern, also schaltete er von Infrarot auf Bewegungsdetektor. Zumindest würde er so feststellen können, wer sich noch regte.

Er warf einen Blick auf die Brennstoffanzeige. Er hatte fast ein Drittel der Tankfüllung verbraucht. Die Kunstflugmanöver und Vollschubsturzflüge kosteten ungeheure Treibstoffmengen. Er zog den Steuerhebel zurück und brachte den FLUM in einem sanften Winkel nach oben. Zeit, sich zu verabschieden. Mit dem Rest von Takudas Truppen würden die Landmechs allein fertig werden. Er machte sich auf den Heimweg. Das Schöne am Fliegen war, daß man seine Arbeit erledigen und rechtzeitig zu einer hübschen Dusche, einem warmen Essen und sauberen Bettlaken zu Hause sein konnte. Sollten sich die Erdwürmer mit den Nachzüglern herumschlagen.

Takuda stand währenddessen im Wald und sah sich an, wie die Überreste seiner Truppe vorbeiströmten. Manche hatten ihre Waffen noch, aber viele von ihnen nicht mehr. Ein kürzlich aus Amatukaze eingetroffener Flüchtling blieb plötzlich in einem Hain stehen und feuerte auf seine Kameraden, wahrscheinlich in der Hoffnung, mit einem Mitglied der siegreichen Truppen verwechselt zu werden, wenn diese eintrafen. Takuda hob die Laserpistole, um diesem Verrat ein Ende zu machen, aber er konnte nicht abdrücken. Statt dessen ging er lautlos zu dem Mann hinüber und entwaffnete ihn. Der Soldat leistete keine Gegenwehr. Er sackte an einem Baumstamm zusammen und weinte. Takuda sicherte die Muskete, klopfte ihm auf die Schulter und ging weiter. Es gab nichts, was er für den schluchzenden Rekruten hätte tun können.

Andi Holland humpelte vorbei. Zusätzlich zu ihrer Verletzung aus der vorherigen Schlacht hatte sich jetzt auch noch eine Wunde am linken Bein zugezogen. Ihre linke Gesichtshälfte war von irgendeiner Waffe übel zugerichtet worden, und Blut zeichnete eine Spur von ihrem Kinn bis hinters Ohr. Sie konnte noch gehen, aber nur unter erheblichen Schwierigkeiten, und sie brauchte die Hilfe von zwei Tetaetae, die ihre Waffe und Ausrüstung trugen. Später sollte Takuda erfahren, daß Holland drei gebrochene Rippen, eine Nierenverletzung und eine gebrochene rechte Hand hatte.

Swalen Horg war dicht hinter ihr. Auch er zeigte Spuren des Kampfes. Etwas Schweres hatte seine Brust getroffen und den Panzer ebenso eingedrückt wie das Helmvisier. Er wankte an Takuda vorbei, der reglos dastand und auf den anrückenden Feind wartete. »Es schmerzt nur, wenn ich huste«, war Horgs einziger Kommentar zu seinen Verletzungen.

Als letzter kam Knyte vorbei. Er blieb neben seinem Kommandeur stehen und wartete auf dessen Befehle. Es war, als könne er Takudas Gedanken lesen, und er machte sich daran, ihre winzige Stellung auf die letzte Verteidigungsschlacht vorzubereiten. »Geh weiter«, sagte Takuda, aber der Gun-sho ließ sich nicht stören.

Als Takuda erneut protestierte, sah der Unteroffizier seinem Kommandeur in die Augen. »Ich bleibe hier bei Ihnen, Herr«, sagte er, »oder ich begleite Sie nach hinten. Aber ich werde Sie nicht Ihrem Schicksal überlassen. In dieser Situation ist an einer Flucht nichts Unehrenhaftes. Aber wir können Sie nicht aufgeben, wenn wir Sie am dringendsten brauchen.«

Takuda fühlte, wie sich die Last der Verantwortung wieder auf seine Schultern senkte. Es war nicht angenehm, aber vertraut. Er sah den Sektionsführer an und nickte. »Korrekt, Gun-sho Knyte. Gut, gehen Sie vor und suchen Sie einen Platz aus, an dem wir uns neu formieren können. Ich bleibe noch etwas hier, um zu sehen, was ich tun kann. Ich werde in einer Stunde nachkommen. Früher, wenn die Enklaventruppen vorrücken.« Es waren die Worte eines Kommandeurs, der die Lage unter Kontrolle hatte. Knyte salutierte und ging weiter.

Takuda fand den Sammelpunkt erst lange nach Einbruch der Dunkelheit. Mit dem IR-Fernglas entdeckte er die unter dem dreifachen Blätterdach einer tiefen Schlucht völlig sichtgeschützten Lagerfeuer. Selbst die hochempfindlichen Wärmesensoren des FLUM oder des *Panther* hätten erhebliche Schwierigkeiten gehabt, sie zu entdecken. Und falls die feindlichen Mechs tatsächlich nahe genug heranrückten, wären sie ebenfalls gesichtet und die Feuer gelöscht worden.

Als Takuda näher kam, war er sich einiger Aktivität im Unterholz ringsum bewußt. Kaum sichtbare Gestalten schoben Hindernisse beiseite und hielten versteckte Zweige zurück. Es waren die Tetaetae, die ihrem Kommandeur den Weg erleichterten, ohne ihm die Genugtuung zu nehmen, selbst den Weg nach Hause zu finden. Ihre leisen Stimmen waren so sanft wie die Nacht.

Parker Davud war da und wartete auf Takudas Ankunft. Er hatte sich zu einem vorbildlichen Stabsoffizier entwickelt. Die Zeiten eines unabhängigen Landungsschiffkommandos waren vorüber. Jetzt dachte er in erster Linie an die Einheit, und dann erst an sich. Er war nicht nur in der Lage gewesen, das erste ihrer mobilen Ausrüstungsstücke zusammenzuhämmern, er hatte es auch geschafft, aus dem Bergungsgut des Schlachtfelds zusätzliche Maschinen zu konstruieren. Und auch nachdem die Schlacht entbrannt war, hatten ihn seine Talente nicht im Stich gelassen. Noch während des Rückzugs, als um ihn herum alles zusammenbrach, hatte er die Zeit gefunden, einen Schreibtisch, zwei Stühle, eine Pritsche, einen Herd und eine Dose Kaffee aufzutreiben. Wo er den Kaffee gefunden hatte, war Takuda ein absolutes Rätsel. Er wußte sicher, daß er den letzten vor Wochen getrunken hatte. Aber jetzt wartete eine dampfende Tasse des schwarzen Gebräus hier in dem winzigen Lager auf ihn.

Davud meldete den Tod Ariake Sanaes und Johan Mirandas. Sanae war in der KSR-Werferstellung gestorben, als der *Panther* sie schließlich doch mit der PPK erfaßt hatte. Miranda hatte dort nichts zu suchen gehabt, aber er hatten den Tetaetae, der als sein persönlicher Diener fungierte, überzeugen können, daß er beim Einsatz der Waffe von Nutzen sein konnte. Die beiden waren gestorben, während die letzte Rakete aus dem Werferrohr schoß. Dana Lost hatte sich bis zum letzten Atemzug beschwert, aber den Enklavetruppen Widerstand geleistet, bis ein Rückzug nicht mehr möglich war. Mit der Feststellung, daß er sich niemals in diese Position begeben hätte und schon lange vorher abgezogen wäre, war er, das Lasergewehr aus der Hüfte abfeuernd, auf eine Formation mit Musketen und Bajonetten bewaffneter Infanterie eingestürmt. Als er zuletzt gesehen worden war, hatte er sich beschwert.

Robert Fullerton trat ans Feuer, um seinen Bericht über die Flüchtlinge abzugeben. Von den Fünfhundert, die am Morgen bei ihnen gewesen waren, waren keine zweihundert übrig. Wohin der Rest verschwunden war, war ein Rätsel, aber er hatte seine Vermutungen.

Es waren weniger als einhundert Soldaten unter ihnen gewesen, und einige von ihnen waren noch da. Die größten Verluste waren bei denen zu verzeichnen, die an der Hauptfrontlinie eingesetzt worden waren. Fullerton nahm an, daß die meisten von ihnen nach und nach in ihre Enklaven zurückgekehrt waren, desillusioniert von der Erkenntnis, daß sie sich ihre Freiheit selbst erkämpfen mußten. Interessanterweise waren es vor allem die lautstärksten und aggressivsten Maulhelden gewesen, die als erste verschwunden waren. »Kein Verlust«, kommentierte Fullerton.

Selbst die Reihen der Tetaetae waren lichter geworden. Dakodo meldete, daß die Überlebenden des ursprünglichen Stammes noch da waren, aber daß es unter den Neuankömmlingen Ausfälle gegeben hatte, besonders bei den Mitgliedern der weit entfernten Stämme. Sie waren als letzte zu Takudas Gruppe gestoßen und wahrscheinlich zu dem Schluß gekommen, daß ihre Reise umsonst gewesen war. Jedenfalls waren sie fort.

Nachdem alle Berichte vorlagen, verstummten die Stabsmitglieder. Sie alle dachten darüber nach, was der Morgen bringen mochte. »Unsere Wahl als Mitglieder eines Draconis Elite-Sturmtrupps«, begann Takuda und brach das Schweigen, »ist klar. Für den Rest von Ihnen ist die Lage weniger eindeutig. Wir haben einen ehrenhaften Ausweg aus diesem Dilemma. Unsere Ehre ist uns wichtig, und wir wissen, ein Tod in der Schlacht ist ein höheres Gut als ein guter Tod. Wir haben unsere Position erklärt, und nun müssen wir für sie sterben. Wie die siebenundvierzig Ronin der Legende haben wir einen ehrenvollen Ausweg. Wir müssen uns daran erinnern, daß wir nicht vergessen oder entehrt in den Tod gehen. Jene siebenundvierzig Krieger brachten das größte Opfer für ihren Herrn und ihre Ehre. Wir können ihnen nur nachfolgen. Der DEST wird hierbleiben und zu Ende bringen, was wir begonnen haben. Diejenigen unter Ihnen, die nicht Teil des DEST sind – das ist an Sie gerichtet, Parker Davud –, sind zu dieser Zeremonie nicht eingeladen.«

Eisiges Schweigen antwortete der Erklärung. Was sollte man einem Mann sagen, der soeben bekanntgegeben hatte, daß er und seine Gefährten Selbstmord begehen würden? Es ging ein Rucken durch die Versammlung, als habe soeben jemand erklärt, er sterbe an einer furchtbaren, unheilbaren und extrem ansteckenden Krankheit. Sie wollten alle lieber weit weg sein, aber niemand war bereit, als erster aufzustehen.

»Die Menschen, die brennend vom Himmel gefallen sind, werden weitermachen«, stellte Dakodo leise fest. »Es war so, seit ich mich erinnern kann. Es wird so bleiben für die, die nach uns kommen.«

Takuda sah dem kleinen Kaetetôâner ins Gesicht. In den großen Augen spiegelte sich das Feuer. Lange Zeit sprach niemand, dann fragte Takuda: »Was ist mit den anderen, die brennend vom Himmel fielen? Erzähl ihnen die Geschichte, die ich letzte Nacht gehört habe.«

Dakodo erhob sich aus der Hocke und schloß die Augen. Während er sprach, wiegte er sich vor und zurück. »Als die ersten Menschen brennend vom Himmel fielen, gab es viele Tetaetae, die sich ängstlich versteckten. Und sie hatten allen Grund dazu, denn die kamen, hatten Stöcke, die den Tod brachten. Die Tetaetae wurden aus ihrer Heimat vertrieben und versklavt. So war es mit den Menschen, die brennend vom Himmel fielen. Aber es gab noch eine andere Gruppe, die zur selben Zeit vom Himmel fiel. Ihre Maschine fiel weit fort von den anderen, und sie bereitete den Tetaetae nichts Böses. Es heißt, daß an jenem Ort, jenseits der blauen Berge, die wie ein Aoi-Nebel auf dem Land liegen, eine andere Gruppe lebt. Es heißt, daß sie sich erheben werden, um die Tetaetae zu verteidigen, und daß sie uns in ein Land führen werden, das frei und offen ist. In diesem Land werden die Tetaetae mit denen, die brennend vom Himmel fielen, in Frieden leben können.«

»Stimmt das, Dakodo?« fragte Takuda.

»Wir denken, ja. Wir dachten, Sie kämen von dieser Gruppe. Die Legende sagt, daß diejenigen, die wir kennen, uns zu denen führen werden, die wir nicht kennen. Ihr seid diejenigen, die uns zu jenem Ort führen müssen. Ihr könnt nicht hierbleiben und sterben.«

Takuda zuckte die Achseln. »Ich glaube, du weißt, wie ich darüber denke, Dakodo. Ich habe kein Interesse daran, Teil eurer Legenden zu werden. DEST-Kommandeur zu sein, ist mir schon Verantwortung genug. Ich würde als euer Berater und Anführer fungieren, aber ich habe nicht vor, Teil eurer legendären Vergangenheit, Gegenwart oder Zukunft zu werden.«

»Ich fürchte, Sho-sa Yubari Takuda, Sie haben keine Wahl. Gleichgültig, was Sie wollen, einige im Stamm haben die Entscheidung bereits für Sie getroffen. Jetzt müssen Sie wählen, ob Sie die Aufgabe annehmen, die man Ihnen übertragen will. Zum Guten oder zum Bösen sind Sie bereits Teil unserer Legenden.«

»Ich habe also die Wahl, hier bei dem Versuch, euch zu verteidigen und euch damit eine Chance zur Flucht zu geben, zu sterben oder euch von hier wegzuführen, während die Söldner und Enklaventruppen diejenigen Tetaetae umbringen, die zu krank, zu alt oder zu verletzt sind, um schnell genug vorwärts zu kommen. Und was mache ich mit den Flüchtlingen aus den Enklaven? Sie sind auch Teil der Gleichung, und ich habe noch nichts von ihnen gehört.«

Robert Fullerton hatte dem Gespräch schweigend gelauscht. Er ließ sich mit seiner Antwort Zeit. »Soweit es mich betrifft, und ich denke, ich kann auch für die übrigen sprechen, werden wir Takuda folgen, wohin er auch geht. Ich wäre dafür, Dakodos Idee auszuprobieren. Gehen wir dahin, wo er die anderen Menschen vermutet. Ich bin zu Ihnen gestoßen, weil mir gefallen hat, was Takuda sagte, und dieser Traum lebt weiter. Ich bin bereit, ihm zu folgen.«

Takuda fühlte, wie ihn die Last der Verantwortung niederdrückte. Jetzt würde er den DEST, die Tetaetae und die Flüchtlinge auf eine Reise irgendwohin führen müssen, an einen Ort, den nur die Tetaetae kannten, und der selbst für sie eine Legende war. Aber es war zumindest eine Chance. Eine Zukunft, die länger währte als bis zum nächsten Morgen.

45

Die Menschen im Lager reagierten nicht einstimmig positiv auf diese Eröffnung. Die Ankündigung, daß sie sich auf die Suche nach einer anderen Zivilisation jenseits der Berge machen sollten, führte zu einer Reihe von Reaktionen, die von Zustimmung bis zu offener Revolte reichten. Die heftigste Ablehnung formierte sich um die Position, daß alles einmal zu Ende gehen mußte. Auch dies würde ein Ende finden. Sie brauchten nur in ihre Enklaven zurückzukehren. Sie wollten keine großartige Sache daraus machen, sondern nur einfach nach Hause. Nach all den Gefechten und der Aufregung durch die BattleMechs würde in den Städten große Konfusion herrschen. Niemand würde sich noch daran erinnern, wer was getan hatte. Und die Zeit der Mechs würde wie ein Alptraum irgendwann zu Ende gehen. Deren Piloten würden nicht ewig leben, und nach einer Weile würden sie nicht mehr als eine unangenehme Erinnerung hinterlassen. Sie würden ins Reich der Legende verschwinden wie so viele vor ihnen. Nichts würde sich ändern. Die Zeit würde die Extreme der Gegenwart einebnen. Das Leben würde zu seinem normalen Gang zurückfinden, und alles würde wieder einfach und überschaubar werden. Besser, man gab jetzt auf und ging nach Hause, solange man noch die Möglichkeit hatte.

Andere waren nicht bereit, ihr Leben für irgend etwas zu riskieren, was ein Tetaetae sagte. Die kleinen Pelzvögel waren dumme Untermenschen ohne Kultur und ohne Werte. Die ganze Rasse sollte versklavt oder ausgerottet werden. Einer aus den Fingern gesogenen Legende über eine andere Menschensiedlung zu glauben, war ebenso närrisch wie sich einzubilden, Menschen könnten fliegen. Selbst angesichts des FLUM glaubten die Vertreter dieser Auffassung noch, daß all das nur Lügenmärchen waren.

Die Hälfte der Leute war bereit, es mit dem Plan zu versuchen. Sie waren entweder zu erschöpft für eine andere Reaktion, oder aber sie glaubten wirklich an die Möglichkeit einer anderen Siedlung. Jedenfalls akzeptierten sie Takudas Entscheidung und waren bereit, sich auf einen Marsch von unbestimmter Dauer zu einem legendären Ziel zu begeben. Hatten sie denn eine bessere Wahl?

Dann stolperte Holly Goodall ins Lager. Sie sank vor dem Feuer zu Boden und nahm dankbar eine Tasse heißen Kaffee entgegen. Die anderen starrten sie an, hielten sich aber zurück, um ihr Gelegenheit zu geben, sich etwas zu erholen, bevor sie die Mechpilotin mit Fragen löcherten. Goodall leerte die Tasse in drei langen Zügen, scheinbar ohne die Hitze des dampfenden Gebräus zur Kenntnis zu nehmen. Dann sah sie hoch und begann zu reden. Sie hatte es geschafft, sich mit dem Schleudersitz aus dem beschädigten *Heuschreck* zu retten, unmittelbar bevor die Maschine unter dem KSR-Bombardement der *Speerschleuder* in die Luft flog. Sie war gefangengenommen und Vost übergeben worden. Der Söldnerführer hatte sich äußerst charmant gezeigt, wie immer, wenn er etwas wollte. Und er wollte wirklich etwas.

Vost machte allen Deserteuren, wie sie inzwischen genannt wurden, das Angebot, sich ihm anzuschließen. Sie hatten ein Grundgehalt von fünfzig Monme am Tag zu erwarten. Das Angebot galt auch für alle menschlichen Flüchtlinge aus den Enklaven, allerdings bei geringerer Bezahlung. Anscheinend war Vost bereit, die Rebellen aufzunehmen, weil er annahm, sie würden ihm aus Angst vor der Vergeltung, wenn sie nach Hause zurückkehrten, loyal ergeben sein.

Das Angebot war einfach: Wer es annahm, war versorgt. Takuda hatte nichts zu erwarten. Und die Tetaetae wurden nicht einmal erwähnt.

Goodall erzählte das alles mit so leiser Stimme, daß selbst die um sie Versammelten sich anstrengen mußten, ihre Worte zu verstehen. Sie sprach langsam und bedächtig, und machte lange Pausen zwischen den einzelnen Sätzen. Trotzdem hatte sich die Geschichte in mehr oder weniger korrekter Version durch das ganze Lager verbreitet, als sie fertig war. Das Ergebnis ließ nicht auf sich warten.

Trotz der Gefahr unbekannter Beobachter in der Dunkelheit loderten die Lagerfeuer höher auf. Die Menschen gingen von einem Feuer zum anderen und versammelten sich in heftig diskutierenden Gruppen, bevor sie sich wieder verteilten. Die Stimmen wurden lauter. Menschen rannten durch die Dunkelheit. Vereinzelt kam es zu Schlägereien. Während all das passierte, saß Holly Goodall an dem kleinen Feuer, vor dem sie ihre Geschichte erzählt hatte, und starrte stumm ins flackernde Licht der glühenden Kohlen.

Robert Fullerton näherte sich Takuda, gefolgt von einer Menschenmenge. Der DEST-Kommandeur, der neben Goodall saß und mit ihr ins Feuer blickte, hörte ihn kommen und wußte, daß Ärger in der Luft lag. Fullerton blieb vor dem Feuer stehen. Einige der Leute hinter ihm drängten sich nach vorne.

Takuda sah zum Anführer der Flüchtlinge empor. »Wollen Sie zu mir, Robert Fullerton?«

»Wir haben nachgedacht«, erklärte Fullerton und wich dem Blickkontakt mit Takuda aus. Er malte mit der Stiefelspitze Muster und Linien in den weichen Waldboden, die er mit großem Interesse studierte. »Einige meiner Leute haben von Vosts Angebot gehört. Manche von ihnen, also, ehrlich gesagt eine ganze Menge, halten es für fair. Die meisten haben sich Ihnen in der Hoffnung angeschlossen, daß Sie siegen. Jetzt sieht es nach einem Sieg Vosts aus.«

»Kennen sie die ganze Geschichte? Ist ihnen klar, daß der Vertrag nicht auf ewig gilt? Haben sie darüber nachgedacht, was hinterher aus ihnen wird?«

»Mehr oder weniger«, erwiderte Fullerton, der noch immer Kringel in den Waldboden zeichnete. »Hier sehen sie keine große Hoffnung mehr. Ich meine, Sie wollen mit ihnen das Gebirge durchqueren, in der Hoffnung, irgendeine legendäre Siedlung zu finden. Es gibt noch immer einige, die dazu bereit sind. Aber andere wollen nicht aufgeben, was sie kennen und verstehen. Sie wollen einfach nur nach Hause.«

»Das möchten wir alle«, meinte Takuda. Er dachte an die kleine Koya an einem See auf Yumesta, weitab von allem, was auch nur entfernt ans Militär erinnerte. Er hatte die Hütte während einer Zwangserholung gefunden, zu einem Zeitpunkt, als er jede Sekunde seiner erzwungenen Ruhe gehaßt hatte. Aber der Ort hatte ihn vom ersten Augenblick an verzaubert. Die Hütte war in schlechtem Zustand, aber sie schien trotz allem eine andere Zukunft zu repräsentieren. Er hatte das Bild in seinem Herzen bewahrt, aber jetzt würde er diesen Ort nie wiedersehen. Er riß sich los und kehrte in die Wirklichkeit zurück. »Haben Sie eine Entscheidung getroffen? Haben Sie eine Entscheidung getroffen, Robert Fullerton?«

Fullerton blieb einen Augenblick stumm und verschämt stehen. »Ja, habe ich«, sagte er dann mit leiser Stimme. »Ich würde gerne annehmen, was Vost bietet.« Zum erstenmal hob er die Augen und sah Takuda an.

Mark Jacobs war auch zu dem Kreis um das Feuer gestoßen. »Wir haben alle unsere Gründe, nicht wahr? Einige von uns legen Wert aufs Geld, mehr oder weniger. Und die Höhe der Bezahlung ist eine Grundlage für ihr Selbstwertgefühl. Ich habe als Bordingenieur der *Telendine* ganz gut verdient und keine C-Note mehr gesehen, seit wir gelandet sind. Aber eines sage ich euch: Ich habe noch nie so viel Spaß am Leben gehabt, wie seit dem Zeitpunkt, als Holly und Takuda mich in den *Heuschreck* gesetzt haben. Ich würde lieber bei Ihnen bleiben.«

»Ich bin nur eine Söldnerin«, sagte Goodall und öffnete zum erstenmal, seit sie ihren Bericht beendet hatte, den Mund. »Und ich habe das beste Angebot erhalten. Es würde wohl Sinn für mich machen, mich Vost anzuschließen. Wahrscheinlich sollte ich das auch.« Goodall senkte den Kopf und starrte weiter in die Flammen. »Aber ich kann es nicht. Es liegt gar nicht mal so sehr daran, daß Vost nichts weiter als ein Schleimer ist. Auch nicht daran, daß er ein selbstsüchtiger, megalomanischer, egozentrischer Bastard ist. Mir gefällt diese Wahl einfach nicht. Irgendwas stimmt mit der ganzen Idee nicht. Eine Söldnerin zu sein, ist schon in Ordnung. Es ist nichts Falsches daran, für Geld zu kämpfen. Aber da steckt wohl noch etwas anderes in mir. Für mich gibt es mehr als nur Geld, und ganz sicher mehr als Vost. Seit wir hier zusammen sind, ich, Takuda und die anderen, habe ich das Gefühl, für mehr als nur Geld zu kämpfen, für eine Vorstellung von meiner Zukunft. Das gefällt mir. Wenn alles andere gleich ist, oder selbst wenn nicht, werde ich wohl die dümmere Wahl treffen und bei Kommandeur Takuda bleiben. Wenn Ihnen das recht ist, Sir.«

»Ich wäre stolz, Sie bei uns zu wissen, Pilotin Holly Goodall.« Takuda fühlte Freude in sich aufsteigen. Es würde alles gut werden. »Tja, Robert Fullerton«, sprach er weiter. »Sie stellen mich vor eine unangenehme Aufgabe. Sie wollen sich auf die Seite Vosts stellen, und das ist Ihr gutes Recht. Aber jetzt wissen Sie, was wir übrigen vorhaben, und das stellt mich vor ein Dilemma. Was soll ich mit Ihnen machen?« Die Menge hinter Fullerton wurde unruhig. »Wenn ich Sie gehen lasse, wird irgend jemand Vost von unserem Plan berichten. Unsere einzige Hoffnung aber besteht darin, jeden Kontakt mit ihm abzubrechen und uns davonzumachen. Wir müssen bald und schnell handeln. Aber wenn Sie und Ihre Leute uns jetzt verlassen, werden Sie unseren Plan bestimmt nicht geheimhalten können. Auf die eine oder andere Weise werden wir draufgehen. Verstehen Sie mein Problem? Andererseits könnte ich meinen Leuten befehlen, Sie zu entwaffnen. Ich bin sicher, daß es uns gelingen würde. Wir besitzen die nötigen Waffen und die nötigen Fähigkeiten. Aber es wäre eine genauso schlechte Lösung. Wir müßten Sie alle gefangennehmen, selbst diejenigen, die eigentlich bei uns bleiben wollen. Wir könnten keinem von Ihnen auch nur einen Moment vertrauen, und wir könnten es auch später nie wieder. Und es würde Verluste geben. Auf beiden Seiten. Das ist kein Weg, Loyalität aufzubauen.«

Fullerton sah auf. »Es stimmt, Sir. Wir gewinnen nichts, wenn wir kämpfen, und Sie gewinnen nicht wirklich etwas, wenn Sie uns entwaffnen. Wir würden ein paar von Ihnen erledigen, aber Sie wahrscheinlich weit mehr von uns. Das wollen wir nicht. Wir wollen nur unseren eigenen Weg gehen können. Unsere Haut und unsere Leute retten. Manche dieser Männer haben Familien, die sie beschützen müssen. Ich will ebensowenig wie Sie, daß jemand verletzt wird.«

Zwischen den beiden Männern herrschte eine gespannte Stille, aber beide konnten die gedämpften Gespräche hinter dem Rücken des Flüchtlingsführers hören. Sie hörten auch die Bewegungen hinter Takuda, das zischende Geräusch scharfgemachter Lasergewehre. Fullerton wartete, bis sich das Raunen gelegt hatte, bevor er erneut das Wort ergriff. »Wenn Sie uns ermöglichen würden, unsere Sachen zusammenzusuchen, das Lager sozusagen aufzuteilen, so daß die Leute wissen, was geschieht, dann könnten Ihre Leute in der Dunkelheit untertauchen. Ich kann meine bis zum Morgen hier festhalten. Danach ist alles offen.«

Takuda schaute den Mann an, der die Organisation seiner Einheit zerstören würde. Robert Fullerton hatte keinem seiner Untergebenen an Loyalität nachgestanden. Er war ihm durch schlechte Zeiten treu geblieben, aber jetzt hatte er eine Entscheidung zu treffen. Wie jeder gute Kommandeur dachte er an die Interessen seiner Leute. Takuda nickte. »Na schön, Robert Fullerton. Wir werden es versuchen. Holen Sie Ihre Leute zusammen. Teilen Sie das Lager. Sorgen Sie dafür, daß alle, wirklich alle, verstehen, was los ist. Dann rücken wir ab.«

46

Takuda wollte den *Heuschreck* zur Nachhut einteilen, aber Dakodo riet ihm davon ab. Die Tetaetae waren emotional zu sehr an den Mech gebunden. Er mußte die Kolonne anführen. Geschah das nicht, erklärte ihm der Sprecher der Einheimischen, würden sie sich wahrscheinlich um das Fahrzeug versammeln und den Abmarsch verweigern. Einige von ihnen würden die Notwendigkeit, sich zu beeilen, verstehen, aber wahrscheinlich würden sich ihre Gefühle als stärker erweisen.

So kam es, daß der *Heuschreck*, gesteuert von Jacobs und/oder Goodall, an der Spitze marschieren würde. Die DEST-Mitglieder und mögliche Freiwillige aus den Reihen der Flüchtlinge würden die Nachhut übernehmen. Die Tetaetae und die übrigen Menschen würden zwischen beiden den Hauptteil der Kolonne bilden. Die Kaetetôäner konnten sich nach Bedarf um die Verletzten kümmern.

Das einzige echte Problem bei ihrem Rückzug stellten die Tetaetae selbst dar. Es war Legezeit, und die Eier waren sehr zerbrechlich. Sie konnten zwar transportiert werden, mußten aber mit äußerster Vorsicht behandelt werden, um keinen Schaden zu nehmen. Das bremste ihr Fortkommen. Hinzu kam, daß die Tetaetae ihr Ziel, wo immer es sein mochte, erreichen wollten, bevor ihre Kinder schlüpften. Sie hielten es für sehr wichtig, daß ihre Nachkommen nicht auf der Wanderung auf die Welt kamen, sondern bereits in ihrer neuen Heimat. Das wiederum führte dazu, daß die Vogelwesen würden in Bewegung bleiben wollen, selbst wenn die Menschen müde waren. Und natürlich war es besser, diese Probleme vor dem Marsch zu lösen als nach ihrem Aufbruch. Sie würden den Flüchtlingen, von denen eine beachtliche Zahl sich entschlossen hatte, trotz allem auf Takuda und seine Vision einer besseren Welt zu setzen, die Lage erklären müssen.

Einige Stunden vor Sonnenaufgang erhob sich der *Heuschreck* aus der Hocke und setzte sich in Bewegung. Goodall saß auf dem Platz des Piloten, während Jacobs sich hinter ihr ins Cockpit gequetscht hatte. In der Kanzel war so wenig Platz, daß er halb hinter dem Pilotensitz hockte und aufpassen mußte, sich nicht in den spaghettigleichen Kabelbündeln zu verheddern und sie möglicherweise aus den Befestigungen zu reißen. Seine Anwesenheit im Cockpit war nicht unbedingt erforderlich. Er war nur mitgekommen, weil er die Gesellschaft Goodalls der jedes anderen vorzog. Dakodo ritt auf dem abfallenden Vorderstück des Mechtorsos und lotste den *Heuschreck* in Richtung auf das ferne Land ihres Ziels.

Am Ende der sich schwerfällig voranmühenden langen Marschkolonne gingen die DEST-Mitglieder und die Freiwilligen. Takudas Einheit war schon zu Beginn der Operation klein genug gewesen, und inzwischen hatten sie enorme Verluste. Außer Parker Davud war jeder von ihnen mindestens einmal verletzt worden, manche, wie Holland, Bustoe und Horg sogar zweimal. Sechs der ursprünglichen DESTler würden nie mehr einen Treffer einstecken müssen. Alle waren steif vor Erschöpfung. Die Rekruten aus den Enklaven waren kaum in besserer Verfassung. Das einzige, was es ihnen erleichterte, die Anstrengungen des Marsches auf sich zu nehmen, war die Tatsache, daß sie noch nicht so lange dabei waren.

Takuda hatte sorgfältig darauf geachtet, weder Fullerton noch irgend jemand sonst unter den Zurückbleibenden Einzelheiten über ihre Route oder Marschrichtung zu geben. Die Position der Flüchtlinge – und etwas anderes war keiner von ihnen – würde früher oder später sowieso bekannt werden, aber Takuda zog später vor. Wenn Vost sie mit der *Speerschleuder* oder dem *Panther* verfolgte, konnte sich die Kolonne möglicherweise verstecken. Aber wenn der Söldner den FLUM einsetzte, war eine Entdeckung nicht zu verhindern. Takuda hoffte inbrünstig darauf, daß Vost die Reserven des *Feuerfalken*-FLUM und der *Speerschleuder* schonte. In dem Falle bestand die Chance, daß er den FLUM zurückhielt. Zumindest hoffte Takuda das.

Die Tetaetae-Begleiter der Nachhut waren mit der üblichen Begeisterung bei der Sache. Sie waren Meister-Waldläufer und bauten fröhlich Fallgruben und Stolperfallen für unvorsichtige Feindmechs. Sie sahen es als Ermutigung, noch viel mehr dieser Fallen anzulegen, als Pesht in der *Speerschleuder*, überzeugt von seiner gepanzerten Macht, mit einem donnernden Krach in eine der Gruben stürzte.

Vost sah die *Speerschleuder* in seinem Cockpit zu Boden gehen. Im einen Augenblick war sie noch da, im nächsten war sie verschwunden. Er wußte sofort, was geschehen war, und gab einen konstanten Kommentar aus gehässigen Sarkasmen über die Komleitung, bis er den Mech wieder aus der Grube klettern sah. Vost hatte sein eigenes Mißgeschick mit einer ähnlichen Fallgrube nicht vergessen und freute sich, daß diesmal Pesht den Dummkopf abgab.

Die Gruben veranlaßten Vost, Bodentruppen und den FLUM zur Unterstützung anzufordern. Im dichten Regenwald mit seinem mehrfachen Blätterdach war es nicht leicht, die flüchtende Kolonne aufzuspüren, und er wollte sich seine kostbaren Mechs nicht durch irgendeinen übereifrigen Fußsoldaten beschädigen lassen. Er hatte massenhaft Fußvolk zur Verfügung, besonders nach dem Strom von Rebellen, die Takuda davongelaufen waren. Diese neuen Leute waren mehr als bereit, dem neuen Herren ihre Loyalität zu beweisen, und er schickte sie auf Beutefang. Wenn sie dabei umkamen, so Vosts Überlegung, brauchte er weniger von ihnen zu bezahlen. Und für die Überlebenden blieb mehr übrig.

Die neuen Rekruten stürzten sich mit einem Eifer auf Takudas Nachhut, der an Verzweiflung grenzte. Das war ihre Chance, sich einen Bonus zu verdienen. Jetzt oder nie, hatte Vost gesagt. Sie griffen mit dem Mut der Verzweiflung an und schienen bereit, einander gegenseitig zu zerreißen, um zu den Siegern zu gehören.

Takuda und seine Leute wußten, daß sie kamen, denn Vosts neue Rekruten krachten in blindem, unerfahrenem Eifer, ihre Feinde aufzuspüren und zu vernichten, durch den Wald. Für ausgebildete Krieger wie die DEST-Soldaten war es einfach, zu einfach. Zuerst gaben Holland, Horg und Knyte nur schnelle Warnschüsse aus den Lasern in die Bäume über ihren Köpfen ab, aber das war schlimmer als gezielte Todesschüsse. Die angreifenden Infanteristen nahmen es als Zeichen, daß ihre Gegner schlechte Schützen waren und kaum Gefahr bestand. Sie wurden noch wagemutiger und begannen einander lauthals anzufeuern. Es gibt nichts Erregenderes, als beschossen zu werden, ohne daß man getroffen wird. Diese jahrtausendealte Feststellung galt hier im Urwald einer auf keiner Sternenkarte erfaßten Welt ebenso wie auf tausend anderen zuvor. Die nicht getroffenen Infanteristen fühlen sich plötzlich unverwundbar, unsterblich. Und stürmten.

Jetzt begannen Takudas Leute gezielt zu schießen. Die Elite-Sturmtruppen waren erstklassig ausgebildete Scharfschützen, die einem Gegner auf einhundertfünfzig Meter Distanz ein Auge ausschießen konnten – freie Wahl, welches. Aber die Toten hatten kaum eine Auswirkung auf den Enthusiasmus von Vosts Soldaten. Diejenigen, die nicht getroffen worden waren, hatten diese Tatsache auf der Stelle ihren Freunden mitgeteilt. Die Erschossenen meldeten sich nicht mehr. Und so stürmten die Infanteristen durch den Wald und wurden von den Draconiern abgeschossen.

Die Enklavenflüchtlinge hatten weniger Erfolg. Ein paar von ihnen besaßen MPs und Pistolen, aber die meisten trugen die gleichen archaischen Vorderlader wie ihre Angreifer. Als diese Gruppen aufeinandertrafen, kam es zu Blutvergießen.

Die Flüchtlinge und die Draconier hatten sich eine feste Taktik für die Gefechte mit Vosts Vorhut zurechtgelegt. Wenn einer der Rebellen einen Feind bemerkte, insbesondere einen Feind, der durchzubrechen drohte, stieß er eine Warnung aus. Der nächste DESTler reagierte sofort und erschien hoffentlich rechtzeitig, um Feuerschutz zu geben. Dann zog sich der Kommandosoldat zurück und wartete auf die nächste Begegnung.

Wenn die Tetaetae im Spiel waren, lief es weniger effektiv ab. Wurden die kleinen Vogelwesen beim Anlegen einer Fallgrube überrascht, konnten sie nicht um Hilfe rufen. Die wenigsten von ihnen hatten die Sprache der Menschen gemeistert, und die Menschen konnten einen Tetaetaeruf nicht vom anderen unterscheiden. Dadurch kam es, daß ein Tetaetae, der mit Vosts Leuten zusammenstieß, in aller Regel sein Leben aushauchte, bevor Hilfe eintreffen konnte. Die Flüchtlinge waren ohnehin nicht daran gewöhnt, Tetaetae zu helfen, so daß die einzige Hilfe, auf die sie hoffen konnten, von Takudas Leuten kam. Wenn ein DEST-Mitglied in der Nähe war und etwas von der Begegnung mitbekam, reagierte er sofort. Aber meistens wurden die Tetaetae Opfer der Angreifer.

Während sich unter dem dichten Blätterdach des Waldes diese erbitterten Einzelduelle abspielten, war Seagroves mit seinem FLUM auf der Suche nach der Spitze der Kolonne. Der FLUM kurvte durch steile Wolkenschluchten, die beiden Allied AVRTech 125-Düsentriebwerke auf das absolute Minimum herabgefahren, das möglich war, ohne die Kontrolle über die Maschine zu verlieren. Infrarotsensoren und Bewegungsdetektoren waren auf Weitbereichsabtastung eingestellt, um das größtmögliche Gebiet abzusuchen. Zusätzlich hatte Seagroves das Sensorwarnsignal auf höchste Empfindlichkeit geschaltet, so daß er nicht auf die Ortungsanzeige zu achten brauchte. So mußte Fliegen sein: beinahe lautlos, beinahe so, als wäre man selbst Teil der Wolken. Er war allein in diesem Meer aus Blau und Weiß, konnte überallhin, ohne Angst vor feindlichen Angriffen haben zu müssen. Er glitt zwischen zwei hochaufragende weiße Säulen, und durchstieß einen verirrten Ausläufer, der sich wie ein riesiger ätherischer Torbogen über die Leere spannte. Die Wolkenwatte zuckte über dem Kanzeldach vorbei, und der FLUM trieb hinaus in eine weite Leere, die bis hinab auf den grünen Teppich des Blätterdachs reichte.

Plötzlich ertönte das Warnsignal mit einem nachdrücklichen Kreischen. IR- und Bewegungssensoren hatten sechs Kilometer tiefer etwas entdeckt. Seagroves reckte sich in den Haltegurten und schaltete die Digitalscanner auf einen kleineren Maßstab. Die Karte schrumpfte auf ein immer kleineres Gebiet zusammen, bis beide Ortungen dasselbe Ziel meldeten. Rote Winkel senkten sich auf den blinkenden Lichtpunkt, bis sie sich zu einer gemeinsamen Ortung vereinigten. Die Ortung identifizierte das Ziel und zeigte das Ergebnis in der Sichtprojektion ein. Ein *Heuschreck* in Gehbewegung. Voll bewaffnet. Seagroves studierte die achtstellige Koordinatenanzeige und gab die Daten an Vost weiter. Er wartete auf eine Antwort und rollte den FLUM dann in einen sanften Sinkflug ab.

Das Problem des FLUM-Piloten war die Zielerfassung. Der *Heuschreck* befand sich tief unter dem Blätterdach. Infrarot- und Bewegungsortung lieferten ihm akkurate Daten, aber es bestand keine Chance für eine visuelle Zielerfassung. Dadurch mußte er die Laserbatterien nach den Instrumentendaten abfeuern. Das war ein durchaus akzeptables Verfahren, aber in diesem Fall wußte Seagroves, daß ihm die Geländebedingungen Schwierigkeiten machen würden. Die dicken, dreifach gekrönten Urwaldbäume hätten für eine größere KSR-Lafette oder PPK keinerlei Hindernis dargestellt. Diese schweren Geschütze hätten sich den Weg ins Ziel mit roher Gewalt freigebrochen. Aber die Laser würden auf die Blätter treffen und sie verdampfen. Wenn genug Laserenergie für ausreichend lange Zeit auf die Blätter traf, war das Ergebnis identisch mit dem der beiden anderen Waffensysteme, aber ein Sturzflug mit neunhundert Stundenkilometern auf ein bewegtes Ziel, selbst wenn es sich nur langsam bewegte, ließ den Lasern diese Zeit nicht. Er konnte dem Ziel einen Schreck einjagen, aber wenn es nicht anhielt und sich zum Kampf stellte, konnte er es nicht erreichen.

Der FLUM kreischte über die Baumwipfel, und Seagroves löste eine volle Salve aus, als sein Sichtschirm grün wurde. Dampf stieg hoch, und ein kurzer Lichtschein zuckte über den Wald, als sich die Laserenergie in das Blätterdach bohrte. Dann war der FLUM vorbei und stieg wieder hoch. Er überprüfte die Sensoren. Das Ziel war noch in Bewegung und brachte neues, schützendes Laub zwischen sich und den Angreifer.

Seagroves zog den Bug der Maschine hoch, als plötzlich das Warnlicht der Treibstoffanzeige aufblinkte und ein fiependes Warnsignal ertönte. Das Licht sprang an, wenn die Tanks zur Hälfte leer waren, und der Ton würde im Dreißig-Sekunden-Intervall erklingen, bis der Brennstoff verbraucht war. Er hatte noch mehr als genug Brennstoff für diese Mission, aber jetzt mußte er sich um eine weitere Sache kümmern. Er brauchte weder das Licht noch den Warnton. Seagroves beugte sich in die Gurte und drehte das Lämpchen aus der Bajonettfassung. Damit wurde auch der Warnton abgeschaltet. Er würde es nach der Landung wieder einsetzen. Es widersprach seinem Training als Pilot, das Lämpchen herausgedreht zu lassen. Das wäre ein bewußt herbeigeführter Fehler auf dem Wartungsbericht gewesen. Und Elizabeth Hoond, seine SeniorTech, würde ihm den Kopf waschen, wenn er es nicht meldete. Andererseits, auch wenn ihm der Treibstoff ausging, konnte er immer noch im Gleitflug landen und den Mech nach Hause laufen lassen.

47

Sie marschierten durch die Nacht und den nächsten Tag, den folgenden Tag und den darauffolgenden, bis Tag und Nacht zu einem ungewissen Dämmerzustand zwischen Erschöpfung und Angst verschmolzen. Manche von ihnen blieben zurück und wurden gefangengenommen. Manche wurden von der spärlicher werdenden Meute ihrer ehemaligen Kameraden, die sich jetzt Vost angeschlossen hatten, getötet. Manche wanderten einfach davon und kehrten nie zurück. Und der Marsch ging weiter.

Sie bewegten sich aufwärts, fort von dem breiten Fluß, der Menschen und Tetaetae eine Heimat geboten hatte. Das dreifache Blätterdach des Regenwaldes wurde von Mischwald abgelöst. Die Hitze des großen Tales machte kühlen Tagen und beißendem Nachtfrost Platz. Und der Marsch ging weiter.

Dakodo saß auf seinem Platz außen auf dem *Heuschreck*-Rumpf, in dessen engem Cockpit Jacobs und Goodall sich ablösten, um den Mech konstant in Betrieb zu halten. Sie ignorierten alle Warnmeldungen bis auf die dringendsten, denn sie wußten, daß die Reservesysteme den Mech immer noch eine Weile durchschleppen konnten.

Während des Tages schrumpfte die Kolonne unter dem Druck der Verfolger sowie den Ermunterungen Takudas und der restlichen DESTler zusammen. Immer mehr Tetaetae drängten sich nach vorne, wo sie sich um den *Heuschreck* scharten. Dort blieben sie auch, wenn die Kavalkade in der Nacht rastete. Sie wurden zu einer Inspiration für die Mechpiloten. Die beiden lernten viele der Tetaetae, die neben ihnen hertrotteten, auf sehr vertrauliche Weise kennen. Sie sahen die Vogelwesen ermüden. Sie sahen, wie sie sich gegenseitig beistanden. Sie gaben vielen von ihnen Spitznamen wie Spring-ins-Feld, Frohnatur, Trampolin oder Dumbo. Sie sahen einige zusammenbrechen und beobachteten, wie sie zur letzten Ruhe gebettet wurden, begraben unter den gerade verfügbaren Blumen.

Als Arsenault mit einer Speerwunde in der Hüfte zusammenbrach, trugen die Tetaetae ihn weiter. Paul Tessarak, ein Flüchtling aus Osio, übernahm Arsenaults Lasergewehr, mußte aber feststellen, daß Energietornister und Gewehr zusammen zu schwer für ihn waren. Ein Tetaetae übernahm den Tornister. Die beiden, der Mensch mit dem Gewehr und der Kaetetôãner mit dem Energietornister, wurden unzertrennlich. Und immer liefen die Tetaetae auf dem Weg voraus und säuberten ihn von Zweigen und Steinen, um den Menschen das Fortkommen zu erleichtern. Wenn das letzte Mitglied der Kolonne einen Punkt passierte, war der Weg so frei und eben, wie er ohne schwere Baumaschinen nur sein konnte.

Takuda machte die Einheimischen darauf aufmerksam, daß ein so deutlicher Weg den Menschen zwar die Reise erleichterte, ihre Verfolgern es dadurch aber auch leichter hatten. Daraufhin beeilten sich die Tetaetae, den Weg hinter der Kolonne wieder unter den Ästen, Zweigen, Steinen und Felsbrocken zu verstecken, die sie kurz zuvor noch weggerräumt hatten. Takuda gab es auf. Anscheinend waren die Vogelwesen entschlossen, ihn als Halbgott zu behandeln, und es gab nichts, was er dagegen tun konnte.

Am siebzehnten Tag verließen sie den Wald und erreichten ein Gebiet, in dem nur noch niedrige Sträucher wuchsen. Die Temperatur fiel weiter ab, und die aus dem grauverhangenen Himmel herabwehenden Windböen drangen wie Messer durch die leichten Warmwettermonturen der Einheit. Die Kälte machte es ihnen unmöglich, nachts zu marschieren. Flüchtlinge,

Draconier und Tetaetae drängten sich um winzige Lagerfeuer, die mehr ein Gefühl der Geborgenheit als echte Wärme ausstrahlten. Am einundzwanzigsten Tag sahen sie den ersten Schnee.

Trotz des offeneren Geländes erschien der FLUM seltener am Himmel. Die Flugzeit von Usugumo bis an die Spitze der Kolonne wurde mit wachsender Entfernung, schrumpfendem Treibstoffvorrat und zunehmenden Wartungsproblemen zu einem merklichen Faktor. Die Wanderer befanden sich jetzt dreihundert Kilometer vom Fluß entfernt, und selbst bei einer Geschwindigkeit von neunhundert Stundenkilometern begann die Flugzeit hin und zurück deutliche Spuren in der Tankfüllung zu hinterlassen. Die anderen Mechs hatten sich an das Ende der Kolonne gehängt, aber auch bei ihnen wurde die Belastung spürbar. Es war Tage her, seit die Techs sie gewartet hatten, und Seagroves verbrauchte eine Menge seines kostbaren Brennstoffs damit, Personen und Einzelteile von ihrer Heimatbasis in Usugumo anzufliegen. Er beschwerte sich darüber, als Taxi mißbraucht zu werden. Vost zeigte sich nicht amüsiert.

Soweit es den Kommandeur der Söldnereinheit betraf, bekam Seagroves, was er verdiente. Der FLUM-Pilot nahm sich viel zu wichtig, und es tat gut, ihn ein paar Stufen nach unten fallen zu sehen. Vost entschied, den FLUM ständig bei den übrigen Mechs zu behalten und nur bei Bedarf zurück nach Usugumo zu schicken. Als Reaktion auf seine immer selteneren Ausflüge in die Stadt sorgte Seagroves dafür, daß sie sich umso mehr lohnten. Er begann, sein Gold aus den Verstecken in der Befestigung in die Staufächer des FLUM umzulagern. Er wollte sichergehen, daß wenigstens ein Teil seines Schatzes sicher war. Das zusätzliche Gewicht im Bug des FLUM machte ein Umtrimmen der Maschine für jeden Flug nötig, aber dazu reichte eine kleine Nachjustierung der Tragflächenklappen.

Am späten Nachmittag des zweiundzwanzigsten Tages setzte Seagroves den FLUM mit einer rauheren Landung als normal in der Nähe der anderen Mechs auf. Im Laufe der Tage hatten Vosts übrige Leute immer weniger Bereitschaft gezeigt, einen Landeplatz für den *Feuerfalken*-FLUM zu säubern. Es war nicht so schwer, den fünfzig Tonnen schweren Kampfkoloß in einer Lichtung aufzusetzen, aber es war immer besser, wenn der Boden von Steinbrocken gesäubert und nicht sofort erkennbare Löcher vorher aufgefüllt waren. Der FLUM war eine schwere, gutgepanzerte Maschine, aber der Triebwerksschub bei der Landung konnte lose Objekte aufwirbeln und mit erstaunlicher Wucht umherschleudern. Wenn ein Fremdobjekt in eine der AVRTech 125-Düsen gesogen wurde und deren Innenleben verwüstete, war das für den Mech nicht minder fatal als ein direkter PPK-Treffer. Seagroves beschwerte sich über mangelnde Sorgfalt der die Söldner begleitenden Enklaventruppen. Vost sagte ihm, wohin er sich seine Beschwerde stecken konnte.

»Dein Problem«, stellte Vost mit dem höhnischen Grinsen fest, das inzwischen zu einem permanenten Gesichtsausdruck geworden war, »ist Angst vor dem Fliegen. Ich weiß nicht, woran es liegt, aber je länger ihr Typen da oben seid, desto schneller verliert ihr jeden Mumm. Ich bin überrascht, daß man euch Piloten keine Windeln zuteilt, damit die Uniformhosen trocken bleiben. Ich wette, Hoond verbringt mehr Zeit damit, deine Hosen zu waschen, als den FLUM zu warten.«

Seagroves ballte frustriert die Fäuste. »Ich bin ein Profipilot, und ich habe vor, am Leben zu bleiben. Wenn man vier Kilometer über der Planetenoberfläche hängt, ist ein Sturz etwas anderes als in einer eurer Bodenmaschinen. In der Luft kann jeder Fehler der letzte sein. Wenn durch irgendeinen Fehler eine Brennstoffleitung reißt, ein Wärmesensor ausfällt oder eine Klappenkontrolle blockiert, kann das den Tod bedeuten. Ihr hier unten braucht nicht mehr zu tun, als den Boden ein bißchen zu fegen. Ist das schon zuviel verlangt?«

»Einen mit Computersteuerung ausgerüsteten FLUM zu fliegen, ist so schwer nicht«, spottete Vost verächtlich. »Vergiß nicht, daß ich auch FLUM-qualifiziert bin.«

»Glaubst du? Glaubst du das wirklich? Einmal einen geflogen zu haben, macht dich noch lange nicht zu einem qualifizierten Piloten. Hier«, meinte Seagroves und griff in die Hosentasche. »Hier, das Sicherheitsentkopplersystem. Wenn du glaubst, es wäre so einfach, flieg doch selber.« Seagroves warf den Sicherheitsentkoppler dem Söldnerführer zu.

Vost fing ihn mit einem bösen Grinsen auf. »Das werde ich. Und nur, um dir zu beweisen, was für ein netter Bursche ich bin: Hier ist der Entkoppler für den *Panther*. Schönen Tag noch.« Vost drehte sich auf dem Absatz um und marschierte zur Einstiegsleiter. Seagroves sah ihm hinterher, wie er an der Seite des FLUM emporkletterte und durch die Luke im unteren Mechtorso des *Feuerfalke* verschwand. Der abgesetzte Pilot sprang in Sicherheit, als Vost die Triebwerke anwarf und die beiden Turbinen aufheulen ließ. Seagroves hörte sich die Motorengeräusche mit erfahrenem Ohr an und verzog angewidert das Gesicht. Die Drehzahlen waren viel zu hoch für das benötigte Manöver. Vost hatte einen Bleifuß.

Dann donnerte der FLUM davon. Seagroves sah ihn beinahe senkrecht in die Höhe steigen. Beide Triebwerke röhrten mit vollem Schub. Als er in die rechte Brusttasche seines Overalls griff, um den *Panther*-Entkoppler zu verstauen, fanden seine Finger etwas, das sich bereits im Innern der Tasche befand. Er zog es heraus und erkannte das Warnlämpchen der Brennstoffanzeige. Er zuckte die Schultern und schnippte es in die Büsche. Was für ein Pech aber auch.

Im FLUM-Cockpit erinnerte sich Vost an das Gefühl zu fliegen. Er war sein halbes Leben MechKrieger und kannte das Gefühl purer Macht, das einen Piloten überkam, wenn er fünfzig Tonnen oder mehr geballter Kampfkraft über das Gelände hetzte. Aber dieses Gefühl hatte er seit Jahren nicht mehr erlebt. Völlig frei vom Boden zu sein. Alles tun zu können. Ein Vogel zu sein, ein Raubvogel. Herrlich. Die Ekstase des Fliegens. Er legte den FLUM auf den Rücken, rollte ihn wieder zurück. Er gewann ein Gefühl für die Kontrollen. Er konnte nach Gefühl fliegen. Instrumente brauchte er nicht. Was sollte er mit künstlichem Horizont, Steig- und Sinkfluganzeigen, Kompaß? Er konnte fühlen, wie sich der FLUM unter ihm bewegte. Es war wie in alten Zeiten.

Vom Sekundärschirm drang ein lautes Fiepen an sein Ohr, und Vost regulierte die Kontrollen nach. Der Schirm war nicht identisch mit dem des *Panther*, aber ähnlich genug. Er drehte an den Reglerknöpfen, bis er ein klares Bild erhielt. Dort unter ihm zeichnete sich vor dem kalten Fels des Berghangs deutlich der Rebellen-*Heuschreck* ab. Vost kippte den FLUM vorsichtig in einen sanften Sinkflug und behielt den reglosen Mech im Auge. Informationen über den Status der Feindmaschine rollten über eine Ecke des Sekundärschirms und gleichzeitig über die Sichtprojektion. Vost konzentrierte sich.

Als erste Daten erhielt er Mechtyp und Identifikation des Ziels. Das wußte er alles schon. Als nächstes folgten Antriebsdaten und Wärmestatus. Der LTV 160-Reaktor war voll betriebsbereit, die Betriebstemperatur deutlich im Normalbereich. Die Sensoren tasteten den Bergan VII-Rumpf ab – ein Fehler! Jetzt konzentrierte

Vost sich wirklich. Der Mech bewegte sich nicht, drehte nicht einmal den Torso. Er war die perfekte Zielscheibe. Er fühlte das Adrenalin durch seine Adern strömen. Ein sicherer Abschuß. Er zog den FLUM in eine weite Kreisbewegung, um das Ziel von hinten anzufliegen, und als er fast direkt über dem bewegungsunfähigen *Heuschreck* war, rammte er den Knüppel nach links vorne. Der FLUM rollte in einen sauberen Immelmann und stieß wie ein Blitz nach unten.

Jacobs und Goodall im Innern des *Heuschreck* hatten den FLUM auf ihren Schirmen, seit er über dem Berg aufgetaucht war. Sie hatten verzweifelt versucht, das festgefressene Servogestänge wieder zu lösen, aber die Kälte, die Belastung der langen Reise und die vernachlässigte Wartung machten ihnen ein dicken Strich durch die Rechnung. Mit genügend Zeit und genau plazierter Wärmeeinwirkung wären sie in der Lage gewesen, das blockierte Gelenk wieder in Bewegung zu setzen, aber in diesem Augenblick hatten sie weder das eine noch das andere.

Im FLUM-Cockpit richtete Vost die Zielerfassung auf das Kanzeldach des *Heuschreck*. Er stieß den Schubhebel bis zum Anschlag nach vorne, und die AVRTech-Triebwerke reagierten. Die Antriebsflammen schlugen dreißig Meter weit aus den Düsenöffnungen des kreischend nach unten stoßenden FLUM. Im Innern des Bordcomputers, der die verschiedenen Systeme der Maschine überwachte, registrierte die Warnschaltung den Verbrauch der letzten Brennstoffreserven und reagierte, indem es Elektronenimpulse an das Warnlicht auf der Konsole unmittelbar vor dem Piloten sandte. Ein Impuls in der Sekunde, sechzig in der Minute, mehr als dreitausend in der Stunde. Bis der Brennstofftank wieder gefüllt wurde.

Vost sah das Warnlicht nicht. Es gab keines. Aber er fühlte, wie die letzten Tropfen Brennstoff durch die heulenden Turbinen jagten. Die gesamte Konsole flammte rot auf. Warnlichter nahmen ihm die Sicht, Sirenen heulten in seinen Ohren, so laut, daß seine Zähne schmerzten. Er riß den Steuerknüppel nach hinten, sah, wie die Zielerfassung den *Heuschreck* verlor. Dann stürzte der Boden mit unglaublicher Geschwindigkeit auf ihn zu. Das Staufach über seiner linken Schulter sprang auf, und ein goldener Weinkelch fiel polternd auf die Armaturen. Dann noch einer, und noch einer. Er starrte nur ungläubig darauf.

Fünf Kilometer entfernt drehte Seagroves sich um, als er die Triebwerke mitten im Sturzflug verstummen hörte. Er konnte den Aufprall nicht sehen, aber der in den Himmel steigende Feuerball und die Schockwelle, unter der einen Moment später der Boden unter seinen Füßen erbebte, ließen keinen Zweifel, was geschehen war. Er griff in die Brusttasche nach dem *Panther*-Entkoppler.

48

Seagroves und Pesht redeten über den frühen, vermeidbaren Tod ihres Kommandeurs, aber keiner der beiden Söldner war über den Verlust sonderlich betrübt. Seagroves war etwas verärgert über die Vernichtung des FLUM, aber ohne Brennstoff für die Düsentriebwerke war der *Feuerfalken*-FLUM nur ein übergewichtiger BattleMech. Und keiner der beiden wußte genau, welche Vertragsbedingungen Vost unterschrieben hatte. Sie entschieden sich, zurück nach Usugumo zu marschieren und von vorne zu beginnen. Schließlich war der Vertrag erfüllt. Sie hatten die Rebellen über die Berge getrieben und ihre Mechs vernichtet. Sie konnten sich dessen zwar nicht hundertprozentig sicher sein, aber andererseits konnte ihnen auch niemand das Gegenteil beweisen. Wenn die Raubtiere und der Hunger sie nicht erledigten, würden sämtliche Tetaetae und Deserteure wahrscheinlich im Hochgebirge erfrieren. Der *Panther* und die *Speerschleuder* drehten nach Westen ab, in Richtung der fernen Flußebene.

Hinter ihnen im Hochgebirge stolperte der Flüchtlingszug weiter. Der *Heuschreck* war mit viel Hingabe und Anstrengung wieder in Bewegung gesetzt worden, aber es waren die Bewegungen eines müden alten Mannes. Er marschierte nicht mehr gleichmäßig, sondern bewegte sich mit zögernden, abrupten Schritten, die drohten, Dakodo von seinem Platz auf dem Rumpf zu werfen.

Der Dienst im und am *Heuschreck* war hochbegehrt. Normalerweise war die vom Fusionsreaktor des Kampfkolosses erzeugte Abwärme eine Gefahr für den Betrieb eines Mechs, aber hier, wo der Wind mit genug Kraft durch die Schluchten fegte, um den zwanzig Tonnen schweren BattleMech ins Wanken zu bringen und unvorsichtige Flüchtlinge vom schmalen Weg zu werfen, war sie ein Lebensretter. Nachts, wenn es zu kalt wurde, um weiterzugehen, ging der *Heuschreck* in die Hocke, und die Überlebenden kauerten sich in seinen Windschatten.

Endlich fanden sie den Paß und überquerten die Bergkette. Trotz der Probleme, den unterkühlten und erschöpften Körpern noch so etwas wie Enthusiasmus zu entlocken, feierten die Flüchtlinge. Einige unter ihnen glaubten, die Reise sei schon vorbei, aber die langen Serpentinen, in denen sich der Weg auf der anderen Seite der Gipfel nach unten wand, versprachen weitere Unbill und Hungerperioden. Die Energietornister der Laserwaffen wurden weiter jede Nacht am Reaktor des *Heuschreck* aufgeladen, so daß Munition kein Problem darstellte. Horg entdeckte, daß man ein Gewehr auf niedrigster Einstellung dazu benutzen konnte, die Felsen beinahe bis zum Glühen aufzuheizen. Um diese Wärmequelle konnten sich die frierenden Flüchtlinge drängen, bis die schlimmsten Schüttelfrostanfälle vorüber waren. Durch diese Aktion wurde der Energietornister eines Gewehrs vollständig entleert, aber mit der unbegrenzten Energieversorgung des *Heuschreck* in der Hinterhand war das kein Problem.

Die einzige Sorge, die Goodall und Jacobs Takuda gegenüber äußerten, war ein Versagen des Mechs. Er lief Gefahr, einfach auseinanderzubrechen. In jeder anderen Lanze wäre er zu einer Generalüberholung ins Depot geschickt worden, aber hier hatten sie diese Möglichkeit nicht. Goodall bemerkte, daß sie in der wirklichen Welt, wo immer das sein mochte, für den Zustand des Mechs eine schwere Rüge bekommen hätte.

Endlich erreichten sie wieder die Baumgrenze – und einen Mischwald derselben Art, durch den sie fast einen Monat zuvor gewandert waren. Es gab wieder mehr Nahrung, und die Tetaetae machten sich eifrig daran, für die anderen nach Proviant Ausschau zu halten. Jetzt erkannten auch die letzten Flüchtlinge, wie wertvoll die Vogelwesen für ihr Überleben waren. Die Tetaetae wußten, was Menschen essen konnten und was nicht, und sie beschafften reichlich Nahrung. Sie kamen schneller voran, und auch der *Heuschreck*, dessen Gelenke keine Gefahr mehr liefen einzufrieren, wurde schneller. Dakodo führte sie weiter in die Richtung, die er allein zu erkennen in der Lage schien. Selbst einige der Tetaetae beschwerten sich, daß manche Gebiete gut genug waren, aber er weigerte sich, die Reise zu beenden. Irgendwo, möglicherweise gar nicht mehr weit entfernt, lag das ferne Land der anderen Siedlung. Jetzt konnte ihn nichts mehr halten.

Der *Heuschreck* kämpfte sich auf den Gipfel eines schmalen Hügelkamms, von dem aus Dakodo das weite Gras- und Waldland überblicken konnte, das sich dahinter erstreckte. Endlich schien er zufrieden. Hier in diesem breiten Tal war das ferne Land, das er gesucht hatte. Hier, sagte er, würden sie die anderen finden. Jacobs und Goodall aktivierten die Ortungssysteme, die sie seit Tagen abgeschaltet und ignoriert hatten. Die Sensoren reagierten auf der Stelle.

Jacobs und Goodall starrten auf den Sekundärschirm. Es konnte keinen Zweifel über die Ortung geben – ein solides metallenes Echo von jenseits der normalen Sensorenreichweite. Die Sensoren konnten einen Ortungsimpuls schneller aussenden und empfangen, als das Computersubsystem des Sekundärschirms ihn ›lesen‹ und analysieren konnte, aber der Schirm zeigte nichtsdestotrotz, daß sich jenseits seiner Maximalreichweite etwas befand. Und es mußte sehr groß sein. Das konnte nur ein Mech sein, und die einzigen anderen Mechs auf dieser Welt gehörten den Söldnern. Irgendwie war es den Söldnern gelungen, sie zu überholen, und jetzt warteten sie dort unten auf sie, in dem Gebiet, das Takuda und seine Leute sich als Heimat ausgesucht hatten. Die ganze Reise, die Kämpfe, die Toten, der Hunger, die Kälte, die Erschöpfung waren umsonst gewesen. Es mußte einen einfacheren Weg geben, diese Ebene zu erreichen, als die hohen Gebirgspässe.

Takuda kletterte steifbeinig ins Cockpit, um sich von der Ortung zu überzeugen. Es konnte keinen Zweifel über die Signatur geben. Nur ein riesiges Metallobjekt konnte eine derartige Reaktion auslösen. Er überlegte, womit er arbeiten konnte, und legte sich einen Plan zurecht.

Der ursprüngliche DEST war auf sieben Mitglieder geschrumpft, wenn man Parker Davud mitzählte – was ohnehin jeder tat –, und alle waren sie auf irgendeine Weise verletzt. Jeder einzelne hatte Erfrierungen erlitten. Hinzu kamen zerquetschte Finger, aufgeschwollene Gelenke, Sehnenzerrungen und Muskelprellungen. Arsenault mußte noch immer von vier Tetaetae getragen werden. Sie hatten seine Speerverletzung kaum behandeln können. Wenigstens war ihm ein Wundbrand erspart geblieben. Paul Tessarak schleppte noch immer das Lasergewehr, dicht gefolgt von seinem treuen Tetaetae-Energietornisterträger. Andi Holland humpelte noch immer aufgrund der Verletzungen, die sie über einen Monat zuvor erlitten hatte. Auch sie hatte unter dem Mangel an Zeit und Arzneien zu leiden.

Takuda war zu müde, zu enttäuscht von der Ortung, um einen anderen Plan als den direkten Angriff auszuklügeln. Die anderen stimmten zu. Alles oder nichts war die Devise. Unterstützt vom *Heuschreck,* verteilten die DEST-Mitglieder sich über das Gelände und bewegten sich vorwärts. Es würde einen ganzen Tag dauern, bis sie den Echopunkt des Sensorsignals erreichten, es sei denn, die feindlichen Mechs kamen auf sie zu.

Der Wald stand in voller Blüte, und die Infanteristen kamen leicht voran. Der *Heuschreck* hatte es schwerer, denn sein Rumpf bewegte sich in Höhe der Wipfel. Schließlich kletterte Jacobs aus der Kanzel auf den Platz, wo Dakodo den letzten Monat verbracht hatte. Mit seinen Anweisungen gelang es dem Mech, seine Position im Rücken der Infanterie zu halten.

Goodall hielt das Sensorenecho im Zentrum des Schirms und benutzte es als Leitstrahl für ihre Bewegungen. Das konstante Leuchten des Signals zog ihre Blicke hypnotisch an, bis sie nichts anderes mehr wahrnahm. Sie bemerkte nicht einmal die Informationszeilen, die kurz nach Mittag durch die Sichtprojektion zu wandern begannen. Schließlich riß sie sich los und begann zu lesen. Sie hielt den *Heuschreck* abrupt an, so plötzlich, daß Jacobs beinahe vom Rumpf geschleudert wurde. Er kletterte zurück ins Cockpit, aber seine ärgerlichen Beschwerden verhallten ungehört.

Goodall stand im Bann der Daten auf ihrem Schirm. »Hol Takuda«, sagte sie ohne aufzublicken zu Jacobs, der sich in die enge Kanzel zwängte. »Das muß er sehen.«

Jacobs holte den Kommandeur hastig auf den Mech. Als Takuda sich in das Cockpit zwängte und auf den von Goodall freigemachten Sitz schob, sah er die Informationen über den Schirm laufen. Er war entgeistert.

Das Ziel, an das sie sich angeschlichen hatten, war kein feindlicher Mech. Es war überhaupt kein Mech. Die Identifikationszeile des Ortungsschirms identifizierte das Echo als Landungsschiff der *Geier*-Klasse. Der auf die Responderabfrage über den Schirm laufende Name lautete Draconisches Kombinats-Landungsschiff DK445/157-AKA *Hideyoshi Toyotomi*. Eine Suche im begrenzten Datenspeicher des *Heuschreck* lieferte keinerlei Informationen über die *Geier*-Klasse. Basierend auf Radar- und Infrarotortung lieferte der

Computer als nächste Entsprechung die in Größe, Masse und Schubleistung ähnliche *Sucher*-Klasse. Die *Sucher*-Klasse war 2762 eingeführt worden, aber der *Geier* war offensichtlich ein viel früheres Modell, wenn er schon im 26. Jahrhundert in Dienst gestanden hatte. Nirgendwo in der Umgebung des Schiffes waren Lebenszeichen zu entdecken.

Am Abend hatten die Flüchtlinge das Ziel erreicht. Es ragte wie ein riesiges metallenes Ei vor ihnen auf, hundertdreißig Meter hoch, hundert Meter breit. In einsamer Größe beherrschte es ein breites Feld brusthoher Gräser. Knyte tippte auf die Öffnungsplatte der Mannschleuse, und das Luk öffnete sich sofort. Muffige Luft hüllte ihn ein, und er wartete einen Augenblick, bevor er das Schiff betrat, beinahe als erwarte er einen protestierenden Aufschrei aus dem Innern des Raumschiffs, aber da war nur Stille.

Takuda und seine Leute strömten in das Landungsschiff. Sie wollten alles erfahren, was es zu entdecken gab. Vor allem, wo die Menschen waren, die es geflogen hatten. Sie fanden die Überreste der Besatzung fast sofort. In der klimakontrollierten Umgebung des versiegelten Schiffes waren sie fast wie Mumien konserviert. Die Computeraufzeichnungen versprachen den Schlüssel zu diesem Rätsel.

Takuda rief alle DEST-Mitglieder auf der Brücke der *Hideyoshi Toyotomi* zusammen, damit sie die Antwort auf ihre Fragen gemeinsam erhielten. Er wartete, bis alle sich versammelt hatten, dann legte er einen Finger auf die Sensoroberfläche des Logbuchschirms, um die letzte Eintragung aufzurufen. Der Schirm wurde hell und zeigte das Gesicht eines gutaussehenden Mannes, dessen Züge von Erschöpfung und Mattigkeit gezeichnet waren.

»Dies ist die letzte Logbucheintragung der *Hideyoshi Toyotomi,* die am 9. November des Jahres 2510 vom Planeten Salford aufbrach. Wir dockten am Kombinats-Sprungschiff *Raiden* an. Das Sprungschiff wurde durch einen nicht näher zu identifizierenden kosmischen Zwischenfall in dieses Sonnensystem geschleudert. Da die *Raiden* auseinanderbrach, mußten wir das Sprungschiff aufgeben und uns hierher durchschlagen. Wir scheinen die einzigen Überlebenden zu sein. Ein Riß in der Außenhülle hat viele an Bord das Leben gekostet, aber wir konnten sicher aufsetzen. Wir haben jetzt ein Jahr hier verbracht, aber auf unsere Funksprüche keine Antwort erhalten. Wir haben auch kein intelligentes einheimisches Leben entdeckt, mit dem wir hätten Verbindung aufnehmen können. Es ist offensichtlich, daß wir hier sterben werden, denn wir haben keine Möglichkeit, uns fortzupflanzen. Es befanden sich zwölf Frauen an Bord, als wir in den Hyperraum eintauchten, aber keine von ihnen hat den Hüllenbruch überlebt. Wir sind eine Gemeinschaft von fünfundzwanzig Männern und nicht überlebensfähig. Statt alt und nutzlos zu sterben, haben wir entschieden, dieses Leben auf ehrbare Weise durch Seppuku zu beenden. Wir werden das Schiff gegen Umwelteinflüsse versiegeln und die Reaktorleistung auf die niedrigste Stufe herabfahren. Wir gehen davon aus, daß die *Hideyoshi Toyotomi*, wenn man uns eines Tages findet, in einem Zustand sein wird, der ihrer Besatzung Ehre macht. Dies war Kapitän Pama Tohoku vom Draconischen Kombinats-Landungsschiff *Hideyoshi Toyotomi*. Ich wünsche denen, die uns finden, alles Gute. Ende der Eintragung.«

Takuda und die anderen sagten kein Wort, als der Bildschirm wieder dunkel wurde. Dies also war der harte Kern der Legende. Eines der Schiffe, die brennend vom Himmel gefallen waren. Seine Überlebenden hatten keine Gesellschaft gegründet, die zur Rettung der Tetaetae werden konnte, jedenfalls nicht durch ihre Handlungen. Aber möglicherweise hatten sie den Vogelwesen auf ihre Weise eine Chance geliefert, in Freiheit und Sicherheit zu leben. Hier, weit jenseits der Berge, würde es Jahre, vielleicht Jahrzehnte dauern, bis die Menschen der weiten Ebene wieder auftauchten. Hier würden sie den Neuanfang finden, den sie benötigten.

Blieb noch die Frage der Menschen. Hier stand stumm und schweigend eine Transportmöglichkeit von der Oberfläche dieser Welt. Vielleicht konnten sie eines der gestrandeten Sprungschiffe erreichen, die als Weltraummüll über Kaetetôã hingen. Vielleicht gab es einen Weg zurück. Und selbst, wenn sie es nicht bis zu den Schiffen schafften oder sie nicht wieder in Betrieb nehmen konnten, gab es einen zweiten bewohnbaren Planeten in diesem Sonnensystem. Dorthin konnten sie fliegen.

49

Davud und Jacobs machten sich an eine detaillierte Untersuchung des Schiffes. Sie suchten nach nichts bestimmtem, vielmehr waren sie an allem interessiert. Es gab so viele Fragen, die beantwortet werden mußten, bevor sie auch nur eine intelligente Einschätzung ihrer Möglichkeiten geben konnten. Die erste Frage lautete natürlich: Konnte das Schiff starten? Als nächstes kam die Frage, ob es starten sollte. Und wenn ja, wohin sollte es fliegen? Aber erst mußte Takuda einmal herausbekommen, ob sie überhaupt vom Boden abheben konnten.

In dieser Hinsicht gab es gute und schlechte Nachrichten. Parker Davud war noch nie auf der Brücke eines Landunggschiffs der *Geier*-Klasse gestanden. Er hatte auch noch nie einen *Sucher* geflogen, aber zumindest hatte er Simulatorerfahrung mit diesem Schiffstyp. Der *Geier* war ebenso wie ein *Sucher* ein eiförmiges Schiff, im Gegensatz zum stromlinienförmigen *Leopard*, mit dem er sie hierhergebracht hatte. Das hieß, er startete und landete senkrecht und setzte auf teleskopartig ausfahrbaren Landestützen auf. Sein Schiff hatte in der Bedienung einem Flugzeug geähnelt, das für Start- und Landemanöver eine Rollbahn benötigte.

Davud setzte sich auf den Pilotensitz und ging die Simulationssequenz des Bordcomputers durch. Er würde ein, zwei Tage brauchen, um sich mit den Instrumenten und Programmen vertraut zu machen. Das sollte kein Problem werden, da das Schiff noch große Energiereserven in den Akkumulatoren gespeichert hatte. Eventuelle zusätzliche Energiemengen konnte der *Heuschreck* liefern. Mech und Landungsschiff waren mit Energiekupplungen ausgerüstet, und obwohl sie für unterschiedliche Kabel angelegt waren, konnte Jacobs eine Verbindung zusammenflicken. Im

Endergebnis sah keiner der beiden einen Grund, warum das Schiff nicht starten können sollte. Andockmanöver waren da schon eine ganz andere Sache.

Davud nahm das Äußere des eiförmigen Raumschiffs unter die Lupe. Das Innere war in den fünfhundert Jahren, die es bereits hier gestanden hatte, versiegelt gewesen, aber die Außenhülle hatte ohne diesen Schutz auskommen müssen, und fünf Jahrhunderte war eine lange Zeit für Metall, das mehr oder weniger ungeschützt den Naturgewalten ausgesetzt war. Hinzu kam, daß auch das Gewicht des Landungsschiffes, immerhin etwa zehntausend Tonnen, seine Wirkung gehabt hatte.

Durch dieses Gewicht war das Schiff bis zum Ansatz der unteren Rumpfkuppel in den Boden eingesunken. Die sechs Landestützen waren bis unter die Verschlußluken im Boden versunken, und die Luken hatten sich unter dem Gewicht verformt. Sie ließen sich nicht mehr schließen, und es gab berechtigte Zweifel, ob die Landestützen sich nach dem Start wieder würden einziehen lassen.

Hinzu kamen Anzeichen, daß die Außenhülle zusätzlich zu dem Hüllenriß, dem so viele Besatzungsmitglieder zum Opfer gefallen waren, ihre strukturelle Integrität eingebüßt hatte. Davud hatte eine Druckprüfung des Schiffsinneren durchgeführt, deren Ergebnisse seine Befürchtungen weder bestätigten noch widerlegten. Der Rahmen war nicht verbogen, Lasermeßgerät und Spiegel bestätigten, daß die Säulen und Speichen des Innenskeletts gerade waren.

Die vier V450-Schubtriebwerke waren vollständig begraben. Es war unmöglich festzustellen, ob sie bei Bedarf tatsächlich arbeiten würden. Davud hatte auf mehrere Diagnoseprogramme hin grünes Licht erhalten, aber absolute Sicherheit lieferten sie ihm nicht. Das war Jacobs' Problem.

Das Ergebnis der Inspektion war ein definitives

RICK HARRIS
93

›Vielleicht‹ auf die Frage, ob die *Hideyoshi Toyotomi* starten konnte. Sie hatten keine klaren Anzeichen dagegen gefunden, aber es blieben Zweifel. Die einzige Möglichkeit, es sicher herauszufinden, war ein Versuch. Aber dazu würden sie wahrscheinlich nur eine Gelegenheit haben. Einmal schaffte das Schiff den Start möglicherweise noch, aber die Chancen für eine erfolgreichen Wiederholung dieses Manövers standen so, daß Davud auf dieses Glückspiel lieber verzichten wollte.

Jacobs' Neuigkeiten waren weniger gut. Das Hochfahren des Fusionskerns würde Schwierigkeiten machen. Er war zu lange abgeschaltet gewesen. Sie konnten mit Hilfe des *Heuschreck*-Reaktors einen Magnetbehälter erzeugen, um die Fusionsreaktion einzuschließen. Der Mechreaktor war dafür leistungsstark genug, solange die Maschine sich nicht bewegte. Blieb noch das zweite Problem, woher sie das Tritium für den Reaktorkern beschaffen sollten. Tritium wurde durch einen Neutronenfluß in Wasser erzeugt. Der ließ sich erzeugen, indem sie die Abschirmung um den Reaktor des *Heuschreck* öffneten und deren Innenraum mit Wasser füllten. So weit, so gut. Dann konnten sie das Wasser abpumpen, mit Hilfe elektrischen Stroms in Sauerstoff und Wasserstoff trennen und den puren Wasserstoff in den Brennstoffkreis speisen. Anschließend konnte die Reaktion ausgelöst werden, indem ein Laserstrahl durch das Tritium im Innern der Magnetflasche geschossen wurde. Voilà, eine Fusionsreaktion.

Der mittelschwere Laser des *Heuschreck* produzierte mehr als genug Kilojoules, um den Prozeß in Gang zu setzen. Aber, und das war das größte ›Aber‹, er konnte nicht ins Zentrum des Reaktorgehäuses feuern. Das war nur möglich, wenn sie den Laser aus seiner Position unter dem Mechrumpf ausbauten und ins Innere des Landungsschiffs brachten. Wenn ihnen all das gelingen sollte, würde das Schiff wieder Energie produzieren. Damit waren die Bordsysteme versorgt, aber vom Boden brachte sie das nicht. Dazu benötigten sie Brennstoff in Form von Flüssigwasserstoff.

Unter normalen Bedingungen wurde ein Landungsschiff aus den L-Hyd-Tanks eines Raumhafens mit Flüssigwasserstoff versorgt. Schiffe der *Sucher/Geier*-Klasse konnten ausreichend Brennstoff für zwei Starts und Landungen aufnehmen. Das gestattete dem Schiff, als Teil einer Invasionsstreitmacht auf einer Welt niederzugehen und mit dem verbleibenden Treibstoff zum Sprungschiff zurückzukehren und den Weg zum Heimatraumhafen anzutreten. Die *Hideyoshi Toyotomi* war mit vollen Tanks von Salford gestartet. Sie war hart, aber sicher gelandet, ohne daß es zu einem Leck in den Brennstoffzellen gekommen war. Aber die Zeit hatte ihre Spuren hinterlassen. In den fünf Jahrhunderten waren die winzigen Wasserstoffmoleküle trotz der Abschirmung aus den Behältern diffundiert. Die Brennstoffzellen waren nicht einmal mehr halbvoll. Es reichte aus, die *Toyotomi* unter normalen Umständen vom Boden zu bringen, aber weder Jacobs noch Davud betrachteten diesen Start als normal. Sie mußten vorher zusätzlichen Wasserstoff produzieren.

Wieder konnte Wasser als Quelle für den Wasserstoff dienen, aber ihn anschließend in flüssigen Zustand zu bringen, war schwieriger. Die *Toyotomi* hatte zwar Kompressoren an Bord, aber um die Tanks aufzufüllen, würden sie fast eine Woche konstant arbeiten müssen. Das Auftanken eines Raumschiffs war keine ungefährliche Arbeit, und fünf Tage waren eine Periode, die nur ein lebensmüder Pilot bereit war, dafür in Betracht zu ziehen. Das Unfallrisiko war zu groß – ein Flüssigwasserstoffunfall war in aller Regel das letzte, was man sich wünschte.

Die beiden Männer erläuterten diese Schwierigkeiten sowohl Takuda als auch den übrigen Flüchtlingen.

Angesichts der Bedeutung der anstehenden Entscheidung wollte Takuda sie nicht allein treffen. Es war in Ordnung, wenn ein Kommandeur in taktischen Situationen über Leben und Tod seiner Einheit entscheiden mußte, aber in diesem Fall ging es um die Zukunft einer ganzen Zivilisation. Hier hatten die Betroffenen das Recht, selbst zu entscheiden. Die kleine Gemeinschaft hörte schweigend zu, während Davud, Jacobs und Goodall ihre Berichte vortrugen.

Paul Tessarak ergriff als erster das Wort. Nach Fullertons Desertion war er zum Sprecher der Enklavenflüchtlinge geworden. »Was gewinnen oder verlieren wir, wenn wir abfliegen?« fragte er. »Und was gewinnen oder verlieren wir, wenn wir bleiben?«

»Was wir gewinnen, wenn wir bleiben«, antwortete Goodall, »ist die absolute Gewißheit, für den Rest unseres Lebens die Götter der Tetaetae zu bleiben. Das war zu Anfang ganz nett, aber ich möchte nicht, daß eine ganze Zivilisation für den Rest meiner Tage wie gebannt an jedem Wort hängt, das ich sage, und an jeder Bewegung, die ich mache. Ich will die Chance haben, mich auch einmal irren zu dürfen. Ich will einen Fehler machen können, ohne mich fragen zu müssen, ob dadurch jemand stirbt. Es wird so schlimm, daß ich keinen Schritt mehr tun kann, ohne ein liebestrunkenes Fellbündel an meiner Seite. Ich habe es satt. Nicht, daß ich sie nicht mag. Dakodo, Totito, Dokaepi, Têopõ und die anderen waren sehr gut zu mir, zu uns allen. Aber ich will nicht zum großen Idol ihrer Gesellschaft werden. Ich würde lieber irgendwo anders leben und ihnen ihren Frieden lassen. Die Erinnerung an uns sollte reichen. Wir haben ihre Legenden erfüllt. Wir haben sie an einen besseren Ort geführt. Die Legende sagt nichts davon, daß wir bei ihnen bleiben. Ich sage, lassen wir's gut sein und machen wir uns davon.«

Goodalls Meinung fand bei vielen anderen Zustimmung. Sie waren bereit, einen Flug zu dem anderen Planeten zu wagen, den sie inzwischen Toku Kuni nannten, was in der Sprache der Tetaetae ›Fernes Land‹ bedeutete. Hier hielt sie nichts mehr, und wenn sie schon neu anfangen mußten, war es wahrscheinlich besser, wenn sie es an einem anderen Ort taten. Ihre Wahl fiel auf Toku Kuni. Die gesamte menschliche Bevölkerung der Gruppe belief sich auf knapp fünfzig Personen – genug, um auf einer fremden, neuen Welt zu überleben. Wenn es möglich war, das Landungsschiff sicher zu machen und den Brennstoff für den Flug zu produzieren, waren sie zum Abflug bereit.

Tessarak hatte einen Antrag für den Fall, daß sie abflogen. Er wollte sicherstellen, daß alle die Regeln kannten, bevor sie in das Landungsschiff stiegen. Einmal an Bord, würde es kein Zurück mehr geben. Der Antrag fand allgemeine Zustimmung.

Das war eine neue Erfahrung für Takuda. Er war noch nie zuvor bei der Geburt einer Regierung beteiligt gewesen. Die Offiziere, Takuda, Davud, Goodall und Jacobs, setzten sich mit Tessarak zusammen, um eine Regierungsform auszuarbeiten, aber die Aufgabe war immens. Eine absolute Diktatur mit Takuda als Oberhaupt war mit einer ganzen Reihe von Problemen verbunden, von denen das Wichtigste das der Nachfolge war. Wer würde seinen Posten übernehmen, wenn Takudas Herrschaft endete, und wie sollte dieser Zeitpunkt festgelegt werden? Der DEST-Kommandeur wollte eine wichtige Rolle in der Regierung spielen, aber er hatte kein Bedürfnis, die Regierung zu SEIN. Die Lichter auf der Landungsschiffbrücke brannten bis spät in die Nacht, während sie über dem Dilemma brüteten.

Es waren die Flüchtlinge und der Rest der DESTler, die das Problem schließlich lösten. Sie erklärten sich bereit, Takuda für ein Standardjahr die absolute Befehlsgewalt zu übertragen. Anschließend wollten sie in einer erneuten Versammlung entscheiden, wie es weitergehen sollte. Ja, damit gaben sie dem Militär die absolute Macht in ihrer Gemeinschaft, aber nachdem sie Takuda sowohl im Kampf als auch bei Verwaltungsaufgaben erlebt hatten, waren sie bereit, ihm zu vertrauen. Außerdem schien niemand sonst in ihrer Gruppe für diese Aufgabe geeignet, warum also sollten sie keine Regierung nach dem Vorbild einer Familie aufbauen, die einem Pater Familias gehorchte? Ihre Gruppe war klein genug dafür. Soweit es die Flüchtlinge anging, waren Takudas größte Stärken seine Nachdenklichkeit und der Unwillen, seine Macht auf arrogante oder selbstsüchtige Weise zu mißbrauchen. Seiner Führung waren sie bereit zu folgen.

Takuda nahm die Entscheidung resigniert zur Kenntnis. Er war stolz, daß ihm die Mitglieder ihrer kleinen Gemeinschaft vertrauten, aber allein in seiner spartanischen Kabine an Bord der *Hideyoshi Toyotomi* fragte er sich, ob er dieser neuen, gewaltigen Verantwortung gewachsen sein würde. Jetzt, nachdem die Befehlsstruktur formalisiert war, wog die Last der Verantwortung noch schwerer.

Und dann war da noch das Problem der Tetaetae. Takuda suchte die Anführer der verschiedenen Stämme auf. Er rief Totito, Dokaepi, Dakodo und Pikaete aus der Usugumo-Enklave zusammen, um die Lage mit ihnen zu besprechen. Die Mitteilung, daß die Menschen, insbesondere Goodall, Jacobs und Takuda, sie verlassen wollten, löste bei den Vogelwesen eine Panik aus. Sie waren gerade erst übereingekommen, daß die Menschen die Symbolfiguren ihres neuen Lebens waren, und nun ließen die sie im Stich.

»Nein«, widersprach Takuda. »Wir lassen euch nicht im Stich. Es gab die Legende, daß andere Menschen kommen würden, um euch in ein besseres Leben zu führen, und diesen Teil der Legende haben wir erfüllt. Die Legende sagt nichts darüber, daß die Menschen bei euch bleiben, um euch zu regieren oder zu leiten. Die Leitung und die Regierung muß aus euren eigenen Reihen erwachsen. Ihr habt sehr viel durchgemacht, und es hat eure Fähigkeit zur Zusammenarbeit gezeigt, ungeachtet eurer Herkunft oder eures Stammes. Hier wird euch für lange Zeit niemand behelligen. Die Führer der Enklaven werden einander bekriegen. Sie werden keine Zeit dafür haben, nach euch zu suchen. Und selbst wenn sie es tun, werden sich euch bis dahin noch viele andere eures Volkes angeschlossen haben. Sie werden von euch hören, und sie werden kommen. Ihr werdet stark sein. Von jetzt an braucht ihr uns nicht mehr.«

50

Mark Jacobs ließ den Hydraulikdruck, der auf den Kolben wirkte, steigen. Der glänzende Stahlbolzen schob sich in den Zylinder, und Jacobs beobachtete die Anzeige des Druckmessers, auf der sich die kg/cm²-Werte dem Verflüssigungspunkt von Wasserstoff näherten. Er wiederholte diesen Vorgang jetzt zum fünfundvierzigsten Mal, und jedesmal wurden seine Handflächen schweißnaß. Die langen Schläuche, die von der Druckpumpe in die Brennstofftanks liefen, waren nach jedem Vorgang überprüft worden, aber trotzdem war er nervös. Jacobs kannte sich mit statistischer Theorie aus, und vor allem kannte er ihre Grundregel: Falls es eine noch so geringe Chance für eine Katastrophe gibt, wird sie mit Sicherheit eintreten, wenn die dazu erforderliche Prozedur nur oft genug wiederholt wird.

Ein Flüssigwasserstoffleck würde zwar im Prozeß der Ausdehnung durch den Kühlungseffekt vereisen, aber der Gedanke an eine mit Wasserstoff gesättigte Atmosphäre war alles andere als angenehm. Ein Funke – JEDER Funke – würde genügen, sie explodieren zu lassen. Das einzig Beruhigende daran war, daß Jacobs, sollte es dazu kommen, nicht lange würde leiden müssen. Er versuchte sich mit dem Gedanken an einen schnellen Tod zu beruhigen.

Er beobachtete, wie die kg/cm²-Anzeige langsam höher kletterte, und kühlte Kolben und Zylinder. Dann öffnete er das Ventil und sah, wie sich die Schläuche mit Flüssigwasserstoff füllten und steif wurden. Der Kolben schob sich unendlich langsam weiter, während der Wasserstoff durch die Schläuche in die Tanks strömte. Der Druck sank ab, und Jacobs atmete weiter.

Außerhalb des Landungsschiffes hatte Parker Davud Arbeitsteams eingeteilt, um die Landestützen und Triebwerksöffnungen freizugraben. Die Stützen waren schnell freigelegt – verglichen mit der Notwendigkeit, sich bis tief unter den eiförmigen Schiffsrumpf zu graben, um an die Düsenauslässe zu gelangen. Schließlich entschieden sich die Arbeiter, Tunnel anzulegen, die es Davud gestatteten, bis zu den konischen Auslaßöffnungen vorzurobben und sie zu inspizieren. Sie schienen unbeschädigt, aber Triebwerksauslaß Nummer fünf war leicht verformt.

Im Innern des Rumpfes überwachte Goodall die Plazierung des mittelschweren *Heuschreck*-Lasers im Fusionsgenerator. Die anderen Techs hatten ausreichend Tritium aus dem Kühlwasser des Mechs gewonnen, um mit ausreichend Hitze eine Fusion in Gang zu setzen. Der Magnetbehälter stand. Jetzt mußten nur noch die entsprechenden Schalter umgelegt werden, die sich momentan in Mark Jacobs' Tasche befanden. Er hatte vernünftigerweise darauf bestanden, daß alle Schaltkreise stillgelegt wurden, während er den Flüssigwasserstoff herstellte. Die einzige Garantie dafür, die er akzeptiert hatte, bestand darin, persönlich sämtliche Schalter einzustecken, bis das Auftanken beendet war. Und auch danach bestand er darauf, das gesamte Gebiet nach Wasserstoffkonzentrationen abzusuchen, bevor er weitermachte. Je mehr Brennstoff er herstellte, desto paranoider wurde er. Aber das ging den anderen genauso.

Sagiri Johnson überwachte das Ausschlachten des *Heuschreck,* auch wenn der Mech kaum noch etwas von Wert enthielt. Die Maschinengewehre und ihre Munition waren an Bord des Landungsschiffs verstaut, obwohl dieses über reichlich Feuerkraft verfügte. Auch der mittelschwere Laser, oder zumindest sein Innenleben, würde an Bord des Schiffes bleiben. Der drei Meter lange Lauf war auf Wunsch der Tetaetae an seinem Platz geblieben. Sie wollten den *Heuschreck* als Erinnerung an ihre Vergangenheit und sichtbares Symbol für die Erfüllung ihrer Legende behalten.

Takuda hatte dieser Bitte nachgegeben, so lange die Tetaetae den Menschen gestatteten, alle noch nutzbaren Bauteile des Mechs mitzunehmen. Er wußte nicht, was ihn und seine Leute auf Fernes Land erwartete, und er hielt es auch für keine gute Idee, den Tetaetae moderne Technologie zu überlassen, die sie nicht verstanden. Wenn nur einer von ihnen herausfand, wie man sie in Betrieb setzte, konnte das ein Chaos zur Folge haben. Zuletzt würden sie den Reaktor stillegen. Er würde an Bord des *Heuschreck* bleiben, hauptsächlich, weil er ohne Wert war. Wenn der Reaktor des Landungsschiffes ausfiel, würden zwei kalte Reaktoren weder Besatzung noch Passagieren etwas nützen.

Die Flüchtlinge arbeiteten weiter an dem Landungsschiff, dem sie den neuen Namen *Arche Noah* gegeben hatten, bis die DESTler entschieden, daß sie fertig waren. Alle Systeme waren überprüft und gegengecheckt. Alle Schäden, die sie reparieren konnten, waren repariert. Der Fusionsreaktor war in Betrieb, die Brennstofftanks voll. Es wurde Zeit einzuladen.

Aber was sollten sie mitnehmen? Sie konnten nicht wissen, in welcher Umgebung sie landen würden, oder ob sie auf ihrer neuen Heimatwelt irgend etwas Eßbares finden würden. Andererseits wollten sie ein funktionierendes Ökosystem nicht durch die Einschleppung neuer Lebensformen aus dem Gleichgewicht werfen. Sie wählten vorsichtig die Pflanzen und Tiere aus, die ihnen am Ungefährlichsten erschienen. Die Auswahl der Pflanzen war einfach, bei den Tieren taten sie sich schwer. Sie entschieden sich gegen irgendwelche höheren Lebensformen. Wenn sie auf Fernes Land Wirbeltiere vorfanden, gut. Wenn nicht, würden sie lernen müssen, ohne auszukommen. Aber Insekten und Würmer ließen sich nicht vermeiden. Die Pflanzen, die sie mitnehmen wollten, brauchten sie zur

Bestäubung und Düngung des Bodens. Die Idee, ›zwei von jeder Art‹ mitzunehmen, war dabei viel schwieriger als zunächst angenommen. DEST-Mitglieder, Techs und Flüchtlinge suchten Felder und Wälder nach allem von Insektengröße ab, was kroch, grub oder schwirrte. Tagelang wanderten sie mit improvisierten Schmetterlingsnetzen umher und machten Jagd auf Kleinstlebewesen, häufig genug ohne Erfolg.

Aber schließlich war auch diese Aufgabe erfolgreich beendet. Ohne einen Biologen in ihrer Mitte waren die Flüchtlinge darauf angewiesen gewesen, die Pflanzen, die sie mitnehmen wollten, zu beobachten, um festzustellen, welche Insekten sich in ihrer Nähe aufhielten. Auch das hatte seine Zeit gekostet. Zudem hatten sie die einzelnen Exemplare katalogisieren und verstauen müssen. Sie alle brauchten Nahrung. Die Pflanzen mußten gegossen werden. Tessaraks Leute behaupteten sogar, sie abends in den Schlaf singen zu müssen.

Jacobs und Davud arbeiteten bei der Ausarbeitung des Kurses zusammen. Ohne ausgebildeten Navigator mußten sie improvisieren. Glücklicherweise war die riesige Kugel von Fernes Land ein leichtes Ziel, und da sie keine Anhaltspunkte hatten, welcher Landeplatz besonders geeignet war, legten sie den Kurs einfach auf das Zentrum des Globus aus und hofften das Beste. Die ungefähren Koordinaten der vorgeschlagenen Landezone wurden in den Computer eingegeben und drei Tage lang regelmäßig nachgeprüft. Der Computer würde sie bis auf einen Umkreis von einhundert Kilometern an ihr Ziel steuern. Danach war es an Davud und Jacobs, das Schiff aufzusetzen.

Die Ladeluken schwangen zu und wurden versiegelt. Die Mannschleusen folgten. Davud setzte das Schiff unter Druck und hielt Ausschau nach Lecks. Er hielt den Druck zehn Minuten auf erhöhtem Wert konstant, dann ließ er ihn wieder sinken. Die Außenhülle war dicht. Er rief die computerisierte Checkliste ab.

»Inertialkompaß?«
»Check.«
»Primärzündung?«
»Check.«
Alle Computersysteme, inklusive der Reserveanlagen. Die Landehydraulik. Die Sekundärzündung. Primärtriebwerke. Steuerklappen. Alles war in Ordnung. Davud schaltete die Rundrufanlage ein. »Achtung. Achtung. *Arche Noah* hebt in fünf Minuten ab. Alle Mann auf Stationen.« Die letzte Anweisung war überflüssig. Besatzung und Passagiere waren längst sicher auf ihren Stationen angeschnallt.

Davud atmete noch einmal tief durch und begann mit dem Countdown der Startsequenz. Die Brennstoffventile wurden geöffnet und überprüft. Grünes Licht. Eine letzte Überprüfung der Zündsequenz. Grünes Licht. Er schüttelte die Landestützen, um das Vakuum unter den Auflageflächen zu brechen. Grünes Licht. Er beobachtete den Countdown auf den Sensoranzeigen. Neben ihm öffnete Jacobs die Triebwerksöffnungen. Eine letzte Systemdiagnose. Grünes Licht.

»Zehn. Neun. Acht. Sieben, Initiatoren zünden. Sechs. Fünf, Brennstoffauslaß öffnen. Vier.«

»Zündung.«

»Drei. Zwo.«

»Volle Leistung.«

»Eins, Schubventile öffnen.«

»Schubventile sind offen. Grünes Licht.«

Gewaltige Flammenzungen schlugen aus den Triebwerksöffnungen und verbanden sich zu einer weißlodernden Feuerwolke, aus der riesige Steine und Erdklumpen in alle Richtungen davongeschleudert wurden. Die *Arche* erzitterte unter dem Schub der sechs Triebwerke, die mit aller Macht die Landebeine vom Boden zu heben versuchten. »Start!«

Davud glaubte, Jubel aus den Quartieren zu hören, als die *Arche* sich langsam vom Boden löste und dabei etwas zur Seite trieb. Noch hatte sie nicht den nötigen Schub, um senkrecht in den Himmel zu steigen. Aber dann fand sie Widerstand, und das Landungsschiff erhob sich auf einer Feuersäule in den Himmel, die viele Male höher war als sein Rumpf. Mit einem ohrenbetäubenden Donnern kletterte es senkrecht empor, hinauf zu den Sternen.

Am Rand des Waldes, einen Kilometer entfernt, beobachteten die Tetaetae, wie das Feuer in den Himmel stieg. Die Menschen, die brennend vom Himmel gefallen waren, waren auf die gleiche Weise dorthin zurückgekehrt. Vielleicht würden sie eines Tages wiederkommen, aber das würde eine andere Legende werden.

Unter der nach Westen davonjagenden *Arche*, die mit jeder Millisekunde an Höhe gewann, schrumpfte die Kugel des Planeten Kaetetôã zusammen. Pilot und Bordingenieur waren zu sehr damit beschäftigt, ihr Ziel anzuvisieren, um die lodernden Feuer in den Enklaven oder die dichten Rauchwolken zu bemerken, die über ihnen hingen. Auf der weiten Ebene vor Usugumo machten die *Speerschleuder* und der *Panther* Jagd aufeinander.

ANHANG

Glossar

Schiffs- und BattleMech-Typen

GLOSSAR

Autokanone: Eine automatische Schnellfeuerkanone. Leichte Fahrzeugkanonen haben Kaliber zwischen 30 und 90 mm, während eine schwere Mechautokanone ein Kaliber von 80 bis 120 mm oder mehr besitzen kann. Die Waffe feuert in schneller Folge panzerbrechende Hochexplosivgranaten ab.

Bataillon: Ein Bataillon ist eine militärische Organisationseinheit der Inneren Sphäre, die in der Regel aus drei Kompanien besteht.

BattleMech: BattleMechs sind die gewaltigsten Kriegsmaschinen, die je von Menschen erbaut wurden. Diese riesigen humanoiden Panzerfahrzeuge wurden ursprünglich vor über 500 Jahren von terranischen Wissenschaftlern und Technikern entwickelt. Sie sind schneller und manövrierfähiger in jedem Gelände, besser gepanzert und schwerer bewaffnet als jeder Panzer des 20. Jahrhunderts. Sie ragen zehn bis zwölf Meter hoch auf und sind bestückt mit Partikelprojektorkanonen, Lasergeschützen, Schnellfeuer-Autokanonen und Raketenlafetten. Ihre Feuerkraft reicht aus, jeden Gegner mit Ausnahme eines anderen BattleMechs niederzumachen. Ein kleiner Fusionsreaktor liefert ihnen nahezu unbegrenzt Energie. BattleMechs können auf Umweltbedingungen so verschieden wie glühende Wüstenei und arktische Eiswüsten eingestellt werden.

Innere Sphäre: Mit dem Begriff ›Innere Sphäre‹ wurden ursprünglich die Sternenreiche bezeichnet, die sich im 26. Jahrhundert zum Sternenbund zusammenschlossen. Derzeit bezeichnet er den von Menschen besiedelten Weltraum innerhalb der Peripherie.

IR: Infrarotstrahlung besitzt eine zu große Wellenlänge, um vom menschlichen Auge als Licht wahrgenommen zu werden. IR-Strahlung wird von Wärmequellen wie laufenden Motoren oder lebenden Körpern abgegeben und kann durch IR-Sensoren registriert werden, um beispielsweise im Dunkeln zu sehen.

Kompanie: Eine Kompanie ist eine militärische Organisationseinheit der Inneren Sphäre, die aus drei BattleMech-Lanzen oder bei Infanteriekompanien aus drei Zügen mit insgesamt 50 bis 100 Mann besteht.

KSR: Abkürzung für ›Kurzstreckenrakete‹. Es handelt sich um ungelenkte Raketen mit hochexplosiven oder panzerbrechenden Sprengköpfen.

Landungsschiffe: Da Sprungschiffe die inneren Bereiche eines Sonnensystems generell meiden müssen und sich dadurch in erheblicher Entfernung von den bewohnten Planeten einer Sonne aufhalten, werden für interplanetare Flüge Landungsschiffe eingesetzt. Diese werden während des Sprungs an die Antriebsspindel des Sprungschiffes angekoppelt. Landungsschiffe besitzen selbst keinen Überlichtantrieb, sind jedoch sehr beweglich, gut bewaffnet und aerodynamisch genug, um auf Planeten mit einer Atmosphäre aufzusetzen bzw. von dort aus zu starten. Die Reise vom Sprungpunkt zu den bewohnten Planeten eines Systems erfordert je nach Spektralklasse der Sonne eine Reise von mehreren Tagen oder Wochen.

Lanze: Eine Lanze ist eine militärische Organisationseinheit der Inneren Sphäre, die in der Regel aus vier BattleMechs besteht.

Laser: Akronym für ›Light Amplification through Stimulated Emission of Radiation‹ oder Lichtverstärkung durch stimulierte Strahlungsemission. Als Waffe funktioniert ein Laser, indem er extreme Hitze auf einen minimalen Bereich konzentriert. BattleMechlaser gibt es in drei Größenklassen: leicht, mittelschwer und schwer. Laser sind auch als tragbare Infanteriewaffen verfügbar, die über einen als Tornister getragenen Energiespeicher betrieben werden. Manche Entfernungsmeßgeräte und Zielerfassungssensoren bedienen sich ebenfalls schwacher Laserstrahlen.

LSR: Abkürzung für ›Langstreckenrakete‹, zum indirekten Beschuß entwickelte Raketen mit hochexplosiven Gefechtsköpfen.

Nachfolgerfürsten: Die fünf Nachfolgerstaaten werden von Familien regiert, die ihre Herkunft von einem der ursprünglichen Lordräte des Sternenbunds ableiten. Alle fünf Hausfürsten erheben Anspruch auf den Titel des Ersten Lords. Sie kämpfen seit Ausbruch der Nachfolgekriege im Jahre 2786 gegeneinander. Ihr Schlachtfeld ist die riesige Innere Sphäre, bestehend aus sämtlichen einstmals von den Mitgliedsstaaten des Sternenbunds besetzten Sonnensystemen.

Nachfolgerstaaten: Nach dem Zerfall des Sternenbunds wurden die Reiche der Mitglieder des Hohen Rats, die sämtlich Anspruch auf die Nachfolge des Ersten Lords erhoben, unter dem Namen Nachfolgerstaaten bekannt. Die Nachfolgerstaaten bestehen aus ursprünglich fünf und derzeit noch vier Herrscherhäusern: Haus Kurita (Draconis-Kombinat), Haus Liao (Konföderation Capella), Haus Steiner-Davion (Vereinigtes Commonwealth) und Haus Marik (Liga Freier Welten). Die Clan-Invasion hat die Jahrhunderte des Krieges seit 2786 – die Nachfolgekriege – einstweilen unterbrochen. Schauplatz dieser Kriege ist die riesige Innere Sphäre, bestehend aus allen einst von den Mitgliedsstaaten des Sternenbundes beherrschten Systemen. Die Nachfolgerfürsten haben ihre Streitigkeiten ausgesetzt, um der Bedrohung durch den gemeinsamen Feind, die Clans, zu begegnen.

Peripherie: Jenseits der Grenzen der Inneren Sphäre liegt die Peripherie, das weite Reich bekannter und unbekannter Systeme, das sich bis in die interstellare Nacht erstreckt. Die einstigen terranischen Kolonien in der Peripherie wurden durch den Zerfall des Sternenbundes technologisch, wirtschaftlich und politisch verwüstet. Derzeit ist die Peripherie größtenteils Zufluchtsort für Banditenkönige, Raumpiraten und Ausgestoßene.

PPK: Abkürzung für ›Partikelprojektorkanone‹, einen magnetischen Teilchenbeschleuniger in Waffenform, der hochenergiegeladene Protonen- oder Ionenblitze verschießt, die durch Aufschlagskraft und hohe Temperatur Schaden anrichten. PPKs gehören zu den effektivsten Waffen eines BattleMechs.

Regiment: Ein Regiment ist eine militärische Organisationseinheit der Inneren Sphäre und besteht aus zwei bis vier Bataillonen von jeweils drei oder vier Kompanien.

Sprungschiffe: Interstellare Reisen erfolgen mittels sogenannter Sprungschiffe, deren Antrieb im 22. Jahrhundert entwickelt wurde. Der Name dieser Schiffe rührt von ihrer Fähigkeit her, ohne Zeitverlust in ein weit entferntes Sonnensystem zu ›springen‹. Es handelt sich um ziemlich unbewegliche Raumfahrzeuge aus einer langen, schlanken Antriebsspindel und einem enormen Solarsegel, das an einen gigantischen Sonnenschirm erinnert. Das gewaltige Segel besteht aus einem Spezialmaterial, das große Mengen elektromagnetischer Energie aus dem Sonnenwind des jeweiligen Zentralgestirns zieht und langsam an den Antriebskern abgibt, der daraus ein Kraftfeld aufbaut, durch das ein Riß im Raum-Zeit-Gefüge entsteht. Nach einem Sprung kann das Schiff erst weiterreisen, wenn es durch Aufnahme von Sonnenenergie seinen Antrieb wieder aufgeladen hat.

Sprungschiffe reisen mit Hilfe ihres Kearny-Fuchida-Antriebs in Nullzeit über riesige interstellare Entfernungen. Das K-F-Triebwerk baut ein Raum-Zeit-Feld um das Sprungschiff auf und öffnet ein Loch in den Hyperraum. Einen Sekundenbruchteil später materialisiert das Schiff am Zielsprungpunkt, der bis zu 30 Lichtjahre weit entfernt sein kann.

Sprungschiffe landen niemals auf einem Planeten und reisen nur sehr selten in die inneren Bereiche eines Systems. Interplanetare Flüge werden von Landungsschiffen ausgeführt, Raumschiffen, die bis zum Erreichen des Zielpunktes an das Sprungschiff gekoppelt bleiben.

Sternenbund: Im Jahre 2571 wurde der Sternenbund gegründet, um die wichtigsten nach dem Aufbruch ins All von Menschen besiedelten Systeme zu vereinen. Der Sternenbund existierte annähernd 200 Jahre, bis 2751 ein Bürgerkrieg ausbrach. Als das Regierungsgremium des Sternenbunds, der Hohe Rat, sich in einem Machtkampf auflöste, bedeutete dies das Ende des Bundes. Jeder der Hausfürsten rief sich zum neuen Ersten Lord des Sternenbunds aus, und innerhalb weniger Monate war die gesamte Innere Sphäre im Kriegszustand. Dieser Konflikt hält bis zum heutigen Tage, knapp drei Jahrhunderte später, an. Die Jahrhunderte nahtlos ineinander übergehender Kriege werden in toto als die ›Nachfolgekriege‹ bezeichnet.

Zug: Ein Zug ist eine militärische Organisationseinheit der Inneren Sphäre, die typischerweise aus etwa achtundzwanzig Mann besteht. Ein Zug kann in zwei Abteilungen aufgeteilt werden.

SPEERSCHLEUDER

FEUERFALKEN-FLUM

PANTHER

HEUSCHRECK